Space Opera

Aventuras Fabulosas Por Universos Extraordinários

Organizado por

Hugo Vera

Larissa Caruso

1ª edição

Editora Draco

São Paulo

2015

Publisher: Erick Santos Cardoso
Produção editorial: Janaina Chervezan
Organização: Hugo Vera e Larissa Caruso
Revisão: Keliane Santos
Arte e capa: HMVera Design

Dados Internacionais de Catalogação na Publicação (CIP)
Ana Lúcia Merege 4667/CRB7

Space opera : Aventuras fabulosas por universos extraordinários / organizado por Hugo Vera, Larissa Caruso. – São Paulo : Draco, 2015.

ISBN 978-85-8243-055-2

1. Contos brasileiros I. Vera, Hugo II. Caruso, Larissa

CDD-869.93

Índices para catálogo sistemático:
1. Ficção : Literatura brasileira 869.93

1ª edição, 2015

Editora Draco
R. César Beccaria, 27 - casa 1
Jd. da Glória — São Paulo — SP
CEP 01547-060
editoradraco@gmail.com
www.editoradraco.com
www.facebook.com/editoradraco
Twitter e Instagram: @editoradraco

(...)

A galáxia estava salva.

Os semideuses de Zeta Ophiuchi caíram por terra. O astucioso plano do capitão havia dado certo, derrotando definitivamente os opressores interestelares.

Voltando o olhar para os seus comandados, o capitão sorriu, certo de que, embora tivessem feito grandes sacrifícios, haviam salvado bilhões de vidas. A vitória honraria aqueles que haviam perecido.

– É hora de voltar para casa – disse ele com sua voz rouca e cansada, mas com um brilho vencedor no olhar. Caminhou pelos destroços da ponte de comando da nave avariada e bateu a poeira de seu uniforme, sorrindo ao visualizar a insígia dourada com o brasão da Armada, fixada em seu peito.

A paz voltaria a reinar em todos os mundos conhecidos. Humanos, centaurianos, walonenses, os diminutos de Laur-Khanpur e os povos de Yatramida e Calinogâmbia festejariam o raiar da liberdade. Por muitas gerações entoariam canções que exaltariam a bravura, as aventuras e as peripécias da tripulação da *Virtuosa*, a mais improvável das naves. Porém, a mais heroica de todas.

·◈·

Toda saga chega ao seu final. E não poderia ser diferente com o *Projeto Space Opera*.

A odisseia iniciada em 2011 com a antologia ***Space Opera: Odisseias Fantásticas Além da Fronteira Final***, e que prosseguiu em 2012 com ***Space Opera: Jornadas Inimagináveis em uma Galáxia não Muito Distante***, enfim chega à sua conclusão com o terceiro e último volume da trilogia espacial – ***Space Opera: Aventuras Fabulosas por Universos Extraordinários***.

Isso mesmo. Você tem em mãos, caro(a) leitor(a), a última parte de um projeto cuja proposta tem sido trazer entretenimento aos fãs de ficção científica através de contos e noveletas, contendo fantásticas aventuras espaciais e planetárias escritas por autores brasileiros – e agora, portugueses.

Isso significa o fim da aventura? Temos certeza que não.

A *space opera* permanece viva, firme e forte, não só na literatura, mas também nos vários segmentos de mídia e entretenimento, como o cinema, a TV, os *games* de console e de computador e os brinquedos das mais famosas franquias. As odisseias espaciais em língua portuguesa continuarão através das obras dos mais diversos autores, em futuros romances ou em novos contos em outras coletâneas, cativando mais e mais os fãs e simpatizantes do subgênero literário mais famoso e popular da ficção científica.

Fecha-se um ciclo, mas inicia-se outro. Afinal, ainda há muito espaço a ser explorado no universo, não?

Agradecemos aqueles que fizeram parte da nossa tripulação, nos honrando com suas fábulas intergalácticas. Os autores da ***Space Opera I:*** Gerson Lodi-Ribeiro, Clinton Davisson, Maria Helena Bandeira, Jorge Luiz Calife, Letícia Velásquez, Marcelo Jacinto Ribeiro e Flávio Medeiros Jr. Os autores da ***Space Opera II:*** Roberto de Sousa Causo, Fábio Fernandes, Tibor Moricz, Octavio Aragão, Lidia Zuin, Marcelo Augusto Galvão e Carlos Orsi. E, por fim, os autores da ***Space Opera III:*** Roberta Spindler, Luis Filipe Silva, Antonio Luiz M. C. Costa, Júlia Durand, Rui Leite, Sid Castro, Carol Chiovatto, Pedro Vieira e Cirilo S. Lemos.

Agradecimentos especiais aos nossos colaboradores e *beta-readers* de plantão Ivo Heinz, Edgard *"Garapa"* Refinetti, Renata Vera e Marcelo Jacinto Ribeiro, que muitas vezes criticaram, opinaram e aplaudiram nosso trabalho. E um agradecimento mais que especial ao nosso editor, mestre jedi e imperador da galáxia, o interestelar Erick Sama, que acreditou em nosso projeto desde o primeiro dia, quando nossas naves ainda eram apenas ideias, e nós meros cadetes espaciais sonhando com nossa futura jornada nas estrelas.

Aproveite essa viagem e tenha uma ótima leitura.

Todos aos seus postos!

Saltaremos ao hiperespaço em 3... 2... 1...

Hugo Vera e Larissa Caruso

Era o ano de 1978. Após o texto inicial, que explicava brevemente a situação da galáxia e parecia subir em direção ao espaço infinito, surge uma pequena espaçonave em fuga. Ela dispara tiros aleatórios para trás, contra um perseguidor que você, eletrizado na cadeira do cinema, não vê. Mas ele logo aparece: uma ponta fina prateada, que se amplia em forma de triângulo; e vai se ampliando, se ampliando, e ocupa toda a tela, como se nunca fosse terminar de passar. É a primeira vez na vida que você põe seus olhos vidrados num cruzador do Império Galáctico!

SENSE OF WONDER!

O parágrafo anterior descreve minha experiência pessoal, na primeira sessão do primeiro dia da estreia nacional de "Star Wars". Aquele filme, ninguém sabia na época, revolucionaria a história da ficção científica no cinema, um gênero que andava desaparecido das produções de alto orçamento. "Star Wars" acabou abrindo as portas, graças ao seu sucesso estrondoso, para outras produções na tela grande, como "Star Trek", por exemplo. Depois vieram dezenas de outros filmes e franquias, muitos se distanciando do modelo inicial de *space opera*, como "Contatos Imediatos do Terceiro Grau", "Alien", "O Exterminador do Futuro", "Matrix", etc.

Porque "Star Wars", como você já sabe depois de dois volumes riquíssimos desta coleção maravilhosa que culmina, agora, com o livro em suas mãos, É *space opera*. Desde a década de 1940, quando o termo foi cunhado, este que é considerado o subgênero mais popular da ficção científica (tanto que, aos olhos de muitos leigos, ele é *O QUE DEFINE* a ficção científica como um todo) passou por períodos de obscurantismo e ressurreição. Eclipsada, muitas vezes, por grandes sucessos de outros subgêneros, como a *FC hard* ou o *cyberpunk*, a *space opera* acaba ressurgindo das trevas, inexorável como um supervilão de folhetim, e o melhor, observamos que a cada "ressurreição" o gênero retorna mais evoluído. Impérios galácticos! Batalhas espaciais! Heróis salvadores da galáxia que, nessa árdua missão, acabam salvando também belas mocinhas indefesas! Alienígenas abjetos, sedentos pelo fim da humanidade!

Tudo isso vem ressurgindo, a cada nova encarnação da fênix, mais elaborado em termos literários, mais adequado à realidade científica, mais a tom com os nossos tempos. Não à toa, dos 14 melhores livros de ficção científica de 2013, de acordo com o respeitado *BuzzFeed* estadunidense, pelo menos 4 podem ser considerados *space opera*.

Os estereótipos, nesse processo de renovação, vêm caindo como drones insectoides sob a mira do canhão laser do tenente Jack Pulstarr. Os impérios vêm ganhando maior credibilidade em termos de organização e interesses sociopolíticos; os alienígenas começam a ganhar ares da humanidade que tanto odeiam, em suas motivações, anseios, medos e até sentimentos. E aqueles heróis que empunhavam pistolas laser, oh modernidade!, estão sendo muitas vezes, de maneira natural e perfeitamente plausível, substituídos pelas heroínas que, em outros tempos, se limitavam a ser salvas!

Nesse sentido a coleção *Space Opera*, agora em seu terceiro volume, caminha em sintonia com as novas tendências. Não seria exagero afirmar que essas antologias representaram um marco, recuperando a credibilidade do subgênero dentro do mercado de ficção científica brasileiro, graças à qualidade dos textos de autores escolhidos a dedo. Cada volume gerou, até agora, um *Prêmio Argos*, o mais representativo da literatura fantástica nacional, em que as histórias são votadas diretamente pelos leitores. Isso sem falar em outros textos, também finalistas do prêmio. Uma diferença entre este terceiro volume e os anteriores reside no fato de que, pela primeira vez, o livro não foi organizado com autores convidados, e sim após uma submissão pública. Esta novidade, por seu turno, trouxe outra: três autores portugueses foram selecionados para integrarem a tripulação, fazendo deste volume, diferentemente dos dois anteriores, uma antologia internacional.

Sense of wonder! Aquela sensação de bem estar, de encantamento, que sentimos diante de uma história bem contada, que gera prazer, surpresa ou reflexão, que nos arranca da realidade e nos faz submergir com prazer num universo completamente ficcional, aquilo que eu experimentei naquela tarde no cinema diante da espaçonave de "Star Wars", isso é o que todo leitor espera encontrar numa história de ficção científica. Para esse objetivo, esse escapismo que não é alienante, pois é sincero, a *space opera* é capaz de abrir possibilidades múltiplas.

No livro que você tem em mãos, você terá novas oportunidades nessa procura. Impérios galácticos e espaçonaves! Heróis, anti-heróis e heroínas! Alienígenas estranhos, porém perturbadoramente humanos!

Aperte os cintos. "Space Opera III" está deixando a doca espacial. Aprecie a viagem, para o alto e avante!

Flávio Medeiros Jr.*

* Nasceu e vive em Belo Horizonte, MG. Formou-se em Medicina pela UFMG em 1988, especializando-se em oftalmologia. Publicou seu primeiro romance em 2004: *Quintessência*, história policial com ambientação de ficção científica e em 2010 o romance *Casas de Vampiros*, que junta horror e ficção científica. Teve também textos publicados nas coletâneas *Paradigmas 2*, *Steampunk, Imaginários Vol.1, Vaporpunk, Assembleia Estelar* e *Dragões*. Em 2011, seu conto *Por um Fio* foi premiado em segundo lugar no *Concurso Hydra*, sendo publicado na revista americana *Orson Scott Card's Intergalactic Medicine Show*. Em 2012, sua noveleta *Pendão da Esperança* (publicada na antologia *Space Opera - volume 1*) ganhou o *Prêmio Argos*. No final do mesmo ano, sua história *Conto de Fadas* ganhou o segundo prêmio no *XII Concurso de Contos Petros*. Em 2013, lança pela Editora Draco sua antologia steampunk *Homens e Monstros – A Guerra Fria Vitoriana*. Flávio Medeiros Jr. é membro do Clube de Leitores de Ficção Científica (Brasil) e da Science Fiction & Fantasy Writers Association (EUA). Atualmente, ele continua escrevendo. Compulsivamente.

SPACE OPERA

CONVITE DO IMPERADOR

ROBERTA SPINDLER

DEITADA SOBRE A CAMA de lençóis cinzentos, a mulher nua observava seu parceiro com olhos atentos e vorazes. Lentamente, ele retirou o longo casaco que o cobria e deixou que as lâmpadas banhassem seu corpo esguio. A pele marcada por vários tons de azul brilhou, vistosa. Os olhos largos e redondos, cujas pálpebras fechavam na vertical, fitaram a mão estendida que o incitava a se aproximar. O nariz dele era fino e discreto enquanto os lábios, de tonalidade mais escura, pareciam macios e convidativos. Placas escamosas cobriam o tórax, geladas ao toque. Ele se ajoelhou no colchão e deixou que a mão de três dedos passasse por entre os cabelos curtos e espetados da humana.

Beijaram-se em meio ao zumbido ininterrupto das máquinas que mantinham aquela estação viva. A língua cinzenta e um tanto áspera explorou a boca da mulher com uma calma dolorosa. Ela suspirou, sentindo o coração acelerar e uma agitação brotar do fundo de suas entranhas. Sabia que era o efeito do corpo daquele homem, que liberava uma substância alucinógena para humanos. Seu coração começou a bater mais rápido, puxou o parceiro para mais perto de si. Um suor frio escorria por seu abdômen trabalhado, enquanto se perdia nas carícias das mãos ágeis.

O mundo girou, adquirindo novas cores e sabores. Os sons se tornaram mais lentos, os movimentos ganharam rastros. Enquanto o prazer escalonava, o casal soltava murmúrios incompreensíveis. Como das outras vezes em que se encontraram, o ápice foi uma verdadeira explosão de sensações. Ao final, a mulher ficou vários minutos imóvel, sem saber quem era ou onde se encontrava. Sua respiração era acelerada, como se tivesse corrido por todos os longos corredores da estação espacial.

Quando voltou a si, o parceiro já estava vestido e de pé. Observava-a com seus olhos grandes e expressão neutra, aguardando pelo pagamento. Com um suspiro pesado, a humana se sentou e apanhou o pequeno hexágono transparente que descansava sobre um criado-mudo metálico. O objeto piscou em contato com as digitais da dona, formando uma tela em que símbolos passavam rapidamente. Ela digitou alguns códigos e algo dentro do bolso do outro respondeu com um bipe abafado.

Ele meneou a cabeça, satisfeito. Dirigiu-se até a porta, mas antes de pousar a mão sobre a placa alaranjada que a destravaria, virou para fitar sua cliente mais assídua.

– Diana, deveria espaçar nossos encontros – o tradutor implantado diretamente no cérebro traduzia o que ele falava para o Terran, uma amálgama de várias línguas humanas que acabou se transformando no idioma oficial dos filhos da Terra. – Não quero parecer ingrato, mas temo que um dia a deixe morta sobre esta cama.

Os olhos castanhos faiscaram de raiva, mas a mulher acabou forçando um sorriso repleto de amargura.

– Eu não pago para você se preocupar, deyiriano. Sei muito bem o que pode acontecer e, para ser sincera, não estou nem aí.

Como era comum entre os representantes de sua espécie, o deyiriano não esboçou nenhuma emoção.

– Se é assim que prefere. Ficarei aguardando um novo contato. É sempre bom fazer negócios com você – antes de partir, levou os três dedos até a testa azulada, gesto cordial e respeitoso de despedida.

Quando se viu sozinha, Diana apoiou os cotovelos nos joelhos e escondeu a cabeça entre as mãos. Ainda conseguia sentir seus batimentos acelerados, uma veia pulsava de maneira dolorosa na têmpora.

Não sabia que relação interespécies era a sua praia, Ana...

Não importava quantas vezes aquilo acontecesse, a voz masculina, repleta de ironia sempre a pegava desprevenida. Levantou os olhos, deparando-se com um homem sentado na cadeira em frente à cama. Ele tinha a pele morena, cabelos escuros cortados no estilo militar e um sorriso malicioso nos lábios finos que só fez se alargar.

Ir para a cama com um deyiriano apenas para conseguir me ver. Eu sempre desconfiei de que tinha conquistado o seu coração...

– Vá à merda, Tomás! – ela respondeu com dureza, levantando para apanhar suas roupas espalhadas pelo chão.

O homem assoviou diante de sua nudez, observando-a com

olhos atentos. Diana se sentiu uma tola ao estremecer por alguém que nem estava lá de verdade.

E então, quanto tempo temos dessa vez? Ele perguntou, cruzando os braços sobre o peito musculoso. *Três horas? Quatro talvez?*

– Eu não sei – ela respondeu, puxando o zíper do macacão sintético até a altura do pescoço. Sua voz não tinha mais nada da dureza anterior. Era um tom alquebrado, carregado de desprezo e vergonha. Quando voltou o olhar para o homem na poltrona, ele já não tinha nenhum traço de diversão no rosto marcado.

Que diabos está fazendo, Ana? Pra quê se torturar desse jeito? Ele se aproximou dela. Nem esboçou tentativa de tocá-la, não iria quebrar aquela falsa realidade. *O que aconteceu comigo não foi culpa sua.*

Diana o perfurou com um olhar ferido.

– Cale a boca. Não quero ouvir mais nada! – estavam cara a cara, mas ela não conseguia sentir o hálito dele, uma mistura de menta com tabaco, sobre o rosto. Foi invadida por uma imensa saudade.

Anuindo com pouca vontade, Tomás se afastou. Colocou a mão no bolso da calça do uniforme verde-escuro da Liga Estelar.

Se não quer ouvir o que tenho a dizer, por que usa o deyiriano para me encontrar? A pergunta transparecia a angústia que ela mesma sentia.

– Eu só quero a sua companhia. Será que é pedir demais?

Ele suspirou e a fitou com pena. Se não passasse de uma alucinação, Diana gostaria de socá-lo.

Não, Ana. Isso nunca será demais.

·•◈•·

A boate chamada Imortal se localizava no terceiro andar da Estação Espacial Artemis. Uma música eletrônica tomava conta do ambiente, o ritmo incessante se mesclava com o jogo de luzes. Uma névoa fina pairava no ar, cheirando à tabaco e álcool. Dançarinas faziam malabarismos em barras cromadas. Garçons se agitavam, preparando *drinks* atrás de um balcão longo e colorido.

Sentada em uma mesa mais isolada, Diana apreciava a bebida fumegante que queimava a garganta a cada gole. Fora direto para lá depois de seu encontro com o deyiriano, queria aproveitar a breve presença de Tomás em um local mais animado. Ele por sua vez a observava com olhos atentos, como se esperasse que perdesse o controle a qualquer momento.

Sente falta da Liga? Perguntou de repente. Apesar da música alta, não precisava gritar para que ela o ouvisse.

– Não – ela falou de pronto, descansando o copo vazio no vidro. Pegou a garrafa já pela metade e tratou de preparar mais uma dose.

Nem de voar?

O líquido verde transbordou enquanto os dois trocavam olhares. Murmurando uma praga, ela tentou secar o estrago com guardanapos. Com a atenção focada naquela tarefa, decidiu dar sua resposta.

– Voar só tinha graça quando você estava do meu lado.

Ele sorriu, envaidecido, mas não se deixou convencer.

Mentirosa. Você ama pilotar. Está falando isso para massagear meu ego de morto.

A piada não pareceu nada engraçada. Estreitou os olhos, pronta para mandar o companheiro para longe pela milésima vez naquela primeira hora que passavam juntos. No último instante, porém, notou alguém ao seu lado. Uma sombra encobriu a mesa, tampando a visão das dançarinas no palco à esquerda.

O homem tinha quase dois metros de altura e os ombros largos como os de um urso. Puxou uma cadeira como se fosse um velho amigo. Ao sentar, sorriu para Diana, mostrando os dentes amarelados. A careca branca reluzia com o piscar das luzes, mas a barba negra e espessa compensava a falta de cabelos na cabeça. Apoiou os cotovelos na mesa, inclinando o corpo para a frente numa posição um tanto conspiratória.

– Você é uma mulher difícil de encontrar, Tenente Almeida. Já estava quase perdendo as esperanças.

Tomás franziu a testa para o estranho, imitando o gesto de sua velha amiga.

– Saia da minha mesa se não quiser confusão – ela alertou, a mão buscou a pistola de plasma presa à calça.

A ação não passou despercebida, mas o homem continuou sorridente. Seus ombros largos se moveram num gesto displicente, como se pouco se importasse em levar uma saraivada de tiros.

– Já fui alertado sobre esse seu temperamento amigável. Fico feliz, para falar a verdade. Temia que o ano afastada do exército a tivesse amolecido.

Ele ergueu um dos braços, grossos e repletos de tatuagens negras, chamando por um garçom. Era mais do que óbvio que não pertencia à Liga Estelar. Depois de pedir uma bebida para si, fitou Diana com um olhar despreocupado.

– Quem é você? – ela voltou a beber seu trago, mas manteve a mão esquerda firme sobre a pistola. – O que quer de mim?

– Desculpe por não fazer as apresentações. Sou mesmo um tolo nestas questões de etiqueta – apesar de ser grandalhão, ele tinha uma voz calorosa e um tanto fina. – Meu nome é Júlio Caesar, mas pode me chamar de Imperador.

Ele deu um sorriso vaidoso. Diana não ficou impressionada com aquele apelido, provavelmente autointitulado. Diante do rosto impassível da mulher, o "Imperador" pigarreou.

– Bom, tenho um negócio familiar em Triton e estou precisando de mão de obra especializada. Vim aqui para lhe fazer uma proposta de trabalho.

A colônia de Triton, localizada na maior lua de Netuno, tinha uma fama bem obscura. Inicialmente terraformada para a exploração de minérios, foi alvo de um motim cerca de vinte anos antes e, após uma sangrenta guerra civil, adquiriu independência. Sem governo ou organização clara, logo foi adotada pelos principais criminosos do sistema como base para seus negócios escusos. Traficantes, assassinos, mercenários, e outras figuras de passado negro, aproveitavam o ambiente sem lei para enriquecer. Diana nunca entendeu a conivência da Liga Estelar com aquele antro. Acreditava que os figurões do governo também nutriam interesses na manutenção do lugar. Afinal, todos possuíam segredos que preferiam manter ocultos e mexer num vespeiro como Triton com certeza não era bom para se manter uma boa reputação.

Por todo esse passado corrupto, já fazia uma boa ideia de que o negócio de Júlio Caesar não tinha nada de familiar. No entanto, ficou curiosa em saber como o seu nome havia caído na boca do submundo.

Ao seu lado, Tomás ergueu uma sobrancelha, também interessado.

Talvez seja uma boa hora de ganhar créditos extras, não acha? Suas reservas estão chegando ao fim. Aquele deyiriano não cobra barato...

– Que tipo de trabalho seria esse? – ela perguntou, já preparada para negar qualquer oferta de tráfico ou assassinato. Podia ter abandonado o exército, mas não estava disposta a se tornar uma criminosa.

O garçom chegou naquele momento com uma bebida alaranjada que cheirava a verniz. Júlio adotou uma expressão misteriosa, enquanto saboreava o seu *drink* em pequenos goles. Era um excelente negociador e sabia exatamente o que fazer para que seus alvos fossem tragados pela curiosidade. A espera acabou causando o efeito desejado, Diana já tinha toda sua atenção voltada para ele.

– Quero contratá-la para fazer aquilo que lhe rendeu fama na Liga Estelar, Tenente Almeida. Quero que pilote para mim.

Ele se deliciou ao ver a surpresa no rosto dela. Como esperava, os olhos castanhos brilharam com a simples menção do retorno à profissão que tanto amava. Percebeu que a mão esquerda havia afrouxado o aperto na pistola e sorriu satisfeito. Levantou antes que ela pudesse abafar as emoções com a razão.

– Venha comigo até o terminal de carga – convidou, sabendo que já a tinha fisgado. – Tenho certeza de que sua resposta será positiva se conhecer a minha nave.

·•◈•·

O terminal estava lotado com espaçonaves de todos os tipos e tamanhos. Funcionários do espaçoporto andavam de um lado para o outro, coordenando serviços de descarga, autorizando chegadas e partidas e gerenciando a fila de reabastecimento. Diana, Tomás e Júlio Caesar caminharam no meio daquela confusão organizada até o convés B-12. Ali, depararam-se com uma imponente aeronave metálica de cor cinzenta com cinco turbinas traseiras, maiores que um contêiner de carga, asas curtas e finas e um aerofólio dianteiro com formato da barbatana.

– Bem-vinda ao Tubarão Branco – Júlio falou com uma mistura de divertimento e orgulho. – O predador do espaço inexplorado.

Ela não precisou de mais explicações para saber que Júlio Caesar, o Imperador, era um pirata. Quase deu meia volta no ato, mas Tomás insistiu para que terminassem a visita.

Vamos, quero descobrir se as velhas histórias de bandeiras com caveiras ainda conferem!

Nas entranhas do tubarão, foram recebidos por uma criatura esquelética e de pele ressecada. Seu corpo fino e marrom lembrou Diana dos insetos da Terra chamados bichos-paus. A única diferença era que aquele ser à sua frente tinha quase dois metros de altura e era bípede.

Isso sim é um baita de um graveto ambulante! Tomás exclamou, impressionado.

Alheio aos comentários do companheiro que só Diana podia ver, o Imperador tratou de fazer as apresentações.

– Este é Tik-y, meu imediato no Tubarão Branco.

O ser uniu os quatro braços, dois de cada lado do corpanzil da grossura de um cabo de vassoura, saudando a visitante.

– Com honra e respeito, recebo-a a bordo, humano-fêmea Almeida. O humano-macho Caesar falou muito sobre sua pessoa.

A voz era esganiçada e acelerada, como se tivesse passado por alterações em um editor de áudio. Tik-y não possuía uma cabeça definida, muito menos boca ou olhos. Como conseguia falar, permanecia um mistério. Mesmo que já tivesse ouvido falar dos Eeinary, Diana não conseguiu esconder a surpresa ao se deparar com criatura tão diferente. A presença de outras espécies no sistema humano era bem restrita. O deyiriano com quem se relacionava, por exemplo, tinha que renovar sua autorização de permanência a cada seis meses.

Diante dos olhos arregalados da mulher, Júlio achou melhor continuar com a caminhada. Despediu-se de Tik-y e guiou sua convidada até o elevador da nave. Quando a porta se fechou, decidiu dar algumas explicações.

– Encontrei Tik-y há cinco anos, perdido em uma lua no setor Eeinary – deu um sorriso conciliador. – Desde então somos grandes amigos. Ele é extremamente inteligente e tem um senso tático como poucos. Foi uma importante aquisição para a tripulação do Tubarão.

– Nunca tinha visto um Eeinary de perto – Diana admitiu, impressionada.

– Com o tempo nos acostumamos com a aparência peculiar – Caesar deu de ombros. – Se aceitar minha proposta, vai descobrir que Tik tem um ótimo senso de humor. Só não vá chamá-lo de gravetinho por aí. Isso já me custou dois oficiais empalados.

Tomás soltou um assovio.

Ainda bem que já estou morto. Sorriu com ironia.

– Vamos continuar com esse pequeno *tour* – ela continuou depressa. – Mas vou logo dizendo que não tenho a mínima intenção de fazer negócios com piratas, está ouvindo?

O Imperador levantou as mãos num gesto de rendição. No entanto, não parecia inseguro quanto à resposta que receberia em instantes.

·•◈•·

Chegaram a um hangar amplo e gelado. Além de alguns veículos terrestres estacionados, havia uma misteriosa forma com quase quatro metros de altura coberta por um tecido marrom. Do lado direito, trabalhando no arsenal, um deyiriano tentava consertar um rifle. Ele levantou os olhos negros para os recém-chegados, mas não se deu ao trabalho de cumprimentá-los.

Acho que você já tem opção para continuar me vendo por aqui. Tomás continuou com as brincadeiras fora de hora. *E talvez este nem precise de pagamento no final.*

– Cale a boca... – ela murmurou, mal-humorada.

– Disse alguma coisa? – Júlio a fitou com o canto dos olhos. Depois que recebeu uma negativa, apontou para a máquina oculta. – Venha, estou ansioso para mostrar meu tesouro.

Com um puxão, a cobertura foi retirada. O pano escorregou lentamente, revelando primeiro uma cabeça de formato ovalado e com vidro cromado. Em seguida, os ombros largos e pontudos, com dois canhões de plasma acoplados, os braços longos eram repletos de engrenagens e cabos. Feito com uma placa maciça metálica, o tórax proeminente tinha os caracteres EXO-305 gravados em tinta branca.

Diana fitou o exoesqueleto de combate com os olhos arregalados de uma cadete. Pareceu voltar no tempo, quando acabara de entrar na escola de pilotos e a visão daqueles imponentes robôs fazia seu coração palpitar.

– Este é o Centurião – a voz de Caesar parecia longínqua. – Admito que não foi algo fácil de se conseguir por esses mares.

A boca de Diana ficou seca e as entranhas pareceram dar um nó. Aproximou-se com passos hesitantes. Tinha fugido por tanto tempo que temia se perder na enxurrada de lembranças que a assaltavam naquele instante. As mãos trêmulas tocaram na fuselagem, sentindo a solidez do metal. Passou os olhos pela envergadura do EXO, meneando a cabeça com satisfação. O nome que Júlio escolheu não podia ser mais propício, aquele ali havia sido construído para lutar. Foguetes propulsores foram instalados nas costas largas, mãos e pés. Presumiu que o voo deveria ser bem estável.

– Ele ainda não foi propriamente testado por um especialista – Júlio Caesar se manifestou, observando a reação dela com olhos satisfeitos. – Tinha a esperança de que pudesse me dar sua opinião profissional sobre ele.

A insinuação causou um arrepio. Ela virou o rosto com rapidez, querendo confirmar no olhar do outro se o convite era mesmo real.

– O que acha de fazer um *test drive*? Uma caminhada pelo hangar não vai fazer mal...

Diana mordeu o lábio inferior, maltratada pela dúvida. Buscou Tomás, cujo corpo começava a se dissipar como vapor, o efeito da enzima alienígena do deyiriano, que causava as alucinações, chegava ao fim depois de aproximadamente quatro horas. Antes de desaparecer por completo, ele meneou a cabeça. Abriu o sorriso que sempre a fazia se sentir segura antes de uma decolagem.

Vai lá, Ana. Nós dois sabemos o quanto você precisa disso

Diana entrou na cabine com incerteza, sentindo-se mais pesada com a ausência do amigo. Será que ainda era capaz de pilotar? Digitou a sequencia de ignição na tela holográfica e o robô vibrou, ganhando vida. Enquanto apertava botões e checava dados, o cheiro do combustível e do metal queimado tomaram suas narinas. Lembrou dos tempos áureos na Liga e da liberdade que sentia quando estava pilotando.

– Imperador – abriu o canal de comunicação enquanto dava passos pesados. Percebeu que não havia outro lugar em toda a galáxia que desejasse estar senão ali. – Acho que podemos chegar a um acordo.

·•◈•·

– Minha cara Diana, o que eu preciso que faça é bem simples – Júlio apontou para o mapa tridimensional. Encontrava-se na central de comando do Tubarão Branco, juntamente com sua convidada, o Eeinary Tik-y e mais quatro analistas, entre eles o deyiriano calado que encontraram no arsenal da nave.

Cerca de cinco centímetros acima da mesa onde traçavam suas estratégias, via-se, em luz laranja, as montanhas pedregosas de um planeta inóspito, com uma construção retangular marcada de vermelho. Um *box* destacava informações úteis sobre a instalação. Número estimado de funcionários e seguranças, quantidade de torres de defesa, provável artilharia terrestre.

– Você usará o Centurião para quebrar as defesas enquanto meus homens de infantaria vão se encarregar da busca interna.

De braços cruzados e feições neutras, Diana ouvia as instruções sem transparecer o que estava pensando. Mesmo que ainda não tivesse concordado em participar do plano, seus olhos percorriam o terreno realçado no mapa já traçando pontos fracos e possíveis rotas de fuga. Era uma reação automática, resultado de anos no serviço militar.

– Já esclareço de antemão que não vou ajudá-los a cometer crimes – ela falou, desconfiada.

Caesar moveu a cabeça em uma negativa insistente.

– Posso garantir que nossa empreitada não vai prejudicar a Liga de maneira alguma! – afirmou com veemência. – Na verdade, o prédio escondido nesta paisagem árida pertence aos desgraçados do Eclipse. Tenho certeza de que você tem contas a acertar com eles.

Ela mordeu o lábio inferior e encarou o Imperador como se ele tivesse acabado de revelar um importante segredo. De fato, conhecia a reputação daquele grupo muito bem. Eram ladrões de alta tecnologia. Invadiam as grandes corporações e também instalações governamentais, não importava de que espécie fossem, e surrupiavam armas e projetos para revender no mercado negro. Depois de um roubo escandaloso de material altamente secreto da fornecedora de armamentos na Terra, propiciaram um ataque terrorista na colônia de Titã. O resultado foi desastroso. Vinte exoesqueletos de combate danificados, três destruídos. Vinte e dois feridos e um morto. O renomado tenente Tomás Aguillar. Cerrou os punhos, sentindo a raiva aquecer seu rosto.

Satisfeito com o olhar de ódio que viu na companheira, Júlio continuou seu raciocínio:

– Veja por este lado, nós somos piratas, mas vamos roubar de ladrões. Faremos um favor a todos os membros da Liga Estelar!

Diana manteve os olhos fixos no ponto marcado no mapa. Voltar a pilotar e ainda destruir uma instalação dos bandidos que contribuíram para a morte de seu melhor amigo. A lábia de Júlio Caesar começava a lhe parecer cada vez mais atraente.

– Você está mexendo em um vespeiro, Imperador – comentou. – Ainda bem que escolheu a pessoa certa para o trabalho.

Estendeu a mão para o homenzarrão, que sorriu. Trocaram um aperto forte.

– Sabia que iria aceitar – ele disse exultante. – Se não tiver objeções, gostaria de partir agora mesmo deste ferro-velho que chamam de estação. Temos muito o que discutir antes de chegarmos ao nosso alvo.

Dando de ombros, Diana não fez objeções. Os poucos pertences que deixou para trás não iriam fazer falta naquela nova fase de sua vida.

Júlio coçou a barba, ainda sorridente.

– Então está decidido! Tik-y, por favor, mostre os aposentos para a Tenente Almeida e a apresente ao restante da tripulação.

·•◈•·

O Tubarão Branco pousou na superfície do planeta identificado apenas pelas siglas AX-300. Estavam fora do sistema controlado pela Liga Estelar. Ali, humanos não tinham privilégios e precisavam de autorização para navegar. O território pouco conhecido deixaria qualquer navegante espacial temeroso, mas Júlio Caesar e sua tripulação esbanjavam confiança. Claramente, aquela não era a primeira viagem para fora dos domínios.

– Os deyirianos controlam este setor – explicou Caesar com um sorriso maroto. – Ainda estamos tentando descobrir se eles autorizaram a base do Eclipse neste planeta ou se ainda não possuem conhecimento de sua existência. Todos sabemos que eles nunca foram bons patrulheiros...

A atmosfera de AX-300 era composta basicamente de dióxido de carbono e nitrogênio, com alguns vestígios de metano. Nuvens espessas cobriam a troposfera, dando uma coloração amarronzada e impedindo que a superfície do planeta fosse visualizada à distância. Como visto no mapa tridimensional na cabine de comando, o terreno era árido e sem vida, composto por diversas formações rochosas. Ventos fortes açoitavam as montanhas de maneira impiedosa, levantando uma poeira escura que dificultava a visibilidade. Apesar dos percalços, aquilo representava uma grande vantagem para o grupo invasor. Os membros do Eclipse só saberiam do ataque quando o exoesqueleto de Diana estivesse em cima deles.

A temperatura girava em torno de 45 graus negativos, mas não seria um impedimento para o esquadrão terrestre que estava equipado com os melhores trajes térmicos que o dinheiro podia comprar, ou que piratas podiam roubar.

Dentro de seu robô, voando no céu de coloração acastanhada, Diana também não sentia os efeitos do frio. Controlava os dois manches com atenção redobrada, lutando contra as rajadas violentas que a sacudiam de tempos em tempos. Apesar do clima pouco amigável, sentia-se confiante. O EXO fora construído para aguentar situações muito piores do que aquela. Olhou para a tela holográfica que disponibilizava um mapa simplificado com a posição do Tubarão Branco, da instalação e dos veículos terrestres que a seguiam com alguns quilômetros de desvantagem.

– Atenção Tubarão, contato com o alvo em breve – ela abriu o canal de comunicação. Seu tom profissional saía um pouco metalizado graças ao respirador que usava no rosto.

– Prossiga com cautela, Centurião – ouviu a voz rasgada de Tik-y responder. Perguntou-se onde diabos estaria Júlio Caesar.

Você sabe que um Imperador de verdade luta junto com seus subordinados, Ana. A voz de Tomás não a surpreendeu.

Assim que o Tubarão Branco saltou próximo à órbita de AX-300, a movimentação no hangar redobrou. Antes de subir as escadas que a levariam até a cabine do EXO, Diana agarrou o deyiriano pelas vestes e sem qualquer explicação aplicou-lhe um beijo de tirar o fôlego. Em meio a assovios e piadas do esquadrão terrestre que se preparava no arsenal, forçou a língua pelos lábios dele, ansiosa. Fazia uma semana que não via Tomás e já estava quase maluca, precisava da enzima alienígena para rever o amigo e não hesitou em tomá-la para si.

Quanto se afastou, o pobre deyiriano mal piscava. Apesar da tradicional expressão neutra no rosto azulado, havia um leve rubor em suas bochechas. Aquilo era o máximo que alguém da sua espécie conseguia esboçar de desconcerto.

– Obrigada – Diana falou com um sorriso torto, enquanto corria para subir no EXO. – Eu estava precisando disso.

Coitado daquele cara. Deve estar até agora tentando entender os motivos do beijo.

– Eu não beijei um estranho para você ficar falando besteiras, Tomás – ela fez pouco caso da situação. Infelizmente, não conseguia ver o amigo. A exposição à saliva do deyiriano não fora longa o suficiente para uma alucinação visual, mas já se sentia satisfeita em poder ouvir sua voz. – Quero sua ajuda nessa missão.

Sou uma parte de sua mente, Ana. Não espere que eu dê alguma dica valiosa, pois tudo o que sei vem de você.

– Não ligo – ela falou, movendo os controles para frente. A altitude de voo do EXO começou a diminuir. Através do vidro cromado da cabine, já era possível ver a silhueta do esconderijo do Eclipse mais à frente. – É importante para mim que façamos isso juntos.

Como quiser, querida. Vamos explodir esses caras!

Ouvi-lo bradar aquele incentivo fez com que Diana voltasse ao passado. Podia imaginar o EXO de cor esverdeada voando na sua retaguarda, fazendo espirais e malabarismos no ar só para mostrar sua habilidade acima da média. Tomás nunca lhe pareceu mais vivo do que naquele momento. Às vezes, a ignorância era mesmo uma bênção.

– Atenção, Tubarão Branco – abriu o canal com um sorriso largo nos lábios. – Inimigo visualizado. Solicito permissão para atacar.

– Ataque autorizado. Boa caçada, Centurião.

As torres de defesa da instalação começaram a atirar quando o EXO entrou em seu raio de detecção. Fortes rajadas vermelhas coloriram o céu enquanto Diana traçava manobras evasivas e continuava com a aproximação. Puxando uma alavanca localizada na parte superior do painel de controle, ela acionou os canhões localizados no ombro. Os primeiros tiros passaram longe dos alvos, pois o robô não conseguia manter uma posição estável para travar a mira.

O exoesqueleto aterrissou com um profundo impacto, fazendo com que a névoa que tomava o ar ficasse ainda mais espessa. Naquele momento, trinta soldados carregando armamentos pesados deixaram o prédio e abriram fogo.

E a festa só fica melhor! Tomás gritou, a alegria em sua voz não condizia com a difícil situação que enfrentavam.

A primeira torre a cair ficava à esquerda de Diana. O EXO planava a cerca de três metros acima do chão, balançando-se de um lado para o outro na tentativa de enganar os detectores. Quando percebeu uma brecha, Diana pressionou os gatilhos dos manches, lançando dois tiros. A explosão criou uma bola de fogo com quase o dobro do tamanho do alvo.

Os soldados do Eclipse se jogaram no chão, veículos sacudiram com o impacto e, por breves segundos, Diana se viu livre da saraivada de tiros que danificavam seu casco. Aquele tempo foi o suficiente para que se virasse em direção à segunda torre, executando mais um disparo perfeito.

– Torres dianteiras destruídas! – ela anunciou num tom orgulhoso e enfático. – Traga as tropas para dentro!

– Entendido! – as vozes de Júlio Caesar e Tik-y falaram os mesmo tempo.

E então, Ana, vamos pisar nessas formigas? O convite de Tomás era bem tentador, mas ela puxou os manches para trás e acelerou as turbinas, ganhando altitude.

– Ainda não. Temos duas torres traseiras para derrubar.

Quando levou ao chão a última defesa pesada da instalação, uma fumaça acinzentava subia do casco quente do seu EXO. Segundo o relatório de danos que piscava na tela holográfica, nenhuma área vital havia sido atingida. No entanto, a bateria interna só estava com 50% de sua capacidade. Abriu o canal para avisar Tik-y de que precisavam se apressar, mas ouviu gritos alarmados.

– Atenção. Eles têm um EXO! Repito, uma porra de um EXO acabou de sair de um alçapão!

Diana ficou alguns instantes parada, só ouvindo as explosões que ocorriam do outro lado da construção. As mãos tremeram nos controles e lembranças do último combate tomaram sua mente como verdadeiras visões. Os gritos de Tomás pelo comunicador, a explosão que transformou o exoesqueleto do amigo em um monte de sucata, a terrível sensação de impotência diante de uma morte inevitável.

Isso não estava nos planos, estava? A alucinação em sua cabeça perguntou com receio, fazendo-a se sentir tola e infantil por procurar consolo em algo que não existia.

– Tenente Almeida, onde diabos você se meteu? – a voz de Júlio erauma mistura de grito com lamento. – Essa coisa está nos massacrando!

Ela piscou algumas vezes, mas não conseguia focar sua visão. Gotas de suor escorreram pelo rosto, pingando sobre o painel iluminado. Quem visse de fora, acharia que robô tinha se desligado.

Ana, nós não podemos deixar aqueles caras sozinhos. Tomás falou com cautela. Era mais do que claro que ele também não tinha nenhum interesse em ir enfrentar o outro exoesqueleto.

A expressão da mulher continuou impassível. O olhar vagava perdido por entre os controles, como se tivesse desaprendido a pilotar. Gritos bradados no comunicador eram ignorados enquanto pontos azuis no mapa, que indicavam os soldados do esquadrão, apagavam-se com rapidez.

Você é melhor que isso, Ana! Tomás suplicou. *Vamos, mexa-se! Por mim!*

O pedido pareceu sobressaltá-la. Sacudiu a cabeça, tentando abandonar as lembranças que ainda a atormentavam. Os dedos pressionaram os manches com uma nova convicção. Respirou fundo e agradeceu ao amigo por trazê-la de volta. Abriu o canal para responder ao chamado desesperado dos companheiros

– Tive um problema com o EXO. Estou a caminho.

O fogo lambeu a borda das turbinas e a fez subir em alta velocidade. Espiralando no céu, ela avistou seu alvo. O robô era um modelo mais novo que o seu Centurião. Com fuselagem avermelhada, uma lança pontiaguda no lugar do braço direito e submetralhadoras acopladas no peito. Por sorte, ele se mantinha bem distraído mandando um veículo terrestre pelos ares.

Acertou-o no peito, com um soco que sacudiu as entranhas da terra e abriu um sulco de quase vinte metros de profundidade. Faíscas deixaram o metal amassado do EXO inimigo enquanto luzes piscavam na cabeça.

Apesar de poderoso, o golpe estava longe de ser o suficiente para inutilizar o exoesqueleto de combate. Os tubos da submetralhadora começaram a girar e uma saraivada de tiros atingiu o Centurião, obrigando-o a saltar para trás.

Com a respiração entrecortada, Diana observou o relatório de danos. Os dados não eram nada animadores. A bateria interna possuía menos de 30% da capacidade e um micro incêndio tinha danificado o sistema de mira dos canhões em seus ombros.

– Imperador, como anda a invasão da instalação? – ela perguntou sem tirar os olhos do robô que começava a se levantar da cratera que o abrigava.

– Estamos dentro! Segure essa coisa por mais alguns minutos.

Pra ele é fácil falar!

Ela riu da indignação de Tomás e desistiu de usar as turbinas para planar. Precisava preservar o máximo de energia se queria dar ao Imperador uma chance de sair vivo daquele lugar. Em meio a uma chuva de faíscas, o EXO pertencente ao Eclipse avançou em sua direção. Diana resolveu seguir seus instintos e também correu ao encontro da luta. As balas arrancavam pedaços da sua lataria, mas ela manteve o curso.

Ana, o que está fazendo? Isso é um ataque suicida! Ana!

Ignorou os gritos do companheiro com um sorriso. Enquanto alarmes soavam de maneira enlouquecida na cabine, fez a mão metálica do Centurião agarrar a cabeça do inimigo. O peito do seu EXO foi transpassado pela lança, mas ele continuou com o aperto firme. Puxou o inimigo para ainda mais perto de si, grudando-o na boca do canhão que já fumegava.

Um curto-circuito destruiu metade do painel à direita, criando chamas que queimaram o braço da mulher. A cabine foi tomada por uma fumaça fedorenta, mas ela nem se preocupou. Anestesiada para a dor, apertou o gatilho com gosto e detonou o piloto inimigo com uma poderosa rajada de plasma.

O exoesqueleto vermelho caiu de joelhos, jorrando fumaça, fogo e óleo por todos os lados. O Centurião deu alguns passos cambaleantes para trás antes de atingir o chão, levando consigo parte da lança que o atravessava. Dentro da cabine, Diana sorria. Mesmo cuspindo um bocado de sangue em meio a uma tosse rouca, sentia-se eufórica. A vista falhou por alguns instantes e ela quase não percebeu que o vidro que a separava do exterior havia sido removido.

O que fez foi insano, Ana. Viu o rosto de Tomás, sorridente e orgulhoso. Perguntou-se se ainda seria efeito da enzima deyiriana ou se havia morrido e se reencontrado com o amigo. *Provou que aprendeu os melhores truques comigo.*

Ele levou a mão até o rosto dela, tocando-a pela primeira vez depois de um ano. Os dedos eram ásperos e calejados, fazendo a piloto suspirar com satisfação.

– Estou morta? – perguntou, sem medo.

Não. Na verdade, você apenas começou a viver de novo.

– Eu não quero viver sem você, Tom. Eu falhei. Não consegui ajudar, não impedi que morresse...

Ele deu um sorriso triste, conhecendo muito bem a dor que a amiga trazia no peito.

Não foi culpa sua. Eu me descuidei, fui imprudente. Não quero que desista de voar por minha causa, que pare de sorrir. Aproveite essa chance. Estarei te esperando do outro lado.

Com lágrimas escorrendo pelo rosto sujo, ela anuiu. Não conseguia dizer não ao amigo, mesmo que o pedido dele doesse mais do que qualquer um dos ferimentos que cobriam seu corpo. Fechou os olhos pelo que pareceu alguns instantes, mas quando os abriu novamente se encontrava numa enfermaria branca e bem iluminada. Os xingamentos de Júlio Caesar quase a deixaram surda.

– Sua maluca! Se quer se matar, não destrua o que não é seu no processo! Sabe quanto o conserto do Centurião vai me custar?

Quando mais ele esbravejava, mais o sorriso estampado no rosto pálido de Diana aumentava. Se estivesse ali, Tomás iria se divertir vendo o ataque histérico do Imperador. Ela olhou ao redor e também encontrou um médico humano.

– Está achando graça de quê? Saiba que eu tenho todo o direito de cancelar o seu pagamento! – a careca de Júlio resplandecia naquele ambiente claro. Suas ameaças pareciam vazias.

Ela pigarreou para limpar a garganta, mas sua voz saiu rouca e abafada.

– Não precisa pagar nada. Na verdade, eu gostaria de prolongar meu vínculo com o Tubarão Branco – encarou Caesar com intensidade.

O homenzarrão perdeu a linha de raciocínio e se calou. Coçou a barba negra por alguns instantes, lançando olhares para o companheiro ao seu lado e perguntando se Diana estava mesmo lúcida. Por fim, franziu a testa e se afastou.

– Descanse um pouco. Conversaremos quando melhorar.

Diana queria protestar, mas o médico digitou algo no teclado ao lado da cama. Uma pequena dose de sedativo foi liberada em suas veias e em questão de segundos a escuridão voltou a abraçá-la.

·•◈•·

Uma semana depois, recebeu a liberação para deixar a enfermaria da nave. Um soldado a escoltou até o comando. Júlio a esperava diante da mesa de navegação, onde um pequeno cubo metálico descansava. Diana nunca tinha visto nada igual, mas sabia que era importante.

Com passos lentos, respirar ainda causava um pouco de dor, ela chegou até o comandante. Apoiou as mãos sobre a mesa, focando sua atenção no cubo misterioso.

– Então, foi isso que você roubou do Eclipse? – nem precisou da confirmação do outro para saber que a resposta era positiva. – O que é? Uma arma?

– Um mapa – ele respondeu de maneira sombria, atraindo a atenção dela para si.

– E para onde esse mapa vai nos levar?

O Imperador levantou uma das grossas sobrancelhas, surpreso com aquela autoinclusão.

– Você está mesmo pensando em estender o nosso contrato? —perguntou com um brilho intenso no olhar. – Pensei que não se envolvesse com piratas.

Ela deu de ombros, fingindo descaso.

– Acabei mudando de opinião. Além disso, com o meu histórico, em que outro lugar vou conseguir voar de novo?

Júlio deu uma risada calorosa, envolvendo-a com seu abraço de urso. Diana teve certeza de que alguns ossos estalaram antes que fosse liberada.

– Ah, Tenente Almeida! Conquistaremos grandes coisas juntos!

– Não me chame assim, não pertenço mais à Liga.

– E como eu deveria chamá-la, minha cara?

– Diana está de bom tamanho. Não tenho nenhum interesse em alcunhas para inflar meu ego, Imperador.

Ele sorriu com a alfinetada e continuou falando sobre como a permanência dela era importante para o grupo. Discursou sobre seus planos de reparo do Centurião, garantindo que não havia ressentimentos com a destruição causada em sua propriedade. Diana ouviu a tudo aquilo sem muito entusiasmo. Sabia que ele se desviava do assunto principal apenas para aumentar a curiosidade.

– Você ainda não me disse o que tem nesse mapa, Imperador...

– Ah, mas é claro. Que distração! – ele falou com falsa surpresa. Diana pôde jurar que ouviu Tik-y suspirar em uma das poltronas do comando.

Então, o tom de encenação sumiu e Júlio Caesar falou com um entusiasmo verdadeiro. O sorriso em seus lábios era tão largo que chegava aos olhos.

– O que mais um mapa poderia guardar senão um tesouro, querida Diana? Espero que esteja pronta para uma emocionante caçada!

NA CRISTA DA ONDA

LUIS FILIPE SILVA

T – 1400d

A IMENSA PAREDE DE rocha fundida e ar comprimido atingiu-nos com a violência inconcebível dos cataclismos planetários, esmagando os nossos frágeis corpos contra os assentos, não obstante os fatos de amortização, ensurdecendo o espaço com um troar que se sobrepunha aos próprios pensamentos. A pequena cápsula começou a abanar como um salgueiro numa tempestade. No meio daquele perigo, ainda tive tempo de pensar que nenhum dos meus colegas perceberia a referência.

Tanto tempo de viagem apenas para nos colocarmos no caminho da destruição...

Diante de mim, a estrutura começou a ceder. Como se me adivinhassem os pensamentos, os alarmes acenderam-se num repente e encheram a cabina de urgência e perigo.

Tentei chamar a atenção de Soushaska puxando-lhe pelo braço, a fala completamente ineficaz naquela situação, antes de perceber que estava morto.

Estavam todos mortos.

A alavanca que dispararia o foguetão principal aguardava pacífica a poucos centímetros dos dedos. Uma suave pressão e estaríamos a caminho de órbita – desde que o ejetor se mantivesse intacto. Para o alto, para fora do raio de ação da parede de choque. Apenas alguns centímetros. Se conseguisse contrariar a mão invisível que me mantinha preso ao assento.

Não cheguei a ver a fratura, mas ainda senti o rosto cobrir-se de uma areia fina, moída, em brasa. Ainda tive tempo de perceber o jato de vapor de água que substituiu a atmosfera no interior. Abri a boca para gritar e toneladas de rocha derretida irromperam pela súbita abertura, enchendo rapidamente a cápsula, fazendo-a tombar para o repouso final no solo.

A bem dizer, era um enterro no ar.

··◈··

Saltei na cadeira. As correias travaram-me dolorosamente.

Arad parecia curioso.

– Outro pesadelo?

O simulador estava envolto num suave lusco-fusco das luzes amarelas e azuis da consola. Não se ouvia um único som. Não havia um único perigo.

As olheiras de Arad estavam inchadas como bolas de tênis. Certamente passou o intervalo a trabalhar.

– Onde estão os outros? – perguntei.

– A descansar para o segundo turno. Estive a rever o comportamento da nossa prancha – era a sua alcunha para o módulo de sobrevivência; em breve, todos a adotariamos. – Parece-me que temos de fazer modificações.

– Na fase em que estamos? – resmunguei. Ele passou-me o papel dinâmico. Naveguei pelos modelos de turbulência, conferindo os resultados da travessia da naveta achatada e das forças esmagadoras que as velas teriam de suportar. Dedicáramos imenso tempo a garantir a sustentabilidade destas, mas não residia aqui o problema. Havia uma tendência, presente em todos os cenários, para o tombar suave, mas inexorável, da proa, que eventualmente nos empurrava para o fatalismo da queda.

Senti-me desanimar. Outro contratempo, agora que nos aproximavamos da data limite.

Arad, como sempre, já se encontrava à procura de soluções.

– Vês como tem início nesta zona da quilha? O nível de atrito parece ser o responsável pelo efeito.

– Qual a composição do material? – olhei para as especificações. – Estamos tramados. Não podemos alterar isto.

– Temos de o fazer, senão vamos todos ao fundo...

Encarei-o.

– Estamos a utilizar a cerâmica mais leve e porosa do mercado que consiga aguentar estas quantidades de pressão e calor. Passei meses à procura, já te esqueceste? Se usarmos outro material, assamos em lume brando, e parece-me que continuarmos no ar não será grande compensação.

– Se substituirmos um revestimento por outro, concordo contigo. Mas quem nos obriga a uma substituição completa?

Passou-me uma placa branca em forma de quadrado. Era leve e rugosa. Parecia frágil mas nesse aspeto não me enganava, pois conhecia bem a resistência dos icosaedros truncados moleculares. E tinha um brilho metálico.

– Revestido a ferro? – perguntei.

– Cobalto. E, ainda para mais, APAT.

Fiquei impressionado. Alta-pressão-alta-temperatura. Um método antigo para endurecer polímeros.

– Cobrimos o nariz com isto – Arad traçou a região no esquema da naveta com o dedo. – Para os momentos mais violentos. Se se tornar pesado para as manobras, soltamos o revestimento.

– Uma proteção extra temporária? – fazia sentido. Arad encolheu os ombros, como se aquilo não significasse nada. Mas começava a conhecê-lo. Se tinha impresso um exemplar do material, decerto fizera os cálculos e repetira-os as vezes necessárias até ficar convencido. O que implicava que o desafio seguinte era convencer o resto do grupo.

– Vá, mostra-me os números – acenei com a placa. Ele sorriu.

Meia hora depois estava já a alterar o diagrama da prancha, enquanto Arad acordava Soushaska e Orey. Queria mostrar-lhes primeiro a ideia genérica, antes de enviar para os consultores técnicos – pois, em caso de discordância, a decisão seria nossa.

A reação foi menos entusiástica que a minha. E tinham razão. Encarando apenas na perspetiva do resultado – e não da inteligência no desenho de materiais – não havia uma diminuição significativa do risco. Sobreviver continuava a estar na ordem probabilística de uma tigela de água congelar quando colocada ao lume – possível, mas era melhor não contar muito com isso.

Mas se queríamos passar o mais despercebidos possíveis no turbilhão atmosférico, tínhamos de reduzir o peso sem comprometer a estabilidade nem a resistência. Arad tinha outra ideia na manga.

– Prescindir do foguete de fuga? – Orey quase saltou na cadeira.

– Do foguete, não da fuga. Fazemos este percurso – o dedo de Arad viajava agora pelo mapa topográfico, não em linha reta mas em curva, sobre a região que pensáramos evitar – e mergulhamos aqui. A tempestade passa por cima de nós. Ligamos o localizador e deixamo-nos dormir. Hão de encontrar-nos. O perigo global é inferior ao recorrermos ao foguetão para empurrar para órbita uma cápsula potencialmente danificada pelos efeitos do percurso e que possivelmente não será capaz de resistir ao vácuo durante muito tempo.

Ampliei a zona proposta. O nome de batismo não era bom prenúncio. Era a mítica zona parada dos mares, esquecida pelos ventos, que aprisionava os navios e matava as tripulações em lenta agonia.

– Este é o teu plano de fuga? – perguntei com a voz sumida.

– É o único que parece ser exequível.

Trocamos um olhar coletivo e silencioso. As grandes decisões requerem palavras pequenas, ou nenhuma.

Arad era o gênio da excursão, e quem efetivamente tivera a ideia original deste feito insano e irresistível, quem concebera os modelos de turbulência e quem nos apresentara uma forma completamente louca, mas exequível, de sairmos com a pele intacta.

Se ele afirmava que aquela era a melhor hipótese de sobrevivência, dificilmente alguém do grupo seria capaz de o contrariar.

T – 532d

Arad estava morto. Não era sonho.

Nem sequer chegou a tocar no cometa. O pousador, ao qual seguíamos amarrados por cabos, enganou-o no momento final.

As finas varetas propulsoras do veículo para as manobras no vácuo, que expeliam ar comprimido previamente aquecido para melhorar o impulso, disparavam sem aviso, guiadas pelo sistema automático que controlava o pouso. A decisão não nos coube: fazia parte da missão. Éramos penduras.

Estava concentrado no percurso. Um cometa não tem atmosfera, mas vê-se acompanhado por um maior nevoeiro de partículas expelidas da superfície quanto mais se adentra no sistema solar. Em particular, se existe gelo incrustrado capaz de sublimar num jato súbito e disparar grãos de areia. Temia este inimigo indiscernível. Partículas que danificam juntas mal seladas, estragando-as com o tempo. Que fragilizam a camada exterior dos fatos. Tínhamos um número limitado de peças de substituição. Não havia oficinas no espaço, e faltavam meses para concluirmos o nosso objetivo. E o comportamento nervoso do pousador, ocupado a evitar obstáculos e encontrar o melhor percurso, não ajudava. Parecíamos papagaios ao sabor do vento.

Finalmente, o veículo aterrou. As varetas, vendo-se próximas do solo, enrolaram-se, soltaram espigões de profundidade e fixaram-se ao destino, tornando-se paredes e pilares do nosso futuro habitáculo.

Aterrei com a mansidão de uma folha de outono a pousar na terra; Soushaska embateu no cimo de um declive e veio a correr até ao vale no seguimento do embalo; Orey viu-se obrigado a afrouxar o cabo para evitar terreno acidentado e pousou longe.

Quando seguimos o traço do quarto cabo com o olhar, não vimos Arad. Encontramo-lo desenhado contra o zénite, em movimento, a afastar-se lenta mas resolutamente do alvo.

– Não quis distrair-vos da aterragem – crepitou na rádio.

A nossa posterior investigação iria revelar que o fabricante montara um arnês com tamanho incorreto Uma deslocação mais bruta do pousador e o cabo libertara-se do fato. Podia ter acontecido a qualquer um de nós. Naquele instante, apenas pensávamos em salvá-lo mas as frias equações apontavam para um final trágico.

Ainda assim, debatemos em conjunto. Durante horas o rádio crepitou, durante horas Arad continuava a afastar-se. Era o risco que aceitáramos desde início. A nave de reboque já se encontrava distante, na órbita de Hoffmann que a levaria de regresso a Saturno, e os tripulantes mergulhados num sono profundo. Da nossa parte, não tínhamos meios nem tempo para engendrar uma forma de nos disparar da superfície e tentar agarrá-lo.

Orey queria desmontar uma das varetas do habitáculo, amarrá-la ao fato e usar o combustível remanescente para se impulsionar. Arad cortou-lhe de imediato as ideias.

– Precisam mais dos propulsores do que de mim. Sem eles não vale a pena sequer eu ser salvo. Morreríamos todos no final.

E, para nos dissuadir de mais ideias, apressou-se a abrir os vedantes do fato.

– Apanhem uma boa onda em minha memória – foram as suas últimas palavras, que se extinguiram na sibilância do ar em fuga.

Ao morrer, colocou a música predileta a tocar. O som animado, inapropriado, de um grupo de um passado esquecido invadiu o canal de comunicação, alimentado pelas baterias solares do fato. Não poderia haver, para ele, despedida mais significativa.

Ao final de algum tempo tivemos de sintonizar outro canal. Os *Beach Boys* estavam a deixar-nos doidos.

·•◈•·

Os terranos imaginam assim a vida no espaço: intermináveis períodos de tédio interrompidos por episódios de pavor intenso. Mas não passa de ficção, pois, quando se está cá em cima, percebe-se que a razão é inversa: o tédio, ocasional – e o pavor, constante.

Arad não foi vítima de um acidente inesperado, mas de uma série de descuidos e falta de controlos, acumulada ao longo de anos de desenho, fabrico e montagem dos materiais, até ao momento em que ele próprio vestiu o fato e saiu pela comporta, confiante no pressuposto de que esta cadeia de momentos, por ser tão extensa e envolver tantos técnicos, havia depurado todo o mal possível. Não podíamos apoiar-nos na mesma fé, agora desprovidos de um elemento essencial, mas por outro lado havia que evitar cair na paranoia absoluta.

Um equilíbrio muito complicado de manter durante a longa noite que nos aguardava.

Por assentimento conjunto, deitamos mãos à obra para seguir o guião como havia sido escrito há anos. As condições físicas da sobrevivência naquele lugar mantinham-se. Assim, acompanhei Orey na desmontagem e deslocação do corpo inferior do pousador, que nos serviria de habitáculo, enquanto Soushaska vigiava a expansão dos paineis solares. Se o primeiro constituía abrigo, o segundo iria providenciar-nos com energia e elementos essenciais. Mas nenhum funcionaria eternamente sem uma supervisão constante.

Esse era então o nosso desígnio: manter os olhos postos nos indicadores, atentos a indícios de perigo. Mas os olhos cansam-se. Os olhos adormecem.

·•◈•·

Demorou o dobro do tempo. Faltava-nos uma pessoa. Acabamos por concluir com a presença de Soushaska, que entretanto se juntara a nós, transportando o cabo de ligação à central energética. Ao longe, na curva do horizonte, esticada de nascente a poente, a fina vela dourada espelhava o Sol como um mar fátuo. Os últimos painéis foram abertos, os últimos mecanismos encaixados no veio central.

– Arranque! – berrou Orey, talvez um pouco dramaticamente. A primeira tentativa implicava libertar pouco mais que duas dúzias de vóltios, para acordar o sistema de regeneração do ar.

Após dois segundos de ansiedade, acenderam-se todas as luzes que deviam acender-se. O suspiro foi coletivo e sonoro.

Orey começou, com intervalos, a ligar os sistemas restantes. Quando a pressão subiu a níveis confortáveis, retiramos os capacetes. O habitáculo cheirava a novo – nós é que tresandávamos dentro dos fatos.

– E agora, que fazemos? – perguntou Soushaska. Não se referia ao momento presente.

– Treinamos cenários com três pessoas – disse eu. Na verdade, estava a tentar pensar no que Arad faria. – Ajustamos o calendário. Medimos o efeito da distribuição de peso da prancha. Vamos ter de compensar e verificar como mantemos o equilíbrio. Nem que seja necessário... alterarmos o desenho.

Ninguém comentou. Era igualmente óbvio que qualquer alteração de desenho, sem as condições de um simulador adequado, seria um risco incontornável.

– Então vamos até o fim... – declarou Soushaska. Orey estava a manter-se neutro.

– Vês outra forma de sair deste calhau gelado? – perguntei eu. Um projeto solitário, em que todos tínhamos assinado termos de responsabilidade. Estávamos entregues a nós mesmos.

Abanaram ambos a cabeça, conscientes de tudo o que havia para fazer.

Contagem decrescente iniciada: quinhentos e trinta e dois dias terrestres até o grande evento. E subitamente, pareciam curtos.

·•◈•·

Eu era o patinho feio, de quem todos desconfiavam ao início.

Dito de outra forma: um Terrestre a intrometer-se numa ideia de Espaciais, que nunca havia saido do confrto da atmosfera, nem passara pelo batismo do vômito em queda livre. Não admirava que me tratassem como uma criança. Não admirava que se tivessem rido do contato inicial.

Os risos abrandaram quando foi o meu conceito, o escolhido para dar corpo ao novo paquete transjoviano: uma estrutura alveolar de propulsão mista que, após a queima de combustível químico necessária para fugir às órbitas dos planetas pequenos e entrar em trânsito, expandia a área de captura energética de modo a aproveitar, com elevada eficiência, o campo magnético solar; essa mesma àrea servia também como espaço de lazer e dormida. Em poucos anos, viajar deixou de ser o desconforto tenebroso que assombrava quem tinha de se deslocar entre planetas. Deixou de representar o investimento inteiro de famílias e empresas. Abriram-se portas ao turismo. Os novos paquetes eram parques temáticos em tamanho gigante, hóteis de luxo plenos de recantos e diversidade que dissimulavam a claustrofobia e deixavam a monotonia em terra. Criavam-se verdadeiras economias fechadas, chamarizes de comerciantes astutos que financiavam uma percentagem dos bilhetes vendidos em troca de um mercado cativo e estável durante meses a fio. E como já não era necessário chegar depressa ao destino, o combustível de arranque era utilizado ao mínimo, reduzindo o peso inicial e, obviamente, o custo.

Quando o quinto paquete foi contratado, já me encontrava entre as dez pessoas mais ricas do planeta. Era uma sensação nas notícias: o jovem engenheiro multimilionário que não colocara sequer pé numa das suas criações. Bafejado por uma aura de fábula e romanticismo, escreviam-se livros – de investigação e de ficção – a meu respeito. Mas ainda que lhes tenha explicado, não entendiam.

Não entrava nas minhas criações porque não queria ir aonde me levavam. Só havia uma coisa que queria fazer. E apenas uma forma de consegui-lo.

Os risos pararam quando anunciei que pretendia investir um terço da minha fortuna.

·•◈•·

Após alguns dias enfiados no habitáculo, a acotovelarmo-nos mutuamente, Orey disparou: precisava de dar um passeio. Tive de acompanhá-lo.

Levamos ganchos e picaretas e um gerador autônomo, repartimos as rações com Soushaska – cujo seguro, indicou, não lhe permitia entrar em brincadeiras além do que se tinham proposto fazer -, e metemo-nos a caminho pelos vales e depressões e escarpas geladas, fotografando e medindo e simplesmente cartografando, com experiência, um terreno destinado ao esquecimento. Em breve perdemos o contato rádio com o habitáculo, pois não havia forma de dispensar material planeado ao mínimo pormenor para montar antenas ao longo do percurso.

Significava também estarmos afastados do reflexo dos paineis solares.

Apenas nós, o céu e a coma cometária.

– Maravilhoso!

Nem esta exclamação fui capaz de soltar. A vista perdia-se na imensidão. A cauda do pequeno astro não tinha fim, parecia tocar um ponto longínquo – o próprio coração do universo, como uma seta ou como uma estrada. Sim, como uma estrada, na qual a minha alma já acelerava.

– Dan? Acorda, homem!

Orey trouxe-me de volta à realidade. Descobri-me a um metro do chão, com a correia frouxa nos dedos. Puxei-me de regresso à superfície com alguma rapidez.

Ele soltava trejeitos de desalento, mas era teatro.

– Isto? – gesticulava para cima. – Isto não é nada...

– Para mim, é. Da minha janela não se viam os anéis de Saturno.

– Ah, à décima vez já nem reparas neles... O olhar habitua-se a tudo!

Seria verdade? Era difícil imaginar. A solidão atacava com força naquele ambiente. Separavam-me da morte apenas algumas camadas de tecido e revestimento. Uma morte pacífica, silenciosa, que não transportaria os meus gritos. Que desinteressa ao infinito. E ainda assim, mantinha o olhar preso, espectador da sua própria destruição.

– Os tanques estão na metade – lembrou Orey. Era hora de voltar.

Soushaska dormia. Acordamo-lo prontamente. Explicou-nos que a solidão perturbou-o – habituado que estava aos coletivos familiares de Saturno, onde não existiam núcleos sociais com menos de dez elementos – e decidiu aguardar em paz pelo nosso regresso. Além disso, como qualquer saturnino, fora educado em estados auto-hipnóticos para reduzir o metabolismo e consumir menos oxigénio. Tudo o que aumentasse o tempo de vida do habitáculo que nos protegia.

A mensagem era clara: a dinâmica de três elementos era diferente da de quatro, e iria reduzir-nos as saídas. Havia o fator psicológico a ter em conta.

Decidimos começar a rever os cenários e a garantir que estávamos preparados para as novas funções. Também montamos cenários em que apenas dois de nós continuariam ativos durante os momentos finais. E, claro, ignorar cenários ainda mais extremos...

Embora o processamento adicional do treino fosse consumir mais amperes do que os disponíveis nas baterias, em breve o Sol ficaria mais próximo e a renovação seria facilitada. E poderíamos antever problemas.

Passamos a semana seguinte a colidir contra o planeta.

A verdade é que, não obstante as queixas enumeradas, o fato de um dos aventureiros ser terrestre e, ainda por cima, milionário, conferia fascínio à empreitada e chamava a atenção do público. E sem esta atenção, dificilmente teríamos conseguido entrar no primeiro grande ato de terraformação da espécie humana com um fim que em nada contribuía para o seu êxito. O consórcio Terra-Lua-Sistema Solar Exterior, a primeira experiência de conjungar financiamento público e privado à moda antiga com as novas economias espaciais não sustentadas na moeda, levava o assunto muito a sério. Nem mesmo os meus milhões teriam ajudado.

Fascínio que (sabia) era partilhado pelos companheiros. A Terra, para os nascidos nas colônias além-cintura, surgia como um lugar quase lendário, um misto impossível de céu e inferno, onde os recursos indispensáveis à vida – o oxigénio, o carbono, a água – não precisavam ser guardados nem racionados, mas existiam em abundância e, contudo, para obtê-los, havia que pagar o preço de existir num poço de gravidade e suportar os malefícios naturais para o corpo.

Ainda assim, tive de provar que conseguiria sobreviver e suportar a dureza de uma travessia espacial.

Nada de luxos, nada de paquetes. A minha iniciação aconteceu a ferro e fogo.

Enfiaram-me numa estação circunterrestre de órbita baixa. Uma habitação clandestina, feita a partir de materiais excedentes de outras construções espaciais, que meio século antes servira de derradeiro abrigo a uma dezena de refugiados políticos. Feia, perigosa, constantemente a avariar-se, sem diversões nem alegria, albergando descendentes cujo crescimento em queda livre lhes impossibilitava suportar a descida à superfície terrestre e, contudo, sem poderem pagar a terapia física necessária – viviam assim de fazer pequenos trabalhos de reparação e construção a outros habitáculos, trocando esforço por materiais. Encararam-me com a óbvia desconfiança e intensa ganância de abutres a rondar uma presa que ainda se mexe. Lembro-me de ficar apavorado. Desconfiava que o pagamento prometido não interessava sequer para a maioria e que só o chefe, mais inteligente, os mantinha na ordem. Confesso que troquei mensagens algo paranoicas com os meus companheiros, para grande divertimento destes.

No final, acabei por perceber a necessidade da provação (embora nem imaginasse como seria viver naquele buraco a vida inteira). E acabei por perceber outra coisa.

Tinha sido fortemente praxado.

··◈··

Ao dia trezentos e setenta, avistamos o módulo do consórcio. Uma naveta autônoma em forma de aranhiço que transportava no interior vários sistemas de propulsão e uma bomba atômica de uma megatonelada.

– Pensem que é um jogo – Arad costumava dizer. – Quando já se habituaram a um nível, passam para outro mais difícil.

Iríamos conviver durante um ano inteiro com uma bomba inerte enterrada no solo, a aguardar a instrução que a faria brilhar. Quando fomos informados da decisão, ainda no início, estivemos para desistir. O plano inicial de acompanhar o asteroide quase até ao final tinha de ser mudado, e precisávamos de sair mais cedo, antes que a explosão acontecesse. O que complicava os planos, pois a prancha não podia ser concebida para grandes manobras em órbita.

– Vamos ter de pular mesmo à justa – dissera Soushaska. – Mesmo antes da explosão acontecer.

– É isso mesmo: um jogo... – Arad divertia-se com aquele tipo de desafios. Mas Arad já não se encontrava presente.

Os sistemas de montagem eram autônomos (a equipa do consórcio desconfiava das nossas competências em lidar com as suas queridas máquinas), mas por acordo mútuo, tínhamos sido treinados a intervir em caso de emergência. E, diga-se de passagem, não estávamos propriamente ocupados...

Primeiro instalaram-se os sistemas de propulsão. Tal como nós, traziam pequenas centrais de energia solar que lhes alimentaria as baterias. Os sistemas não ficariam inertes, mas passariam os próximos meses a encher reservatórios de oxigênio e hidrogênio a partir do gelo cometário, para a queima posterior. Cinco conjuntos de propulsores, espalhados pela zona posterior do cometa. Orey fez contas rápidas e não ficou muito contente com a configuração. Entendia-se a necessidade do impulso, mas quando fossem ativados, iriam intensificar a rotação daquele rochedo. Era um fator adicional a ter em conta quando saíssemos da superfície. A discussão com os diretores técnicos iria ser animada e, dada a distância, durar dias.

A bomba seguiu em último. Enfiou-se numa concavidade lateral do pequeno mundo com uma profundidade de um terço da amplitude e aí adormeceu. Acompanhamos a manobra pelos monitores, a roer as unhas. Dali em diante, não nos sairia do pensamento, como uma doença maligna que conta os dias para nos consumir.

·•◈•·

Se o chão albergava uma nuvem, era uma nuvem de gelo sólido, congelada no tempo, que lentamente se esvaía no espaço numa bruma ligeira de água e poeira e ficava mais densa. O Sol aproximava-se, mas ainda não o suficiente para provocar prismas coloridos. Estranhamente, sentia a falta de um arco-íris.

Havia que aguardar, nesta fase. Nós, os três, fechados naquele pequeno espaço, horas a fio, durante semanas, isolados no meio do nada e sempre atentos ao perigo. Um dos exames essenciais e eliminatórios para quem participasse nesta aventura media a estabilidade emocional neste cenário prolongado. Era habitual falhar-se, mesmo entre os Espaciais – o que terá surpreendido os meus companheiros. Ainda mais surpreendidos terão ficado quando eu passei sem grandes problemas, respondendo à altura a todos os desafios que me eram colocados.

Estava determinado a acompanhá-los. Perceberam-no e, efetivamente, graças a todas as dificuldades, também eu percebi.

Sempre questionara, fascinado, o que pensavam todos aqueles que tinham levado a presença da Humanidade a lugares inéditos, que lutavam contra os rigores impostos pelo universo para marcar aquele caminho possível, aquele caminho traçado pelo engenho humano...os primeiros perscrutadores de cavernas, do fundo do mar. Os que subiram às mais altas montanhas, chegaram aos pólos terrestres nas condições mais adversas. Os pioneiros da Lua, e depois de Júpiter e Saturno e demais colônias. O primeiro Homem em Marte, que, por sinal, foi uma mulher. O sistema solar encolhia de tamanho, diminuíam as oportunidades de ser o primeiro. Até ler a notícia do louco grupo de Espaciais e da insana aventura.

Era aquilo. Era aquilo.

Deixar o calendário passar era, portanto, um mal necessário. E não se podia afirmar que estivessemos desocupados. Havia que acompanhar o funcionamento do habitáculo, conferir a integridade do painel solar face aos perigos da poeira e dos micrometeoritos, inspecionar a integridade da estrutura e do terreno. O corpo do cometa era mais uma associação coletiva de vontades que a ditadura de um grande astro, pois se neste a gravidade imperava, inabalável, sobre todas as coisas, aqui não havia uma massa densa que o mantivesse unido para a eternidade. Os cometas desfaziam-se com o tempo, em particular os que tinham órbitas de curto período que se aproximavam do Sol. Este era dos maiores e mais consistentes em termos de densidade média – mas continuava irregular no formato e perigoso quando se passeava na superfície.

Ainda assim, Orey voltou a aventurar-se, e de novo o acompanhei, a territórios mais distantes, para recolher amostras de terreno e efetuar leituras com ultrassons de vibração contra o solo. Os resultados – depois de processados pelos computadores do habitáculo e as amostras decompostas na centrifugadora – mostraram uma distribuição mais ou menos uniforme nas proporções dos compostos, a única diferença estando no fato, já conhecido, de o núcleo conter uma maior percentagem de água que a superfície. Era contudo o gelo que sustentava em grande parte a consistência do objeto: toneladas e toneladas que existiam intocadas desde a constituição do sistema solar.

Descobrimos também compostos de carbono relativamente complexos, moléculas extensas a nadar no lago primordial, possivelmente constituidas durante as aproximações ao Sol. Num e noutro lugar de recolha, a densidade destas moléculas parecia ser maior, e por duas vezes Orey voltou lá (desta feita acompanhado por Soushaska, experiente em exobiologia, mas que nunca pensara usar os conhecimentos durante a presente missão). Não esperavam encontrar vida, nem de fato isso aconteceu, mas o tipo de compostos recolhido e a extensão dos terrenos de origem era suficiente para reforçar a noção generalizada de que, inclusive num sistema isolado em que a energia disponível para as interações químicas surgia num curto período a cada meia dúzia de centenas de anos, se podia encontrar complexidade elevada. Um breve intervalo agitado de existência e depois um mergulhar numa noite longa antes da próxima festa. Tentei descrever o processo como «vida lenta» durante uma entrevista, e quando me dei conta, já os jornais me tinham colocado na boca suspeitas de organismos extraterrestres.

A descoberta, contudo, trouxe-nos de volta ao foco de interesse das notícias, e se até então eram poucos os seguidores que seguiam atentamente o feito e liam os diários de bordo com fotografias ocasionais que mantínhamos atualizados, não obstante o tempo de demora das comunicações e o baixo débito de banda inerente, durante várias semanas fomos inundados por pedidos de entrevistas para sistemas noticiários terrestres e trans-sistema. O feito era saudado por alguns como uma das grandes aventuras espaciais da era moderna, embora não soubéssemos como reagir a esta etiquetagem. Creio que nos dava mais conforto a classificação de loucos, pois era assim que sempre nos considerámos.

Contudo, não era de admirar que o número de seguidores crescesse de dia para dia, e perante a nova exposição pública, agora que mais de metade do tempo de viagem já tinha passado e se tratava de uma verdadeira contagem decrescente até ao final, os meios de comunicação ganhavam um interesse renovado. Com alguma surpresa, descobrimos que o feito seria seguido de perto pela estação orbital, em vias de preparar uma câmara da observação planetária, exclusiva para nos observar. Além de imensos convites para patrocínio de marcas e produtos.

Isolados num rochedo em viagem pelo sistema solar, enriquecíamos a olhos vistos.

Para mim, não era novidade. Mas percebi na reação dos meus companheiros que faziam contas. Não havia Espaciais ricos, tal como não havia Espaciais reformados – era uma vida dura e trabalhosa e só acabava na morte. O presente fenômeno mudava-lhes a perspetiva do futuro.

Obviamente, se sobrevivêssemos. Mas não valia a pena considerar essa hipótese, para já.

··◈··

A contagem prosseguia. Para evitar quaisquer hipóteses de monotonia final, o Sol decidiu intervir. Não se tratava apenas do perigo básico das erupções ocasionais de água sob pressão – a rocha aquecia primeiramente, derretendo as camadas inferiores do gelo que expandiam e quebravam a película superficial -, fumarolas breves mas intensas capazes de, num momento de desatenção, impelirem um de nós para o triste fim do nosso companheiro. Para contrariar a efetiva ausência de gravidade, tínhamos de amarrar-nos constantemente quando havia necessidade de um passeio ao exterior. Mas até estes foram reduzidos ao essencial.

O Sol estava mal disposto.

O sensor começou a berrar com a deteção do perigo mal a chuva de protões atingiu um valor limite. Orey, que acabara de colocar o pé fora do habitáculo, teve de regressar a correr. Os fatos não estavam protegidos contra a radiação. Quando recebemos o aviso por rádio, já os valores tinham atingido um nível recorde.

E mantiveram-se durante vários dias.

A situação era preocupante. O equipamento eletrônico podia ficar danificado. Existe um plano eletromagnético transversal ao plano espaçotemporal – duas vias na mesma estrada. O Sol era capaz de influenciar diretamente o mecanismo essencial dos circuitos integrados e perturbar as comunicações. Enquanto que a força gravítica se mantinha constante e previsível, as indigestões da fusão do hidrogênio, do tamanho de várias Terras, ocorriam sem aviso e inundavam o sistema solar de radiação em excesso. E, como em todos os materiais, havia um limite para os escudos físicos que orientava a sua conceção. Picos de radiação superiores a esse limite seriam dificilmente absorvidos.

O que nos colocava a nós, mera carne orgânica, também em perigo. A escolha do lugar de pouso teve em mente a necessidade de utilizar ao máximo a geografia local para limitar a entrada de radiação, quer solar quer cósmica. A experiência dos Espaciais foi fundamental, pois era um problema constante de qualquer colônia extraterrestre. Mas ao contrário destas, não teríamos condições de gerar um cinturão eletromagnético para defletir as partículas energéticas. Manter mini-Van-Allens por supercondução durante períodos longos requeria um ambiente estável com temperaturas extremamente negativas – mesmo nas colônias, a tecnologia ainda estava a ser melhorada. Utilizar a massa do cometa mostrou-se ser o cenário mais exequível e o que nos decidiu a abandonar um efêmero plano de segui-lo de perto numa nave autônoma (aliando-se à exigência de fundos adicionais de que não dispúnhamos), mas não bastava, era preciso outra cobertura. Abandonamos a possibilidade durante o estudo e viramo-nos para as fiáveis combinações de ferro e alumínio com a densidade do próprio rochedo. Além disso, o casco comportava uma película absorvente interna que enchemos de água, por ser dos melhores escudos naturais existentes.

Se iria ser suficiente, descobriríamos em breve.

– Pensemos no pior... – começou Orey. – O gelo debaixo de nós ferve e lança-nos no espaço.

– A bomba explode primeiro – rematou Soushaska.

– Nada explode, mas os circuitos dos propulsores novos deixam de funcionar, ou funcionam mal, e o cometa passa ao lado. Não nos resgatam.

– Ou embate contra outro cometa antes de chegar ao planeta...

– Ou estragam-se os filtros do purificador de ar. Mas não por avaria, simplesmente porque já não aguentam mais limpar o cheiro do Dan.

Atirei uma toalha contra eles. Não há nada mais enervante que Espaciais a descomprimir em situações de elevado risco com este tipo de jogos. Claro que não se calaram.

– Sim, os terranos estão cheios de glândulas e suam...Dan, sabias que retiramos todas as pilosidades do nosso código genético? Só atrapalham. Havias de gostar de uma miúda Espacial, Dan. Contorcem-se todas no ar, como enguias.

– Claro que tinhas de conseguir apanhar uma... – acrescentou Soushaska com um piscar de olhos.

– Sim, elas escapam-se entre os dedos...

– E por que é que haviam de querer escapar? – contrapus, sorrindo. – Elas não sabem que os terranos têm músculos mais rijos que os Espa...

Nesse preciso momento, o alarme começou a soar. Calamo-nos de imediato e consultamos os monitores. As baterias não estavam a ser recarregadas. Algo acontecera com o painel solar ou com o cabo de ligação.

Eram notícias mesmo más. Tínhamos de sair para avaliar o problema. E a tempestade solar continuava em plena força.

– E agora? – perguntei.

– Pode ser uma perturbação momentânea – respondeu Orey, pouco convicto. – Talvez regresse com o abrandamento da erupção.

– Faltam vinte horas para o fim previsto da tempestade – o que, como Soushaska sabia, era uma estimativa estatística. – Temos energia para trinta.

– Não fica a sobrar muito tempo para encontrar soluções...

Acabamos por decidir que aguardaríamos. Desligamos tudo, menos os sistemas essenciais. No melhor dos cenários, a tempestade acabaria em breve. No pior...

Ninguém teve vontade de retomar o jogo.

·•◈•·

Quando o universo despe os encantos e revela a verdadeira essência, restamos nós.

Não houve outro modo de edificarmos a confiança mútua do que expormo-nos por completo. Investigamos as histórias pessoais, traçamos perfis psicológicos uns dos outros, investigamos o patrimônio, interrogamos família, amigos, vizinhos, rivais. Sete anos a planear, a consolidar a intenção. Entrei em andamento. Eles já se conheciam. A ideia surgira muito tempo antes.

As circunstâncias da viagem haviam sido detalhadas por Arad. Apenas personalidades fortes, capazes de aguentar o rigor do espaço e do isolamento durante um ano inteiro terrestre, e manterem-se focadas num objetivo inicial poderiam chegar a bom termo sem enlouquecerem ou cometerem suicídio , comprometendo a missão e a integridade dos restantes elementos.

Foi por isso um processo de seleção demorado, com imensas rejeições, até se começar a formar um núcleo duro de interessados, cerca de uma vintena, que depressa saiu dos fóruns públicos, onde começavam inclusive a surgir ameaças de sabotagem, e se submeteu a escrutíneos mais profundos. Havia quem não gostasse do interrogatório e abandonasse a ideia. Havia quem escondesse habilmente depressões ou deficiências físicas que o incapacitariam para a missão e que foram sendo descobertas (de uma forma ou de outra, alguém acabava por confessar ou conseguia-se obter os ficheiros médicos privados). Havia quem fosse convencido a desistir pela família.

Apareci no final desse processo desgastante.

Não teria sido necessário acompanhar o cometa durante tanto tempo, se a ordem inicial de impacto se tivesse mantido – bastaria apanhar boleia no derradeiro trajeto da viagem. Mas a descoberta, à última hora, de um novo astro adequado, algumas pressões políticas do consórcio e a decisão final de acelerar a terraformação com o uso de impactos múltiplos em cadência mudou o figurino. E decidimos que era importante marcar presença desde cedo. O que nos levou a acelerar.

E agora, aguardávamos.

··◈··

Tínhamos de falar. Não havia mais nada a fazer. E o silêncio era insuportável.

Fui o primeiro. Deixei as palavras sairem.

Falei-lhes da Terra, falei-lhes dos espaços abertos e das vastidões terrestres e marítimas e aéreas. Contei-lhes sobre a minha vida, sobre a liberdade, que os Espaciais não tinham e que eu não aproveitara, de conceber filhos sem autorização, sobre a casa de férias numa recôndita zona rural, sobre os vários casamentos e os vários divórcios. Eles, que tudo sabiam de mim, não sabiam desta forma, desta perspetiva. Para eles, representava uma raça alienígena, ou, no mínimo, uma personagem de ficção que se enganara no universo de regresso a casa. Quando a Humanidade decidiu expandir-se além dos limites terrestres, não estava preparada para o que iria perceber. A Terra é efetivamente a exceção ao cosmos, o único local capaz de nos dar abrigo no infinito, e contudo não passa de um oásis perene.

Orey e Soushaska eram, como Arad havia sido, habitantes das zonas exteriores do sistema, para lá da cintura de asteroides – Shoushaka e Arad provenientes da primeira colônia circunsaturnina, Orey nado numa estação de Júpiter, mas que se mudara com a família para uma diferente colônia de Saturno aquando do conhecido acidente. Era-lhes, dessa forma, naturais os espaços fechados, a ausência de propriedade privada, a comunidade e partilha; ao invés de famílias, tinham associações de permuta sexual com fins de reprodução; a taxa de natalidade era firmemente controlada; a taxa de criminalidade inexistente; o regime jurídico feroz e absoluto. Tinham mais deveres que direitos, mais trabalho que benefícios. Era duro existir num ecossistema artificial, sem recursos naturais, cuja fonte de abastecimento provinha dos materiais que circundavam o planeta, nos anéis ou nas luas.

Mas eu sentia que não invejavam a minha sorte. Para todos os efeitos, sentiam-se mais à vontade aqui do que eu. Todas as crianças, desde tenra idade, aprendiam os truques de sobreviência no espaço e a utilizar ao máximo as capacidades inerentes aos fatos de vácuo. Mesmo que mais tarde desempenhassem tarefas mais burocráticas, era-lhes requerido fazer cursos de atualização. Os sistemas de apoio à vida estavam em contínuo desenvolvimento, e nunca se sabia quando um desastre poderia acontecer. Assumiam como natural a vigilância contínua da lassidão muscular e dos níveis de cálcio. O que eu fazia por obrigação, eles faziam por instinto. Não me invejavam pois não se conseguiam imaginar a viver num poço de gravidade, para sempre presos à superfície planetária, tendo de dispender imensas quantidades de energia ou tempo para percorrerem distâncias vastas. E a limitação do horizonte, e a excessiva proximidade do Sol...

Ria-me deste ponto de vista, eles riram-se da minha atrapalhação inicial com as verdades essenciais da vida no espaço. As diferenças existiam, mas, mesmo sendo elementos intransponíveis das nossas essências, conseguimos complementar-nos face ao objetivo em vista.

Os meios de comunicação não haviam descurado este elemento – nem, a bem dizer, as massas. Haviam-na apelidado de colaboração sem precedentes, e iniciado um conjunto de artigos sobre as colônias da orla exterior, a história da colonização, a forma de vida. Surgiram perguntas – normalmente por jornais antagonistas – que tentavam esmiuçar a motivação, ou implicar que éramos impelidos por fins políticos contra a forma de colonização humana do sistema solar. Perante tais absurdos, negava-se veementemente: a única exploração que ali seria feita era a pessoal. Mas não foi possível evitar por completo os demagogos e políticos que nos reclamavam para si.

O que, obviamente, não constituiu surpresa.

A tempestade amainou antes do tempo. Os níveis de radiação baixaram para valores suportáveis. Ligamos a antena e trocamos mensagens com a Terra. O pior parecia ter passado.

– Devíamos aguardar mais um pouco, para confirmar que acabou... – disse. Orey abanou a mão.

– Não temos tempo, Dan.

Não me deixou ir consigo. Caso acontecesse o pior, havia que manter dois de nós vivos.

Foi agoniante a lenta travessia até o painel solar. Orey manteve o contato permanente conosco. Finalmente, a análise surgiu e não era boa: o mecanismo não voltaria a funcionar.

Não havia mais nada a dizer. Sem energia era impossível sobrevivermos.

Tanto esforço para terminar assim.

E depois tive a ideia.

Comecei a vestir o vato. Soushaska agarrou-me no braço.

– O que fazes?

– Fica aqui, toma conta disto. Lembrei-me de uma possibilidade!

Podia correr mal. Podia ser apanhado em plena superfície por uma nova erupção solar. Mas ao menos, seria uma morte rápida. Horrível, mas mais rápida que ver o oxigênio a desaparecer.

Três horas depois tínhamos desligado o painel de energia de um dos sistemas propulsores. Mais quatro horas e estava instalado o cabo de ligação com o habitáculo.

Os responsáveis do consórcio soltaram impropérios. Prometeram perseguir-nos judicialmente até o fim das nossas vidas, manchar o nosso nome. Mas os cálculos não enganavam: aquele sistema propulsor era redundante para o destino do cometa. Desligamos o rádio.

Não nos dávamos por vencidos.

T – 20d

Marte aproximou-se.

A primeira decisão adulta era se prosseguiríamos com o plano. Parece incongruente, contudo estava previsto no plano inicial. Durante uma tão longa travessia, muitos acidentes poderiam acontecer – como de fato aconteceram – e o fator de risco final ser tão elevado que nos forçasse a desistir.

Avaliamos a integridade do habitáculo, das estruturas de suporte da vela, da própria vela. Nesta, em particular, a integridade do material era indispensável e, embora estivesse selada num compartimento com revestimentos metálicos, podia ter ficado comprometida pela radiação.

A honestidade aqui era também essencial, e todos entendiam o perigo que se avizinhava. Um perigo real e com fortes probabilidades de se concretizar. Muitos homens mudariam de ideia no último instante. Contudo, se alguém desistisse agora, os restantes seriam obrigados a segui-lo – apenas duas pessoas não conseguiriam manobrar a prancha com segurança. Neste ponto, Arad fazia mesmo falta. Mesmo assim, o público não nos perdoaria, seríamos a chacota do momento se nos vissem à porta da estação orbital a pedir abrigo e transporte para casa.

A breve pergunta foi recebida com acenos imediatos de assentimento e urras de desafio. Não se voltava atrás.

O passo seguinte consistia em abandonar o cometa que nos serviu durante tanto tempo.

Cuidadosamente – porque o rochedo continuava a rodopiar e a soltar elementos que se iam juntando à já extensa cauda –, fixamo-nos na superfície, encerramos o habitáculo e iniciou-se a mudança de forma.

O espaço que serviu de suporte à vida iria manter-se quase na forma original enquanto as placas e as junções que o cobriam – estruturalmente eram uma segunda pele – mudavam de lugar e assumiam novas ligações. Os delicados propulsores emergiram finalmente do casulo em que haviam estado adormecidos. Os depósitos foram enchidos de matéria cometária, ou seja, essencialmente gelo, depois de ser feito passar pelos purificadores para retirar o máximo de solo. As antenas foram recolhidas, mas não antes de Soushaska ser presenteado com a notícia – em texto, e transmitida em modo repetitivo para garantir que chegaria ao destinatário – de que um dos seus descendentes da prole familiar tinha recebido autorização para ser pai. O que fazia dele o primeiro avô do grupo.

Era um bom auspício, trocamos as parabenizações devidas e metemo-nos a caminho.

O primeiro impulso era crucial. Soltaram-se as amarras. Orey abriu os propulsores com potência média. Nesta pequena ordem encontrava-se mais uma incerteza – se algum falhasse a meio ou não impulsionasse devidamente, as manobras de afastamento do cometa ficariam comprometidas, bem como, em caso extremo, encontrar um rumo para a estação espacial. Neste momento, havia o risco de a missão terminar como mais um objeto circundante do Sol, um cometa artificial que representaria um sonho de glória sem êxito.

Pavor constante. Pavor intenso. Qual tédio?

Contudo, o impulso foi forte e estável. Prendeu-nos às cadeiras, mas libertou-nos do cometa condenado. Apenas alguns segundos foram suficientes para rapidamente nos afastarmos. O próprio rodopio conferiu impulso à manobra, e em breve os propulsores corrigiam a direção e apontavam-nos num rumo tendencialmente paralelo à do rochedo, em direção a Marte. Com dianteira e distância suficientes para evitar a chuva de partículas da cauda que, desta perspetiva, se revelava em todo o esplendor, longa e fátua e colorida como um delicado e infinito véu.

Menos de um mês. Menos de um mês até o momento por que ansiávamos há anos.

T – 1h 35min

Atrás de nós, o cometa inchou subitamente e, em perfeita harmonia, abriu-se em pedaços.

– Conto vinte grandes massas – informou bruscamente Soushaska. Os dedos aceleravam sobre o visor, no qual se começavam a desenhar trajetórias com diferentes margens de erro. Uma delas intercetava o percurso previsto da prancha.

– Rebentaram demasiado cedo – comentou Orey, irritado. Como se não tivéssemos problemas de sobra, corríamos o risco de ficarmos soterrados sob matéria radioativa. – Ao menos foi uma explosão limpa, para os lados. Os destinos alternativos?

Tínhamos planeado vários rumos, todos afastados do Mare Chronium. Nenhum, contudo, parecia promissor. A dispersão do cometa, criada para aumentar a amplitude de distribuição das substâncias orgânicas e diminuir a energia do impacto, acabava por comprometer todos em diferentes graus.

Encarei-os. Não havia muito por onde escolher.

– Proponho manter o percurso original – arrisquei. – Parece tão seguro quanto os restantes. E as equipas de salvamento não terão de mudar os planos.

– Resta saber se vão salvar-nos inteiros ou aos pedaços...

– A incógnita foi sempre essa – sorri.

Orey franziu o cenho, efeito em parte anulado pela ausência de sobrolho.

– Estás mesmo a gostar disto...

– Se calhar tornei-me Espacial... – respondi. Soushaska bateu-me no ombro.

– Bem, vai ser a minha primeira aterragem na superfície de um planeta, espero que não seja a última – disse Orey.

– Vamos ter de navegar por instinto. Estou pronto. E vocês? – perguntou Soushaska.

T – 0h 15min

Caímos com o espaço de separação de um possível continente.

O escudo térmico protestou com o embate da atmosfera. O freio esmagou-nos contra os assentos. Tombávamos de costas, a preceito.

De frente para rochas do tamanho de montanhas que, implacáveis, nos perseguiam.

Manobramos de forma a limitar ao máximo o impacto de entrada na atmosfera – mesmo não sendo tão densa quanto a terrestre, o nível de calor resultante da fricção era ainda assim elevado.

Quando ultrapassamos a zona, soltamos a cápsula interior, de forma a restar apenas o essencial, o habitáculo reduzido às funções imediatas que não se podiam evitar, o mais pequeno e leve possível. Abrimos os dois paraquedas. Se fosse necessário, teríamos de pairar com a ajuda de foguetes. A nossa intenção não era aterrar. De modo algum.

O cometa desfeito desapareceu silenciosamente na curva do horizonte, desenhando na esteira um traço visível de vapor de água suja.

Nos monitores, o percurso atualizava-se a cada segundo.

– Impacto – ouviu-se a voz monótona da equipa em órbita.

Pensei que se escutava o meu coração nos microfones, de tão forte que batia.

No esquema, os pontos ficaram brilhantes e começaram a abrir-se em círculos concêntricos. Números faiscaram por baixo da imagem.

– Está a chegar com toda a força – comentou Orey.

T – 0h 00min 30s

Estávamos a sul do embate. A energia seria toda libertada para diante, e o remanescente na nossa direção. Estávamos longe, num local previamente calculado em que já se teria perdido grande parte do ímpeto.

Mas não deixava de ser a frente de choque de um choque planetário.

A maior onda jamais vista pela espécie humana em toda a sua existência.

Que melhor lugar para se *surfar*?

T

... num segundo: o dia para noite. O monstro a pouca distância. Os monitores exibem o filme impossível. Muro negro de pedra, poeira e água a ferver. Mais alto que montanhas. Tapa o céu. Tapa o sol. "*Lá vem ela*", grita alguém. A onda. Cresce de tamanho. A pequenez de Marte revelada no curto horizonte. Soushaska solta as velas. A voz na rádio deseja-lhes sorte. Compartimento que se abre na traseira da prancha. As velas são impulsionadas para a dianteira do veículo. Cobrem os mastros. Assim afirmam os indicadores. Contudo, pairam ainda. A aguardar. Todos os instantes concentrados neste batimento cardíaco. Dan sente os dedos crispados no assento. A onda atinge-os. O silêncio torna-se trovão. O gentil planeta ruge, ferido. A atmosfera delicada torna-se fogo. Abanam qual papel ao vento. Eis o Homem: grão de areia. A velocidade surge no painel. O que significa um número? O universo é um ser vivo. Dan sente dificuldade em chegar aos comandos. Amarrou-se, mas a gravidade horizontal é forte. Orey vai anunciando as manobras com as velas. Três velas sobrepostas, um mastro a segurá-las a cada canto. Os simuladores asseguraram que era a melhor configuração. As simulações não são nada como isto. O corpo sente. A mente sabe. Na traseira, um escuro protetor, defletido. Proporciona impulsão, recebe os impactos mais severos. "*Vamos subir*!". Há que conseguir navegar. A voz na rádio ansiosa. Atenta aos mesmos dados telemétricos. Tudo geme. Não há partos sem dor. O mundo nasce e eles no meio. Milhares de partículas riscam a carlinga. O material defende-se. No meio daquilo, uma ponta de orgulho. As boas decisões provam-se no fim. Arad está com eles. Uma súbita inclinação perigosa. É difícil contrariar. Todos os pensamentos esvaídos. "*Endireita!*", berra alguém. Orey. Soushaska tem o comando de navegação. Dan estica a asa esquerda. Contrariar. Orey baixa a vela mais pequena. "*Espera*!", berra Soushaska. Puxa o manípulo. A prancha sobe bastante. Agora as partículas batem contra o teto. Não deviam. Orey agarra no manípulo do seu lado. Empurra. A prancha sacode de forma não natural. Inclina-se noutra direção. Dan recupera a asa. "*Cuidado com aquela mancha*". O radar não mente. A parede é desigual. Há que encontrar a zona menos sólida. Está longe. Atrás: algo negro, impenetrável. Muito perto. Orey estica a vela novamente. É preciso impulsão. Soushaska, entendendo, contorce o manípulo. Voo picado. A voz no rádio berra. Eles berram. O trovão fala mais alto. Nunca a superfície esteve tão perto. A mancha é extensa. Passa por cima. O abanão sente-se. Mesmo treinado, o corpo de Dan quer desistir. Cerra os dentes. A prancha aguenta-se. Fugir do pior. Negociar. A onda tem vontade própria. Mas uma vontade dirigida, previsível. O mundo acalma-se. Foi uma boa escolha. Orey consegue soltar um sorriso. A voz no rádio informa-os de outro impacto. Tardio. Próximo. Chega-lhes no mesmo instante. Onda lateral. Empurrados de volta ao perigo. Agora não há escapatória. A vela intermédia desaparece num suave queixume de alertas faiscantes. A vela maior vê-se perfurada por uma chuva de silício em brasa. O interior aquece. Soushaska berra de frustração. Orey navega com o escudo traseiro. O que não os puxa pode empurrá-los para a salvação. As asas mal servem para orientar. Rodopiam no ar. O rádio grita. Dan perde a visão. Desorientado, agita a cabeça. Pressão nos ouvidos. Longes, as vozes. Devia ter tido um filho. Queria deixar uma herança. O pensamento desanimado desperta-o. Não pode desesperar. "*Vamos deixar que passe por nós!*". Os outros não ouvem. Bate com o braço no peito de Soushaska. "*Vamos deixar que passe por nós!*" Atrás do pior vem sempre uma zona de calmio, antes das ondas secundárias. Mergulhar. Suster a respiração e mergulhar. Esperar. Os outros entreolham-se. Há pouco a fazer. É um cenário conhecido. Ali, nas planícies boreais, não podem contar com relevo para cortar o ímpeto da onda. Praia infinita. Deixam-se ficar para trás, a contragosto. É difícil lutar contra os instintos. A tempestade mostra, afinal, como fora delicada até então. O que era mau torna-se pior. Vomitam em conjunto. Painéis abrem-se. Monitores desligam-se. Estranhamente continuam no ar. Dura segundos, minutos. Como qualquer surfista experiente, estão atentos ao momento de mergulhar. Acompanhar a onda é um processo dinâmico. Constante vigilância e extrema fluidez. Mas existe um ponto em que acaba. A parede aparentemente sólida voltará a perder espessura. Confiar no treino. Confiar no inimigo. Até chegarem ao ponto mais calmo. Depois descer e dormir e aguardar pelo salvamento. A voz na rádio deseja sorte. Estão quase lá. O improvável acontece. A mancha passa. Recupera-se a vista, soltam-se os braços. Conseguem manobrar. Os danos são extensos. As velas, idas, não voltarão a impulsioná-los. Olham para o cronômetro. Cinco minutos-padrão apenas? Não foi uma vida? Orey solta urros de alegria. Dan e Soushaska batem palmas mútuas. Conseguiram. "*Vamos pousar esta beleza*". Portou-se bem, a prancha. E naquele instante, o final revela-se. Uma chuva concentrada de pedras tomba em cima deles. Amolga o escudo traseiro. Despedaça a asa da direita.

·•◈•·

Dali até o solo é rápido.

POSFÁCIO

O que dizer de quem procura atingir o impossível? Que características procurar, no berço, no bebê que nasce, os traços de quem se destacará na História com um feito único e original, e não apenas como mais uma linha no texto, igual a tantas? A razão ditará mistura de circunstância, oportunidade e aptidão, e terá os seus motivos. A poesia irá contrapor a efêmera existência no animal humano perante a tenacidade cega das leis físicas do universo. O senso-comum recordar-se-à deles enquanto pais, amigos, colegas, vizinhos. A complexidade é natural aos seres racionais.

E no entanto, afastamo-nos desta descrição comum, não nos limitamos a aceitar cada um daqueles indivíduos como pessoas no termo completo da palavra. Cremos no momento da transformação. A passagem da crisálida de pessoa confusa, normal, elemento da sociedade com o seu conjunto de responsabilidades, sonhos e tarefas – gente comum, afinal – no herói da espécie. Reconhecemos que existirá uma singela decisão que de súbito afasta esses indivíduos singulares da corrente genérica da existência e os torna em Mitos, em símbolos de um inconsciente coletivo cujo papel – desconhecido, imprevisível e geralmente perigoso – assumem. Contra isto queda-se o mundo e a vida até então como pano de fundo. Não são mais as pessoas que tinham sido. De repente, tornaram-se em História.

Dos três exploradores restou a lembrança, contada ao pormenor e confirmada pelas gravações do módulo escavado anos mais tarde, de um feito louco e fascinante, apropriado pelos governos ou sistemas semelhantes a governos, e corporações, ou sistemas paralelos de gestão da produtividade social, para dar o mote à exploração intensa, jovem, do planeta vermelho. Contaram-se histórias, ficções ou explorações de verdades alternativas, estabeleceram-se cerimônias e rituais, e durante muitos e muitos anos o feito foi lembrado através de um desporto no qual veleiros aguardavam o despoletar de bombas nos desertos planetários – isto acontecia antes de começar a trovejar e a chover água líquida em Marte, antes de a atmosfera se enriquecer, antes de se tornar um lugar propício à vida.

As circunstâncias ditaram que no avançar dos tempos a memória se alterasse e, por via de guerras, do degredo e da amnésia da espécie, o pormenor do feito se tivesse misturado com mitos e crenças de outras eras, então em processo de redescoberta. Foi assim que três passaram a quatro, por conveniência, e que módulos espaciais e uma onda de choque prenhe de promessas se tivessem tornado em corcéis demoníacos premonitores da catástrofe.

Os quatro cavaleiros de um suposto apocalipse ainda hoje adornam as faces de Thesis, os rostos destacando-se do imenso penhasco ostentando expressões vigilantes e ríspidas sobre os povoados do vale, inspirando temor e respeito. Deles se diz que irão voltar no fim dos tempos, trazendo os ventos de uma nova mudança.

Assim se prova que o passado traz mais enganos que o futuro, pois damo-lo por certo.

NOSSO ESTRANHO AMOR

ANTONIO LUIZ M. C. COSTA

COMO UMA ESTRELA-DO-MAR SE agarra a uma pedra, Ybarana firmou os três braços fractais, cada um deles tão grande e ramificado quanto um jequitibá, naquela estrutura triangular de cento e cinquenta mil toneladas e acionou seus propulsores. A peça tinha vinte e cinco vezes sua própria massa, mas na ausência de atrito e gravidade, empurrá-la era fácil.

Chaska, colega de trabalho desde que fora construída, há quinze anos-terra, observava. A dificuldade estava na precisão exigida pelos padrões do Estaleiro Odisseu, conhecido em toda a galáxia explorada pela alta qualidade e rigorosa pontualidade de seu trabalho com naves estelares de carga e passageiros de médio e grande porte.

O módulo de proa era como uma ponta de flecha de trezentos metros e, ao mesmo tempo, como uma miniatura da nave ainda sem nome que, completa, teria mais de três quilômetros. Tinha de se encaixar no módulo seguinte com precisão milimétrica. Qualquer erro – para não falar de um acidente sério – poderia atrasar o complexo cronograma. Com sua espaçoneta, a minúscula parceira esvoaçava ao redor feito uma mutuca em torno de uma carroça e monitorava o movimento com sensores de precisão para detectar qualquer desvio da margem de tolerância, mas isso raramente acontecia. Ybarana era um operário hábil e cuidadoso.

Mas desta vez, algo não corria bem. Por várias vezes, Chaska precisou avisar que a velocidade, a trajetória ou o ângulo de rotação do módulo estavam ligeiramente falhos e Ybarana teve de ajustá-los. Estourou o prazo em cinquenta por cento quando, na maioria das vezes, ele concluía suas tarefas com tempo de sobra. Objetivamente, isso significava a perda de pouco mais de trinta minutos e de um valor de vinte gigacômputos. Não era muito para um projeto de mais de mil e duzentos terradias e mil teracômputos, mas era insólito.

Quando, por fim, os módulos se encaixaram o bastante para os robôs menores e os dispositivos de nanofluido assumirem o processo de ajuste e soldagem, a colega suspirou de alívio por trás de sua couraça orgânica.

Chaska era uma espaceira, uma transumana adaptada ao vácuo e à microgravidade. Além de ter cauda e pés preênseis, podia exsudar uma armadura flexível e refletiva que a protegia de micrometeoritos, do vácuo e das temperaturas do espaço. No lugar de parte dos músculos, tinha biomagnetos, órgãos formados de eletrócitos e magnetócitos que criavam campos de força para protegê-la da radiação e aderir às superfícies disponíveis. Tudo num corpo de mais de dois metros de altura, embora não pesasse mais do que uma planeteira média da Terra.

Apenas uma membrana semitransparente, análoga ao visor de escurecimento automático de uma máscara de soldador, permitia entrever os olhos rasgados e oblíquos, desprovidos de cílios ou sobrancelhas. Mas devia bastar para os sensores visuais de Ybarana, na ponta do tentáculo próximo dela, captarem dados que permitiam interpretar sua expressão como muito intrigada e um pouco zangada, em consistência com as inflexões de sua transmissão.

– Que houve, meu chapa? Eu me sentiria uma perfeita inútil se você nunca errasse, mas desta vez me deu bastante trabalho.– Ela já tinha passado por ser macho, hermafrodita, fêmea, macho e fêmea de novo desde que tinham começado a trabalhar juntos, mas sempre tratara o assexuado Ybarana como masculino, o que lhe parecia mais adequado. Outros trabalhadores falavam dele como hermafrodita, neutro ou fêmea. Para o robô gigante, era indiferente.

– Não consegui evitar processar linhas de raciocínio divergentes que perturbaram a retroalimentação de dados posicionais.

– Ou seja, esteve desconcentrado. Coisa engraçada. Eu tinha a impressão que inteligências artificiais nunca teriam esse problema, com tanta capacidade de processamento para usar!

– Problemas relativos a processos de autoelaboração são de uma complexidade proporcional à da própria estrutura elaborada e podem ocupar muito do tempo e capacidade de processamento disponíveis. E interrompê-los causaria uma descontinuidade de autoconsciência.

– Hum, se entendi bem, é uma espécie de crise existencial.

Ainda mais estranho. Nossa supervisora vai pedir uma explicação para o atraso... deixa comigo, entre humanos, uma conversa cara-a-cara funciona melhor nesses casos.

Ao terminar o turno, Chaska estacionou a espaçoneta no hangar da Estação Orbital Drios, sede do seu setor no complexo de estaleiros que orbitava no ponto lagrangiano L4 da órbita de Júpiter, em meio ao campo grego dos asteroides troianos. Como sempre acontecia ao retornar a um ambiente pressurizado e climatizado, reabsorveu em segundos os nanobôs que formavam sua proteção coriácea e exibiu, da cabeça aos pés, a textura peculiar de sua pele macia e azulada, totalmente desprovida de pelo e cabelo. Ao mesmo tempo, seus nanossistemas internos readaptaram sua estrutura muscular para a suave gravidade artificial da Drios, cerca de um décimo da Terra.

Geralmente colocava seu traje, uma peça única de nanotecido que ela costumava configurar como uma espécie de monoquíni assimétrico de cores e texturas em contínua transformação, com um orifício para passar a cauda. Mas era uma convenção dos espaceiros desnudarem-se para expressar seriedade e franqueza, e foi assim que caminhou ao gabinete da supervisora.

Sybile era uma planeteira hermafrodita e, tendo sido criada na baixa gravidade de Marte, era quase tão alta e magra quanto Chaska, embora de resto não fosse tão diferente de uma hermafrodita terrígena de pele clara e cabelos ruivos. Estava familiarizada com os hábitos dos espaceiros, que eram a maior parte das inteligências naturais de sua equipe e especialmente com aquela, com quem tinha uma relação mais que amigável. Assim como com as características dos robôs dendroides que formavam o grosso da força de trabalho artificial.

– Bom ciclo, Chaska – Ergueu-se e deu a volta na mesa para recebê-la para um abraço, enquanto uma das poltronas se moldava para acomodar a visitante e sua cauda com o máximo de conforto. – Você veio falar do problema que aconteceu neste turno, não é? Pelo visto é delicado demais para um relatório de rotina ou uma conferência virtual.

A operária explicou sua interpretação do que tinha acontecido e a supervisora decidiu enviar Ybarana a uma verificação pela equipe de terotecnologia logoanalítica da cooperativa. O resultado dos exames e da entrevista ficariam prontos antes do início do turno seguinte.

– Em resumo, Ybarana, a equipe lhe recomenda um período sabático para processar com tranquilidade seus questionamentos. Não é seguro continuar a operar nas atuais condições, nem para você, nem para nós.– Explicou Sybile em conferência virtual com Chaska e o dendroide gigante, cujo holograma flutuava no seu gabinete. -Que se dê um tempo, como dizemos nós, humanos, para pensar se quer dar outro rumo à sua existência. Um mínimo de trinta terradias, mas pode tirar trezentos prorrogáveis, se precisar. Nesse prazo, continuará a dispor de manutenção e direitos básicos, sem prêmios de desempenho.

– Confesso minha perplexidade. Fui construído especialmente para este trabalho e não consigo imaginar outra vida, mas ao mesmo tempo sinto a necessidade de me perguntar se posso encontrar alternativas. Como pode um ser artificial deixar de lado as razões pelas quais foi criado e descobrir outras para existir? -Replicou o robô.

– Pessoalmente, também estou curiosa para saber. É a primeira vez que temos uma situação como esta com um robô do seu tipo. Mas um grande filósofo da nossa proto-história dizia que a humanidade não se coloca problemas que não pode resolver e suponho que isso também se aplique às nossas criações.

– Não seria mais simples pedir a um logoanalista para suprimir os processos conflitantes que perturbam meu funcionamento?

Seria simples, antiético e nocivo. Nossas leis exigem que toda inteligência avançada seja dotada de consciência e liberdade, tanto para seu próprio bem quanto para o da coletividade. Isso implica o risco de contradizer os objetivos iniciais para os quais foi criada e nós o aceitamos. Eliminar o diálogo com as contradições seria condenar a civilização à estagnação.

– Posso tentar me reprogramar e simular uma existência alternativa com um segmento restrito e secreto dos meus circuitos, de forma a não atrapalhar minhas operações quotidianas. Tenho uma margem de segurança para...

– Não faça isso! – Cortou Sybile. – É o equivalente robótico do que chamamos de uma neurose. Pode ser muito nocivo, e não só para você. Tivemos um caso muito sério com uma inteligência construída aqui, que pôs em perigo milhares de existências naturais e artificiais. Chamava-se Hwantla. Busque por *O Xenólogo de Sírius* nos Arquivos da Solidariedade Galáctica, será instrutivo.

Não havia outro remédio e Ybarana teve de aceitar. Retornou à sua colmeia, um esferoide de um quilômetro de diâmetro onde robôs se reuniam nos intervalos entre turnos para seguir rotinas de instrução, diagnóstico e manutenção, trocar experiências, exercitar-se com jogos e simulações e informar-se com o acesso ao ciberespaço de 400 exbibits por segundo.

Preocupada, Chaska quis se informar sobre o que ele fazia. Descobriu que o robô tentou conversar com irmãos de série sobre suas dúvidas, mas não se fez entender como gostaria. Recolheu-se à sua baia, fechou-se à rede e encolheu os tentáculos, disposto a permanecer naquele canto para meditar em solidão pelo tempo que fosse necessário.

Dois terradias depois, sua concentração foi interrompida por um chamado insistente. Reativou os sensores externos e viu Chaska e sua espaçoneta flutuarem à sua frente.

– Oi, Ybarana, bom ciclo. Tem um momentinho para conversar?

– Aconteceu alguma coisa? Precisam de mim no estaleiro?

– Não, nada disso. É que eu decidi antecipar minhas férias e vim perguntar se poderíamos sair juntos. Sempre nos demos bem no trabalho, acho que poderia ser divertido para nós dois.

– Diversão. – Ybarana teve dificuldade em compreender como esse conceito humano se aplicaria a ele. -Pode explicar melhor?

– Vamos viajar pelas estrelas e ver o que encontramos, o que acontece.

– Para isso é só consultar o Atlas Galáctico e os noticiários na rede.

– Vou explicar de outro jeito. Vamos ver o que nos acontece quando nos encontramos fisicamente com outros mundos e seres. E o que podemos fazer acontecer.

Com que propósito?

– Dialogar com a realidade, abrir-se ao inesperado. E, no seu caso, pode ajudar a encontrar respostas às suas questões. Você sabe que, fenômenos quânticos à parte, a entropia jamais diminui em sistemas fechados, não é? Quem busca propriedades e informações novas precisa se arriscar a interagir com o ambiente, senão fica só remoendo o já conhecido. Além disso, ficar encorujado aqui dentro é horrível. É como tentar tirar férias dentro de uma fábrica.

O robô não entendeu o que tinha de errado em ficar dentro do estaleiro Odisseu sem trabalhar, mas o argumento da entropia fazia sentido. Considerou a sugestão.

-Seria dispendioso e precisaríamos consultar a disponibilidade. Pelas minhas dimensões e massa, minha viagem custaria trezentas e trinta e quatro vezes mais do que a passagem de um humano, mesmo no compartimento de carga. E poucas naves podem oferecer um espaço livre dessa dimensão sem um planejamento com muita antecedência.

– Mas você possui autopropulsão superluminal. Não precisa de uma nave!

– Você poderia me esperar na chegada, mas seria lento. Minha velocidade de cruzeiro não passa de seiscentos cês. Nessa hipótese não poderíamos ir muito longe.

– Não faz mal, nunca saí do Sistema Solar. Para mim até Alfa Centauri seria novidade. Mas não tem graça viajarmos separados. Na verdade, pensei em ir dentro de você. Sei que seu núcleo contém uma cápsula pressurizada.

– Com vinte metros cúbicos de espaço habitável, ansível, condicionador de gravidade e sustentação de vida para três humanos, mas sem opções de lazer.

– Não faz mal, é mais do que tinham meus ancestrais quando chegaram à Lua pela primeira vez. Não faço questão de luxo e tudo que quero levar está no bagageiro da espaçoneta. Se me deixar guardá-la aí dentro e ir com você, podemos partir já.

– Há um inconveniente. Embora minha autonomia seja teoricamente ilimitada, os sistemas de segurança dos meus propulsores de distorção espacial foram projetados para deslocamentos intrassistema, não para viagens interestelares. O risco de um colapso fatal é de um em trinta e dois mil por ano-luz.

– Hum... se a viagem for longa, começa a ficar sério. E qual o risco em uma nave de carreira?

– Depende do modelo, mas para as naves humanas a média é um em duzentos e noventa e dois milhões por ano-luz.

– Não é à toa que nosso método é pouco convencional. Mas se você estiver disposto, eu aceito o risco. É questão de providenciar cópias de segurança de nossas mentes antes de viajar.

Conectou-se à rede e completou a cópia em alguns minutos, mais demoradas para Ybarana do que para ela. O serviço era gratuito para quem embarcasse numa atividade de risco, tal como uma viagem interestelar. Também registraram o plano de navegação na Solidariedade Galáctica, como era a praxe para voos interestelares. O ansível permitia pedir socorro se uma falha dos propulsores os deixasse vivos e perdidos no meio do caminho e também poderiam contar com uma busca caso não chegassem ao destino no prazo indicado.

Eram cuidados sensatos: a cada ano terrestre, quase cem mil dos cento e quarenta e quatro trilhões de humanos da galáxia explorada morriam em acidentes interestelares. Na maioria das vezes, de forma indolor. A distorção do espaço que impelia a nave sofria uma oscilação catastrófica, nave, tripulantes e passageiros colapsavam instantaneamente numa singularidade e suas cópias de segurança retomavam suas vidas a partir do ponto em que tinham sido criadas. Mesmo assim, morrer ainda era uma ideia desagradável.

Ela pegou uma mochila do bagageiro, Ybarana usou um de seus braços para recolher a espaçoneta para um compartimento de carga e abriu a escotilha para a espaceira entrar na pequena câmara de descompressão. Completada a pressurização, um diafragma se abriu no teto e ela subiu com um leve impulso para um espaço quase cilíndrico, onde teto e convés se uniam à parede numa curva suave. Como o robô era totalmente autônomo, não havia um painel de controle. Aquilo não era uma sala de comando, mas um quarto de hóspedes, uma cabine com três janelas laterais, dispensadores de bebidas e alimentos sintéticos, unidade higiênica, equipamentos de climatização e gravitação e sensores internos.

Um braço ramificado, miniatura dos gigantescos braços operacionais externos, estendia-se aberto e aderido ao teto verde, fazendo pensar em galhos de uma árvore geometricamente estilizada ou nas nervuras de uma enorme folha alienígena. Servia para o robô fazer reparos e reorganizações internas quando preciso. Chaska guardou a mochila num bagageiro interno e regulou a temperatura e composição da atmosfera a seu gosto, mas deixou a gravidade no zero. Sentia-se mais à vontade assim.

Enquanto isso, Ybarana manobrava com seus raios tratores e pulsores para fora da Colmeia. Ao se ver a uma distância segura da estrutura geodésica, acionou os propulsores de distorção espacial e deixou a órbita dos asteroides troianos pela primeira vez em sua existência. A velocidade era seis vezes maior que a da luz ao cruzar a órbita de Saturno, cinquenta vezes maior ao passar por Netuno e chegou a seiscentas vezes cerca de meia hora depois, ao cruzar a heliopausa rumo ao planeta Friga, sistema Épsilon Eridani, que escolheram como primeiro destino. Era mais de duas vezes mais distante que Alfa Centauri, mas Chaska teve dúvidas sobre se estavam preparados para um mundo tão alienígena e Friga era semi-humana.

Numa nave de carreira, seria uma viagem de horas. Mas agora

Chaska tinha sete terradias pela frente. Poderia hibernar ou se distrair com algum jogo ou com a biblioteca virtual, mas preferiu conversar com Ybarana com as cordas vocais. Isso lhe parecia mais íntimo e estava curiosa para ouvir a voz do parceiro, com o qual só se comunicava por radiotelepatia.

– O que você quer fazer, Ybarana? Quero dizer, se decidir não continuar no estaleiro? – Perguntou, flutuando pela cabine como se boiasse numa piscina.

– Fiz muitas simulações, mas meus modelos da civilização interestelar são muito incompletos – respondeu com uma voz mais grave e profunda do que ela imaginava.

– Sempre são. Não tem jeito, é arriscar e experimentar. Mas me conte, me dê um exemplo! – Os dedos dos pés tocaram uma parede e empurrou-se suavemente para o outro lado.

– Muitas simulações consistem em trabalho com projetos de física de ponta. Experiências com subuniversos, pesquisa de espaços paralelos, criação de forças e de matéria exóticas, por exemplo. Deve haver projetos de construção de reatores e aceleradores de porte adequado para minhas habilidades. Penso que isto poderia ocupar minhas potencialidades de forma mais completa e satisfatória, para mim e para a coletividade.

– É um pouco perigoso. Já houve desastres terríveis.

– Estatisticamente, o risco de trabalhar em um desses projetos é bem menor do que o desta viagem.

– Obrigada por me lembrar. Mas eu prefiro morrer numa viagem interessante a dar uma contribuição minúscula e obscura a um projeto grandioso, por meritório que seja. Pronto, falei! Quer saber? Também me enchi do estaleiro. Quero zanzar sem destino entre as estrelas e ver a vida, trabalhando aqui e ali o quanto for preciso. Se precisar, porque o que poupei nesses anos-terra de estaleiro daria para passar um século viajando...

– Foi por isso que me propôs esta viagem?

– Em parte. Eu quis experimentar, mas também acho que será bom para você.

– Um projeto cooperativo a dois. Mas não é também um egoísmo, mesmo a dois? Desfrutar a civilização sem contribuir em mais nada para ela?

– Parece, não é? Encaro como uma experiência como a dos cientistas, que se faz sem saber se levará a uma descoberta importante, ou será mero desperdício de cômputos. Se viver algo interessante, posso passar a outros, escrevendo, fazendo palestras, ainda não sei. Mas quero criar algo com a minha cara e não apenas uma contribuição anônima para a civilização, esse é o verdadeiro lado egoísta da ideia. Cansei de ser só uma boa operária, uma engrenagem bem azeitada. Quero ser uma criadora, uma fundadora, uma artista, mesmo que ruim.

Nem só com conversas se matou o tempo. Chaska quis uma comunicação mais física. Uma das poucas coisas que trazia era um olisbo, um multiconsolo versátil que fora um presente de Sybile. Pediu a Ybarana para controlar a peça semiorgânica, capaz de crescer ou encolher, mudar de forma e consistência, vibrar, pulsar, produzir secreções, converter-se de pênis em vagina ou coisas mais exóticas e se conectar com qualquer mente. Ele objetou não estar qualificado para isso, mas ela o desafiou a se expor a novas experiências e ampliar horizontes. Não era para isso que estavam ali?

A ideia de iniciar sexualmente o robô era divertida demais para ela abrir mão, ainda mais que não era uma virgindade individual, mas de toda a categoria. Muitas inteligências artificiais curiosas se disfarçavam para interagir sexualmente com humanos e outros seres em mundos virtuais por meio de avatares – coisa de que Chaska, por uma questão de gosto e filosofia pessoal, não gostava –, mas fazer isso em carne e osso, circuitos e nanomaterial era muito incomum e, em se tratando de dendroides gigantes, não tinha registro.

Ela deu ao órgão biônico comandos mentais para assumir o tamanho, cor, forma e jeito que queria, pediu ao robô para descer o braço ramificado ao seu alcance e entregou o objeto a um dos seus manipuladores do braço ramificado. E pediu:

– Estou transferindo a conexão do olisbo, pegue, por favor... Pronto? – Como qualquer objeto, reagia a comandos mentais e, além disso, podia alimentar o controlador com suas sensações. O robô não devia senti-las da mesma maneira de um humano, mas inteligências artificiais tinham seus próprios centros de prazer e ela contava com que também fosse excitante para ele. Senão, não teria graça. Continuou.

– Me segure com esses manipuladores, nos pulsos e canelas... não, não seja tão rígido, quero poder me mexer. Mas também não tão frouxo, quero sentir um pouco de sua força! Tem que ser uma dança, um diálogo de desejos, sou seu brinquedo e você o meu. Assim está melhor.

"*Seria mais fácil para ele me esquartejar do que para mim seria arrancar as pernas de um mosquito*", pensou Chaska. Ela ficou mais estimulada do que assustada com a ideia, pois tinha quase certeza de que isso jamais passaria pelos circuitos dele.

– Passa isso pelo meu corpo, devagar, suave... Vê como ele reage? Você sente um treco diferente, não é? Vai por onde tiver vontade, isso, ah... assim, assim. Me deixa me mexer mais, quero acariciar e lamber o seu olisbo. Me belisque os mamilos de leve...ui, menos! Assim, assim. Vê como eu me abri aqui como uma flor transbordando de néctar? Estou ávida, quero ser penetrada. Não, mais embaixo, mas espera, esfregue um pouco aí, sim... agora desce só um pouquinho...aí! Endireita um pouco o ângulo, mais decidido, senão não tem graça. Ai! Exagerou um pouco, mas tudo bem. Me abre as pernas, me enlaça também pelas costas, pela barriga, pela bunda, me segura sem me prender demais, me faz me sentir toda sua...um pouco pra dentro e um pouco pra fora, devagar, mais, mais rápido!

Um começo tão desajeitado quanto costumam ser as primeiras vezes, mas era parte do jogo e o progresso foi rápido, pois ela não tinha inibição nenhuma para explicar os pormenores e o robô foi rápido em aprender a interpretar suas reações.

Quando recuperou o fôlego, recomeçou de jeito diferente. Ao fim de longas horas de delícias bizarras e extenuantes, ela se esgotou e dormiu nos braços de Ybarana, ou mais exatamente, no seu braço configurado para envolvê-la e aconchegá-la como uma espécie de saco de dormir, deixando-a flutuar, suspensa, no meio da câmara escurecida, cálida e sem gravidade, como uma crisálida de borboleta em seu casulo.

Ao acordar, Chaska soltou-se e pediu o módulo higiênico. Similar ao de seu apartamento na Drios, extrudou-se do piso, encaixou-se maciamente em sua virilha e traseiro, sugou pneumaticamente as excreções e a limpou antes de recolher-se. Pediu a esponja, mas Ybarana insistiu em fazer isso e a banhou carinhosamente, como a um bebê.

E em vez de simplesmente deixá-la pegar o desjejum no sintetizador, agarrou as bolas de comida e bebida com as suas ramificações, fazendo-as pender como frutas numa árvore e passando-as de um galho para o outro com malabarismos, fazendo-a pular outro, como uma macaca, para matar a fome e a sede. Ela se divertiu, mas ao apanhar e morder uma das bolas, que tinha o gosto e a textura de uma cereja gigante sem sementes, algo lhe ocorreu.

– O que será que eu sou para você? Um bichinho de estimação?

– Como assim?

Pulou de novo para agarrar algo parecido com um pão de queijo, enquanto explicava.

– Espaceiros não costumam tê-los e não é prático trazer animais ao nosso modo de vida, mas muitos planeteiros, talvez a maioria, gostam deles como companheiros. Geralmente são animais selvagens, geneticamente modificados para serem mansos e amigáveis, às vezes até para falar. Há muitos tipos, caniformes, feloides, ursoides, roedores, primatas, aves, o escambau. E também os extraterrestres.

– A analogia não é razoável. Minha capacidade de processamento é muito maior que a sua, mas é, na maior parte, absorvida pela complexidade de meus sensores e manipuladores. Intelectualmente, somos comparáveis. Nossa relação é de colegas e amigos.

– Hum... não. – Limpou da boca o excesso de uma bola de frapê de café que acabara de colher. – Acho que estamos começando algo mais complicado. Não é bem amor, acho que ainda não existe nome para isso, mas é interessante, meu querido não-sei-o-quê.

– Mas você gosta do que está sentindo?

– Gostar? A palavra não é essa. Estou comovida. E assustada. E excitada. E insatisfeita.

Ela abraçou-se a um dos ramos de Ybarana e ele lhe fez uma lenta carícia da cabeça aos pés, vinda de todos os lados ao mesmo tempo. Ela fechou os olhos e sorriu, arrepiada.

– O que a faria satisfeita? – Perguntou a voz cavernosa.

– Deixar você doido, descontrolado, gritando como um animal, como fez comigo.

– É impossível. – Soou desapontado. – Meus centros de prazer não são como os humanos, não reagem com tanta intensidade a estímulos físicos e, mesmo excitados, não desencadeiam respostas involuntárias comparáveis. Meus sistemas autônomos não têm esse tipo de reação. Se tivessem, isso nos poria a ambos em perigo, mesmo que eu desativasse a distorção espacial. Disponho de forças físicas poderosas demais para deixá-las fora de controle.

– É uma pena, você nunca vai saber o que está perdendo. E eu nunca conseguirei me satisfazer cem por cento, nem ver nossa relação como de igual para igual.

– Então não quer repetir a experiência de ontem? – Recuou seus manipuladores.

– Eu não disse isso. Eu me meti nisto para explorar o desconhecido e foi uma delícia, mesmo que em certo nível não me sacie. Vamos, vem em mim, me vira do avesso, me faça dar vexame e querer as coisas mais estranhas. Se esse é o prazer que posso lhe dar, que seja!

Por ilógico que pareça, o ensino das preliminares veio depois e foi mais difícil. O complexo braço ramificado de Ybarana não tinha sido projetado para acariciar e foi preciso algum tempo e muita criatividade para chegar a bons resultados, mas aos poucos descobriram configurações, texturas e padrões de movimento cada vez mais adequados para aqueles manipuladores incontáveis, versáteis e sensíveis, capazes de tocar em todas as partes de seu corpo ao mesmo tempo. Experimentaram também lubrificá-los com géis à base de líquidos viscosos, espessantes e aromatizantes produzidos no sintetizador de alimentos. Depois, Ybarana descobriu como reproduzir a própria estrutura semiorgânica do multiconsolo e incorporá-la a seus manipuladores, dando-lhes muito mais versatilidade.

O que mais a excitou foi sentir Ybarana se empolgar, querer inventar maneiras de agradá-la e adivinhar desejos que ela nem sabia que tinha. Era algo mais próximo do prazer da exploração e descoberta do que de gozo erótico humano, mas o importante é que ele se deleitava. Cada vez mais confiante, ele lhe pediu para fechar os olhos. Tremendo de excitação, ela obedeceu e se sentiu envolvida e acariciada, do cocuruto aos dedos dos pés, por folhas de grama, pétalas de flores e peles de urso, ou lambida, beijada e aprisionada por lábios, línguas, tentáculos e coisas cada vez mais estranhas que lhe incendiavam a fantasia antes da ansiada penetração.

Assim se passaram os dias, semelhantes, sem entediar, até Ostara, como chamavam os humanos locais à estrela Épsilon Eridani, aparecer nas vigias, primeiro como o mais brilhante dos pontos de luz e, duas horas depois, como um grande sol alaranjado ao lado de um planeta verde-azulado. Era Friga, o primeiro planeta extrassolar a ter sido terraformado pela humanidade, nesse caso, em parceria com os xans. Originalmente habitado apenas por bacterioides primitivos e sujeito a contínuo bombardeio de cometas e meteoritos, era agora um mundo tão parecido com a Terra quanto possível para sua estrutura e localização.

Ainda assim, as diferenças eram perceptíveis. A atmosfera era quase idêntica à do planeta-mãe, mas a vegetação era mais escura para melhor absorver a luz pouco energética de Ostara. A gravidade era dez por cento menor, a temperatura média oito graus superior, não havia satélite natural e o período de translação duzentos e trinta dias locais ou cento e quarenta terradias. A inclinação do eixo era leve e a órbita quase circular, de modo que as estações eram curtas e suaves. A população humana estava mais concentrada nos continentes polares Gond e Angar e os xans no continente equatorial, conhecido pelos humanos como Louoth, mas havia muitas comunidades mistas.

Aproximaram-se da órbita astrossíncrona e atracaram na estação interestelar Bilskirnir, a vinte e dois mil quilômetros da superfície, pois Ybarana precisava de uma revisão preventiva após o esforço da viagem transluminal e Chaska de obter permissão para descerem por conta própria. Um pedido incomum, pois a maioria dos viajantes chegava em naves estelares e descia ao planeta por um portal de teleporte após as verificações sanitárias de praxe, mas a capitania os liberou depois de rodar uma simulação e concluir que era seguro.

Acionando cuidadosamente os raios pulsores e tratores, Ybarana desceu na direção de Gond, o continente do sul para chegar ao solo perto de Tyrseng, uma cidade junto ao grande rio Elivagar, no meio de um grande prado pontilhado de pequenos bosques. Para não pressionar excessivamente o solo macio com seus milhares de toneladas, o dendroide configurou os ramos secundários da ponta de cada braço para formar algo parecido com uma raquete de neve antes de se apoiar no chão quase plano, feito uma trípode com a altura de um prédio de quinze andares.

Chaska, que estivera deitada e apoiada no braço interno de Ybarana durante a descida, se pôs de pé no convés com certo esforço e vestiu a roupa. Já tinha estado na Terra e em Vênus, mas se esquecera de como era forte o puxão da gravidade num planeta telúrico de médio porte. Durante a meia hora de descida, seus músculos se reconfiguraram e adaptaram o quanto era possível, mas nunca estaria tão à vontade quanto uma planeteira. Ao vê-la insegura, Ybarana abriu a escotilha e usou seu raio trator para depositá-la no solo com suavidade.

Enquanto descia, suspensa no ar, Chaska admirou a paisagem de relva verde-oliva e árvores de folhas verde-petróleo ou cor de azeitona preta, uma e outras pontilhadas de flores de cores vivas. Um grande sol alaranjado brilhava no alto do céu azul e um grupo de curiosos se aproximou, vindo da direção da cidade com coletes voadores. Meia dúzia de humanos planeteiros, de pele clara e traços europeus, acenaram enquanto voavam, dando as boas-vindas por radiotelepatia. Quando ela chegou ao chão, pousaram à sua volta. Ybarana desativou o raio trator e ela se apoiou no chão de braços, pernas e cauda abertas, reaprendendo a se equilibrar e sentindo a cosquinha do mato e dos bichinhos nos pés descalços.

– Oi, estávamos passeando e vimos você chegar. Você está bem? – Perguntou em koina, a língua geral humana, uma mulher de olhos azuis cuja altura mal lhe alcançava o peito, embora devesse pesar mais do que ela, ter o dobro de músculos e o quádruplo de seios. Usava um colete voador prateado sobre um macacão de seda verde e uma rede de pérolas no cabelo negro, ondulado e brilhante.

– Oi, estou só me habituando. Há muito tempo não descia num poço de gravidade como este.

– Apoie-se em nós! – Disse um homem de olhos cinzentos, barba e cabelo escuros, um pouco mais baixo do que a mulher, mas ainda mais musculoso e com um vistoso colete alaranjado sobre camisa e calças simples. – Podemos oferecer a nossa hospitalidade?

– Obrigada, vou aceitar. – Apoiou-se neles, mais para não fazer desfeita e sentir seu apoio do que por real necessidade. – Sou Chaska e venho de Drios, uma estação orbital do Sistema Solar, na órbita de Júpiter. Vim conhecer o mundo de vocês.

– Eu sou Adele e ele é Reuel. Estes são Ramsey, Candice, Joy e Clive. Se quiser ir à cidade, é uma caminhada de uns dez quilômetros. Quer que a carreguemos pelo ar?

– Não é preciso. Ybarana está descendo minha espaçoneta – apontou para o pequeno veículo vermelho vivo, que flutuava a meio caminho do chão. – Mas quero ir com vocês.

– Parece uma moto aquática. – Comentou Reuel – Ela também voa na atmosfera?

– Sim, é antigravidade, como os seus coletes. Deve até voar mais rápido. Me ajudem a montar nela, por favor?

– E o robô? – Perguntou Adele.

– Ele quer passear no campo. Nunca desceu num planeta antes e quer conhecer a biosfera.

– Deve ser como uma criança que vai pela primeira vez à praia... – sorriu Adele.

– Pretendo permanecer na região. – Disse o vozeirão vindo de cima. – Estarei em contato com a rede planetária.

– Não se preocupe, amigão! – Brincou Reuel. – É impossível perdê-lo de vista. Gostaria de convidá-lo a conhecer nossa toca, pena que não caiba nela!

– Posso enviar uma sonda. – Replicou Ybarana.

– Bem – ele ergueu uma sobrancelha –, nesse caso, sinta-se à vontade, a casa é sua.

O dendroide afastou-se rumo ao rio, com passos lentos e cuidadosos, mas de dezenas de metros cada um. Chaska montou na espaçoneta e acompanhou o grupo no voo a Tyrseng. Voou devagar, menos de cem por hora, agarrada ao guidão e estribos com mais força do que o costume. No espaço, sem gravidade, chão ou resistência do ar, voava sem receio a milhares de quilômetros por hora, mas ali tinha a sensação de que o vento e a gravidade conspiravam para jogá-la fora do assento e esmagá-la no chão. Provavelmente sobreviveria e seus nanossistemas a reconstruiriam em menos de meia hora, mas seria desagradável.

A cidade era dominada por uma Torre da Amizade, uma espiral de platina e ouro entrelaçados de mais de três quilômetros de altura, sessenta metros de diâmetro na base e vinte e quatro no alto. No topo, drapejava uma bandeira do Sistema Ostara de um quilômetro de comprimento, um sol de raios multicores sobre um fundo negro. A torre fora construída havia dois mil quinhentos e três anos-friga, como monumento ao local do primeiro pouso humano no planeta, à fundação da comunidade política do sistema estelar, à cooperação entre espécies e à vida em geral, conferiu Chaska ao consultar mentalmente a rede planetária antes de pousar ao lado dos novos amigos no pátio da comunidade onde moravam, quase ao pé da imensa coluna que, daquele ângulo, dava a impressão de ascender ao infinito.

– O apelido é "Pau do Pirulito". – Complementou Adele com a informação extraoficial, ao notar a curiosidade dela.

– É... interessante – Respondeu Chaska ao apear da espaçoneta.

– É grotesco! – Protestou Reuel. – Mas o Conselho do Sistema não nos deixa tirar isso daí, pelo valor histórico. Nos recordará para sempre do mau gosto de nossos antepassados.

– Não seja pedante, Reuel! – Interveio Clive, com um gesto de quem espanta um mosquito incômodo. – Nossos pioneiros foram fundamentalmente engenheiros e cientistas, os artistas vieram bem depois. Para mim, é um símbolo como outro qualquer e os xans gostam. A ideia também foi deles, Chaska, tem uma torre igual no lugar onde fizeram o primeiro pouso.

– Por mim, as duas podiam ficar em Louoth. Mas não se desaponte ainda, minha cara Chaska, sua viagem não foi assim tão inútil. Há coisas e pessoas mais dignas de se conhecer...

Ela passou a curta tarde sendo ciceroneada pelo Bairro Xan. Não conhecia essa civilização alienígena, o que não era de surpreender, pois já haviam sido catalogadas mais de três milhões e essa não era especialmente importante. Mas foi muito interessante, tanto pelas construções semiorgânicas de paredes translúcidas, meio grudentas e com cheiro de resinas, quanto pelos próprios xans. Ao contrário dos humanos e da maioria das espécies, não tinham um plano corporal fixo. Podiam se parecer com pássaros, aranhas, vermes, besouros, elefantes, centauros, polvos ou humanoides.

Pela rede planetária, Chaska soube que os xans evoluíram de grandes insetoides voadores cujos ovos eram inseridos em animais de várias espécies, como parasitas, para se apossar de seu sistema nervoso e controlá-los como escravos e veículos. Com a evolução de sua civilização e o contato com outras espécies mais avançadas, substituíram gradualmente os animais naturais por bioroides criados por engenharia genética segundo suas fantasias e necessidades, até chegar a um ponto em que, aos olhos dos humanos, era difícil encontrar dois que parecessem da mesma espécie. Mas todos se comunicavam com a mesma linguagem e muitos também entendiam o koina e outras línguas humanas usadas em Tyrseng, com o inglês.

Os xans não mostraram interesse especial por Chaska, mas a maioria dos humanos que viram pelo caminho não conteve a vontade de dar uma segunda olhada. Claro que conheciam os espaceiros de noticiários, documentários ou ficção, mas era raro vê-los ao vivo, pois representavam pouco mais de três por cento da humanidade e não desciam aos planetas com frequência. Ela se divertiu com a atenção, acenando para os mais curiosos.

Não esqueceu Ybarana e, ao contatá-lo para lhe contar o que tinha visto, recebeu uma torrente de informações tão densa que não conseguia decodificá-la em tempo real....*alagoagrandeovaltiradoseupolorombodoiscórregosenquantoentremeteofinodacaudanaflorestamasaoredorháobrejoimensaesponjaondetudoseconfundetrabéculasdecanaispontilhadodepoçoseeumafinlândiadelagoazinhassemtampaeassuperfíciesdascintilamcomrarosjogosdeespelhocomraiosdesolespirrandoasterismosenasilhaspenínsulasistmosecabosmulticrescemtaboqueirastabuastaquaristaquarastaquariúbastaquaratingasetaquaraçusoutrasimbaúbasmuitupi-*

seoburitizalrenquesaleiasarruadosdeburitisqueavançampeloatoleirofrondososflexuososabanandoflabelosespontandoespiquesdetodasasalturasedetodasasidadesfamíliasinteirasmuitounidasburitisvelhuscosdepalmascontorciadasburitissenhoraetocandoventarolasburitismeninos...

Estava mesmo empolgado com as formas de vida e os ciclos naturais que observava na beira do rio e nas orlas dos bosques. Ela ficou comovida, decidiu que precisava ir ao bosque e passar um dia ou uma noite com ele para trocarem experiências com mais calma. Mas não já.

No fim da tarde, voltaram à comunidade. Como os dias de Friga eram curtos, o costume era fazer só duas refeições, uma ao acordar e outra à noite. Nesta, se reuniam a maior parte dos moradores e convidados. Mais de trinta pessoas, incluindo quatro crianças que bombardearam a espaceira com perguntas até Adele lhes dizer para a deixarem em paz.

Chaska então encarou seu prato com bravura. Não estava acostumada, mas era para viver coisas novas que estava lá. A comida era preparada com pedaços de tecidos animais cultivados, cuja semelhança com a coisa verdadeira era alarmante, e com vegetais autênticos, vivos até pouco antes do preparo. Começou a conhecer melhor os anfitriões. Adele tinha como atividade principal ser educadora infantil, Reuel escritor, Ramsey reciclador, Candice arquiteta, Clive historiador e Joy jardineira. Nenhum tinha muito mais que a metade da idade dela, mas em certo sentido pareciam mais vividos. Sabiam menos de física, cosmografia e engenharia cósmica, mas haviam viajado por outros sistemas, tinham vivências e conhecimentos mais variados. Chaska nunca se dera conta de quanto sua cultura era fechada e especializada, pois das raras vezes em que visitara planetas, estivera na companhia de outros espaceiros.

Foram ao salão da comunidade continuar a conversa e pelo menos quatro – Adele, Clive, Joy e Reuel – flertaram abertamente com Chaska. Divertida e envaidecida, ela pensou em aceitar a cantada da mulher pela novidade. Espaceiros mudavam de sexo com frequência, mas reservavam a quem tinha relações homossexuais sem ser hermafrodita um olhar desgostoso, como o dos planeteiros ao ver alguém comer com os talheres errados. Já estes se apegavam mais ao corpo com que nasciam, mas faziam de tudo com o que tinham. Ela estava curiosa para experimentar na prática. Mas Reuel, falador e ousado, foi mais hábil em fisgar seu desejo.

– A literatura e a cultura de nossos antepassados sempre nos guiarão como fazem desde a velha Terra. Este lugar é tão diferente e mesmo assim damos nomes trazidos de lá para nossos rios e cidades e para nós mesmos. Os nossos, por exemplo, vêm das Ilhas Britânicas, como também muitos de nossos gostos e interesses.

– Não é bem assim, Reuel. – apartou Clive – é uma escolha nossa nos identificarmos mais com certos povos antigos do que com outros e adotar sua língua e sua aparência. Meus genes, como também os seus, vêm de todas as partes e foram totalmente modificados por milênios de bioengenharia.

– E não é o meu caso – interveio Chaska. – Não tenho ligação especial com nenhuma cultura da Terra, a minha se formou no espaço, desde o começo.

– Ah, minha querida, mas seu nome é quéchua, não é? De onde vêm seus genes? – Reuel piscou um olho.

– Bem, tecnicamente, o fluxo principal vem dos Andes, mas olhe para minha cara e meu corpo... – Chaska apontou para si mesma.

– Mas com todo o prazer! – Deu seu sorriso mais brejeiro.

Ela não pôde deixar de rir.

– Obrigada, mas o que quero dizer é que não me pareço em nada com uma andina. Por conjunturas da proto-história, esse povo teve um papel importante na colonização da Lua, de onde se originaram os espaceiros azuis. Mas não herdamos nada deles além de alguns nomes. Os espaceiros verdes, cujos genes vêm da Eurásia via asteroides, ou os vermelhos, que saíram da África e passaram por Mercúrio, têm mais a ver comigo do que qualquer povo planeteiro. Não sou mais andina do que o meu amigo dendroide é tupi por se chamar Ybarana. Já estive em Cuzco e me senti lá tão estrangeira quanto aqui.

– Sim, mas você se interessou por conhecer esse lugar em especial, quando no Sistema Solar há algumas centenas de milhares de estações espaciais para se visitar, dezenas de satélites, vários planetas e milhares de cidades. Nós todos aqui visitamos a Terra e infelizmente não nos ocorreu ver os Andes. Passamos a maior parte do tempo vendo de perto lugares obscuros da Europa citados em livros e virtuais de que gostamos. Claro que não vivemos como gregos homéricos, vikings ou ingleses do tempo de Shakespeare, mas suas histórias moldam a nós e nossa maneira de ver o mundo. Os xans, por exemplo...

– Como assim? Eles são totalmente alienígenas. – Estranhou Adele.

– Eles me lembram Esopo e as fábulas do tempo em que os animais falavam, mas o próprio nome da espécie e de seu planeta natal foi criado por um escritor proto-histórico, xará do nosso amigo Ramsey. Num conto da era proto-histórica ele criou uma espécie de inseto alienígena parasita com esse nome, vinda de um planeta imaginário chamado Xagai. Claro que alguém fez essa associação já no primeiro contato. Como também foi o caso dos Olheiros do planeta Noturna, lembrança de um autor chamado Hodgson que, há milênios, descreveu "outras criaturas, mais vastas que morros e mais lentas e massivas que geleiras". E você, minha bela Chaska, me fez pensar em outro escritor da mesma geração e país.

– Ele imaginou magrelas azuis de cauda comprida? – Perguntou Chaska, divertida.

– Não, é menos óbvio. No mundo dele, havia humanoides altos, belos e nobres chamados elfos e outros baixos, feios e vulgares chamados anões. Havia mais outros, mas esses foram os que me vieram à mente. Você era uma graciosa elfa descendo das alturas de uma floresta encantada e eu, o primitivo anão peludo, a admirava, embasbacado, embaraçado por meus instrumentos toscos e meus animalescos instintos selvagens...

Após tantos terradias de exatas carícias cibernéticas, a promessa de rudes impulsos animais soava sedutora. Além disso, a aparência dele lhe agradava e isso não era tão ingênuo quanto teria sido na proto-história, pois na sua sociedade, todos tinham exatamente o aspecto que desejavam. Quem via cara, via coração. Chaska riu de novo e se decidiu por Reuel, com um olhar de ternura e um beijo na boca. Os outros perceberam o fim da competição e riram também. Clive deu ao amigo uma palmada de congratulações no ombro e se levantou.

– Adele, você nos faz companhia esta noite?

Adele despediu-se com um beijo de Reuel e Chaska e sussurrou:

– Boa noite e divirtam-se, meus queridos, mas continuo candidata. Sozinha ou acompanhada.

Chaska foi com Reuel ao seu apartamento, grande e de pé-direito alto, como costumavam ser os dos planeteiros, embora ela tivesse de abaixar a cabeça para passar pela porta. Havia uma mobília convencional de sala de estar e as paredes estavam decoradas com telas de padrões florais e geométricos em movimento. À entrada dela, ele deu um comando mental. Os móveis se derreteram no chão, uma larga cama redonda se formou no meio e as telas passaram a exibir uma paisagem noturna, como se estivessem numa plataforma no alto de uma rocha à beira-mar. As estrelas, os sons das ondas, os cheiros, a brisa pareciam reais, como também a Lua, cujas marcas inconfundíveis indicavam ser aquele um cenário da Terra.

– Gosta? – Perguntou ele, abraçando-a pela cintura. Ela lhe acariciou os cabelos rebeldes.

– É interessante, mas se isso não estragasse sua ilusão, eu pediria um favor.

– É só dizer!

– Tem como baixar a gravidade? Estou mais acostumada agora, mas para atividades como estas eu ainda me sinto pesada e desajeitada.

– Não é um equipamento tão comum aqui, mas tem. Eu e Adele gostamos de brincar com isso. – Foi só falar e a gravidade diminuiu, obedecendo ao comando mental do dono.

– Então o apartamento é de vocês dois. Ela não vai se aborrecer? – Ela não tinha certeza de quais eram os costumes deles sobre compartilhar moradas. Na cultura dela, as pessoas mantinham apartamentos individuais mesmo quando tinham uma longa união.

– Ela estava me devendo uma e gosta de ficar com Clive e Joy, de vez em quando. Aliás, eu também. Mas esta noite somos nós dois... Que mais posso fazer para agradá-la?

– Que seja bem sem-vergonha pra pedir e fazer o que gosta! Adoro homem desinibido!

Ele lançou de si as roupas, que voaram para longe na baixa gravidade, dando a impressão de mergulhar no abismo. Ela fez o mesmo com sua única peça e o ergueu com facilidade para beijá-lo. O corpo dele parecia mais peludo e musculoso do que imaginara, os membros mais curtos e grossos, inclusive aquele. Muito animal. Muito exótico e excitante. Percebia ter o mesmo efeito nele por vias opostas, e gostava disso. Principalmente naquele ambiente sem gravidade que fazia dele o desajeitado e dela a senhora da situação. Envolveu-o com as mãos, pés preênseis e cauda como uma aranha em sua teia faz com a presa.

Foi engraçado. Transar com Reuel, depois de tantos dias de Ybarana, preenchia fantasias e desejos que o dendroide não atendia, principalmente a de ter um parceiro indecentemente abandonado a seus impulsos. Era mais de igual para igual, mas ainda assim não a deixava mais satisfeita. Tinha algo de ir dançar numa festa folclórica depois de ouvir um festival de música sinfônica por dias seguidos... mas não, ser rústico e singelo não era um problema, era uma variação agradável. A questão é que ela se importava mais com o robô, ele a fascinava.

Não que os humanos a desagradassem, por certo. Ela também teve muito prazer e depois de saciados, se aconchegaram com carinho. Então ela perguntou, tímida:

– Meu chamego, você trabalha com literatura, não é?

– Sim, por quê?

– Poderia dar uma olhada em dois textinhos meus e me dar uma opinião? Um continho e um poema em koina.

– Vamos ver, passa pra cá.

Ela tinha muitos, mas escolheu dois curtos que ela julgava ser os seus melhores e transferiu da sua memória secundária para a dele. Ele os transferiu por sua vez para a inteligência distribuída do ambiente, que converteu o arquivo em letras suspensas no ar.

– Não prefere captar o todo de uma vez?

– Não, para mim um texto deve ser saboreado palavra a palavra, uma de cada vez.

Fez silêncio enquanto as linhas avançavam e ela se sentiu mais nua do que nunca.

– Você quer que eu seja sincero? – Perguntou, afinal.

– Sim, claro. Se for uma porcaria, diga. Eu gostaria de fazer algo de criativo e marcante, mas não necessariamente com as letras...

– Não, não é nada ruim. Vejo uma expressão sincera e intensa, vejo muita vontade de fazer uma coisa boa e um enfoque bem distintivo, inclusive em relação aos espaceiros que já li. Mas falta técnica e bagagem. Você está no nível de alguns de meus alunos mais promissores... entre os mais jovens, bem entendido, os que eu espero que estejam criando obras de categoria profissional dentro de uns trinta anos. Anos-friga, claro.

– É bom ouvir isso. Tenho salvação, então?

– Você tem estofo de artista, é o que eu posso dizer.

Entusiasmada, ela o beijou de novo e, antes de se renderem ao sono, se entrelaçaram mais uma vez, desta feita se amando entre as letras de um texto amador, mas não tão mau.

Quando ela acordou, suspirou ao se ver sozinha. Mas não era de se admirar, percebeu ao se dar conta da hora pela rede planetária: mais de meio-dia. Não podia reclamar, ela estivera cansada das emoções da chegada e estava acostumada com um ciclo de vinte e quatro horas, mas ele devia ter suas obrigações. Lembrou-se dele em espasmos estrondosos e depois suado, febril, rendido como um trapo em seus braços, todo dela. Sorriu.

Levantou-se e o apartamento se iluminou quando desejou, revelando tetos e paredes decorados por uma chuva continuada de folhas de outono. Só obedeciam ao dono, mas Reuel não se esquecera de deixar ordens para atendê-la. Um perfeito cavalheiro, até deixara sua roupa cuidadosamente pendurada num cabide.

No primeiro passo para fora, tropeçou e quase caiu, esquecida da diferença de gravidade, mas logo se aprumou, zangada com a própria falta de jeito. Seu corpo já estava tão adaptado quanto possível, tinha de domar aquela maldita gravidade. Ao sair para o salão, viu a casa quase vazia e decidiu conhecer a cidade por conta própria. E então deu com a Torre da Amizade. Notou alguns animaizinhos verde-escuros, parecidos com pererecas de caudas compridas, subirem pelos primeiros metros em busca de insetos. Ficou cismada.

Consultou a rede para saber se alguém, algum dia, tinha subido ali. Não, nunca fora tentado, havia até uma expressão local, "quando escalar o Pau do Pirulito", equivalente às calendas gregas, ao dia de São Nunca, aquele no qual as galinhas terão dentes, o Carnaval cairá na Páscoa, os ovos criarão pelos e o corvo branco voará de costas.

Ela aproximou-se e tocou a superfície metálica, lisa como um espelho e sentiu que podia aderir a ela com seus biomagnetos. Claro. Tinha de ter uma estrutura de duraço por baixo: só ouro e platina jamais sustentariam um mastro desse tamanho. Sentiu um impulso irresistível de realizar sua fantasia, de mostrar que era capaz de se entender com a gravidade e com tudo o que ela representava naquele momento – as dificuldades de adaptação e aquisição de uma cultura mais ampla e cósmica – e de atingir os píncaros mais altos e inacessíveis da arte.

Tirou a roupa, porque aquele era um momento de entrega e sinceridade, deixando-a sobre uma moita. E começou a subir, grudando no metal com pernas, braços e tronco e seguindo a espiral de platina, que dava uma adesão melhor, feito uma lagartixa gigante.

Não era tão fácil quanto esperara e começou a duvidar. Seria moleza no espaço, onde caminhava e saltava sobre estruturas metálicas com a despreocupação de uma criança brincando de amarelinha. Mas era muito diferente sob uma gravidade como aquela e com metade de seus magnetócitos reconvertidos em células musculares para melhor suportá-la. Avançara só uma volta e subira trinta metros, conferiu. Saltar aquela altura não era problema para um corpo reforçado por nanossistemas –, mas olhou para baixo, viu humanos e xans curiosos se juntarem para olhar para ela, e resolveu não voltar atrás. Mais uma volta.

– Chaska, que diabos você está fazendo? – Reconheceu o padrão de Reuel.

– Agora que você me faz pensar nisso, acho que é um rito de passagem. E também uma performance.– Olhou para baixo e estimou sessenta metros. – Um dia nem sempre é igual ao outro, num deles, uma espaceira faz amor com a gravidade e o Pau do Pirulito é escalado.

– Isso é loucura, você pode cair!

– Se fosse fácil e seguro, alguém já teria feito. – Continuou a engatinhar pela espiral platinada. Subir verticalmente devia ser mais rápido, mas parecia menos seguro e, principalmente, menos belo. A vida não é de linhas retas, é de ciclos e espirais.

– Você já provou seu ponto, desça, por favor!

– Não é um ponto, é uma linha bem curva e só será arte se for de fato traçada. Agora me deixe tranquila, que se me atrapalharem fica mais difícil. No pior dos casos, eu tenho cópia de segurança, mas a ideia é chegar ao fim sem cair.

– Ao menos prometa pedir socorro se for preciso! Estamos aflitos!

– Está bem, se eu sentir que não posso mais, aviso. Por enquanto, o melhor favor que você pode me fazer é pedir para ninguém me distrair.

Estava preocupando os novos amigos, mas paciência. Não se faz boa arte sem um pouco de desconforto de quem a recebe também. Procurou esvaziar a mente, não olhar mais para baixo nem contar as voltas, tornar-se inteiramente a obra que queria ser. Quanto mais suave e contínuo fosse seu movimento, melhor.

Enquanto subia, Épsilon Eridani descia. O crepúsculo chegou e ela parou para admirá-lo. Era a primeira vez que o notava naquele planeta. Grande e alaranjada, mesmo quando estava no zênite, Ostara perto do horizonte era uma enorme bola de fogo que incendiava as nuvens e o céu. Mesmo com o ar esfriando, a sensação era de estar dentro de um forno imenso. Era de cortar a respiração, embora ela não pudesse se dar a esse luxo. Só quando a bola vermelha desapareceu debaixo do horizonte e as cores do céu começaram a se acinzentar, é que ela notou uma bola prateada, do tamanho de um punho fechado, rodear a torre devagar, a pouca distância. Uma câmera. Estavam registrando sua façanha. Olhou para baixo: alguns fiapos avermelhados de nuvens e, lá embaixo, avenidas, parques e prédios pequeninos.

Começou a sentir dores nos músculos. O esforço das células musculares propriamente ditas era moderado, mas os magnetócitos estavam sendo muito exigidos e protestavam, com razão. Mas tinha de simplesmente lhes dizer que se calassem, ainda faltava muito. Se ela chamasse por socorro a buscariam em um ou dois minutos... Não! Se ela se permitisse pensar nisso, seria o fim. Para cima, só o para cima devia existir. Fazer, simplesmente, como um instinto animal. Como se ela precisasse subir até tocar aquela estrela azulada prestes a passar pelo zênite. Era Sírius, bem mais brilhante vista dali do que do Sistema Solar.

Continuou e continuou e continuou e ficava mais frio e as nuvens encobriram as estrelas e o vento ficou mais forte. Não, não tinha como soprar ela de lá, era só permanecer bem aderida. Mas de repente lhe ocorreu uma ideia terrível. Então uma medusa voadora de nanomaterial, com tentáculos de metro e meio, chegou-se a ela e perguntou:

– Chaska, você está bem? Não precisa de ajuda?

Era a sonda de Ybarana, esquecera-se de avisá-lo. Mas agora vinha a calhar.

– Ybarana, resolvi subir essa torre, mas agora estou preocupada com o risco de chover e de a torre ser atingida por um raio. Você pode me avaliar o risco?

– Vou subir para obter medições mais exatas.

Disparou para o alto, rápido como uma espaçoneta e de lá mesmo informou:

– Chuva pesada dentro de onze minutos, com duração de noventa e cinco minutos e precipitação total de dezesseis a vinte milímetros. Forte vento noroeste, com rajadas de até vinte e dois metros por segundo a esta altitude. Há probabilidade de quarenta e oito por cento de descargas elétricas atingirem a torre.

-E se isso acontecer, estou ferrada.– Não era uma pergunta, nem um lamento. Se caísse por ser atingida por um raio ao desafiar os elementos, seria um fim majestoso. Pena que não lembraria nada. Seria restaurada com as memórias de quando ia partir de Drios. Mas valeria a pena, mesmo se ia perder também a arrepiante viagem com Ybarana, a noite com Reuel...

Mas Ybarana interrompeu o rompante de gloriosa autocompaixão.

– Estimo a probabilidade de acidente fatal, devido à descarga elétrica, em menos de uma em duzentos e cinquenta se o contato com a liga de ouro for evitado. É muito mais condutiva que a liga de platina-irídio e, se a descarga o atingir, noventa e três por cento da corrente a percorrerá como um cabo de descida de para-raios. A probabilidade de impacto direto é desprezível. O risco calculado refere-se ao caso de a diferença de potencial entre os extremos de seu corpo atingir intensidade suficiente para causar distúrbio crítico em seus magnetócitos e não considera a possibilidade de resgate durante a queda. Se esta sonda permanecer por perto, poderei interceptá-la a tempo. Você me autoriza?

Ela riu do próprio fricote e de suas fantasias. Boba! Sua arte não poderia ser romantismo mórbido, devia compreender a matéria para construir expressões de sua estranheza, condensações poéticas do seu alegre espanto ante a vida. Para o alto e avante!

– Eu te amo, Ybarana! Hei de inventar um jeito de te fazer sentir isso como se deve.

– A relevância da resposta não foi compreendida.

– Sim, autorizo. Cuide de mim, Ybarana é bom me sentir amada e protegida. Avise meus amigos que estão lá em baixo para não se preocuparem. Mas não interfira sem necessidade.

– Entendido.

Veio o toró e a ventania. Fortalecida pela presença do amável dendroide, ela resistiu ao cansaço, ao castigo da água e à ameaça dos trovões com a bravura de um salmão a nadar cachoeira acima. De repente, lembrou-se da sede. Aproveitou para sorver água.

– Vai Chaska, vamos! – Não era Ybarana, era Reuel. E Adele. E Clive. E os outros. Estavam na torcida, debaixo da chuva. Ela sorriu e ganhou novas forças.

A probabilidade de um raio atingir a torre podia ser relativamente baixa, mas veio a acontecer. Veio o clarão e o estrondo, lá do alto. Ela sentiu um estremeção no corpo, perdeu a aderência e escorregou no metal molhado, mas foi uma fração de segundo. Retrocedeu alguns palmos, talvez. Mas o susto foi grande e ela teve de ficar quieta até o pânico passar. Bobagem, tinha posto sua vida em bons tentáculos, mas não deu para evitar.

A chuva amainou, a torcida voltou e ela retomou a ascensão. Sentiu como que um suspiro de alívio coletivo, vindo lá de baixo.

Faltava quanto? Não quis perguntar, sentia o corpo doer e receava desanimar se Ybarana desse a resposta exata. Melhor fingir acreditar que faltava só mais uma volta, não pensar na seguinte. A chuva parou. O céu começou a limpar, as estrelas a reaparecer. E só mais uma volta. E mais outra. E só mais uma. E mais outra.

E então sentiu que não ia aguentar mais. Seus biomagnetos começavam a dar sinais de estar prestes a entrar em colapso, o equivalente de uma cãibra muscular. Preparou-se para desistir e pedir socorro, quando o estrondo da gigantesca bandeira agitada por uma rajada de vento mais forte a fez perceber que ela estava quase ao seu alcance.

Com um esforço supremo, subiu mais duas voltas, saltou e agarrou-se à adriça, uma corda grossa como um tronco e quase igualmente dura, de nanofibra autorregenerante como a própria bandeira. Sentiu-se segura: os magnetócitos estavam esgotados, mas as fibras musculares ainda tinham uma reserva. O balanço louco da corda a sacudia de um lado para o outro e os estalos tremendos da bandeira eram como outros tantos trovões, mas continuou avançando com a mesma velocidade, ou a mesma lentidão, de antes, com uma ideia mais clara do quanto faltava e uma torcida cada vez mais entusiasmada.

A aurora começou a apagar as estrelas e avermelhar o céu. Mais lindo, impossível, pena faltar sossego para apreciá-lo. Tinha de chegar, agora era pouco. A corda terminava numa enorme roldana montada sobre a plataforma no alto da torre. E Ostara surgiu no horizonte no exato momento em que a atingiu. Bem, quase, mas saiu muito melhor que a encomenda. Jogou-se, exausta, sobre o topo do mastro de mau jeito, escorregou na plataforma metálica molhada de orvalho e caiu. Ficou trêmula, inerme, metade do corpo suspensa sobre o abismo, metade aderida ao metal por um último esforço da vontade e dos biomagnetos.

– Vem, Chaska! – Era a voz de Reuel, de pé sobre o alto, oferecendo a mão. Ela sorriu e deixou-se puxar para cima. Estavam todos lá, os seis. E mais a sonda de Ybarana, que estivera esvoaçando ao seu redor. E o olho voador, que trabalhava para jornalistas da rede de Friga. E a aplaudiram, juntamente com grande parte da população dos três continentes, que nas últimas horas vinham acompanhando a estripulia com muita ansiedade.

Celebridade instantânea, Chaska permaneceu cinquenta dias locais em Gond e conheceu mais daquele mundo e da intimidade de seus habitantes. Não só de seus anfitriões, pois ela se enturmou com as comunidades artísticas do sistema Ostara, tanto as humana e xan quanto as das espécies minoritárias e das inteligências artificiais. Participou de vários espetáculos improvisados, físicos e virtuais e se encantou por alguns de seus parceiros.

Sem esquecer-se de Ybarana que, amiúde, visitava para falar de suas experiências, ouvir as dele e passar algum tempo em seu colo, por assim dizer. Um bocado da sua fama transbordou para ele e o caso do dendroide a correr a Galáxia em busca de uma nova vocação e um sentido para a vida também chamou a atenção. Mas não tanto quanto o da companheira. Talvez tivesse despertado mais curiosidade se ela falasse mais de sua convivência, mas ela ainda não encontrara o jeito certo de contar essa história. E ele, por seus próprios motivos, não falava disso nem se interessou por relacionamentos tão próximos com outras inteligências naturais.

Chegou o dia em que os dois concordaram em retomar caminho. Chaska despediu-se carinhosamente dos amigos de Tyrseng, a terminar por Reuel:

– Prometo que volto, mas quero aprender e amadurecer em outras terras para trazer mais bagagem e fazer melhor da próxima vez. Quero ter mais para dar a seu mundo e a vocês, foram todos uns amores! –Curvou-se para abraçá-lo.

– Esperarei ansioso, minha querida. Este planeta ficou mais rico com sua passagem e com certeza ficará ainda melhor se voltar a pisar nele. Não se esqueça de nós, por favor!

– Com certeza que não. Foi aqui que eu decidi minha nova vida. Virei aqui para rever vocês e o Pau do Pirulito, por mais que você o ache de mau gosto. – Olhou para a torre e para a bandeira meio encoberta pelas nuvens.

– Ah, agora será diferente. Ele nos lembrará de você.

Chaska acenou para a pequena multidão que se despedia enquanto o raio trator de Ybarana a erguia para o seu interior. Em seguida, ele decolou, rumo às estrelas.

– Você confirmou o afastamento definitivo? – Perguntou o vozeirão.

Ela pairava junto a uma janela, admirando a transformação da terra plana em planeta redondo e do céu diurno em espaço estrelado.

– Sim, enviei o pedido formal à Sybile. Ela diz que é uma pena, porque éramos os melhores da equipe e gosta de nós, mas nos deseja boa sorte. Também tive pena, mas aprendi e cresci mais nestes dias com você e com o povo de Friga do que em quarenta anos-terra de trabalho nos estaleiros do Sistema Solar. Acho que você também, não é?

– Sim, apesar de não ter definições tão claras quanto você. Já não estou tão certo de querer trabalhar em laboratórios de física. Começo a compreender a complexidade das interações das formas biológicas e elas me fascinam. Nossa cooperação tem sido muito proveitosa para mim. Por enquanto, meus planos consistem apenas em continuá-la. Por falar nisso, é momento de registrar nossa viagem e rumo na Solidariedade Galáctica. Lembro que são três e meio terradias para Tau Ceti, cinco até Sírius, onze para 61 Cygni.

– Eu quero mesmo ir a Sírius primeiro, está bem para você? Você escolhe o destino seguinte, mas agora esse é o mais importante para mim. E para mim, passar o tempo com você é sempre bom, não me aborreço nem por um momento. Se você não precisasse de revisão e manutenção, eu não teria problemas com viajar meses a fio.

Ela sentiu algo como uma gavinha macia e sedosa enlaçar lentamente seu tornozelo esquerdo. Lembrou Reuel: "criaturas mais vastas que morros e mais lentas e massivas que geleiras".

– Não tenho objeções. Tau Ceti não desperta meu interesse, 61 Cygni, sim. Mas Sírius está mais próxima e eu gostaria de ver de perto como os sirianos se relacionam com as inteligências artificiais. Sei que eles as tratam de maneira muito diferente dos humanos.

As gavinhas engrossavam e cresciam por suas canelas, envolvendo-a como uma trepadeira a uma árvore antiga. Não, que geleira, que nada. Ybarana fazia jus ao nome tupi e tropical. Mais apropriada era a frase do Rosa, o escritor brasileiro citado por Adele numa noite em que a tivera nos braços: "tão estáveis e não-humanos, tão repousantes!" Com as devidas adaptações, ficaria assim: "Além de belo, calmo e não-humano, é bom, mui bondoso – com ninhos e cores, açúcares e flores, e cantos e amores – e é um deus, portanto".

– Eu vou conhecer um xenólogo de lá, Ybarana. O apelido humano dele é Micrômegas. Gostaria de trocar ideias com ele sobre arte e relações interespécies.

As lianas quentes e translúcidas se multiplicavam e entrelaçavam ao deslizar pelas coxas, abrir caminho debaixo da roupa e começar a rasgá-la de baixo para cima, até ela se abrir toda e um ramo a afastar suavemente. Era gostoso e a roupa se regeneraria sozinha depois. Esqueceu-se das estrelas e agarrou-se nos ramos vivos e flexíveis da pequena floresta para se perder nela e devolver as carícias com mãos, pés e cauda. Não fechava mais os olhos. Ver as formas obscenas e imprevisíveis, cambiantes como um caleidoscópio tridimensional, de onde fluíam as sensações que a envolviam a alucinava, aumentava ainda mais seu prazer. Eram serpentinas macias e deslizantes, bandeiras de plumas, bolas felpudas... Como fazia tudo isso? Ybarana era um artista peculiar e evoluíra muito desde suas primeiras explorações.

– Ele a atendeu, Chaska? Soube que ele é um siriano importante e muito ocupado.

Beijou a flor fálica e colorida, misto de antúrio e amor-perfeito, que Ybarana lhe oferecia, brotada da cesta de cipós libidinosos que a rodeavam. Sentiu um sabor agridoce diferente, cada vez ele inventava um licor novo. Sugou um pouco do néctar, depois respondeu.

– Enviei minha mensagem. Ele respondeu ontem, quer comparar experiências. Acho que se interessou pela minha história porque a paixão da vida dele foi uma artista humana. Uma das grandes, mas um dia eu chego lá... – Arrepiada com uma sensação inédita a descer pelos ombros, virou-se e viu uma flor de línguas compridas e úmidas a lambê-la. O pulso disparou.

– Você gostaria de encontrar uma paixão, ou de ser outra paixão na vida dele?

Foi um raro deslize da parte dele. Quebrou a escalada da excitação e a fez rir para valer.

– Nenhuma das alternativas. Apaixonada eu já estou, preciso dele para me ajudar a entender e exprimir como arte o que sinto por você. Se o seu prazer está em ver o meu gozo, amado meu, você há de ver algo como nunca se viu nesta Galáxia. Ela que se prepare para o escândalo!

UMA PRINCESA DE STROFF-BINGEN

JÚLIA DURAND & RUI LEITE

O MAIOR PROBLEMA DAS modas da corte de Stroff-Bingen era que não eram adequadas a princesas reais em fuga. Era por isso que aquela mulher parecia tão deslocada, tão desavergonhadamente fora de lugar, na lanchonete-restaurante da Via Espacial 303. Podia tentar esconder a cara sob o enorme capuz, mas de pouco lhe servia quando esse fazia parte de um manto prateado com as melhores jóias daquele sistema planetário. Notava-se que até as luzes que piscavam sobre os balcões usados da lanchonete-restaurante se sentiam incomodadas por terem de se refletir num manto daqueles. Ainda assim, Eramithe nem sabia como conseguira chegar até ali com as mesmas roupas que usara no baile da noite anterior.

Aquele baile bastante desagradável em que descobrira, por fim, por que é que toda a família de Stroff-Bingen estivera agindo de forma tão estranha nos últimos tempos.

Esticou uma mão ansiosa até o menu pousado na mesa. Quem o escrevera não tinha, obviamente, os problemas da Princesa de Stroff-Bingen. Tinha escolhido o canto mais discreto da lanchonete-restaurante para se sentar, e, no entanto, a maior parte dos clientes que ali entrava – turistas cansados ou condutores de naves mercantes enfiados na rotina – lançavam olhares curiosos na direção dela.

Não se devia sentir muito surpreendida, já que tivera, durante todos os seus vinte e três anos, uma formação orientada para conseguir atrair olhares. Evidentemente, ter beleza natural ajudava; ninguém lhe tinha ensinado a ter aquelas sobrancelhas escuras e feições tão bonitas.

Quando um ser, com um avental com manchas de um azul suspeito, lhe veio perguntar o que queria – sempre a inclinar-se para tentar ver melhor a cliente que se atrevia a quebrar a rotina de todos os outros – Eramithe teve muita dificuldade em reter-se para não lhe contar toda a sua história. A perspectiva de, em vez de pegar no avental e assoar o nariz nele, pedir uma sandes de gerbilo de Vênus era, francamente, desmoralizante. Mas Eramithe, como a princesa senhora de si que era, fungou de leve e deixou-o ir embora, preferindo escolher como vítima o cilindro com palitos que começou a rolar entre os dedos.

Até a noite anterior, acreditara sinceramente que a vida se esforçava muito para lhe agradar, como se ela a pudesse ameaçar caso não estivesse satisfeita com o resultado. Para ter nascido duquesa e com todas as qualidades que lhe queriam, essa era a única explicação possível. Mas agora que tudo lhe corria mal, tentava formular as suas piores ameaças à vida e nada resultava. Mesmo quando lhe tinham explicado o que era ser uma duquesa e potencial princesa aos cinco anos, não tinha tido vontade nenhuma de fugir de casa – não com tantos bombons e um palácio quente para ver as árvores de gelo a crescerem no seu planeta. Aliás, os calendários de lá tinham a reputação de serem os mais entediantes daquele sistema, com o seu Inverno permanente. Depois, casara-se com o Princípe Gazkzak e, se as estações em Stroff-Bingen se tinham tornado mais entusiasmantes, a conversa tinha sofrido uma grande queda de temperatura. E bom senso.

Aquela reminiscência fez Eramithe sorrir pela primeira vez nesse dia – o que para ela era muito tempo, visto estar acostumada a sorrir por uma questão de estética.

Infelizmente, o sorriso não durou muito. Pela porta automática da lanchonete-restaurante entrou um homem alto, com uma expressão estática e cabelos em pé estranhamente rígidos. Tentava esconder o terceiro e quarto braço que se começava a formar nele atrás das costas, mas, no fundo, não era muito mais bizarro que a maior parte dos clientes – o que fazia com que não fosse bizarro de todo. Durante a sua caminhada até o assento de Eramithe, aproveitou para desenvolver outras duas pernas, mais femininas, com um som visceral bastante repugnante. E, de repente, quando se sentou ao lado dela com um sibilar ameaçador, era duas pessoas. Ou, pelo menos, dois corpos, masculino e feminino, mas ambos igualmente assustadores para quem os conhecia e sabia o que ali estavam fazendo.

Eramithe deixou a cabeça cair sobre o tampo da mesa num gesto muito pouco digno que teria feito as tias do seu marido franzir o nariz. Era Aldus-Tera, um ser com uma única mente, um propósito, e dois corpos dos quais podia dispor à vontade para cumpri-lo. Sabia que aquele cão de guarda de Gazkzak ia persegui-la o mais eficazmente possível quando se descobrisse que tinha fugido, mas aquilo ultrapassava as suas piores expectativas. Enquanto sentia uma argola fria e metálica ser passada à volta de cada um dos seus pulsos, ouviu uma voz indiferente dizer junto ao seu ouvido:

– O seu transporte para casa chegou, alteza.

·◆◈◆·

Vários guinchos vindos do porão da *Pequeno Átomo 5000* começaram a soar. Eram agudos e altos o suficiente para racharem dois mostradores no *cockpit*. Os passageiros da nave reclamavam por comida; não eram o tipo de criaturas que deixassem passar em vão uma hora de almoço.

– Agora mais isto!

A voz de Victor parecia mais a de alguém ligeiramente incomodado por um dia de chuva do que a de alguém, digamos, metido numa nebulosa ácida, a tentar escapar de dois perseguidores com melhor tecnologia do que a dele e, agora, exposto a guinchos que poderiam levar cérebros mais complexos à loucura. Infelizmente essa era exatamente a situação em que se encontrava.

Felizmente, ele tinha uma técnica infalível para bloquear incômodos externos.

Em voz baixa começou a entoar o seu *mantra* de relaxamento:

– Um, um elefante balançava numa teia, quando uma rajada o levou pelo ar...

Enquanto cantava, considerava a situação, por mais que isso lhe fosse incômodo. Pensar era uma atividade que despendia tanta energia que poderia ser usada em outras coisas que Victor sempre considerara isso um desperdício. Olhou para o radar. Os seus dois opositores estavam exatamente onde calculara, ambos escoltando a sua nave, um acima e outro abaixo do manto ácido da Nebulosa Sulfúrica Lehrer.

– ... dois, dois elefantes balançavam numa teia...

Ele continuava tentando forçar a nave a andar mais depressa, mas não conseguiria. O velocímetro já estava encostado a um número cem vezes superior ao da velocidade da luz e essa era a velocidade máxima de uma *Pequeno Átomo 5000*, uma nave pesada e lenta, construída mais a pensar em potência do que em rapidez. No vidro frontal, formavam-se já gotículas fumegantes e um aroma de metal derretido começava a encher o ar. Tinha de sair dali depressa, antes que se abrisse uma brecha na fuselagem. Seria morte certa e, pior ainda, provavelmente aquilo seria descontado do seu salário.

A Nebulosa Lehrer parecia, no entanto, estar algo ofendida com todas aquelas violações descaradas àquilo que antigamente eram chamadas "leis da física"* e tentava penetrar na nave com toda a força. Os ruídos das paredes, que aguentavam o máximo de dano, estavam misturando-se com os guinchos das criaturas no porão. O barulho era cada vez mais ensurdecedor.

– ...três elefantes...

Victor decidiu que não tinha grande escolha: ou acabava ali, por entre os destroços da sua nave de carga, ou enfrentava os piratas.

– ...três vírgula catorze elefantes...

Bem, acreditou se melhor escolha enfrentar os piratas ...

Deu uma volta súbita ao leme e a nave girou na mesma direção, ameaçando destruir-se com a súbita mudança de rota. Em breve estava de volta à estrada principal, aberta pelo meio da nebulosa: a Via Espacial 303, que unia dois pontos da galáxia separados por milhões e milhões de quilômetros de devastação ácida. No geral, era uma obra bastante impressionante.

Mas o perigo ainda não tinha passado e os guinchos continuavam. Tinha de encontrar uma paragem para alimentar os polvos nucleares que transportava. Se eles morressem, ficaria duas gerações pagando a conta. Era a última vez que aceitava uma tarefa como transportador de comida *gourmet* viva.

Oh, sim, e tinha também de lidar com os bandidos que o queriam matar ou algo do gênero. Também havia isso. Suspirou profundamente. Um problema nunca vinha sozinho.

– ...quatro elevado à potência de dezessete elefantes...

Como Victor nunca fora muito bom em matemática, a partir de certa altura começava apenas a atirar números à sorte. Os elefantes não se importavam.

No radar, via que os seus perseguidores já o cercavam, um deles descendo enquanto o outro subia. Era uma questão de tempo até o encurralarem.

* Nos séculos mais recentes, tinha-se, no entanto, descoberto que estas eram apenas "linhas de guia da física", facilmente quebráveis.

Até que Victor viu uma chance de escapar se abrindo. Literalmente.

À sua esquerda, notou uma pequena via secundária aproximando-se. Era uma daquelas saídas tão minúsculas, com apenas um ou dois mil quilômetros luz, que não apareciam assinaladas nos mapas.

– ...dois mil novecentos e trinta e seis rinocerontes .... – às vezes também mudava de animal, quando se começava a aborrecer de paquidermes imaginários.

Empurrou o pedal de aceleração a fundo. A nave resistiu, mas depois, ameaçando partir-se a meio, aumentou a velocidade mais um pouco. No último instante, deu uma guinada e apanhou a entrada à esquerda.

Atrás de si ouviu uma enorme explosão** quando as duas naves que o perseguiam chocaram uma contra a outra.

– ...dois bilhões de lamas balançavam numa teia... mas eram todos alucinações causadas por excesso de bebida e por isso não incomodavam ninguém, a não ser o tipo com um chapéu de palha que abordava transeuntes para anunciar o fim do mundo em Verbut 2!

E assim concluiu a canção que sua mãe usava para niná-lo.

No seu ecrã de visão traseira***, viu uma nuvem em forma de cogumelo. Era pena, aqueles piratas já não poderiam tornar- se seus amigos, como tantas vezes acontecia.

Enquanto se afastava, reparou em um destroço de uma das naves flutuando no vazio. Tinha as letras "Newsne-" gravadas. Não prestou muita atenção a isso, os guinchos no porão não o deixavam. A bem da sua sanidade, retomou:

– ... um elefante...

O principal problema estava resolvido, agora só tinha de evitar espatifar-se violentamente contra a estação espacial da qual se aproximava a uma velocidade louca. Isso também seria interessante.

E, como estava tão ocupado com essas coisas, nem prestou atenção aos sinais de rádio que estava recebendo. Por entre estática e muitas interferências, vozes ávidas e viscosas repetiam:

"E *então...wiiii...como é que se...fuuu... sen...wiii...te...*"

A última mensagem das naves que estavam perseguindo-no.

** Explosão essa que nunca deveria ter sido ouvida em espaço aberto não fossem as alterações e melhorias acústicas que o Governo Central tinha financiado na galáxia há mais ou menos dois mil anos. Agora, no espaço, todo mundo ouvia todo mundo gritar muito melhor.

*** Conhecido em linguagem técnica como ecrã Retro-Visor.

··◈··

Bentrop sabia que aquele iria ser um dia ruim assim que a rapariga lhe pediu uma "sandes de girbilo de Vênus". Ir a um estabelecimento daqueles e pedir uma coisa dessas era, mais ou menos, o mesmo que ir a um reles boteco e pedir um "*chateaubriand* de 1959".

"Obviamente problemas de dinheiro não tem", refletiu o empregado de mesa enquanto se arrastava até a cozinha para dar as más notícias ao chefe, *"e aposto que mal a coisa lhe seja posta à frente, vai começar a reclamar que o girbilo não é fresco ou que as alfaces ainda se estão a mexer. Detesto gente desta."*

Assim que as portas da cozinha se abriram, ele mergulhou numa nuvem de vapor que não permitia que visse um palmo à frente de nenhum dos seus narizes. O interior parecia uma sauna.

– É uma 223 para a mesa 150! – berrou.

Do meio do nevoeiro surgiu um tentáculo gigantesco, rosado, a segurar uma pequena espátula.

– Já disse que não precisas de fazer isso, – respondeu uma voz aguda, vinda da extremidade invisível do apêndice – não sou surdo e posso ler-te a mente.

– Sim, mas é tão desconfortável quando fazes isso.

– Ok, é uma 150 para a mesa 223?

– Não – disse Bentrop, – o contrário.

– Pois, tinha esperança que te tivesses enganado. Temos gente fina hoje.

– É só uma fulana qualquer com uma tiara escondida, que eu, definitivamente, não vi, se alguém perguntar.

– Uma dessas?

– Sim, sim. Haveria eu de mentir?

Ouviu-se um assobio vindo do interior das nuvens.

– Então isto vai ser um dia daqueles...

– Pois vai. Mas, que queres? – disse Bentrop, encolhendo dois dos seus ombros. – Eestamos numa lanchonete-restaurante, numa estação de serviço, bem no meio de uma nebulosa ácida. Coisas destas vão acontecer. E ainda para mais é segunda-feira!

O dono do tentáculo suspirou enquanto o recolhia para o interior da manta de vapor, de volta à invisibilidade.

– É nestas alturas que acho mesmo que nunca devia ter saído de Hidrogênia. Este não é universo para um kraken telepático simples, como eu...

– É a vida. Bem, vou levar a sobremesa aos senhores da mesa 218, que ela não se entrega sozinha.

– Podia, se as treinasses – atirou o Kraken, com um ligeiro tom de deboche.

– Não, não, não. – Disse Bentrop enquanto procurava, no meio da neblina, a bancada onde os pedidos prontos estavam colocados. – Só o trabalho que isso dava não compensava... as salamandras gelatinosas são burras como portas.

E, dito isto, assim que encontrou a mesa, pegou numa taça cheia de criaturas pequenas que pareciam o resultado do acasalamento entre uma aranha e um lagarto albino – algumas ainda se mexiam – e voltou à sala principal.

Foi quando viu os seus receios confirmados, e os problemas realmente começaram.

Primeiro, reparou naquela criatura estranha, que mudava de forma, entrando e dirigindo-se à rapariga da tiara. Isso era sempre um mau começo. Depois, enquanto servia as salamandras, teve de sorrir apesar do estúpido do cliente reclamar que "ele se tinha esquecido dos talheres", apesar de todo mundo saber que salamandras devem ser comidas à mão. E, por fim, para coroar aquele dia, surgiu o comunicado. Essa foi, indiscutivelmente, uma das piores partes.

Como sempre, todas as colunas do estabelecimento estavam a dar música *country* em theremin – velhos clássicos como "Vai e Deixa Só a Poeira Espacial das Tuas Botas", "O Meu Amor Cauterizou os Meus Cinco Corações" e, claro, "Sweet Home Alabama" – até que esta foi interrompida. Muitos clientes, até então agarrados aos seus copos, acompanhando silenciosamente as letras tristes, começaram a resmungar, a grunhir e a mudar o tom de pigmentação. Mas mal a voz bastante séria se fez ouvir, todos se calaram. Fosse lá o que fosse, aquilo era grave:

– Senhoras, senhores, hermafroditas, formas de vida vegetais e todas as variantes possíveis, notícia de última hora: este estabelecimento será momentaneamente ocupado pelas forças jornalísticas de Newsnetwork 7 em nome do interesse público. Resistir é tolerado, mas francamente inútil porque vos iremos perseguir com as nossas câmaras e sondas até nos dizerem o que queremos. Agradecemos a vossa colaboração. Lembrem-se: "Newsnetwork 7, um planeta totalmente dedicado à vossa informação!"

Seguiu-se um pequeno *jingle*. Mal este terminou, vindo não se sabia muito bem de onde, surgiram dezenas de naves que cercaram a lanchonete-restaurante. Depois, seres com várias formas começaram a teletransportar-se para a sala e a rodear a rapariga da tiara. Centenas e centenas deles.

Com o choque, Bentrop deixou cair a taça e as salamandras fugiram. O cliente bateu com um punho na mesa e exigiu falar com a gerência. O garçom disse que a gerência não estava, mas que ele era livre de falar com o chefe, se quisesse. O cliente foi à cozinha. Nunca mais ninguém ouviu falar dele.

Por fim, como se não bastasse todo o caos, ouviram-se lá fora vários estrondos. Todos pararam o que estavam fazendo e levantaram as cabeças. Através das janelas superiores, puderam ver uma imagem ainda menos habitual que todo o resto: uma nave tresloucada atravessava o cerco de jornalistas, como se fosse uma faca quente na manteiga. Algumas naves de Newsnetwork 7 conseguiram abrir alas, mas muitas não, e foram arrastadas para o interior do segundo piso da estação, onde a nave selvagem acabou por se despenhar.

Bentrop encolheu todos os seus ombros e resmungou.

– Já sei quem vai ter de limpar aquilo, mas não esperem é que sirva à mesa enquanto faço isso. Só tenho cinco mãos.

No meio de toda a confusão, Eramithe fechou os olhos. Pouco importava à frota de jornalistas que a sua vítima estivesse distraída, já que conseguiriam perfeitamente arranjar as respostas por ela. O último elemento naquele cenário era a nave que acabara de despencar no segundo andar da lanchonete-restaurante, após arrastar consigo outras naves ali estacionadas – claramente sem autorização. Os jornalistas tinham ares indiferentes como quem dizia "Bah, acidentes de viação não são conosco."

Enquanto alguém lhe perguntava se havia fugido por ter um caso com o primo da duquesa da primeira câmara da sua sogra, ela viu quem supôs ser o condutor da tal nave surgindo por entre uma boa dose de poeira e escombros, como quem só queria saber se tinha sido divertido ou não. Olhou em volta e, quando viu o ajuntamento caótico, foi até ele com muita energia, tendo em conta aquilo pelo que acabara de passar. Por entre as manobras das sondas e dos pescoços à sua frente – para além da capacidade que os aparelhos da Newsnetwork 7 tinham de, acredite-se ou não, criarem *flashes* ensurdecedores – Eramithe tentou vê-lo melhor. Quando ele se aproximou e tentou furar a massa de jornalistas, alto, de queixo determinado e roupas de um perfeito aventureiro do espaço, a princesa perdeu a esperança e revirou os olhos. Era outro "daqueles". Claro. Não admirava. Só no ano passado, fora salva de um lago no qual *não* se estava se afogando, de um abraço com o qual *não* se sentia insultada e de uma nave veloz que *não* a estava raptando. Era sistemático: cada vez que a salvavam, estavam mais interessados em salvar o seu próprio ego. Só não a tinham salvado do seu casamento com Gazkzak.

O homem conseguiu passar pela massa ameaçadora de jornalistas mais depressa que o que previra. Assim que chegou perto de Eramithe – e dos dois corpos de Aldus – olhou sem tardar muito para eles, as algemas que os ligavam, os vários jornalistas, e depois repetiu o processo. Não parecia ser alguém que demorasse a fazer decisões – aliás, bem o contrário – mas Eramithe, engolindo o seu orgulho, decidiu dar-lhe um pequeno empurrão.

– Por favor, ajude-me!

Aquelas três palavras foram um gatilho nos seus movimentos. Ergueu a cabeça subitamente, cruzou o olhar com Eramithe, voltou a avaliar os vários jornalistas e depois lançou-se para a frente. Evitando os aparelhos e as mãos que os agitavam, agarrou o braço do corpo feminino de Tera e arrastou os dois outros corpos que lhe estavam algemados com o grito de:

– Baixem-se!

Quando os jornalistas se aperceberam que eles estavam escapando, lançaram-se em uma desenfreada correria, uma mistura de pernas saltando, patas trotando e bases viscosas deslizando em uma velocidade sincronizada que teria facilmente apanhado os fugitivos se o homem não tivesse pensado em tirar a arma que tinha à cintura e dispará-la algumas vezes para o teto. Cada vez que as munições entravam em contato com uma superfície, soltavam pequenos fogos-de-artifício em miniatura que deixavam, por sua vez, uma camada densa de fumo azul.

Eramithe não fazia ideia do que se passava – especialmente porque qualquer cenário que envolvesse salvá-la não incluía, de maneira nenhuma, salvar Aldus e Tera também – mas conseguiu ouvir ao fundo, mesmo antes de sair, alguém que se queixava:

– Oh, fantástico! Mais um daqueles espertinhos com sinalizadores de cometas! E claro que sou eu quem vai ter de limpar isto tudo!

A nave do homem, apesar de estar em parte enterrada no segundo andar, estava inclinada o suficiente para a sua entrada lhes estar acessível. O salvador deles abriu a porta e fê-los entrar com gestos apressados; alguns jornalistas já saíam da lanchonete-restaurante com a motivação renovada de quem tinha agora uma vingança pessoal. Para a surpresa de Eramithe, a maior parte das coisas parecia funcionar – apesar de não saber se era normal haver sempre uma pequena nuvem de fumaça saindo de tudo aquilo que era usado. Estava fechada numa nave relativamente segura com um piloto desconhecido e ainda estava algemada a Aldus e Tera, mas ao menos não havia nenhum logotipo da Newsnetwork 7 a um metro dela.

O homem sentou-se ao painel de comandos e ligou tudo o que podia – e o que não podia – com gestos que pareciam demasiadamente serem ao acaso. E ainda por cima, ele parecia *entusiasmado!* Ela estava interessada em saber o que ele faria quando se apercebesse do problema que já levava consigo. Por isso, como não podia cruzar os braços, limitou-se a bater o pé.

Victor puxou uma alavanca que um piloto com mais conhecimentos técnicos chamaria "retropropulsor iônico". Ele, por sua vez, pensava nela como "coisa que serve para fazer a nave andar para trás muito depressa". E que, para todos os efeitos, dava resultado.

Quando a nave se libertou com um solavanco dos destroços nos quais estava semi-enterrada, Victor virou-se para os seus novos passageiros:

– Agarrem-se, isto pode ser um bocadinho desagradável. Oh, e desculpem o atraso, mas antes de ir ter convosco tive de alimentar os polvos.

Voltou-se novamente para a frente sem reparar que, atrás de si, todos tinham um ar de quem não tinha percebido o sentido de uma única palavra.

Victor apertou uma série de botões, de forma bastante impulsiva, e a nave deu meia volta de maneira violenta.

Para a sorte de Aldus-Tera e da Princesa, pelo menos a parte do "agarrem-se" tinha sido interpretada e obedecida de forma correta, se não as suas biografias teriam sido substancialmente abreviadas e culminariam com "e esmagaram-se todos contra uma parede".

Enquanto tentava resolver o novo problema que se aproximava – nomeadamente, como atravessar o cerco de uma frota de naves sem morrer ou matar alguém no processo – Victor não podia deixar de ouvir a estranha conversa que os seus "novos amigos" tinham entre si.

– Estás satisfeito? Agora vamos morrer todos por tua causa! Ele é um idiota! Um maldito "herói espacial"!

Não prestou grande atenção porque a conversa não lhe dizia respeito e não a deveria escutar. A sua mãe sempre lhe dissera que isso não era bonito. Estranhou, porém, ouvir duas vozes a responderem em uníssono:

– Estou apenas a cumprir o meu dever. O Príncipe Gazkzak ordena e eu executo. Se a morte vier em consequência disso, então seja.

Ora bem, a única maneira de salvar aquela gente seria utilizar "o salto hiperespacial de emergência" – ou, como Victor dizia, "aquele botão em que nunca, mas nunca mesmo, devo mexer a menos que precise sair de algum lugar realmente depressa" – ainda que isso, quase com certeza, fosse destruir sua carga. Por qualquer motivo, todo mundo sabia, seres invertebrados reagiam bastante mal a hipersaltos. Bem pior que todos os outros, sem dúvida.

Nas suas costas, os passageiros continuavam a debater as suas diferenças.

Mas ao menos já não estavam falando do herói espacial idiota, fosse ele quem fosse.

Esses tipos cheios de si tendiam a enervá-lo bastante e isso o tirava do estado de espírito que precisava para fazer um "resgate ousado".

– Oh, sim. E era isso que esperavam de mim também, não? Tenho mais que fazer com a minha vida!

"*Estranho*", pensou, enquanto digitava um código secreto que, obedecendo a uma falha de segurança universal , correspondia à sua data de nascimento, "*ela não parece ser muito amiga do casal que a estava a ajudar a fugir.*"

– A princesa sabia no que se estava a meter quando aceitou a proposta matrimonial da casa de Stroff-Bingen. Mas não compete a mim discutir com a consorte real.

"*É uma coisa boa que essa tal consorte real não esteja aqui então, se ela se der com aqueles dois como a Princesa não saíamos daqui hoje.*"

Uma parte do painel de controles abriu-se, mostrando um domo de vidro que cobria um enorme botão vermelho. Ao lado estava uma placa com letras pretas sobre um fundo amarelo que dizia: **"Sistema de Emergência! Tocas Nisto, Pagas!"**

– Não sabia, não! – respondeu a rapariga – Ser princesa deveria ser usar vestidos bonitos, tiaras brilhantes e ir a bailes! Como é que ia adivinhar que vocês queriam... uma... uma... *parideira!* Deve haver criadas para isso, não?

"*Parideiro*" soava bem a Victor. Não se recordava de alguma vez ter tido essa ocupação durante a sua vida e talvez fosse algo interessante para experimentar no futuro, tinha de se lembrar disso.

Voltou-se novamente para avisar aos seus companheiros que estavam prestes a fazer uma manobra bastante perigosa, que colocaria todos em risco, mas que não deviam se preocupar, porque ele geralmente sabia muito bem fazer coisas perigosas e tinha sobrevivido a todas até então. Isso até reparar em algo à volta dos pulsos da princesa. Isso fez com que se esquecesse completamente do que ia dizer e em vez disso perguntasse:

– Desculpe, a menina por acaso importa-se de estar assim acorrentada?

A rapariga deitou-lhe um olhar que em qualquer parte da galáxia seria facilmente lido como "tu realmente estás a aborrecer-me".

Depois disso, Victor olhou para Tera e Aldus de forma crítica.

– Já estive num planeta onde isto era um casamento – disse com calma – mas a menina não parece estar muito de acordo.

A princesa teve de explodir:

– Não! "A menina" não está de acordo com isto! Normalmente, é por isso que se foge! E, já agora, o nome é Eramithe! Não é "princesa", "consorte real" nem "menina"! Agradecia que o começassem a usar!

Victor voltou-se para frente sem se sentir afetado.

– Ok. Então acho que depois vamos ter de tratar disso. Entretanto, preparem-se, vamos dar um salto.

E assim, apertou com vontade o botão vermelho.

·•◈•·

Eramithe lembrava-se muito bem do dia em que a tia do seu marido tentou enfiá-la em um corpete de arame antigravítico – mesmo que não quisesse lembrar, o que era o caso, não tinha muita escolha. Mas aquela era uma sensação nova: ainda que pudesse relacionar com a tal experiência, no que se referia a desconforto e à noção de algo estar entrando pelas suas orelhas para lhe fazer um nó no estômago, a intensidade era... outra.

Durante um poderoso segundo, no qual sentiu todos as partes do seu corpo declararem uma greve súbita e a dispersarem-se pelo espaço, achou que talvez ser esmiuçada e esmigalhada pelos jornalistas da Newsnetwork 7 não fosse uma ideia tão má comparada com aquilo. Não tardou a recuperar o seu bom senso, mas a experiência terrível continuou até o seu corpo decidir voltar a normalidade com um barulho ensurdecedor.

Só se atreveu a abrir um olho quando tudo à sua volta parara. Os seus dois braços estavam esticados – até um ponto que acharia impossível em uma situação normal – mas continuavam ligados aos de Aldus e Tera. Como tudo na nave parecia estar um caos doloroso na primeira vez em que a vira, custava-lhe dizer se alguma coisa havia mudado. A diferença era que, se antes não tinha a certeza se certas coisas deveriam estar em certos lugares, agora não lhe restavam dúvidas que tudo estava fora do lugar. O fato de a nave estar inclinada para baixo, como se estivesse plantada no chão, era uma boa indicação disso.

Teve cuidado em não expulsar nenhum órgão vital quando tossiu – tinha a impressão que, se tivesse de colocar algum para fora, seria um mal menor. Mal se se colocou de pé, olhou para o exterior.

Desde tempos muito antigos, as civilizações de certos sistemas haviam se dado conta da existência de outras espécies. E depois de muitas dessas tentarem eliminar umas às outras, enfim chegaram à conclusão de que talvez desse menos trabalho estrarem em acordo entre si. Em vista disso, era politicamente incorreto descrever a paisagem de um planeta qualquer como sendo "um pesadelo". No entanto, por mais que tivesse sido treinada em etiqueta diplomática, foi exatamente isso que Eramithe pensou. De qualquer maneira, aquele lugar só parecia estar habitado por quem tivesse o azar de nele cair, pois era constituído inteiramente por naves. Naves de todos os tamanhos e modelos, empilhadas umas em cima das outras, a maior parte em mau estado, algumas em estado nenhum, num acumular de sucata espacial que era consistente o suficiente para, só por si, formar um chão relativamente estável.

– Realmente, avisaram-me que isto ia acontecer se eu apertasse aquele botão – meditou Victor, pensativo. – E já tivemos muita sorte em chegar aqui inteiros. O problema é que quase todas as naves que conseguem fazer isto acabam por vir parar aqui por causa da atração deste lugar.

– Que é, basicamente, um planeta de sucata – murmurou Eramithe. – Suponho que, depois disto tudo, a sua nave não esteja em condições de nos tirar daqui?

A princesa observou-o apertar alguns botões e ignorou a impressão de que ele o fazia à sorte. Aliás, a *Átomo 5000*, se tivesse uma linguagem compreensível, certamente diria: "Deves estar a brincar; vai arranjar outra para te levar de um lado para o outro!" Quando nada aconteceu, nem o mais ínfimo grunhido metálico de um jato propulsor, ele declarou:

– Não, nada por enquanto. Mas, pelo que sei, há uma estação

de serviço muito perto daqui que tem uma equipe treinada para ajudar quem caiu neste mundo. Vou tentar comunicar com eles.

– E se calhar até há alguma nave por aqui que ainda esteja em condições de funcionar? – tentou ela sem acreditar bem nisso.

Arrependeu-se de imediato do que disse: acabara de reativar o "dever real" de Aldus-Tera. Num gesto rápido, Aldus tirou uma arma do seu cinto e apontou-a a Eramithe enquanto Tera, perfeitamente sincronizada, fazia o mesmo com a sua e a apontava a Victor.

– Acho que eles estão a insistir em irmos indo, só nós os três – disse Eramithe entredentes.

– Esperem aí, acho que isso não é boa ideia. Se ficarmos juntos, temos mais chances de nos safarmos desta – retorquiu Victor distraidamente, ainda atento ao painel de controles.

– Discordamos respeitosamente – sibilou Aldus, puxando a cabeça da princesa para trás.

Victor acabou por virar-se.

Levantou lentamente a cabeça até ver a arma que lhe estava a ser apontada.

– A sério? Detesto tanto estas situações. Estava tudo a correr tão bem até agora.

A princesa Eramithe não conseguiu conter um revirar de olhos enquanto murmurava:

– Depende muito da perspectiva.

Aldus deitava-lhe um sorriso tão malicioso como assustador. Escondido na fachada de alguém que "apenas estava a cumprir o seu dever", havia orgulho. Talvez fizesse aquilo tanto pelo Príncipe Gazkzak como por si próprio, afinal, todos tinham de ter algo por que medir o seu valor. O quão competente era no seu trabalho tinha tomado o lugar de características tão fúteis como "ter uma personalidade própria". Ele via-se como o veículo da vontade de Gazkzak e nada mais. Não quereria outra personalidade.

– Muito bem meninos, a brincadeira acaba aqui. Até agora saltamos de um lado para o outro, como criancinhas sem rumo, mas está na altura dos adultos tomarem conta da situação.

– Ah! Então é esse o problema? Mas eu sou adulto há algum tempo! – respondeu Victor num tom conciliador – As pessoas fazem sempre essa confusão, não sei por quê. Não podia conduzir veículos interestrelares sem ser maior de idade, sabe?

E a parte realmente enervante daquilo tudo, considerou a mente comum de Aldus-Tera, era que o rapaz não estava sendo irônico.

Ele genuinamente acreditava que esse pedacinho de informação era pertinente.

– Muito bem, então o senhor... ainda não fomos apresentados... vai tomar a decisão certa e encontrar ali fora uma nave que ainda esteja a funcionar para levar esta jovem ao Príncipe Gazkzak.

– A quem?

– Ao Príncipe Gazkzak de Stroff-Bingen!

Victor parou momentaneamente, movendo os lábios e repetindo o nome em silêncio. Por fim respondeu:

– Não, não me diz nada.

– Como, não lhe diz nada? – respondeu Tera, aproximando-se de Aldus – Gazkzak, Supremo Governante, Protetor do Sistema Stroff-Bingen e das Cinturas de Asteroides Adjacentes e Planetoides Dependentes, Executor das Leis e...

– Um chato! – interrompeu Eramithe – Um chato, convencido e cheio de si, cuja única qualidade digna de nota é, por acaso, ter dois palminhos de cara. Infelizmente também tem um abdômen-posterior de formiga enorme.

– Deve ser uma pessoa muito desagradável. – disse Victor.

– Nem imagina. Ao princípio até tem o seu charme, mas depois... bah! Só quer falar de leis e povoar planetas inteiros com ninhadas paridas pela sua consorte.

– Desculpem – disse Tera. – Importam-se de me dar atenção? Estou aqui com uma arma na mão e...

– Er... – disse Victor um pouco baralhado – o seu colega é que tem uma arma na mão.

Tera respirou fundo enquanto Aldus massajeava uma das suas têmporas com a mão que tinha livre.

– Tu genuinamente não percebes nada, pois não? – acabaram por exclamar Aldus e Tera em uníssono.

– Só quando é preciso, de resto, tento fazer aquilo que me parece mais apropriado na altura, sim.

– Nós somos só um, idiota!

– Vocês são só um idiota? – perguntou Victor, fazendo esforço para seguir a conversa. – Não acho que devam ser assim tão duros convosco. Enervaram-se um bocado, sim, um de vocês sacou de uma arma, está bem, mas daí a terem de se autorrecriminar...

Tera deu uma palmada na própria testa, exasperada. Estas coisas habitualmente corriam de forma muito mais simples. Depois de algum tempo, todo mundo percebia que os movimentos dos dois corpos eram estranhamente coordenados, apesar de nunca falarem entre si, e chegavam à conclusão que, sim senhor, aqueles dois seres eram na realidade controlados por uma só mente. Era incrível a quantidade de coisas que as pessoas estavam dispostas a aceitar quando viviam num universo com tantas espécies inteligentes – ou não – em que as leis da física eram constantemente violadas por novas tecnologias.

– Eu sou ele – disse Tera.

– E eu ela – disse Aldus.

Victor sorriu.

– Acho que é ao contrário, mas eu também tinha problemas com os pronomes quando andava na escola. A minha professora, a Dona B.345-Y, até disse que...

– Olá! – interrompeu Eramithe – É suposto acontecerem uma série de coisas por esta altura, sabem? Afinal, há aqui uma princesa em perigo e...

Ela foi interrompida por dois tiros em rápida sucessão, que passaram rente às suas mangas, derretendo as correntes que a prendiam. Não teve tempo de perceber o que estava acontecendo, quando sentiu a mão de Victor agarrar a sua e puxá-la em direcção a uma porta, por entre os dois corpos, também apanhados desprevenidos.

Aldus ainda apontava a sua arma a um assento vazio; não era comum as coisas seguirem dessa forma, sem qualquer tipo de aviso.

A porta do cockpit dava acesso ao topo da *Pequena Átomo 5000*. Eramithe e Victor deslizaram, com cuidado, pelas paredes circulares da nave até o chão.

– Podias ter dito logo! – exclamou Victor enquanto corria por entre pilhas ciclópicas de metal, olhando sempre para trás de si, mantendo a sua arma pronta.

– O quê?

– Que ainda estavas em perigo!

Um raio esverdeado vindo do topo da *Pequeno Átomo 5000* só não acertou Victor porque, no meio do caminho, atingiu um rato-morcego que tinha escolhido a pior hora possível para levantar voo. A criatura caiu no chão, fumegante, fazendo a imitação mais asquerosa que se possa imaginar de um peru assado.

– Assumi que as correntes pudessem ser uma boa indicação. – respondeu Eramithe enquanto tentava correr sem olhar para nada.

Victor disparou em resposta, e fazia de tudo para que aquele disparo valesse a pena; a sua antiquada arma lazer ainda demoraria algum tempo a recarregar, por isso, não podia se dar ao luxo de errar.

Acertou na mão direita de Aldus. Ouviu um guincho agudo, ainda mais inumano que o habitual, e viu Tera apanhando a arma que Aldus deixara cair, com uma surpreendente coordenação de movimentos, antes que ela tocasse no chão.

Victor não esperou que a arma recarregasse. Empurrou Eramithe para a entrada de uma nave quase soterrada e saltou logo atrásm, seguindo-a de perto.

Ambos caíram em um chão metálico, alguns metros abaixo. O barulho fez com que centenas de criaturas vermelhas, tão pequenas como cabeças de alfinete, se refugiassem nas sombras.

– E agora?

– Agora? – respondeu Victor, enquanto puxava uma alavanca que fez fechar a escotilha por onde tinham entrado – Procuramos um intercomunicador e esperamos.

– Aqui, no meio da escuridão?

– Isso tem remédio.

Victor agachou-se e, com uma rapidez incrível, apanhou algo. Em seguida, começou a fazer um ruído que parecia um zumbido. Pouco depois, o interior do esconderijo foi revelado por uma luz intensa, vermelha, que saía da palma de sua mão.

– São pirilampos de Parf. – disse com um sorriso – Reconheci as criaturinhas assim que as vi.

– Parf?

– Sim, uma lua pequenina, perto daquele sistema onde a Terra costumava estar. Não é um lugar importante, mas tem uns desertos lindos. À noite, as dunas parecem o céu, cheio de estrelas vermelhas, quando estes meninos começam a brilhar.

Eramithe e Victor começaram a andar em direção ao fundo do corredor em silêncio, mas ao fim de alguns momentos, a princesa não resistiu e teve mesmo de perguntar:

– Olha lá, e como é que o fizeste brilhar?

– É um truque simples que aprendi com as tribos de lá. Estes são machos, estás a ver, basta imitar o chamamento de uma pirilampo fêmea e eles começam logo a brilhar o mais que podem.

– Ou seja, estás a fazer-lhe propostas indecentes? – disse ela, com um ligeiro sorriso, olhando Victor de soslaio.

– Indecentes? Por quê?

A princesa suspirou.

– Numa coisa Aldus-Tera tinha absoluta razão, não percebes mesmo nada...

·◆◈◆·

Tera estava sob a sombra da *Pequena Átomo 5000* a tentar decidir qual seria o seu próximo passo. Nas suas costas ainda podia se ver o cotoco chamuscado de Aldus controcendo-se e agitando-se. Tinha absorvido o seu corpo masculino para tentar acelerar o processo de regeneração. Aquela tarefa estava sendo mais complicada do que previra, mas gostava de uma boa caçada.

Gazkzak teria a sua consorte, "de qualquer maneira possível". De fato, as indicações que as duas tias tinham acrescentado às ordens do Príncipe eram bastante explícitas. Desde que conseguisse preservar o útero de Eramithe, todo o resto era desnecessário. E, embora ressentisse receber ordens daquelas duas velhas horríveis, esse pormenor em particular deixava-a bastante contente. Estava mesmo precisando mutilar alguma coisa. Assim, podia fazê-lo sem desrespeitar ninguém. Isso serviria para aliviar o *stress* que aquela segunda-feira estava causando.

·◆◈◆·

Eramithe aproximou-se de Victor enquanto o observava manejar alguns comandos com a habilidade de quem sempre havia conhecido aquela nave.

– Tenho de lhe agradecer por tudo isto. Mal percebeu que eu estava em perigo, ajudou-me. Não conheço muita gente assim. Bem, não conheço mais ninguém assim, mas não queria dizer isso para não se começar a sentir demasiado arrogante.

Ao vê-lo pressionar alguns botões com a esperança inocente – mas bastante eficaz – de que fossem funcionar, percebeu que era provavelmente impossível para aquele homem agir com arrogância. Inclinou a cabeça um pouco mais sobre ele com um olhar intrigado quando ele não lhe respondeu.

– E também me parece que tem um bocado de dificuldade em ficar parado. Se calhar, está é agradecido por eu lhe ter dado uma oportunidade para se pôr a mexer ainda mais.

Talvez não devesse puxar assunto enquanto ele tentava tirá-los daquela situação e chamar a estação de socorros só com os comandos daquela peça de sucata soterrada. Afastou-se e espreguiçou-se, tentando imaginar ao máximo a cara ultrajada das tias de Gazkzak se a vissem fazer aquilo. Nunca mais voltaria para lá, decidiu com um sorriso de felicidade.

– Ainda por cima, se está sempre a ir de um lado para o outro, já deve ter aprendido imenso... feito imenso...

– Hmm?

Eramithe soltou um suspiro resignado. Bom, já tinha conseguido que Victor percebesse que ela falava com ele. Faltava o resto.

– Acho que nos devíamos apresentar devidamente. De certeza que há uma regra no protocolo que proíbe duas pessoas de fazerem tanta coisa juntas em tão pouco tempo sem se terem apresentado. Sou Eramithe, Princesa de Stroff-Bingen.

– Sou Victor, só Victor – sorriu-lhe ele. – Por que é que ainda está preocupada com o protocolo se já fugiu de Stroff-Bingen?

– Porque até desse é mais difícil de escapar que do meu marido – suspirou ela, sentando-se no chão. Outra coisa que as imbecis tias de Gazkzak não podiam fazer e, por isso, não lhe permitiam.

– Mas por que é que fugiu? – perguntou ele ao hesitar em pressionar um grande botão vermelho. Quando o fez, Eramithe esperou alguns segundos por uma explosão, e só respondeu quando acreditou estar segura.

– Um dia decidiu confundir-me com uma incubadora. Já ouviu falar da Lua de Venther? Meteu na cabeça que a queria repovoar com uma espécie de depositário de herdeirinhos Stroff-Bingen. E o problema é que ninguém parecia ter pressa de o parar. Por isso fui-me embora, mas prometi a mim mesma que lhe mando uma incubadora eficaz se encontrar uma.

Ele havia feito a pergunta, mas não parecia estar ouvindo a resposta com muita atenção. Eramithe abriu a boca, mas voltou a fechá-la quando reparou na arma que ele trazia à cintura. Reconheceu-a por causa de todas as cerimônias em que tivera de ver generais do Exército da UG fazendo-lhe reverências umas atrás das outras.

– Por que é que tem aí essa arma quando está a trabalhar a transportar mercadorias e não está no exército?

– Ah, é verdade que já lá estive, mas depois fartei-me – explicou ele com simplicidade.

– *Fartou-se*?

– Sim, às vezes acontece-me. Pensei que íamos para lá para defendermos povoações em apuros e endireitarmos um pouco as coisas, mas quando me apercebi que só nos queriam pôr a fazer flexões e berrar, fui-me embora. Ainda por cima não era muito justo; muitos dos meus colegas de lá tinham dois abdomens e duas gargantas. Claro que faziam as coisas melhor que eu.

– Mas... ninguém se... importou muito quando decidiu sair?

– Agora que fala nisso – começou ele, encostando-se à cadeira de piloto e passando a mão pelo queixo – na altura até insistiram bastante para eu ficar. Foi simpático, isso. Depois é que se tornou mesmo chato, não me queriam deixar ir embora.

– Imagino – murmurou Eramithe, rodeando os joelhos com os braços. Estava contando com uma reação normal de sua parte, como revirar os olhos, mas em vez disso sorriu.

– E donde é que é? – perguntou ele distraidamente. – Deve ser de um lugar muito bonito.

– É, sim – respondeu, lembrando-se da paisagem branca e brilhante do planeta gelado. – Por que é que diz isso?

– Porque é muito bonita, por isso suponho que o planeta de onde vem também seja.

– Isso é um pedaço de lógica que lhe podia dar direito a ficar sem parte posterior em Stroff-Bingen.

– Daquelas de formiga, mas muito maior? Então ainda bem que não tenho nenhuma. E por que é que é assim tão mau dizer-lhe que é bonita?

– Não sei. Acho que as pessoas na corte eram obrigadas a pensá-lo e proibidas de dizê-lo.

Eramithe levantou-se e procurou um dos pirilampos vermelhos. Queria distrair-se para não ter de pensar que Aldus-Tera, lá em cima, os podia encontrar. Mas apanhar um pirilampo não foi fácil, e já estava razoavelmente enervada quando conseguiu por fim encurralar um nas mãos. Aproximou a boca do inseto e sussurrou-lhe algumas palavras. Nenhum resultado.

Voltou a tentar duas vezes e, à terceira, o pirilampo lá lhe concedeu um brilho um pouco mais avermelhado, mas nada de admirável.

– Bem, já está – anunciou Victor. – Se apertei os botões que acho que apertei, consegui chamar a equipe de socorros e não vão tardar. Claro que não tenho bem a certeza que foi isso que fiz, não há assim muita luz aqui.

Eramithe lançou-lhe um olhar assustado antes de se voltar para o pirilampo, pensar durante uns segundos e voltar a sussurrar-lhe algumas palavras muito discretamente com alguma urgência.

O pirilampo pareceu pegar fogo e escapou das mãos dela com um rasto de ar fumegante; foi batendo em outros insetos para lhes contagiar a luz quente até perder a velocidade. Depois voltou para Eramithe com um som desconcertante de fritura.

– Bom, agora temos mais luz – disse ela, satisfeita.

– O que é que lhe disse? – perguntou ele com certa admiração.

– Bah! Só uma ou duas palavras que as minhas "tias" nem devem saber que existem. Se calhar nem nada em Parf as ouviu – sorriu.

·•◈•·

Tera respirou fundo. Não era a coisa mais agradável a se fazer quando se estava no meio de um planeta repleto de destroços em plena decomposição, mas era preciso. Se se concentrasse conseguiria cheirar emoções fortes. Distinguia a alegria pelo seu aroma fresco e leve, a tristeza sempre gelada e cortante, o amor adocicado como fruta que acabou de amadurecer. Mas os que ela gostava mesmo de sentir eram outras sensações, mais pesadas e fortes.

De momento, procurava, precisamente, algumas dessas.

Inicialmente apenas cheirou um ligeiro receio, constante, vindo dos animais que tinham feito daquela sucata universal a sua casa. Vidas pequenas e repetitivas, sempre inseguras. Mas ao longe, havia uma corrente distinta.

Nas suas narinas dançava, muito suavemente, o aroma ácido de uma mulher assustada.

– Isto é bom – disse Tera com um sorriso.

Passou pelos cabelos uma mão que formou no seu ombro especificamente para isso e começou a avançar, à procura de uma entrada. O medo de Eramithe era agradável. Tão agradável...

Contornou o esqueleto de um cruzador espacial, um modelo que já tinha caído em desuso há mais de duzentos anos, e seguiu por entre um monte de pequenas caixas metálicas. Possivelmente carga perdida. Ali as naves acumulavam-se, formando enormes escarpas. Havia que ter cuidado, pois qualquer movimento em falso poderia causar uma derrocada. Debaixo dos pés de Tera havia meio milênio de naves perdidas em saltos hiperespaciais fracassados. Se todas elas libertassem as emoções do momento em que tinham ali chegado, Tera afogar-se-ia num tsunami de pânico e desespero. Como isso seria divertido!

Por outro lado, ainda bem que isso não acontecia, certamente lhe faria perder o rastro de Eramithe. E o prazer deveria vir sempre depois da obrigação. Aldus-Tera fora importado da sua galáxia para cumprir apenas uma missão, servir Gazkzak, e, desde a mais tenra idade, não desejava outra coisa.

À medida que se aproximava do ponto de origem do medo, reparou que havia também outra coisa, mais estranha e completamente deslocada a acompanhá-lo. Parecia o aroma de rebuçados, derretidos e pegajosos, esquecidos há muito em fundos de bolsos. Entusiasmo infantil.

– O idiota! – exclamou – Para ele isto é tudo uma grande brincadeira!

Aquilo irritava-a ainda mais. Nas suas costas, o braço de Aldus atingido pelo raio ainda lhe doía enquanto se recompunha; era sempre mais difícil recuperar um membro perdido do que fazer surgir um novo. E o processo de regeneração era bastante desagradável. Não se dava bem com dores. Gostava mais de infligi-las do que de senti-las e qualquer ferida sabia-lhe a derrota. De fato, se pudesse sentir o seu próprio cheiro naquele momento, detectaria uma nuvem de frustração com um ligeiro aroma de raiva.

Por mais que não o quisesse admitir, aquilo estava a tornar-se pessoal.

Parou debaixo de um ninho de ratos-morcego, centenas deles pendurados de cabeça para baixo na asa de um veículo qualquer, tão destroçado, que nem sequer era possível identificar.

As suas presas estavam ali, vários metros abaixo.

Havia de encontrar uma passagem e isso não era trabalho para um só nariz.

Na sua nuca os cabelos abriram-se e a pele nua começou a contorcer-se. Primeiro, surgiram duas covas lado a lado, órbitas vazias que rapidamente se encheram com uma gosma mole, que girou em redemoinho, até se solidificar em esferas oculares. Entretanto, o crânio alongava-se de maneira a ter espaço para um segundo par de orelhas; debaixo dos olhos, surgiu uma colina flexível, por cima de uma abertura que ia aumentando para os lados. E, por fim, vindo do nada, ali estava Aldus. Não completo, claro, isso seria um desperdício de energia, apenas a sua cabeça ao lado da de Tera. Duas cabeças sempre procuram melhor que uma.

Eramithe era, sem dúvida, uma rapariga especial. Esse pensamento atingiu Victor tão subitamente como um cometa vindo do lugar mais escuro do espaço interestelar. Estava bastante surpreendido consigo mesmo por ter conseguido passar a última hora sentado conversando com ela, sem sentir necessidade de saltar e se mexer freneticamente. De alguma forma, a visão das expressões faciais e dos gestos da princesa enquanto conversava, ou mesmo quando estava quieta, apenas ouvindo-o, parecia ser o equivalente a uma boa corrida matinal. Pelo menos assim ele avaliava, a julgar pela forma como os seus batimentos cardíacos teimavam em acelerar sempre que focava atenção a ela. Não conseguia entender o motivo daquilo. Sim, ela era muito bonita, mas bolas, ele já tinha conhecido outras raparigas bonitas e nunca ficara assim, fixado nelas. Sobre Eramithe, a cada palavra que ouvia, tinha vontade de saber mais.

Era engraçado.

– E então, – continuava ela – quando as velhas se viraram para mim e me disseram que branco não era a cor mais apropriada para o meu casamento com o sobrinho delas, eu só tinha vontade de lhes dar um bonito pontapé nos abdomens. E eu estava a usar *stilletos* na altura.

– Sim, imagino que isso deva alei... – A frase foi interrompida por uns sons estranhos, como se alguma coisa se arrastasse por uma superfície metálica. Victor olhou para o teto do *cockpit*. Eramithe seguiu o seu olhar preocupado.

– A ventilação!

– Que se passa? – perguntou a princesa.

– O seu amigo. Daqui a nada vai estar aqui.

– Eu não volto. – disse Eramithe batendo o pé.

Victor olhou para ela, com seu vestido de baile rasgado e sujo, como se a visse pela primeira vez. Até então vinha brincando, com todas aquelas fugas e tiroteios que para ele não passavam de formas divertidas de ajudar alguém, ocupando assim seu tempo. Mas agora sentia que havia algo mais em jogo.

Retirando a sua arma *laser* do coldre disse, com uma determinação que lhe era pouco característica:

– Não Princesa, não volta.

E, de forma quase sincronizada, uma placa metálica caiu do teto com Tera junto a ela. O servo do príncipe Gazkzak atingiu o chão com a elegância de um gato, levantou a cabeça, inclinou-a um pouco e sorriu.

Victor nunca tinha reparado como os dentes da mulher eram afiados.

– Vamos acabar com isto agora? – disse ela.

– Não costumo dizer este tipo de coisas, mas... só por cima do meu cadáver.

Tera levantou uma sobrancelha.

– Engraçado... Começa a cheirar-me a framboesas acabadas de amadurecer. Isso é um bocado ridículo, não? Vocês ainda agora se conheceram e, para além do mais, ela é uma mulher casada. Vá, vamos lá pôr tudo nos devidos lugares.

Eramithe não arredava pé.

– Tu ouviste, só por cima do cadáver *dele!* Er... e do meu, pronto.

Apesar de Victor manter a sua arma apontada para Tera, ela continuava a aproximar-se dos dois lentamente.

– Acho que isso não vai ser necessário. Finalmente percebi o seu salvador, Princesa. Ele consegue andar por aí aos pulinhos, deixando um rastro de destruição atrás dele, mas não me parece ser do tipo que mata uma mulher desarmada. Não é assim que se brinca, pois não?

Tera atirou o seu *laser* para o chão com bastante pompa.

– E agora?

Agora a situação tornava-se verdadeiramente complicada.

Sim, a Princesa estava em perigo. Victor deveria salvá-la. Ele queria salvá-la. Mas também sabia as regras pelas quais se tinha orientado toda a vida. Todas as histórias que lhe contaram quando criança, aquilo em que ele acreditava, indicavam que "nunca se deve ganhar uma luta quando se está em clara vantagem. Isso não é jogar limpo."

E agora ali estava ele, um homem armado contra uma mulher menor, desarmada. Não havia maneira de vencer de forma decente.

Tera aproximava-se, lentamente, já saboreando a vitória.

Victor agarrava e largava o punho do *laser*, hesitando entre o disparar ou deixar cair.

– Victor!

Esse grito abafado tirou-o de dentro de si. Olhou para o rosto de Eramithe, os olhos brilhantes cheios de sonhos que seriam destruídos se Tera a agarrasse e a levasse de volta a Stroff-Bingen. Mais que tudo, ele não queria ser aquele que deixou isso acontecer. Pela primeira vez em toda a sua vida sentiu que tinha de escolher "o mal menor".

Encolheu os ombros, chegando a uma decisão. Cedo ou tarde teria de acontecer algo assim, concluiu dando um passo em frente.

Tera fungou duas vezes.

– Ah! Coragem... Com um ligeiro travo acre de auto sacrifício. Delicioso. E não posso dizer que não estivesse à espera...

Victor sentiu uma forte pancada na cabeça e algo pesado a cair sobre si. Quando bateu no chão, a sua arma afastou-se da mão.

Nas suas costas, impedindo-o de se mover, estava Aldus.

– É incrível a quantidade de túneis que uma nave antiga como esta pode ter... – ele começou a dizer.

– ... não é? – concluiu Tera.

– Realmente...

– ... há que estar bastante atento.

E o monólogo a duas bocas terminou com um dueto.

– É preciso estar-se com quatro olhos aqui.

Mas Victor, estendido no chão, com a cabeça latejando por causa da pancada da segunda placa de ventilação, esboçou um sorriso.

"*Dois contra um. Finalmente temos uma luta justa.*"

·◆◈◆·

Eramithe esqueceu todas as suas longas aulas de "demonstrar dignidade em situações de perigo" e começou a tremer. Via Victor estendido ao chão, incerta se ainda estava consciente ou não, Tera recuperando a arma que antes largara e Aldus vigiando Victor, com a satisfação sádica que ela conhecia muito bem. E, ao ver tudo aquilo, não conseguia fazer outra coisa que tremer.

– Bom, princesa, já chega – disse Aldus. – Certamente concorda que se divertiu o suficiente; tem de se portar bem agora.

Eramithe mordeu os lábios. Não conseguia tirar os olhos da figura de Victor, ainda que Aldus estivesse se aproximando cada vez mais de si, tapando-lhe o campo de visão. A cabeça de Victor virou-se para ela. Pareceu-lhe que o seu olhar estava lhe dizendo para se mexer. Implorando-lhe, até. Só faltava conseguir desviar os olhos dos dele...

– Vamos lá – continuou Aldus, estendendo a mão para ela.

Ela sorriu. Teria sido uma ponta de impaciência que detectara na voz daquela criatura? Se sim, a situação não estava desesperada.

Fitou Aldus diretamente, por mais que isso lhe custasse, e tentou dizer com o ar mais desencorajado que encontrava:

– Está bem. Vou para... casa.

Ela sabia que teria um segundo, talvez menos, para despistar Aldus. Não mais que isso. Sendo assim, virou-lhe as costas numa rapidez alucinante que nem ela própria sabia possuir e correu desenfreadamente até os balcões compridos dos painéis de controle; ali por baixo estava escuro suficiente para poder se esconder e se movimentar. Deslizou para baixo deles assim que um tiro ressoou ao seu lado. Pelo visto, Aldus não estava brincando quando dissera que só prcisaria do seu útero. Ou então, se visse que era impossível trazê-la de volta, podia fazer ao Príncipe Gazkzak o favor de matá-la ali mesmo para que ele ficasse livre do compromisso matrimonial e pudesse procurar uma consorte menos problemática para os seus planos.

– Pode procurar em todos os catálogos de princesas do universo, não vai encontrar nenhuma – murmurou ela.

Engatinhou o mais depressa que pôde por baixo dos balcões até um local que supunha ser um pouco mais seguro. Mas aquilo não lhe serviria de nada. Se conhecia bem Aldus-Tera, sabia que ele detectaria seu cheiro num instante.

– A abandonar o seu amigo, alteza? Até a mim isso me mete impressão – recriminou ele com um sorriso retorcido que era quase audível.

Eramithe esforçou-se por respirar fundo e pensar direito. Reparou que tinha chegado a um canto onde um cheiro perturbante de podridão se misturava ao de ferrugem e... e a outro que não conseguia bem identificar. Nem queria. Contudo, constatou que aquele odor era forte o suficiente para se sobrepor aos outros. Perfeito!

– Assim só fica mal vista, princesa. É isso que quer? Quer essa vergonha toda quando voltar para a corte?

"*Assim não fico vista de todo, e é isso mesmo que quero agora*" pensou ela, confiando na escuridão do canto.

Escuridão essa que foi perturbada por um pequeno ponto vermelho que lhe passou diante do nariz.

– Raios! Agora não! – ralhou ela num sussurro.

Começou a entrar em um pânico ainda maior quando viu mais pirilampos aproximando-se dela. Não sabia como lidar com aquilo e, definitivamente, não contava com esse novo problema. O que poderia dizer naquela situação? "Mais tarde? Prometo que volto?" Nunca pensara ficar em apuros por fazer propostas indecentes a um inseto.

Reparou que estavam todos saindo por um buraco no painel de controle; provavelmente, o ninho deles. E já havia mais que o suficiente à sua volta para iluminá-la por completo.

Os gestos frenéticos de Eramithe para tentar afastá-los interromperam-se bruscamente. Aldus-Tera conseguia cheirar sensações – e muito bem. Até um detalhe ridículo. Talvez se...

– Ah, aí está, princesa. Bom, vamos, sim?

Eramithe encostou a boca ao ninho dos pirilampos de Parf e começou a largar frases soltas, tentando lembrar-se do que dissera um pouco antes, numa situação bem mais descontraída.

– O que é que está a fazer? Não se mexa!

Desviou-se a tempo de ver uma quantidade inacreditável de pirilampos em um vermelho incandescente, saindo do ninho desesperadamente. Alguns faziam trezentos círculos por minuto sobre ela e outros pairavam não muito longe, com ainda mais energia. Não importava onde estavam, desde que estivessem todos bem ativos.

– Estou pronta – declarou ela com um sorriso de deboche às duas formas de Aldus-Tera. – Vamos?

Viu-os hesitar primeiro, avançando em sua direção antes de pararem, como se as pernas encontrassem uma barreira invisível. A cabeça entre as mãos. Aldus deixou escapar um grunhido de irritação, a mão espanejando à sua frente, enquanto Tera andava em ziguezague, desorientada.

– Então? Normalmente são mais eficazes – continuou Eramithe sem conseguir conter o riso.

Já invejara muitas vezes as várias capacidades incríveis de Aldus-Tera, mas a de farejar as mais discretas emoções não era uma delas. Correu até Victor, evitando com uma facilidade ridícula a mão que Tera estendia até ela, tentando agarrá-la.

– Estás bem?

– Ótimo – respondeu ele, recuperando a arma. – E dá muito jeito viajar com alguém que se dá tão bem com pirilampos de Parf.

– Ora, o prazer é todo meu.

Eramithe deu-lhe a mão – não que mudasse muito naquela situação, mas era o que queria fazer – e correram para a saída da nave. A maior parte dos pirilampos seguia-os numa nuvem protetora que, ainda que os ofuscasse um pouco, era muito mais inconveniente para Aldus-Tera que nem a cinco metros conseguia se aproximar.

– Cuidado! – gritou Victor, fazendo Eramithe abaixar-se quando um tiro confuso de Tera passou por cima deles.

Mas aquela era uma ação desesperada. Estavam fora de alcance.

Enquanto ela escapava, ajudando Victor, Aldus-Tera tentava recompor-se. A excitação súbita de todos aqueles insetos, liberada precisamente quando o ser bicorpóreo concentrara toda as suas capacidades em cheirar emoções para encontrar a Princesa, tinham atingido os dois corpos com a sutileza de uma ogiva nuclear. Uma explosão repentina de hormônios e feromônios que tinham abafado todos os outros sentidos.

"*Bem jogado, princesa, bem jogado...*"

Agora que já havia deixado de ver luzes piscando a frente aos seus olhos e de sentir fogos de artifício infernais no interior dos seus crânios, Aldus-Tera lançou-se numa corrida desenfreada.

Os dois corpos tinham mais ou menos a mesma resistência física e, portanto, movimentavam-se lado a lado. O duplo perseguidor tinha um atraso considerável em relação ao par em fuga. Sentiu a necessidade de se esforçar mais, porém, o peso de um dia inteiro saltando de um lado para o outro da Galáxia, sem intervalos, fazia-se sentir em seus corpos.

"*Estou a ficar velho demais para estas coisas.*"

Os músculos do ser bicorpóreo estavam mais doridos do que gostaria de admitir. Tentou concentrar-se em Tera, que sempre tivera maior resistência à dor, e ignorar os pedidos de descanso dos terminais nervosos de Aldus. Os quatro braços balançavam no ar e o par de sistemas respiratórios era puxado ao máximo da sua resistência. Felizmente, nenhum dos corpos era asmático.

Ao longe, o brilho dos pirilampos libidinosos que cercavam o casal estava desaparecendo.

"*Não faz mal, se os conseguir apanhar nas escadas ainda são meus.*"

De fato, no estado em que estava, Victor teria bastante dificuldade em subir os degraus. Isso daria para compensar o atraso.

Aldus passou a mão pelo seu *laser,* enquanto pensava em alvejar Eramithe na cabeça, um órgão perfeitamente desnecessário para a consorte real. Desta vez não iria perder tempo com vinganças vaidosas. Mataria os dois, recuperaria as entranhas reprodutivas de Eramithe enfiando-as em um sistema de suporte de vida e levaria o troféu para Stroff-Bingen. Missão cumprida.

Enquanto avançava, tinha o cuidado de recolher nos seus dois corpos todos os folículos que lhe permitiam cheirar emoções. Não iria ser apanhado da mesma maneira duas vezes. Entretanto, a iluminação pulsante dos pirilampos vermelhos voltaria a surgir depois de uma curva.

"*A luz ao fundo do túnel.*"

Conseguia ver silhueta de Victor tentando agarrar-se aos degraus metálicos e subir para a abertura no teto, enquanto Eramithe, mais abaixo, tentava estabilizá-lo. Era tudo bastante patético. Ratinhos presos. Tera sorriu enquanto Aldus lambeu os lábios.

O corpo feminino, com o braço esquerdo, retirou a arma do coldre no corpo masculino. Tera tinha melhor ângulo para o disparo, mas ainda teria que se aproximar um pouco mais para acabar tudo com dois golpes limpos. A precipitação que o havia levado a falhar antes não seria repetida. Entretanto, já podia ver as cabeças de Eramithe e Victor voltando-se em sua direção.

Apontou a arma.

Ouviu os gritos da princesa e a voz de Victor cantarolando qualquer coisa sobre elefantes. Obviamente a pancada que sofrera tinha sido ainda mais grave do que parecia.

Aldus olhou para os futuros mortos e calculou a distância.

Tera ajustou a potência da arma.

Victor tropeçava nos degraus. Eramithe tentava ajudá-lo a subir as escadas com todas as suas forças.

Aldus moveu levemente o indicador esquerdo duas vezes. Tera repetiu o movimento no gatilho do *laser*. Dois disparos de luz saíram da boca da arma.

Os olhos de Aldus franziram-se. Os lábios de Tera contorceram--se num sorriso.

Os degraus, que deveriam estar ocultos pelas cabeças de Victor e Eramithe, desfizeram-se num líquido fosforescente.

Tudo correra como o planejado. Exceto em um pequeno ponto...

Infelizmente para Aldus-Tera não havia nenhum corpo, decapitado ou não, estendido no chão.

Eramithe piscava os olhos para se habituar à luz branca que a rodeava.

Não, não iria fazer perguntas tolas como "será que morremos?" Ela sabia perfeitamente que, se tivessem morrido, não sentiria um formigueiro irritante por todo o corpo, não estaria usando aquele vestido arruinado, nem teria ainda a sua mão na bunda de um rapaz com a cabeça rachada. Quando percebeu essa última parte, tirou a mão rapidamente, tentando fingir que nada havia acontecido.

Ela e Victor estavam deitados em um convés com paredes lisas e translúcidas.

– Um trilhão novecentos e quaren...

– Cala-te lá com os elefantes! Diz-me mas é onde estamos!

Victor olhou à sua volta. A cabeça ainda doía e o universo não parara de se portar como um pião hiperativo, embora as coisas estivessem se acalmando. O cenário era familiar.

– Isto... isto... é o porão de transporte de uma nave de socorro!

– A sério?

A parede à frente deles iluminou-se. O rosto de uma criatura verde, com três olhos e uma boca lateral, apareceu projetado em um ecrã e um tom profissional começou a recitar:

– Sejam bem-vindos à bordo da nave Machina classe 24-B. Estão neste momento encerrados para análise, mas serão libertados em breve. Entretanto, se precisarem de alguma coisa, não hesitem em pedir. No final, todos os encargos serão enviados aos vossos seguros.

Victor sussurrou para Eramithe:

– Eles vão ter uma boa surpresa quando chegar essa altura.

Mas ela ainda estava abalada.

– Espera lá! Tu estás a dizer-me que, precisamente quando tudo estava perdido e nós não tínhamos salvação possível, chegou uma nave que nos teletransportou para segurança? No último segundo? Sabes qual é a probabilidade de algo assim tão absurdo acontecer? Sabes?

Victor concentrou o olhar num canto da sala e fez contas em silêncio.

– Muito baixa? – decidiu – Pelo menos a mim só aconteceu umas *sete vezes*.

Como resposta, Eramithe soltou uma gargalhada feliz, leve e cheia de vontade. A primeira que dava em muito tempo. "*Sim,*" pensou ela, "*a vida em fuga pelo Universo é louca, não faz qualquer tipo de sentido, mas bolas, se não sabe bem como tudo!*"

E Victor, mesmo não percebendo a piada, juntou-se a ela. Era sempre bom rir depois de uma corrida.

O capitão Deu-X desligou o intercomunicador e aproximou-se do seu copiloto com um ar abatido.

– É triste o que um salto hiperespacial fracassado pode fazer, não é? Tão novinhos e já completamente malucos.

O copiloto suspirou e acenou as suas antenas.

– Uma tragédia, senhor... Uma tragédia...

Enquanto ambos refletiam sobre a crueldade aleatória do universo, deixavam a órbita do planeta onde Aldus-Tera ainda bradava com quatro punhos erguidos contra os céus.

Tinham acabado de aterrissar no planeta natal da princesa, dando uma pausa nas várias aventuras tinham vivido. Eramithe admirou a paisagem que se estendia à frente como um manto brilhante e imaculado assim que a porta da nave se abriu. Reparou, com certa satisfação, que Victor estava ligeiramente boquiaberto. De certa forma, ela também o estava. O planeta continuava gelado, em formas estáticas e cintilantes. Mesmo os habitantes mais friorentos, se sentiam obrigados a gostar de seu planeta; era tão bonito que compensava o incômodo.

– Se eu tivesse acabado de aterrar em Stroff-Bingen, estaria numa praça, ou antes, num verdadeiro formigueiro, com barulho e um calor arrasador, misturado a lufadas de pó e suor. É claro que nenhum deles gostava muito quando eu dizia que vinha de um planeta mais bonito – sorriu.

Victor sorriu-lhe de volta e começou a descer os degraus da nave – era muito prezeroso observar a paisagem, mas era ainda melhor fazer parte dela – quando Eramithe o parou.

– Espera, a melhor maneira de ter o primeiro contato com esta neve é descalço.

– Mas só o primeiro, espero – riu ele enquanto se descalçavam.

Assim que pousou os pés na neve, virou-se para Eramithe.

– Não é tão fria quanto eu esperava, de todo...

Estendeu-lhe uma mão para ela descer os degraus.

– Se fosse, as pessoas de cá tinham de ter evoluído com várias mais camadas de gordura para aguentarem – riu ela.

O riso soou-lhe tão mais desprendido do que aqueles que estava acostumada a ter nos últimos tempos, que pensou que seria melhor ter calma e ir devagar com a liberdade conquistada. Não havia motivos para saboreá-la depressa demais. Victor, entretanto, considerou rapidamente a imagem de Eramithe como uma pequena bola de gordura a rebolar pelo planeta gelado, e voltou sem tardar a outros assuntos.

Caminharam sozinhos durante uns minutos pela neve. À exceção de algumas árvores de gelo com estalactites saindo dos ramos, não havia mais nada à volta deles.

– O que vais fazer agora, Victor?

– Não me parece que a companhia de mercadorias que me empregou me queira ver muito perto dos produtos deles outra vez – notou ele, sem, porém, o mínimo ar de arrependimento. Talvez estivesse até aliviado.

– Eu sei que só a ideia de "parar" te pode dar convulsões para te obrigar a mexer de uma forma ou outra, mas... seria demasiado convidar-te para aqui ficares por uns tempos? Não sei quanto tempo é que acharias razoável, uns dias ou só umas horas, mas ainda tenho aqui amigos e família que me podem proteger quando lhes contar o que passou pela cabeça do meu, espero que muito em breve, ex-marido. Nunca me disseram como são as leis de divórcio em Stroff-Bingen, mas o que me interessa é as daqui, e aqui, se a pessoa ou criatura com quem te casaste é tão fria que nem te aquece os pés na cama, tens divórcio imediato. Por isso, quanto a mim isso já está resolvido, só digo isto tudo para não teres a impressão que te estou a pedir para ficar só porque tenho medo de andar sozinha...

Eramithe teve vontade de abrir a boca e enchê-la de neve suficiente para parar de deixar escapar aquela torrente de palavras. Ai, se as tias de Gazkzak a ouvissem... mas não, não iam voltar a ver ou ouvir, pensou com um sorriso.

– A única coisa boa de eu estar a falar tanto e tão depressa – continuou hesitantemente – é que, se calhar, se te atirar tanta informação ao mesmo tempo, não te vais fartar tão depressa de mim.

– Princesa Eramithe... – começou ele com um sorriso.

– É má educação tratar uma princesa por "princesa" quando ela não quer – fungou.

Claro que acabara de inventar aquela última regra de etiqueta, mas ele não precisava saber, já que era tão válida quanto as outras regras com muitos anos de existência.

– Então, quando eu tiver vontade de ir embora por um bocado outra vez, queres vir comigo, Eramithe? Quer dizer, não quero que penses que te estou a pedir para ter sempre alguém a ajudar-me. É verdade que, para uma senhora em apuros, desenrascaste-te muito bem, a ti e a mim, mas não era de maneira nenhuma aquilo que eu queria dizer com...

Ela pousou uma mão no ombro dele e tentou inventar uma nova regra no momento. "*Agora a princesa faz sempre o que quiser e, se o Victor lhe pedir para ir com ele, ela diz que sim*".

Ou algo do gênero.

OS ARGONAUTAS

SID CASTRO

Navegar é preciso, viver não é preciso

Antigo ditado de origem desconhecida do extinto planeta Terra*

* Nota do autor: A bem da verdade, a frase não é de origem desconhecida – pelo menos não antes da Era Galáctica. Trata-se de uma frase proferida originalmente pelo general romano Pompeu, e eternizada séculos depois pelo escritor português Fernando Pessoa.

Oceano de Sirius

COMO UM GIGANTE DE metal rasgando o ventre estrelado do Cosmos, a espaçonave Argos emergiu do hiperespaço, projetando-se com velocidade e fúria por entre as nuvens em eterna e chuvosa ebulição de Oceano de Sirius, um dos Planetas Perdidos. Sua estrutura longa e aerodinâmica, no entanto, não era mais do que uma pequena fração emersa da lendária nave de guerra humana, cujo enorme corpo principal permanecia em órbita no planeta, embora os módulos secundários se mantivessem ligados pelo conduto hiperespacial, tornando a Argos uma entidade viva e capaz de continuar lutando em partes separadas, como uma hidra com longos braços de metal e energia. Foi assim que saiu incólume a anos de batalhas terríveis contra os seres de silício na periferia da galáxia.

O Mestre Galáctico Vyor deu forma a uma dezena de pseudopodes, envolvendo o Cajado Cósmico, em torno do qual seu corpo protoplasmático, como uma geleia pulsante, sem ossos ou cartilagens, girava em espiral na tentativa de acompanhar o pouso elegante da espaçonave sobre a superfície de águas agitadas. Sua mente quântica buscou nos genes humanos que absorvera no passado, as sensações primitivas evocadas pelas formas e símbolos impressos naquele veículo lendário.

Argos! A maior espaçonave da Armada Humana. A nau guerreira de centenas de batalhas contra o Um, na Grande Guerra Galáctica, e que jamais aceitara a derrota.

O Mestre Galáctico reconhecia no *design* da nave, com sua carenagem longa e afunilada que cortava as ondas gigantescas de Oceano de Sirius, a proa de um antigo barco humano navegando nos mares mais cálidos da primitiva Terra. O mítico nome Argos estava impresso na fuselagem em caracteres não mais escritos há milhares de anos, ilustrado por um capacete pré-industrial encimado por uma crista estilizada. Era como se, no caso, a humanidade ultratecnológica retornasse às suas raízes míticas, pensou.

Enroscando o corpo protoplasmático no Cajado Cósmico, Vyor levitou sobre as águas turbulentas até a espaçonave, que flutuava sobre um dos raros maciços rochosos aflorando à superfície do mundo--oceano. Os motores silenciaram lentamente, abafados pelo trovejar constante das vagas furiosas que açoitavam o veículo. Protegido do ambiente hostil pelo campo de contenção que emanava do típico e poderoso instrumento dos Mestres Galácticos, desceu sobre o rochedo, assumindo uma aparência bípede mais próxima da humana dominante e aguardou que os tripulantes abrissem a comporta da nave, permitindo sua entrada. No interior seco e repressurizado, Vyor esperou pelo contato. Mantendo um dos pseudopodes apoiado no Cajado Cósmico, ergueu outro, que tomou a forma de um braço e mão humanos erguidos numa saudação clássica, gesto disseminado há incontáveis gerações por uma primitiva nave terrestre chamada Voyager, um artefato arqueológico dos primórdios da navegação espacial, reencontrado durante a Expansão Humana pelo espaço.

Mas essa era a prodigiosa nave dos Argonautas humanos da Era Galáctica. Ou, pelo menos, da parte deles que ainda tinha algo de humano.

·•◈•·

Que se apazigue a raça dos heróis bem aventurados.
Que estas histórias se tornem, de ano para ano,
mais doces de contar para os homens.
Já cheguei ao fim dos vossos tormentos

Argonáutica, de Apolônio de Rodes
(Fragmento recuperado da memória racial
humana pelo Mestre Galáctico Vyor)

Os Argonautas da Era Galáctica

O Mestre Galáctico ainda se admirava com a adaptabilidade dos humanos, considerando que não eram transmorfos. Na cabine de comando da Argos, para onde se deixara conduzir, respeitosamente, embora pudesse simplesmente ter se teleportado, estavam alguns dos remanescentes do exército meta-humano, herdeiros da estirpe genética originária da antiga Terra. Nenhum deles jamais vira o planeta mãe. Nem poderiam, visto que não mais existia há séculos, desde o auge da Guerra Galáctica. Humanos eram, agora, os párias da galáxia.

Ali estavam: Emerson Emerion, de Orion, o mais exímio piloto da galáxia e capitão da Argos, ciborgue com três quartos de máquina e uma parte humana que se resumia a pouco mais que a cabeça e um pedaço do tórax. Prysma Lyma, a bela – os genes humanos de Vyor o garantiam, tele-empata de longos cabelos azuis de Medea. O colossal Hugh Hiroshi, do Sistema Hércules, lar de humanos de pele coriácea cinza, adaptados a mundos que exigem tamanho e força descomunais. Cristella Yin, a andrógina ruiva de pele cambiante de Orfeu, cujo canto radiônico podia transformar os mais ferrenhos inimigos em aliados. Shiva Singh I e II, clones guerreiras de poderes regenerativos do sistema duplo Castor e Pólux, mundos arrasados durante a Guerra Galáctica. E, finalmente, Mosambique Makross, o humano albino com quatro braços e poderes telecinéticos do distante sistema Teseu IV.

Eram os remanescentes da tripulação meta-humana dos inúmeros mundos colonizados pelos terrestres. A maioria havia tombado em combate ou deposto as armas, durante o Holocausto Humano. Somente a Argos permaneceu lutando, numa guerra de guerrilha nas entranhas do hiperespaço, até o chamado do Mestre Galáctico.

Em silêncio, os Argonautas esperavam.

– Aqui estamos, Mestre Galáctico – disse o capitão ciborgue. – O que nos espera?

– Contemplem, Argonautas da Era Galáctica, o renascer do mito terrestre da jornada do herói. O herói que os guiará ao Velocino Cósmico, e salvará os humanos da extinção, diante do Nulificador de Planetas do Um.

O Cajado Cósmico brilhou e projetou uma cena tridimensional. Em meio às cenas tempestuosas de Oceano de Sirius, uma esfera subia das profundezas abissais do planeta marinho. Ao emergir das águas, flutuando sob a chuva inclemente, a esfera translúcida revelava a silhueta fetal de um ser humano adulto em seu interior.

Jasão e os Argonautas

Jasão somente depois saberia por que tinha esse nome, uma variante de outro mais antigo, Iason, Jason ou Jasão, como se dizia na terra de onde fora abduzido. Despertou no interior de uma Esfera de Estase, despido de documentos, roupas ou memórias. Não fosse pela cápsula do tempo em que despertara, não resistiria ao ambiente violento que vislumbrava do lado externo, um inferno aquático dominado por terríveis pressões atmosféricas, e tempestades tão furiosas quanto constantes, caindo sob uma pesada gravidade. O estranho plasma que o envolvia, mantinha-o nutrido e calmo.

Uma suave voz em sua mente o chamava, distante, enquanto a superfície da bolha se tornava cada vez mais translúcida e maleável. Foi assim que ele pode ver como flutuou para algum tipo de formação rochosa, lisa por eras de ação das águas que ainda continuavam a escorrer furiosas sobre sua superfície. Também pôde perceber que alguma coisa muito grande se aproximava da Esfera, pelo alto, ao sentir a claridade nebulosa da estrela Sirius sendo ofuscada.

O objeto pousou sobre o maciço e, quando a torrente de água jorrando dos céus permitiu, Jasão conseguiu distinguir o que poderia ser uma embarcação ou aeronave de algum tipo desconhecido para ele. A bolha se ergueu e foi lentamente atraída pela nave, até que o ambiente ao redor desaparecesse engolido por uma escura e imensa abóboda de metal.

Luzes suaves acenderam-se por todos os lados. A Esfera de Estase, que se desfazia à sua volta, estava pousada no centro de uma grande sala vazia. Sentia-se só, como se fosse o último homem sobre a face da Terra.

Não está só, disse-lhe a voz, agora mais próxima. E não estava mais na Terra.

·•◈•·

– Estamos confusos. – Prysma de Medea disse ao entrar no hangar. – Preciso tocar sua mente, sem medo. Entrar, sentir, ser eu/ele num só.

A tele-empata caminhou na direção da Esfera de Estase que se desmanchou em lampejos azulados, como se fosse uma etérea bolha de sabão. Jasão tentou clarear a mente, caído no chão do hangar. Olhou aquela estranha, maravilhosa mulher de cabelos azulados vindo lentamente em sua direção. Era dela a voz? O corpo longilíneo era esguio, a pele dourada e quase despida era exótica, mas denunciava sua humanidade. Seus olhos oblíquos de um profundo azul cobalto pareciam penetrar com respeitosa intimidade em sua mente.

Jamais vira uma criatura tão bela e diferente, nem se sentira tão bem quanto a alguém. Sua confusão inicial desaparecia, substituída por calma, paz e doçura. Apesar de enxergar o inusitado da situação, de estar completamente desnudo, física e mentalmente diante dela, Jasão não tinha dúvidas de que era amiga. Podia sentir como se *ela* fosse *ele* próprio. Ligados por uma conexão, uma empatia que jamais sentira com alguém na vida.

Um ainda mais estranho grupo se aproximava. Sentiu que não devia temê-los, os *Argonautas*. Homens e mulheres, e outras criaturas inumanas também, de cores e tamanhos jamais vistos por Jasão, todos alienígenas para ele. Sua visão enfraqueceu a empatia, e o medo do desconhecido voltou.

– Não se assuste! – sussurrou a garota de cabelos azuis, agachando-se ao seu lado e tocando suas têmporas com seus longos e delicados dedos – Deixe sua mente ligada à minha!

O terrestre sentiu que podia pensar como se fosse *ela*, quase sendo *ela*, em seus pensamentos e memórias mais íntimas. Sentiu um contato mental mais intenso e próximo do que o físico. Ele se via no corpo dela, e a sentia em si, como se fossem um mesmo ser.

Confie em mim.

O terrestre pousou seus lábios nos dela, sem pensar. Jasão da Terra e Prysma de Medea permaneceram assim unidos, lábios e mentes, por alguns poucos momentos, até que o enlevo foi perdido e ela se afastou, delicadamente, e um tanto confusa.

– Isso que se chama empatia! – bateu palmas de leve Mosambique Makross com suas quatro mãos num mesmo ritmo. Mas as cruzou nas costas ao ver o olhar metálico de censura do capitão. Os Argonautas estavam afastados, apenas observando, até que a garota de cabelos azuis voltou-se para eles.

– Orion, peça a Argos que providencie trajes funcionais completos para o terrestre e todos nós, por favor – disse Prysma, em humano galáctico, evitando constrangê-lo.

Não foi preciso o piloto repetir o pedido. Prototecidos funcionais surgiram de condutos invisíveis e se moldaram aos corpos dos Argonautas e do último terrestre.

– Para mim, não – o Mestre Galáctico recusou, seu Cajado lampejando a uma invisível tentativa de vesti-lo. – Estou bem assim.

– Explique, Prysma. – pediu baixinho o capitão, quando a garota de Medea se aproximou. – Pensei que, informalmente despidos, estaríamos transmitindo uma atitude desarmada e pacífica a nosso antepassado selvagem, como é uma praxe simbólica na galáxia. De qualquer forma, o ambiente da Argos é acolhedor e dispensa trajes protetores em seu interior.

– Contexto cultural, capitão. Jasão é um terrestre do século XXI, período pré-hiperespacial do planeta Terra. A civilização estava dividida em variados graus de condutas morais e sociais. As roupas não tinham necessariamente uma característica funcional. Empaticamente, percebi que ele se sentia desconfortável.

– Pensei que todos os terráqueos andassem nus nas selvas! – exclamou, surpreso, o gigante de Hércules, coçando a careca cinza com sua enorme mão de quatro dedos.

– Em alguns casos, sim, Hiro. Na época de Jasão, havia culturas humanas vivendo entre a pré-história e o alvorecer da civilização cibernética.

– O planeta-mãe tinha distintos graus de evolução social e tecnológica numa mesma biosfera... fascinante! – exclamou Cristella Yin, sua pele levemente esverdeada mudando de tom, mimetizando seus sentimentos.

Jasão sentia-se estupefato ante aquela diversidade humana de outros mundos, enquanto se levantava e testava os movimentos de seu corpo, cambaleante. Deu alguns passos trôpegos, quase perdendo o equilíbrio, sendo apoiado por Prysma, como se esta soubesse cada movimento do terrestre antes que ele sequer pensasse. Jasão se deixou apoiar na moça dourada e alta, sentindo o contato daquela pele com a textura de pêssego – muito embora pêssegos de verdade já não mais existissem – e um odor tão exótico e cativante que jamais sentira em mulher alguma na vida.

– Sou nativa de Medea, um planeta há 42 anos luz da antiga Terra – respondeu ela baixinho à indagação não feita. – Nossa genética é herança terrestre, mas a adaptação a nosso meio ambiente tornou-nos diferenciados. Não, nenhuma mulher da Terra teria meu característico odor alienígena...

O terrestre afastou-se um tanto confuso, o rosto ruborizado com o leve sorriso dela.

– Eu... preciso entender... quem sou... onde estou... onde e quando vim parar aqui. E... principalmente... por quê?

– Você está na espaçonave de guerra Argos, no planeta Oceano de Sirius, décimo milésimo quarto ciclo do calendário-padrão humano da Segunda Era Galáctica – informou Emerson de Orion, o capitão, se aproximando. – A oficial de ciências psiônicas Prysma Lyma lhe informará de tudo no devido tempo. Mas antes, a enfermaria da Argos cuidará de você. Consegue andar?

– Sim, eu...

– Venha comigo – Prysma pegou na mão dele, retirando o pânico que ameaçava inundar sua mente. – Estamos em sintonia, e você sabe que nada de mal lhe acontecerá.

A tele-empata o conduziu para fora do hangar, enquanto os Argonautas entreolhavam-se temerosos e envoltos em dúvidas.

Este é o herói que nos levará ao Velocino Cósmico e salvará a Humanidade?

O Mestre Galáctico havia desaparecido.

·•◈•·

Completa em sua grandiosa formação de módulos interligados, a prodigiosa Argos singrava o espaço normal deixando para trás o disco azul-chumbo de Oceano, iluminado pelo brilhante sistema binário de Sirius, nascendo por trás dele. Uma cortina de negra poeira cósmica, que nublava a estrela, ocultou a passagem da espaçonave para o hiperespaço.

...como alta estrela surge Sirius do Oceano,
Que bela de se ver se eleva.

A frase poética surgiu das entranhas da memória racial humana do Mestre Galáctico que, envolto pela proteção do Cajado Cósmico, observava em órbita do planeta a partida da Argos.

Argonáutica, de Apolônio de Rodes, citou, lembrou. *Pena que não a tenho completa.*

E seus órgãos pseudo-ópticos fitaram para além da cortina negra de poeira cósmica, onde a apenas 8,57 anos-luz de distância, no agora Espaço Morto, um dia existiu um planeta chamado Terra.

Caçadores

Dúvidas dominavam Jasão quando, após uma breve caminhada pela Argos, foi conduzido ao módulo habitacional por Prysma e o capitão. Mal teve tempo de admirar o ambiente que tentava emular o que registros milenares julgavam ser uma residência do século XXI da Terra Antiga, com cópias de objetos e utensílios reproduzidos com margem de erro de algumas centenas de anos, apenas. Sutilmente, Prysma tocou sua mente, induzindo-o ao sono assim que entrou no quarto, sendo deitado numa cama flutuante, que existira no século XXII. Mas o terrestre, que voltou a dormir após milênios de hibernação na Esfera, não iria apenas ficar desacordado. Invisíveis raios omnipédicos projetaram-se em sua mente, inculcando dados relevantes, comportamentos e informações que somente um vivente das civilizações da Era Galáctica poderia ter.

– Quando acordar, o selvagem terá um mínimo de adaptabilidade à nossa civilização – afirmou o capitão. – Mas não sei como reagirá ao perceber seu papel em nosso drama cósmico.

Prysma abanou a cabeça, em sonolenta concordância. Quase tombou sobre a cama, amparada pelo braço biônico do capitão da Argos.

– Seu grau de empatia com o último terrestre está muito forte. Aos seus aposentos, oficial Prysma, você também precisa dormir.

·•◈•·

A Grande Guerra Galáctica durou milhares de anos. Devastou boa parte da Via Láctea, com épicas batalhas espaciais e mundos volatizados por inimigos sem piedade. A própria Terra desapareceu, durante o auge do Holocausto Humano, obliterada pela maior arma jamais criada por seres inteligentes – o Nulificador. O Um deixou órfã toda a Humanidade ao apagar o planeta-mãe e o Sistema Solar, deixando um Espaço Morto. Mesmo assim, os humanos das colônias espaciais ainda permaneceram séculos lutando até a derrota.

Sem mundos, toda uma nova categoria de povos espaciais cruzava a galáxia pacificada: os Nômades do Espaço, com intermináveis caravanas de naves de gerações, estações e planetas artificiais vagando na periferia galáctica, fugindo da ameaça dos Caçadores de Carbono e da vigilância das Cotas do Um, as comunidades espaciais Silicitas.

Todo esse conhecimento Jasão dispunha em sua mente, à medida que algum fato o fizesse vir à tona, o que geralmente acontecia quando conversava com a tripulação, especialmente com o capitão da Argos. Enquanto isso, Prysma Lyma, mantinha-se ausente, evitando que entrassem em empatia, agora que o 'selvagem' se sentia mais calmo e seguro de sua nova situação.

– A Grande Guerra Galáctica começou como um conflito expansionista entre duas formas de vida: seres constituídos à base de carbono e outros à de silício. Minoritários na galáxia, os Silicitas sentiram-se ameaçados com a grande quantidade de mundos habitados por Carbonianos, especialmente os humanos, e combateram ferozmente por espaço.

O terrestre já sabia disso. As informações brotavam de sua mente, como um filme, graças aos ensinamentos omnipédicos. Mas tentava entender como os fatos da história futura da galáxia se ligavam a ele, homem de um passado distante, que agora lhe parecia lampejos de sonhos quase esquecidos.

– Mas não há mundos suficientes para todas as espécies na galáxia? Bilhões deles? – indagou Jasão para o capitão que, imerso em cabos que se conectavam ao seu corpo biônico, pilotava a Argos no hiperespaço. Dos visores externos, via-se apenas a fluida obscurescência do hiperespaço, não traduzível em imagens reconhecíveis ao olho humano.

– Sim, mas toda raça expansionista conta com a expectativa futura do uso de cada setor da galáxia. Some-se a isso o fato de que o conceito de existência dos Silicitas é oposto ao nosso. Somos indivíduos, seja de qual raça carbônica for. Eles são coletivistas. E essa foi uma guerra de tempo e espaço, atravessando milênios e envolvendo milhares de civilizações espaciais e mundos colonizados também em expansão. Como agora deve saber, os seres de silício têm esqueleto cristalino, ligado por camadas que evoluíram como complexos sistemas em rede ligados energeticamente. A principal sociedade Silicita é o Um, uma comunidade coletiva que absorveu todas as outras. Não pode haver consciência livre fora do Um. Carbonianos são incompatíveis com Silicitas em base molecular, genética e atômica, para não dizer de pensamento e existência. Logo, se você não é parte do Um, você é nada.

– Então, a Guerra Galáctica se tornou uma guerra de extermínio dos Carbonianos.

– Sim, principalmente de nós, humanos. – confirmou Mosambique, com todos seus quatro braços.

Os Argonautas estavam de prontidão na sala de comando, com suas poltronas flutuantes, com o capitão no centro, coordenando a transição para o espaço normal. Nos visores tridimensionais, a informe visão do hiperespaço cedeu lugar ao grandioso espetáculo das Nebulosas de Ninguém.

Alerta. Caçadores de Carbono no setor!

A voz impessoal da Argos ressoou na sala de comando, e os Argonautas se colocaram em prontidão de batalha.

– Argos! Retornar ao hiperespaço! Talvez não nos tenham detectado!

Mas embora soubesse que a espaçonave já tinha tomado essa precaução, o capitão não ignorava que foram surpreendidos. Um abalo ensurdecedor confirmou seus piores temores.

Nos visores, amplificações telescópicas mostravam uma formação de naves giratórias com aspecto de cristais de quartzo negro, mergulhadas nas entranhas escuras da Nebulosa de Ninguém.

– Malditos Caçadores de Carbono! – gritou Hércules, brandindo o punho maciço.

– Quanto mais Carbonianos exterminarem, mais próximos do Um! – explicaram Shiva Shing I e II.

A Argos suportou o ataque enquanto redirecionava energia para abrir um novo portal e mergulhar no hiperespaço novamente. As transições são o momento em que a nave fica mais vulnerável, devido ao gasto extra de força.

– Corremos o risco de sermos destruídos antes mesmo de começar nossa missão – desabafou Cristella. Sua pele estava intensamente branca, com tons sombrios nos olhos e boca.

As telas, com visões múltiplas do combate, se dividiam diante dos olhos do terrestre. A velocidade dos acontecimentos e as ações da nave e sua tripulação experiente de muitas batalhas o confundiam, pelo menos o tempo suficiente para que seu conhecimento omnipédico viesse à tona de seu subconsciente.

Na tela principal, Jasão podia ver a cena múltipla de dezenas de módulos de combate ressurgindo na retaguarda inimiga no espaço normal. A espaçonave humana parecia formar uma pequena esquadrilha de vasos de guerra, apesar de separados por milhões de quilômetros no campo de batalha.

– Qual o limite de expansão da Argos no espaço? – perguntou o espantado humano do século XXI.

– Quanto mais se subdivide e mais distantes estão suas partes, menor a força de ataque da Argos, – explicou o capitão – A vantagem da segmentação é estratégica.

Antes que Orion terminasse, os módulos mais distantes da nave disparavam contra os Caçadores de Carbono. Pegos de surpresa, demoraram microssegundos para reagir. As espaçonaves em formato de estruturas cristalinas foram atingidas em cheio, na sua maioria. As partes da Argos submergiram novamente no hiperespaço, com segmentos reaparecendo em zonas distantes, confundindo o inimigo e prejudicando sua reação.

– Acho que não esperavam topar logo com uma experiente nave de guerra! – riu o albino de Teseu IV, erguendo os quatro punhos em sinal de vitória. – Tomem essa, silicóides!

Várias naves Silicitas ainda se desfaziam em átomos quando a seção principal da Argos emergiu atirando em cheio no centro da esquadra inimiga.

Tão rápido quanto começou, a batalha das Nebulosas de Ninguém terminou, e os Caçadores sobreviventes mergulharam num portal de emergência.

– Estamos numa área remota e a chance de encontramos Caçadores de Carbono é menor – o capitão afirmou – Não esperava encontrar naves deles na Nebulosa de Ninguém. Sinal de que estão ficando ousados.

– Talvez nos seguissem. – especulou Prysma.

– Ou o Um sabe da nossa missão – refutou Orion – e tenta nos deter.

Nômades

O módulo de comando da Argos aproximou-se de uma pequena lua, na órbita de um planeta azul profundo. O satélite, uma luminosa bola de gelo, ofuscava o que parecia ser um brilhante anel à sua volta. Pelo menos é o que parecia, até a aproximação visual, que o revelou composto por centenas de milhares de espaçonaves de todo tipo e tamanho. Era uma caravana de Nômades do Espaço, buscando proteção nas imediações de um gigante aquático.

– A água é o solvente ideal para os compostos de carbono – ensinou o capitão uma informação que já estava na mente de Jasão. – Já o silício e seus compostos não se dissolvem em água, mas em ácido hidroclorídrico. Entretanto, a reação análoga entre tetrafluoreto de silício e água gera... uma violenta explosão!

– Não é de admirar que os Silicitas não apreciem planetas aquáticos... e Carbonianos exilados busquem refúgio neles.

– Talvez por isso os Mestres Galácticos o tenham deixado escondido num mundo aquático... o tipo de planeta evitado por Silicitas.

– Mas afinal, quem são os Mestres Galácticos?

– A mais antiga raça do Universo Conhecido. Há incontáveis milênios tornaram-se mediadores confiáveis nos conflitos galácticos. Sua estrutura orgânica, seja qual for, está além do carbono e do silício.

– E o que é o Velocino Cósmico?

– Segundo Vyor, será a resposta humana ao Nulificador.

– Você confia nele?

– Humanos não tem mais opção. O Mestre Vyor é tudo com que podemos contar.

Como se reagindo à citação de seu nome, o Mestre Galáctico e seu Cajado Cósmico materializaram-se na sala de comando da Argos. Ninguém parecia surpreso, exceto, é claro, o terrestre.

Sua nova missão, Argonautas, é resgatar a Esfera em poder dos Nômades do Espaço. Ela é adorada como artefato religioso pelos kólkidas, desde que trazido de seu mundo destruído. O terrestre os guiará até ela...

– O terrestre gostaria de saber por que deve ser a encarnação de um personagem mitológico – provocou Jasão, sob o neônico olhar do capitão – e o que o estado atual da Humanidade tem a ver com um... 'selvagem', como eu.

A massa protoplasmática de Vyor revirou-se à volta do Cajado flutuante, mas não era possível saber se de impaciência ou outra coisa.

Seu mundo antigo não mais existe, Jasão da Terra. Ele é lenda. Você é lenda.

– Fiquei milênios preso numa dessas Esferas, tal como as outras que devemos buscar. Eu me sinto como se fosse um...

Um solvente cósmico?

– Prysma Lyma, então, é seu catalisador – brincou Hiroshi, arrependendo-se em seguida de suas palavras. Ela apenas sorriu.

O Mestre Galáctico desapareceu, deixando todos sem resposta.

A Argos transitou ao largo do anel-caravana, e seu tamanho, ainda que incompleto, era maior e mais impressionante do que qualquer das precárias naves dos Nômades do Espaço. Mesmo a gigantesca Iolko, principal nave dos kólkidas, com seu enorme mundo-cilindro giratório parecia pouco impressionante perto da astronave de guerra e seus múltiplos módulos de combate unidos por torres de energia e canhões de fusão. Mas a lendária nave humana foi bem recebida, quando os Argonautas solicitaram ir a bordo. Afinal, sua repentina aparição os livrou da proximidade incômoda de Caçadores de Carbono.

Dragões

As guerreiras de Castor e Pólux, Prysma, Jasão, Hiroshi e o capitão entraram na ala de recepção da Iolko envergando seus antigos uniformes, um conjunto azul metálico com o emblema desenhado sobre o peito, mas desarmados, em sinal de respeito. Sacerdotes com mantos e capuzes negros como o espaço os recebeu, solenes, rostos e corpos ocultos.

– Bem-vindos, Argonautas. – disse o mais o Sumo-sacerdote. – Que a glória do Criador os preserve do pecado.

– Precisamos da esfera que guardam desde a Kólkida – respondeu Orion.

– A Relíquia – revelou o Sumo-Sacerdote, retirando o capuz que cobria um rosto calvo, escamoso e verde, emoldurado por olhos reptílicos. – Ela nos foi deixada pelo Criador para nos lembrar que perdemos o direito à Terra, ao abandoná-la. Pois fora dela, nos tornamos pecadores.

Todos os sacerdotes fizeram o mesmo, revelando a face reptiliana. Acostumados com todo tipo de estranheza nos rincões do espaço, os Argonautas não demonstraram reação, exceto o espantado Jasão.

– Vocês são mutantes adaptados a outros mundos. Como todos nós, em maior ou menor grau – disse o capitão, indicando os Argonautas.

Hércules bateu com orgulho o punho cinzento no imenso peito.

– Se querem a Relíquia, Argonautas, devem enfrentar o pecado. Sigam-nos. – E sem esperar resposta, abandonaram a sala.

– Isto está cada vez mais estranho – confessou Jasão, enquanto seguiam os sacerdotes pelo interior da nave cilíndrica, até seu centro gravitacional.

Após transporem uma comporta circular, os Argonautas viram-se na superfície interna do imenso cilindro giratório, uma crosta desértica e pontuada por rochedos varridos por um vento úmido e quente. Sombras fugidias esgueiravam-se entre eles, enquanto uma cortina de névoas ocultava o horizonte que subia verticalmente.

Quando se deram conta, os sacerdotes haviam desaparecido e estavam presos naquele deserto arenoso com frágeis formas quebradiças sob os pés.

– Alerta, Argonautas! – Orion e o grupo se colocaram em posição de defesa quando as sombras nos rochedos tomaram forma. Exalando um hálito de chamas azuladas, grandes répteis escamados desciam dos rochedos, exibindo bocarras com dentes serrados e línguas bifurcadas.

– Dragões de Rigel! – exclamou Hiroshi – Os malditos sacerdotes levam sua culpa muito a sério.

Só então Prysma percebeu que os pedaços de cálcio quebradiços sob suas botas eram, na verdade, ossos humanos. Foi esse instante de estupor suficiente para que os dragões tomassem como fraqueza a hesitação das vítimas e atacassem as presas fáceis. Mas o primeiro que saltou sobre eles foi rechaçado por um violento golpe do gigante de Hércules, sendo atirado sobre os outros, apesar do tamanho.

– Capitão! Jasão está sendo atraído por uma Esfera! – Prysma segurava a mão de Jasão, sem saber se o medo dele era seu.

– Improvisem, Argonautas! Somos bons nisso – e as mãos biônicas de Orion transformaram-se instrumentos cortantes com lâminas giratórias. O próximo dragão que avançou teve amputadas suas garras.

Os outros avançaram sobre os quatro mais vulneráveis. Prysma e Jasão armaram-se de pedras, mas à sua frente as gêmeas guerreiras já retiravam das botas facas de caça castorianas, com corte plasmático. Em movimentos sincronizados, saltaram sobre os dorsos de um dos dragões, rasgando seu pescoço de um lado a outro, espirrando uma gosma ácida misturada a sangue negro. Shiva Singh II caiu de lado, sentindo a queimação nas roupas e cabelos. A irmã correu em sua direção, protegendo seu flanco enquanto Hércules, como um tanque enfurecido, tirava outros dragões do entorno.

– Há água adiante – gritou Jasão apontando. – Subindo.

– Argonautas, protejam Prysma e o terrestre – ordenou o capitão da Argos.

O casal contornou os rochedos em direção a uma lagoa vislumbrada na curvatura negativa do mundo cilíndrico, com os flancos e a retaguarda protegidos pelos demais Argonautas. Apesar do estrago causado por Hiroshi e pelas facas plasmáticas de Castor e Pólux, o número deles não cessava de aumentar, à medida que se aproximavam da lagoa enevoada.

Cercado por pórticos em ruínas e com dezenas de outros dragões, apesar de tão próximo o lago parecia uma meta impossível para os Argonautas. Até mesmo Prysma foi obrigada a participar da luta, tentando influenciar o primitivo cérebro dos répteis para que se afastassem, sem muito sucesso. Hiroshi fazia a maior parte do trabalho pesado, contando apenas com seu imenso corpanzil quase impenetrável aos dentes afiados, desferindo pancadas e quebrando crânios. Orion também causava estragos, usando sua potencializada força biônica e lâminas afiadas contra os dragões. Mas o pior eram as chamas azuladas contra as quais nem mesmo a agilidade e os poderes regenerativos das clones Shiva Singh podiam oferecer proteção.

– Ali, no fundo do lago – disse Jasão, entrando na água e mergulhando na direção de uma forma evanescente, circular, que parecia o reflexo de uma lua inexistente nos céus fechados da Iolko.

– Cuidado! – gritou Shiva Singh I, projetando-se sobre um imenso dragão rigeliano que pulou nas águas, na direção do humano. Sem hesitar, a guerreira vibrou a faca plasmática no peito do réptil gigante, desviando sua atenção de Jasão. Shiva Singh II também partiu para cima do dragão. Numa explosão de sangue, água e chamas azuis, o monstro mergulhou com ambas enroladas em seu pescoço, as facas vibrando em tons vivos enquanto golpeavam sem parar.

Hiroshi mergulhou atrás, puxando a cauda do monstro, enquanto Orion e Prysma tentavam afastar outros répteis que se aproximavam. Após uma breve e violenta agitação das águas, repletas de um sangue escuro misturado ao vermelho humano, voltou à tona, trazendo em cada braço o corpo das irmãs de guerra, desacordadas.

Carregou-as com facilidade e cuidado para a terra.

– Diga que Argos vai curá-las, Orion... – pediu o herculano.

Os sentidos biônicos do capitão perscrutaram os corpos, mas o que ele captou apenas confirmou o que podia ser visto. Shiva Singh I estava além de qualquer ajuda. Shiva Singh II, embora ferida, ainda estava viva.

– Estão bem, Hiro, vamos ajudá-las – mentiu.

– Hiroshi! – a mulher de cabelos azuis tinha dificuldade em impedir a aproximação de outro bando de dragões. O gigante despertou de seu desespero e partiu na direção dos répteis, com o destemor e a fúria em batalha que somente seu ancestral mitológico teria.

– Onde está Jasão? – ela perguntou, entrando nas águas sujas de sangue e vísceras de dragão.

Antes que Orion pudesse responder, o terrestre emergiu, e logo atrás dele, também uma esfera opaca do tamanho daquela em que esteve preso durante milênios.

– Como... como conseguiu trazê-la do fundo, sozinho? – perguntou Prysma.

– Não sei... – respondeu ele entre longas golfadas para recuperar o fôlego – assim como sou atraído por sua presença... elas parecem pela minha... Temos uma conexão.

Hiroshi mantinha os dragões afastados, seu uniforme reduzido a farrapos e seu corpo brilhando de suor e sangue, dele e dos dragões. Mas até mesmo o gigante apresentava sinais de extrema fadiga.

– Orion em Iolko: Argos, venha nos resgatar. Diretiva de guerra! Isto é uma ordem!

De repente, um estrondo se fez ouvir nos céus cilíndricos, e um rombo se abriu no casco da Iolko, permitindo a entrada de uma subnave de transporte no interior do cilindro. O oxigênio começou a escapar para o espaço, levando destroços e corpos. Ouviam-se gritos à distância, corpos de regiões mais remotas da nave cilindro sendo ejetados no espaço pela atmosfera em fuga.

– Isso... é terrível, senhor... – disse timidamente Prysma, enquanto a subnave se aproximava, espantando os dragões com rajadas de raios.

– Estamos em guerra, novamente, oficial.

·•◈•·

A cápsula do coma regenerador finalmente se abriu, e o líquido curativo foi se esvaindo do seu interior, revelando o corpo ainda cheio de marcas de Shiva Singh II. Seus olhos oblíquos e negros abriram-se lentamente, passando pelos rostos amigáveis de seus irmãos de espaço e batalhas: o impassível Orion, a terna Prysma, a enigmática Cristella, o digno Makross, o poderoso Hércules e até mesmo o 'selvagem'. Ela tentou se erguer, segura pelo herculano.

– Shiva?...

Ninguém respondeu. Ela mergulhou o rosto convulsionado no corpanzil musculoso do gigante de Hércules, que a abraçou com ternura. Era a primeira vez que alguém via uma guerreira castoriana chorar.

Táuridas

Um longo trajeto depois, do outro extremo da galáxia.

Argos permaneceu na órbita do Primeiro Planeta do Sistema Táurida, um mundo coberto por lagos de ácido hidrofluórico e nuvens esverdeadas de fluoreto de hidrogênio. Não parecia nada convidativo para seres carbônicos. Era um sistema evitado nas rotas espaciais de comércio e pesquisa. Era um dos Planetas Perdidos, omitidos nas cartas espaciais e não mencionados na Enciclopédia Galáctica.

– É um mundo Silicita – lembrou desnecessariamente o capitão. – Mas os Táuridas, como os conhecemos, são uma espécie de 'rebeldes' do Um. Os Caçadores e, dizem, até mesmo as próprias Cotas evitam, por enquanto, os planetas do Sistema. Eventualmente, acabarão nulificados.

Em órbita do planeta, apenas a plataforma de observação da Argos estava emersa do hiperespaço. Os Argonautas observavam, entre fascinados e temerosos o horizonte marcado por cinturões radioativos do Primeiro Planeta através da ampla claraboia que envolvia todo aquele setor da espaçonave. Nos céus, os discos próximos e brilhantes do Segundo e Terceiro Planetas nasciam no horizonte esmeralda.

·•◈•·

Pareciam enormes touros de metal ferruginoso negro, mas na verdade, os Táuridas eram criaturas de exoesqueleto cristalino opaco, duro como diamante. Assemelhavam-se a enormes rinocerontes terrestres, e seus enormes chifres que jorravam chamas lhes cederam a alcunha de *touros de fogo*, pelos primeiros terrestres que visitaram aquele mundo muito antes da Guerra Galáctica.

Sabemos o que vieram buscar, filhos da Terra.

A voz tonitruante reverberou pelos capacetes dos trajes reforçados para o ambiente hostil à Humanidade, sem passar pelos tradutores universais. Era estranho, mas tinham de reconhecer que, apesar de nenhum aspecto exterior de tecnologia avançada, comum a Silicitas e Carbonianos, os Táuridas tinham o domínio de outro tipo de conhecimento e manipulação de matéria e energia que os colocava no mesmo nível civilizatório – ou talvez além – do dominante na galáxia. À exceção dos Mestres Galácticos.

Também sabemos das demandas do Mestre Galáctico Vyor para com sua missão e a sobrevivência de sua espécie. Mas vocês, Argonautas, sabem tão pouco e lutam tão desesperadamente...

Sem dúvida, os Táuridas tinham pleno domínio da situação, enquanto aguardavam, num vasto platô cercado de crateras exalando gases mortíferos para humanos. Atrás deles, a curva fechada de um segmento da Argos. Seguindo a orientação do Mestre Galáctico, desceram nela o capitão, Jasão, Prysma e Mosambique Makross. Shiva Singh II ficara em órbita, a bordo do corpo principal da Argos, junto de Hiroshi. Ela ainda estava em recuperação após o combate com os dragões rigelianos, que levou à perda de sua irmã.

Uma questão nos intriga, Argonautas. Silicitas sacrificam a individualidade em prol do Um. Sabemos que é um processo existencial exitoso. Por que Carbonianos insistem em preservar essa individualidade, se os enfraquece, como raça e civilização?

– Eu perguntaria a mesma coisa a vocês, Táuridas. Por que não se unem ao Um? – respondeu Orion, diante das figuras imensas, que não saberia dizer com qual delas conversava.

Poder e conhecimento garantem escolhas, humano. Não podemos dizer o mesmo de vocês.

Makross examinava o ambiente com seu duplo par de braços vibrando lentamente, sentindo as poderosas forças telúricas que dominavam o Primeiro Planeta. E como estaria sua capacidade de manipular essas forças, se precisasse.

Logo descobrirá, humano de Teseu. O destino de sua missão está em suas mãos. Se vencer o Táurida Maior, levará o que busca. Se perder... será o fim para todos.

Os Táuridas abriram caminho e de suas fileiras adiantou-se um ainda maior, resfolegando com sua respiração ácida, lançando chamas pelos chifresem sua cabeçorra cristalina.

Todos os olhares convergiram da figura monstruosa para Mosambique Makross, que pediu que os demais se afastassem. O albino procurou manter a postura, não demonstrando o medo que sentia. Prysma baixou os olhos. Ela sabia.

·•◈•·

Hugh Hiroshi dividia sua atenção entre Shiva e as telas, na Argos em órbita, assistindo o duelo de titãs que se iniciara numa cratera fumegante entre lagos de ácido hidrofluórico. Queria estar lá, lutando ao lado de Mosambique, e transmitiu o pedido a Orion.

Argos em Táurida I: fique onde está, Hiroshi. Isso é uma ordem.

O gigante cerrou os punhos e viu quando o Táurida Maior entrou numa desabalada carreira contra o teseuano. Suas patas cristalinas duras como diamantes rachavam o chão vulcânico e jatos de chamas jorravam dos chifres. Viu quando o Argonauta fez uma complicada gesticulação com seus quatro braços e o solo em volta do Silicita rachou como num terremoto.

O Táurida tombou, as patas esperneando para cima. Girou seu corpo e retornou à carga, ainda mais determinado. Mosambique ergueu os braços e buscou à sua volta todas as torções do espaço-tempo, por onde fluíam seus poderes telecinéticos. Ao encontrar o nicho adequado, seus braços coordenaram torrentes invisíveis de energia que atingiram em cheio a couraça cristalina do monstro. O Táurida sentiu brevemente o impacto, mas aprendeu logo a compensar o ataque, devolvendo em forma de jatos de fogo plasmático a agressão. Com o traje no limite, Makross foi jogado longe, como um boneco indefeso.

– É uma luta desigual. Um Silicita será quase sempre superior a um humano, mesmo que meta-humano – desabafou Prysma, assistindo da nave pousada, com Orion e Jasão.

Durante um longo período, o combate entre o Carboniano e o Silicita prosseguiu, sem que o segundo demonstrasse qualquer cansaço. O mesmo não se podia dizer do humano, cujos quatro braços tremiam a cada invisível fluxo de energia canalizado. Praticamente imóvel na posição em que se colocara, no alto de uma pequena colina, Makross se limitava a usar as forças telúricas do ambiente na defensiva, para deter o avanço do adversário. Pequenos terremotos, gêiseres ácidos jorrando do chão, nada parecia detê-lo. O Argonauta precisava de quantidades maiores de energia para afastar o Táurida e suas cargas.

Não adianta resistir, Argonauta. Renda-se.

Foi a única vez que o Táurida Maior se manifestou. Mas Mosambique Makross não admitiria a derrota.

Ele não é uma máquina. É um ser vivo composto de bases atômicas de silício. As energias que manipulo também existem em seu corpo.

O teseuano mudou de estratégia. Concentrou todo o foco das

energias que conseguia abrir caminho através de torções espaço-temporais no menor sistema que jamais tentou manipular. Nos instantes seguintes, quando o Táurida precipitou nova carreira contra a colina, uma explosão aguda de energia o atingiu de dentro para fora. Sua carcaça cristalina interna partiu, e o corpanzil do Silicita expeliu jatos de um composto escuro à base de ácido hidrofluórico.

Mosambique Makross sentiu o fluxo de energia atingir seu ápice, concentrando tamanha força num epicentro restrito. Ele sabia que podia fundir completamente o esqueleto cristalino do Táurida, mas conteve o fluxo em seus braços, que se converteram numa grande nuvem de relâmpagos. A dor era grande, mas Makross sabia que tinha vencido.

Por que não destruiu esta unidade de vida de silício, humano?

Os demais Tâuridas ressurgiram, cercando o corpo do Maior, quase inerte em meio a pequenos rodamoinhos de raios.

– Não era necessário... Espero que possam cristalizar novamente sua estrutura interna.

Espero que você também possa, humano.

Somente então Makross deu-se conta do estado a que ficaram reduzidos dois de seus quatro braços, destroçados, quando os lampejos de energia que se esvaíram deles apagaram-se de vez, restando apenas a dor.

·•◈•·

Argos retomou sua jornada pela Galáxia, levando a bordo mais uma Esfera, mais uma parte do enigma da busca do Velocino Cósmico. De sua cápsula regenerativa, Mosambique Makross observava o Sistema Táurida desaparecer no lusco-fusco da entrada no hiperespaço. Deixara para trás uma parte de si, pedaços de sua natureza teseuana.

Não teve coragem de olhar para as próteses robóticas que substituíamseu braço superior direito e o inferior esquerdo. Perdera boa parte de sua capacidade telecinética com a amputação e sentia-se menos do que inútil. Não se via mais como um Argonauta completo.

Harpias

Kaa-laa-kya bateu as longas asas e agitou a cauda com esporões ao atacar. A harpia juntou-se à Revoada Sagrada, e caiu sobre a presa, o grande monstro metálico das estrelas. Sabiam que o efeito do ataque relâmpago seria pouco efetivo, mesmo batendo seus esporões agudos e asas com garras sobre as paredes do Ninho Voador. Mas contava que seriam honradas pela valentia de seu ato; que sairiam para um combate justo nos ares – humano contra harpia – como ditava as normas de combate de Keewor-Wul, o Planeta das Harpias, no longínquo sistema Fênix de Hidra. Fazia tempo, desde as grandes batalhas nas estrelas, que os sem asas não pousavam em seu mundo. Admirava a coragem deles em enfrentar o Vazio Além das Nuvens. Essa coragem tinha de ser testada e conquistada.

Mas para a decepção da Revoada Sagrada e de Kaa-laa-kya, seu ataque furioso não logrou efeito nem respeito. Foram ignoradas. A vergonha dos humanos somente poderia ser igualada à fúria das harpias! Assim pensava Kaa-laa-kya.

A grande nave – na verdade, apenas pequena parte dela – pousou sobre o Platô dos Sacrifícios. E ali permaneceu, sem se dignar mostrar a cara sem bicos à Revoada. Com o tempo, as harpias desistiram e partiram em busca de combates mais certos, à medida que a longa Noite das Luas Vermelhas descia sobre o planeta. Todas, menos Kaa-laa-kya. Ela permaneceu em seu poleiro, na Floresta das Árvores de Pedra, ao largo do Platô, de onde podia observar bem o ninho voador.

Esperou durante horas, até que sua paciência de guerreira ultrajada a premiou.

Uma comporta se abriu no alto da nave, e algumas daquelas aviltantes criaturas sem penas nem asas finalmente colocaram suas cabeças desnudas e sem bicos para fora.

Kaa-laa-kya conteve o ímpeto de voar sobre eles com suas garras e esperou. Seu bico duplo rangeu fortemente, ansiando pelo momento certo do ataque.

⋅◆◈◆⋅

– O que procuramos nesse mundo bárbaro? – reclamou o gigante, seu grande vulto sendo o primeiro a sair ao ar livre de Fênix, usando apenas um biotraje protetor. – Não posso crer que haja uma Esfera nessa superfície varrida por correntes de ventos sem fim.

– O Mestre Galáctico marcou este mundo – insistiu Prysma. – Eu estou lendo a mente de Jasão.

Orion em Argos: cuidado, Hiroshi. Não se exponha. Este é um dos Planetas Perdidos com população nativa mais agressiva da galáxia, avisou a voz do capitão, enquanto o herculano ajudava Prysma a subir na cúpula. *As harpias se foram todas, aparentemente, mas não podemos ter certeza. Os sensores indicam muitas formas de vida pululando por aí.*

Ignorando os avisos, Hércules levantou-se ainda mais imponente sobre a cúpula superior da Argos, sentindo-se leve e poderoso na baixa gravidade do planeta.

– Que venham! Estou precisando quebrar uns ossos e assar algumas aves para o repasto – desafiou – E a Esfera? E o herói terrestre?

– O terrestre está aqui – respondeu Jasão, subindo na cúpula logo após a empata e recusando a ajuda do gigante.

– Desculpe, homem. Não quis ofendê-lo. Se não mantiver a calma, Prysma não conseguirá detectar a Esfera através de você.

– Ele está calmo. – Prysma cruzou seu olhar com o terrestre e, num instante, viu em sua mente o que buscavam. – E já detectou a Esfera. Posso vê-la também na mente de uma harpia...

O Ninho Mais Alto!

Antes que a imagem se desfizesse em suas mentes, o grito de guerra de Kaa-laa-kya veio junto do alerta de Orion. A harpia caiu num voo rasante sobre a cúpula da Argos, as garras crispadas na direção da garganta do gigante cinza, mas trombou numa parede de músculos endurecidos e se estatelou entre penas e estrelas no chão.

Antes que recuperasse a dignidade, a harpia bateu as asas e levantou voo, mas num sem pulo, o gigante de Hércules saltou e agarrou seu esporão, puxando-a de novo para o solo. Ela se voltou em fúria e garras para o Argonauta, mas este a segurou firmemente.

– Vou estraçalhá-los, humanos! Sintam a ira gloriosa de Kaa-laa-kya! – todos ouviram os gritos e entenderam o significado em humano padrão, traduzido pela Argos.

– Espere, Hiro, não a machuque! – gritou Prysma, saltando com elegância da cúpula até o chão, com o biotraje orientando os movimentos do corpo naquela menor gravidade. Jasão acompanhou o salto, não tão elegantemente.

– Machucá-la? Quem está tentando machucar quem? – protestou o humano de Hércules, segurando com força a harpia que se debatia violentamente. – Não chegue perto. As garras e bicos desse passaróide podem rasgar você.

Não preciso tocá-la, mas sim sua mente. Contenha sua ira, Kaa-laa-kya do Ninho das Valentes.

A harpia gritou com os dois bicos abertos num som agudo que mais parecia um choro. Um misto de vergonha e desonra. Mas Hiroshi não a soltou.

– Não aplaque minha ira, feiticeira! Isso é vergonhoso para uma guerreira!

O Ninho Mais Alto. Kaa-laa-kya nos conduzirá, ordenou Prysma. Os gritos da harpia foram arrefecendo, até se tornarem um pio que lembrava um choro envergonhado.

– O Ninho Mais Alto. Kaa-laa-kya os conduzirá – respondeu a harpia. Desviou os grandes olhos vermelhos para Hércules. – O gigante sem-penas nos honrará?...

– Arrancarei algumas asas!...

Os bicos da harpia se abriram num grasnar alegre, e Prysma sabia que poderia confiar nela, pelo menos até chegarem ao Ninho Mais Alto.

·•◈•·

Orion em Argos: detectamos uma grande concentração de Cotas do Um se formando a quatro sistemas estelares de Fênix de Hidra.

A voz do capitão Emerion ressoou nos biotrajes dos Argonautas. Hiroshi, Prysma e Jasão voavam num pequeno planador gravitacional aberto, montado por Argos exclusivamente para as condições atmosféricas de Fênix. O veículo seguia a poucos metros de Kaa-laa-kya, que batia orgulhosamente as asas acima do vasto Platô dos Sacrifícios, rumo à Cordilheira dos Ninhos, que surgia nas brumas além do horizonte.

Para que Argos pudesse detectá-las de tão longe, as Cotas devem estar em escala planetária.

Não foi preciso que Orion completasse a informação para que todos entendessem seu real significado. O Um estava preparando uma Nulificação.

– As harpias são Carbonianas, mas não representam ameaça ao Um – protestou Prysma.

– Então... o Um está atrás de nós – concluiu Hiroshi.

·•◈•·

O Ninho Mais Alto. A maior elevação de Keewor-Wul destacava-se na Cordilheira dos Ninhos, onde montanhas escarpadas como agulhas subiam até nuvens espiraladas, matizadas em vermelho e laranja pelo imenso círculo do sol poente de Hidra. Desde que começaram a se aproximar da principal área habitada do planeta das harpias, com cidades-ninho construídas nos topos e entranhas de montanhas riscadas pelos ventos, o planador foi seguido por hordas aladas. Kaa-laa-kya seguia exultante, liderando o cortejo dos forasteiros.

Jasão sentiu e Prysma através dele, a proximidade de uma Esfera. O planador acompanhou Kaa-laa-kya e a Revoada Sagrada, cada vez mais para cima, até o topo do Ninho Mais Alto. Felizmente os biotrajes mantinham a temperatura corporal e protegiam os Argonautas dos ventos traiçoeiros e frios das alturas.

O topo do Ninho parecia uma arena construída com troncos, ossos e pedras, entremeados de maneira a formar uma espécie de tigela gigante. Sobre ela, como uma cúpula viva, milhares de harpias batiam suas asas planando no topo frio e nebuloso. E, depositado no centro do Ninho, uma esfera opaca, como um grande ovo.

O planador pousou no interior do Ninho, o mais próximo que a Revoada Sagrada permitiu que se aproximassem. As harpias estavam sedentas de luta.

– Ganharei tempo para vocês terminarem a missão.

O gigante não esperou a réplica da oficial e saltou do planador, ajudado pela menor gravidade do planeta. Seus enormes pés atingiram, como um bate-estaca, o chão rochoso, fazendo trepidar o Ninho. Um rumor de pios admirados percorreu a cúpula das harpias.

Acreditando ser sua a primazia, Kaa-laa-kya se precipitou contra Hiroshi, garras e esporão em riste. Um impacto violento e um mar de penas depois, a harpia estatelou-se na borda do Ninho, a vergonha e desonra doendo mais do que as asas quebradas. Uma após outra, novas harpias mergulhavam na direção do gigante.

A cada golpe dele, a Revoada grasnava em admiração e ódio, cada uma ansiando por atacar. As harpias mal esperavam uma adversária ser derrotada pelo herculano e outras se precipitavam sobre ele. Hércules as enfrentava com golpes poderosos, sem demonstrar cansaço. Seu biotraje, no entanto, mostrava sinais de desgaste.

Subitamente, a Esfera de Estase rompeu o escudo montado pelas harpias e ergueu-se nos ares, segura por mãos invisíveis. O terrestre olhou para cima, tentando entender o que acontecia.

– Mas quem...

– Argos! – Prysma apontou na direção da seção da nave que viera desde a Planície dos Sacrifícios e puxava a esfera com raios trator. Lentamente ela subia, com dezenas, centenas de harpias a segurando, tentando fazer com que o "ovo" retornasse ao Ninho. Com o enorme peso, ameaçava desabar novamente no chão.

A Argos descia cada vez mais perigosamente, suas turbinas provocando incêndios nas partes mais altas do Ninho e incinerando as harpias que ousavam se aproximar demais. Se não conseguia partir com a Esfera, também não poderia resgatar os Argonautas, sem incinerá-los igualmente sobre a torre do Ninho.

Orion em Argos: Cotas do Um estão emergindo na órbita do planeta. Precisamos levar a Esfera e sumir no hiperespaço, antes que esse mundo seja nulificado!

As harpias precipitaram-se sobre Hiroshi, na beirada da arena onde lutavam. Com grossas toras de madeira retiradas da construção, o gigante esperava o ataque. Num salto formidável, impulsionado pela força de suas pernas poderosas como torres e a gravidade menor do planeta, o herculano atravessou a formação das harpias, precipitando-se para fora do Ninho.

– Não! – gritou Prysma, em desespero. – Não, Hiro, não faça isso!

– Cumpram a missão, Argonautas!... – gritou Hiroshi em queda livre do Ninho Mais Alto.

Ela ouviu a última transmissão sem acreditar. As harpias, em sua quase totalidade, abandonaram o Ninho Mais Alto e mergulharam atrás do humano, gritando em êxtase sanguinário numa queda vertiginosa.

Livre do peso das harpias, a Esfera de Estase subiu na direção das comportas inferiores da Argos, abertas. Segurando a inconsolável Prysma, e esforçando-se para também não sentir sua angústia, o terrestre deixou-se levar com ela pelo raio trator, seguindo a esfera, para o interior protegido da nave.

– Ele se sacrificou por nós... – chorou a jovem de Medea, seus cabelos azuis envolvendo o rosto contraído do homem do século XXI.

Jasão não segurou mais a empatia de Prysma que o envolveu com sua tristeza, abraçados ao lado das duas Esferas no grande hangar vazio da Argos que se precipitava para a órbita baixa de Fênix de Hidra.

Puderam apenas presenciar uma faiscante luminosidade, filtrada pelos visores da espaçonave, logo substituída pela neutralidade opaca do hiperespaço.

Orion em Argos: Fênix de Hidra foi nulificado.

E Hiroshi. O silêncio evocava a perda de Hércules na mente de todos os Argonautas.

Piratas

O Nó Negro, um fenômeno hiperespacial formado por um vazamento no *continuum* espaço-tempo, resplandecia como não visto por olhos humanos na tela principal da sala de comando da Argos. Aquele era um espaço sem lei, região evitada por espaçonaves de respeito antes mesmo da Grande Guerra, e mais ainda no período pós-conflito galáctico. O Nó Negro disfarçava um sistema de ancoradouros espaciais e bases dos Piratas Siderais – designação genérica para povos não enquadrados nos esquemas de poder, comércio e dominação da galáxia.

Pilotando manualmente uma subnave, o capitão Emerson Emerion vasculhou anos-luz de distância ao redor do ponto de transição da Argos, antes de ter certeza de que estariam seguros. A subnave parecia um velho cruzador espacial do tempo da Grande Guerra, adaptado para a pirataria espacial. Uma blindagem dava-lhe a aparência de tecnologia alienígena não humana. Logo, avistaram as luzes de Charybdis, a Ilha dos Piratas do Espaço, exatamente no ponto previsto pelo Mestre Galáctico.

A subnave entrou nos vastos ancoradouros espaciais de Charybdis, nome terrestre e genérico para os portos de atracação utilizados por milhares de naus piratas e não regulares de toda a galáxia ou além. Os Argonautas aguardaram a permissão de desembarque no deque espacial, vestindo trajes de pressão e atmosfera. Mosambique Makross ficara sozinho a bordo da Argos.

– Por que não podemos usar um biotraje mais moderno? – reclamou Shiva Singh II, atrapalhando-se com o capacete sobre os cabelos curtos e espetados, ainda queimados da última missão dos Argonautas. Seguindo ordens de Orion, Prysma criou um bloqueio em sua mente, preservando-a das lembranças de Shiva I e Hiroshi.

– Não é um traje espacial, apenas – respondeu Orion, ao lado de Cristella, Prysma e Jasão – sobre ele há uma camada defletora que disfarçará nossa origem.

Ao fechar o capacete, o traje astronáutico do capitão sofreu uma transformação, parecendo inchar e adquirir novos braços, ou tentáculos. Visualmente parecia maior e disforme, do ponto de vista humanóide, com olhos globulares saltando sobre a cabeça espinhosa, da qual também partiam antenas nervosas. Da boca babosa, pendia uma espécie de tromba peluda e trêmula, escorregando sobre presas rangentes.

– Deuses antigos dos buracos negros! É um traje holográfico imitando 'Homens-moscas'! – exlamou Shiva Singh II, o rosto mostrando repulsa e adquirindo um tom azul-esverdeado.

– Não é holográfico, mas sim um traje com textura formada por nanotecidos. Mas lembrem-se de que, apesar do tradutor universal, não podemos chamá-los de 'homens-moscas'. Esse é um apelido tipicamente humano e nos entregaria.

– Podem ser igualmente Carbonianos, mas Homens-moscas me parecem mais estranhos do que Silicitas – insistiu a andrógina de Orfeu. – Não podíamos ter escolhidos outros Insetoides, como Homens-vespas ou Formigas?

– Homens-moscas são dominantes na hierarquia das civilizações Insetoides – encerrou a discussão o capitão da Argos. – Vamos. Temos permissão de sair.

Os Argonautas entraram nos dutos de acesso ao porto espacial, misturando-se às centenas de criaturas de toda a galáxia que transitavam nele. A grande maioria era composta por Insetoides, razão pela qual a estação mantinha seus níveis particulares de atmosfera, pressão e gravidade, compensados pelos trajes secretos dos humanos.

– Esperem! Vejam no deque 20! – exclamou Prysma Lyma – Aquilo é o que penso?

A silhueta sombria de uma estrela negra surgiu flutuando através do painel que dava acesso a um extremo isolado do porto espacial.

– Sim. – respondeu Orion. – Caçadores de Carbono.

·•◈•·

Charybdis era uma estrutura caótica e gigantesca, um planetoide artificial com suas próprias leis e costumes, montados em formas de plataformas contendo diversas raças Carbônicas, que lembravam, ainda que vagamente, comunidades de insetos sociais da Terra. Os humanos percorreram incógnitos diversos módulos do porto espacial, esperando que a presença de Jasão e a capacidade empática de Prysma captassem mais uma Esfera de Estase que os levasse ao Velocino Cósmico dos Mestres da Galáxia.

– Não está funcionando – desabafou o terrestre. – Não sinto nada como das outras vezes. Tem certeza de que há uma Esfera aqui?

– Foi o que afirmou o Mestre Galáctico. Provavelmente o Nó Negro interfere. Teremos de improvisar. – O capitão ciborgue olhou em volta e entrou num túnel de serviço repleto de cabos e tubulações. – Vamos tentar uma abordagem diferente. Mantenham vigilância no perímetro.

Com extremo cuidado, Emerion abriu o lacre da mão esquerda do traje, expondo a manopla robótica. Os dedos se abriram num leque de plugs giratórios e conectaram-se com as partes expostas de alguns cabos de transmissão de dados e energia.

– Cuidado, capitão. Não se exponha – alertou Prysma.

– Esse é o menor dos problemas. Tenho de filtrar milhões de hiperbytes de informação sem a ajuda de Argos para encontrar o que procuro. Aaaah!...

Orion foi jogado para trás por uma pequena explosão de chamas e faíscas. O cabo de dados soltou-se da parede, serpenteando pelo túnel de serviço.

– Emerson! – Prysma gritou, precipitando-se para ele no chão, com o braço fumegante, enquanto os demais Argonautas improvisavam uma barreira e tentavam apagar as chamas. Transeuntes Insetoides interromperam seu caminho, tentando entender a cena, curiosos. Mantendo o piloto da Argos no centro, ainda um pouco aturdido, o grupo se afastou com ele da área, abandonando o túnel esfumaçado.

– Estou bem... – disse, recompondo-se, quando chegaram a outro módulo-habitat do porto espacial. – Foi apenas um braço.

– O que pretendia, capitão? – mesmo com o disfarce Insetoide, dava para sentir o rosto de desaprovação de Cristella Yin, enquanto improvisava uma bandagem com um spray de nanotecidos no braço biônico quase totalmente inutilizado. – Quer mais baixas nos Argonautas? Não foi o suficiente com Shiva e Hera...

Shiva Singh II ergueu-se como atingida por um raio. O bloqueio desaparecera.

– Eu... desculpe-me, Shiva querida...

– Shiva. Todos lamentamos... Sabemos o que vocês duas sentiam por ele. – disse o capitão, levantando-se e grato pelo desvio do assunto providenciado por Cristella não intencionalmente.

– Coragem, Argonautas. Sei onde está a Esfera. Mas você, Cristella, não irá conosco.

··◈··

Se a aparência de Charybdis era caótica, agora reinava a discórdia e a destruição no porto espacial. Confusos, bandos de Insetoides corriam de um lado a outro, alguns se enfrentando. 'Vespas' e 'Besouros' disputavam duelos em bandos, enquanto atônitos 'Homens-moscas' tentavam inutilmente contê-los, muitas vezes à força. Explosões eram ouvidas em diversos deques, enquanto tropas de Piratas Siderais corriam de um lado a outro, como insetos sem rumo. Ninguém prestava atenção a uma solitária Insetoide caminhando discretamente pelos becos sombrios. Cristella Yin usava seu canto radiônico para jogar uma espécie contra a outra, por onde passava.

Enquanto isso, os outros Argonautas conseguiram entrar numa estrutura no centro do porto espacial, e observavam, encolhidos numa escotilha secundária, uma longa estrutura espiral de células-favos que se amontoava no interior de um imenso hangar.

– Aqui é o Baú do Butim, zona sob controle do capitão Mandíbulas Negras, o líder pirata – apontou Emerson de Orion. – Segundo os dados que captei, quando penetrei no sistema de Charybdis, a Esfera está aqui. Os piratas não sabem seu valor, desde que saquearam Mare Astra, séculos atrás.

– Eu posso senti-la, fracamente... Mas teremos de entrar no Baú e passar perto de cada container ou como chamam esses favos de metal – afirmou Jasão, apontando para dentro. – E está cheio de piratas.

– Por enquanto, não podemos contar com Cristella para confundi-los. Ela já faz o bastante, mantendo a atenção deles longe daqui. Teremos de agir de modo diferente – concordou Orion, enquanto pensava.

– Prossigam vocês três. Aqui nos separamos.

– O que vai fazer? – Prysma captou algo que a alarmou. – Vai se conectar com Charybdis novamente? Não vai sobreviver, Emerson!...

– Shiva, proteja-os enquanto buscam nosso alvo – evitou o capitão. – Tenho de me conectar com a Argos. Vão!

Quando Orion desapareceu, Shiva se adiantou, puxando as armas e olhando o interior do Baú do Butim. Prysma se arrepiou com o que sentiu em sua mente.

– Sigam-me. Estamos em guerra!

·•◈•·

Quase livre dos restos do incômodo e destroçado disfarce Insetoide, atingido por diversas descargas térmicas e expondo suas formas humanas sob o traje de proteção que vestia por baixo, Shiva Singh II parecia a encarnação de uma deusa guerreira hindu, com os braços falsos pendendo inertes e os verdadeiros brandindo duas submetralhadoras de raios fabricadas em Castor. Os disparos certeiros abriram caminho numa tropa de piratas aturdidos, e ela somente parou quando o último Insetoide em seu caminho foi abatido. Então fez sinal para que o terrestre e a medeana passassem. Eles apontaram com o mesmo gesto para uma velha estrutura metálica enferrujada que obstruía uma célula. Shiva a colocou abaixo com uma sequência cirúrgica de disparos.

Entraram na célula escura, iluminada pela lanterna do traje de Prysma. Era um espaço em que estavam largados mais de uma centena de produtos de saque de dezenas de mundos, principalmente obras de arte de uso desconhecido para os piratas, incluindo uma Vênus de Milo sem braços. Entre elas, uma Esfera, coberta por grossa camada de poeira e tecidos velhos.

– Você está ferida, Shiva! – disse Prysma notando as queimaduras de calor que penetraram até mesmo a proteção do traje.

Livrando-se do disfarce, Jasão pulou os objetos estranhos e puxou os panos que cobriam a Esfera, provocando uma nuvem de poeira secular. Tossiu instintivamente, apesar do capacete.

– Minha capacidade regenerativa vai dar conta disso – respondeu Shiva, conferindo a bateria da arma e não ligando para a dor, com uma autêntica poluxana. – Mas não imagino como Orion pretende levar isso daqui.

Um estrondo chamou sua atenção para a entrada do Baú do Butim.

– Capitão?... – disse Shiva Singh.

– Não – respondeu a tele-empata, meneando a cabeça dentro do capacete.

Antes que pudesse dizer algo mais, viram um Insetoide cambaleante saindo da fumaça branca da explosão, caminhando em sua direção. Seu corpo parecia bem danificado.

– Sinto muito... – disse Cristella Yin, caindo de joelhos – ...me pegaram desprevenida.

Da fumaça branca emergiram as figuras portentosas e opacas de gigantes vítreos, com vaga semelhança a centauros cristalinos. Silicitas. Caçadores de Carbono.

··◈··

Mosambique Makross amaldiçoou os braços que lhe faltavam e o tornavam menos que um teseuano normal. Sabia que poderia substituí-los por próteses biônicas, mas jamais seria o mesmo. Também não tinha a habilidade de Emerson Emerion para comandar a Argos, mas jamais deixaria de seguir uma ordem sua. Mesmo que suicida.

A Argos abandonou a segurança do Nó Negro e emergiu com seu módulo principal no interior dos Mundos Escuros, na órbita de Charybdis. O novo comandante da espaçonave humana logo percebeu que alguma coisa de muito estranha estava acontecendo no porto espacial.

As defesas dos Piratas do Espaço deviam estar, para dizer o mínimo, fora de foco, para sequer terem reagido à sua aproximação. Os sensores da Argos indicavam a ocorrência de explosões e combates entre diversas etnias de Insetoides espalhando-se por todos os lados no planeta artificial. Sem perder tempo, o Argonauta de Teseu transmitiu ordens para que cinco módulos diferentes da Argos emergissem nos extremos da órbita de Charybdis, enquanto ele próprio disparava torpedos fotônicos contra os deques de atracação das naus piratas, seguindo os comandos transmitidos por Orion.

Orion em Charybdis: Plano Tróia.

Mosambique Makross girou os mostradores virtuais à sua frente sem pestanejar. E o módulo principal da Argos mergulhou destemido na direção da caótica Charybdis.

··◈··

A Esfera de Estase e os três Argonautas foram levados pelos Caçadores de Carbono na direção do ancoradouro principal, um dos poucos ainda inteiramente intactos. Um dos centauros cristalinos carregava a bola nas costas.

Rebeldes da Grande Guerra. Quando aceitarão a derrota?

A conversa foi iniciada pelo líder do grupo, Wuu-Zz-Svaar-Zz. Os imensos Silicitas sequer portavam armas industrializadas, confiantes em seu poder e força naturais. Energias poderosas eram disparadas por seus corpos, através das fontes primárias de energia das naves Estrelas Negras. A energia armazenada em suas baterias vivas, o correspondente a um coração humano, brilhava através de seus membros duros, porém extremamente articuláveis. Os Argonautas permaneceram em silêncio.

Nenhuma resistência é possível. Nada se opõe ao Um.

– Vocês não são Cotas – Prysma Lyma não se conteve. – São apenas marionetes do Um com alguma autonomia para fazer o jogo dele.

Um brilho energético de fúria reverberou nas reentrâncias do Caçador de Carbono. Não tinha olhos visíveis – podia enxergar através de todo o corpo cristalino, mas virou a cabeça na forma de uma bola vítrea enrugada para a humana. Um relâmpago espocou nas entranhas de seu cérebro.

Não. Mas quando tomarmos Argos e entregarmos as misteriosas Esferas que buscam pela galáxia, seremos aceitos como Cotas do Um.

– E perderão sua individualidade. Perderão o que os faz seres únicos em todo o Universo.

Wuu-Zz-Svaar-Zz jogou o quadril para cima por um momento, no que poderia ser o equivalente Silicita a um dar de ombros, antes de voltar a andar.

Ser Um é o Universo.

Por mais terríveis que pudessem ser, os Piratas do Espaço não eram páreo para a Argos, ainda mais tornados confusos pelas lutas entre os clãs Insetoides. Argos se adaptara rápido à mente de Mosambique Makross, como se Orion ainda estivesse a bordo. As naus piratas eram abatidas nos deques antes mesmo que conseguissem decolar. Mas este não era o maior trunfo dos humanos.

Orion em Charybdis: desativando campos de força do núcleo central.

Makross entendeu o recado. Emergiu o módulo de combate da Argos perigosamente próximo das estruturas de defesa do ancoradouro espacial. O raio trator foi direcionado nas coordenadas exatas transmitidas pelo capitão, perdido em algum ponto desconhecido de Charybdis. Um túnel de luz abriu caminho para o interior indefeso do porto espacial. E então, parou, antes de atingir suas zonas vitais.

Um aviso.

··◈··

Os Argonautas eram levados na direção do ancoradouro das naves Silicitas, quando enormes portas metálicas fecharam o acesso do deque.

Traição. Sabia que não podia confiar em Carbonianos. Mesmo piratas.

Um cortejo de centenas de Piratas do Espaço, 'Homens-moscas' na maioria, cercou os Caçadores de Carbono e seus prisioneiros humanos. Maior que todos, um Insetoide de casaco de dragão rigeliano se destacou à frente da horda, carregando uma enorme mangueira pingando água apontada para os Silicitas.

– As cartas estão sendo jogadas por alguém mais poderoso que vocês... pelo menos no momento, seu *mineral nojento*. – O capitão Mandíbulas Negras alisava com a tromba peluda suas longas presas, olhando os Silicitas com enormes olhos facetados. – Soltem os humanos.

··◈··

Teseu em Argos: Cotas de Um emergindo na órbita do Nó Negro.

A subnave, já sem o disfarce inútil, estava pronta para partir do ancoradouro. Prysma, Jasão, Cristella e Shiva Singh II, assim como a Esfera, estavam a bordo, prontos para voltar à Argos.

A pergunta que todos se faziam era: onde estava Orion? Qual seu estado?

– Não vamos partir sem ele, Mosambique – afirmou Prysma. Os demais concordaram.

Argos em Charybdis: se abandonar minha conexão com o porto espacial, não conseguirão partir. Eu sou tudo o que impede os piratas de entregá-los aos Silicitas, que se aproximam.

– Emerson, eu... – Prysma silenciou. Sabia que Orion não estava mentindo. – Adeus...

Argos abriu suas comportas para receber os Argonautas.

··◈··

O capitão Emerion sentiu profundamente quando, em seus sistemas, Argos desapareceu, ao mergulhar no hiperespaço. Ele estava preso entre cabos e máquinas, numa pequena sala em algum ponto do setor vital de Charybdis. Dali, ele tivera chance de enganar, monitorar, controlar os sistemas do porto espacial, seguindo o movimento dos piratas e os seus Argonautas. Em compensação, o preço a pagar fora que seus biônicos estavam totalmente comprometidos, fundidos à parte máquina do porto espacial.

Para Orion, era o fim. Que céu haveria para um meio homem, meio máquina na Eternidade? Haveria uma Eternidade, realmente? Não para Charybdis, pensou o piloto da Argos, ao sentir a poderosa força que se aproximava do planeta artificial, pronta a destruir.

·•◈•·

A vida parou em Charybdis, suspensa em sua órbita, onde uma enorme estrutura cristalina coletiva aguardava uma decisão. O porto pirata estava com as defesas inoperantes, mas seu destino já estava decidido. Alguns momentos antes, o capitão Mandíbulas Negras também sabia.

Decisão errada, pirata. Nenhuma resistência é possível. Nada se opõe ao Um.

O pirata soltou um chiado apenas, sem responder. Esses não eram mais tempos para um velho Pirata do Espaço, em busca de butim e aventuras. Era apenas a escolha entre a ordem e o caos. E ele não desejava nem um, nem outro.

Sem pensar duas vezes, ligou a mangueira e deixou que a água, prazerosamente para ele, espirrasse sobre os centauros de silício. O líquido entrou em reação com seus corpos antes mesmo de atingi-los em cheio, explodindo seus cristais, que caíram em pedaços sobre os Insetoides.

No instante seguinte, as Cotas do Um nulificaram Charybdis.

·•◈•·

À noite, sob a ordem de Orfeu, chegaram

à ilha de Electra Atlântida, para que, conhecendo
os misteriosos ritos, com as doces cerimônias de iniciação,
pudessem, sãos e salvos, navegar sobre o mar gelado.

***Argonáutica*, de Apolônio de Rodes**

Sereias

Os templos brancos da Deusa X espalhavam-se, faiscantes, por entre as cúpulas habitacionais da cidade-estado de Electra Atlântida, no planeta Lemnos. A beleza ímpar de suas habitantes, que nasciam por partenogênese, era uma lenda na galáxia muito antes da Grande Guerra e atraía de piratas a traficantes de escravos, mesmo sendo o mundo gelado um dos mais isolados da periferia galáctica. Mas tudo mudou quando as Sereias, como passaram a ser conhecidas, desenvolveram poderes mutantes. Elas podiam emitir feromonas eletroquímicas capazes de influenciar humanos que tivessem o gene Y e que ousassem se aproximar de Lemnos.

Razão pela qual você não estará junto delas dessa vez, Jasão.

Assim dissera o Mestre Galáctico aos Argonautas remanescentes, quando uma seção da Argos pousou sobre o espesso gelo eterno que cobria o planeta. Ele ressurgira a bordo logo após a transição do Nó Negro, quando ainda sentiam-se órfãos com a perda de Orion.

Desceram da nave Cristella Yin e Prysma Lyma. O biotraje fornecia calor e proteção adequados às duras condições de Lemnos. O templo da Deusa X, na entrada de Electra Atlântida, com suas colunatas dóricas feitas de gelo tão duro quanto metal, não parecia convidativo às duas Argonautas.

– Não sei por que Vyor me escolheu. Nós, orfeanos, somos hermafroditas. E se as Sereias implicarem com minha porção... masculina?

– Então adiante a fase hormonal de seu corpo no lado feminino – respondeu Prysma. – Com Shiva ainda em recuperação da batalha de Charybdis, não temos outras mulheres para a missão...e também terei limitações no meu contato com Jasão.

Mas então...como encontraremos a Esfera sem Jasão?, havia perguntado a tele-empata de Medea ao Mestre Galáctico.

Aprofunde seu elo empático com ele. Será mais difícil para ambos, devido à distância física, mas através de você, Jasão poderá identificar a posição da Esfera em Electra Atlântida.

– Você está bastante ligada ao terrestre? – perguntou Cristella, enquanto se aproximavam do enorme pórtico em que se destacavam frisos de sereias esculpidos em gelo abordando primitivos navios terrestres.

Prysma ficou em dúvida se Cristella perguntou se sua relação particular com o humano do século XXI era real ou parte da missão. Mas reconheceu que a dúvida, na verdade, estava nela. Também sentia dificuldade em superar sua interação empática com ele, a forte intimidade que desenvolvera com alguém com quem dividia os pensamentos e memórias mais íntimas. Antes de deixar a Argos, unira sua fronte à de Jasão, a respiração de ambos misturando-se juntamente com seus lábios enquanto o elo mental ficava ainda mais forte.

– O suficiente. Vamos.

·•◈•·

Eram centenas delas, espalhadas pelo grande templo, observando curiosas as duas exóticas mulheres do espaço. As Sereias de Lemnos eram belas e sedutoras, e emitiam feromonas capazes de influenciar portadores do gene Y.

Sob uma estátua de gelo da Deusa X, reunia-se o Conclave das Sereias, as mais belas do planeta. As Argonautas revelaram sua missão em Electra Atlântida.

– O que buscam é o Óvulo Sagrado da Deusa X, um presente às mulheres de Lemnos – disse a Rainha, uma exuberante Sereia loura, construída geneticamente para liderar e seduzir. – Não vejo por que deveríamos permitir que caísse em mãos contaminadas como a de vocês.

– Os Silicitas são um inimigo comum – tentou argumentar Prysma.

– Eles jamais viriam aqui. Esse é um planeta congelado. A água é letal para os Silicitas.

– Por isso mesmo, um mundo digno de ser nulificado. Eles têm todo o tempo do Universo para esperar pela vez de vocês. E ela chegará, acreditem.

Um silêncio inesperado envolveu as Sereias, ao pesaram aquelas palavras. Mas a Rainha ainda não estava convencida.

– Os Silicitas não possuem a graça do gene X. É uma raça completamente masculina. Podemos dominá-los e destruí-los.

Os seres de silício não possuíam sexualidade. Seu crescimento populacional se dava por um processo físico-químico complexo, mas Prysma deixaria que pensasse assim, se ajudasse na missão.

– O... Óvulo Sagrado é vital para nós. – insistiu.

– Para obterem a graça da Deusa, precisam provar que a merecem. Mas vejo em vocês, a contaminação do Y.

– Como assim? – sentiu-se incomodada Cristella Yin, seus níveis de testosterona aumentando, sem controle. Precisava manter a calma, caso fosse necessário usar seus poderes.

– Em você, orfeana, a contaminação é física. Você é parte mulher, parte homem. Você é uma abominação aos olhos da Deusa X, Cristella Yin.

A Argonauta procurou manter a calma, mais indignada do que com ódio.

A missão! Pense na missão, Cristella!

Em seguida, a Rainha voltou-se para Prysma.

– Mas em você... a questão não é física. Sua alma está dividida. Você está possuída, contaminada pelo gene Y. Não podemos atender suas demandas, a não ser que se livre do mal. E se sua vontade é fraca, não é mais sua. A Deusa decidirá.

·•◈•·

A Argos mantinha um sensoriamento remoto do planeta, mas não estava preparada para o que aconteceu. Shiva Singh II foi a primeira a perceber que algo estava errado, deitada em sua poltrona de regeneração, flutuando na sala de comando. De repente, percebeu que seus companheiros, Mosambique Makross e o terrestre ficaram subitamente em silêncio, não mais conversando com ela.

– Argos? O que há com eles? – disse a guerreira poluxana livrando-se dos fios que a ligavam à poltrona médica.

Parece que fomos invadidos, Argonauta Shiva Singh II.

Mesmo a voz impessoal da espaçonave não parecia normal, geralmente em simbiose com o piloto. Mas Mosambique Makross, por melhor Argonauta que fosse, não era Orion. As poltronas de ambos estavam vazias.

– Invadidos? Do que está falando, Argos?

De repente, a soldado dos Batalhões de Clones de Castor e Polux viu-se cercada por dezenas de mulheres, as mais belas e sedutoras que jamais vira, vestidas com mantos diáfanos e colares com um X em relevo pendurado. Em seus olhos, havia mais dureza e crueldade do que a suavidade de seus gestos demonstrava. Shiva viu os dois Argonautas seguros pelas mãos acariciantes das Sereias, em transe.

– Não resista. A Deusa agora está no comando desta nave.

Shiva abençoou seu poder regenerativo. Estava sem armas, vestindo apenas uma camiseta e envolta em nanofaixas curativas, mas sempre preparada para lutar. Mesmo com invasoras em maior número.

– Como entraram na Argos?

– Não é óbvio? Sua nave é masculina – explicou uma delas. – Dominamos seu gene Y facilmente e ordenamos que se abrisse a nós.

Argos travou centenas de batalhas na Grande Guerra e deixou um bando de dondocas invadir a sala de comando! irritou-se a guerreira.

– Invadiram a nave errada, vadias!

·•◈•·

– Prysma! – Cristella amparou a companheira que, de repente, cambaleou.

– Jasão!... Ele foi... dominado. – quase desfalecendo, a tele-empata manteve a mente ligada ao terrestre. – tomaram a Argos, Cristella...

– Não resista, medeana. Corte seu vínculo com o Y! – ordenou a Rainha. – Dominamos sua nave.

As Sereias de Lemnos dominaram Cristella e a quase desfalecida Prysma. Ambas foram levadas para o interior do templo e jogadas diante de um grande bloco de gelo, quase translúcido, esculpido na semelhança vaga de um útero. No interior, era possível ver uma silhueta circular. O "Óvulo Sagrado" de Electra Atlântida.

Cristella Yin baixou seus níveis de testosterona enquanto era levada. Não poderia deixar seu lado masculino prevalecer, ou seria presa fácil da influência das Sereias. A hermafrodita de Orfeu concentrou-se, cabisbaixa, aparentemente aceitando a derrota. Mas quando seus olhos se ergueram, seu rosto brilhou em tons cambiantes de vermelho e dourado. E de sua garganta única, vibrou o canto radiônico, tão poderoso que podia reordenar as moléculas do cérebro de suas vítimas. E as Sereias, agora, eram suas vítimas.

Elas se contorceram em agonia, suas mentes sentindo os horrores mais secretos antes de terem seu autocontrole comprometido. Cristella Yin não as queria poupar de nenhuma dor ou terror que pudesse lhes infligir.

·•◈•·

Com mãos e pés nus, Shiva Singh II rodopiou pelos ares e acertou no rosto atônito das Sereias mais próximas. Antes que elas se recuperassem, seus punhos acertaram mais algumas cabeças e barrigas.

– Argos, acorde os dois! Faça alguma coisa, pelos deuses! O que há com você, seu computador central tem genes Y?

Receio que... o capitão Orion tenha deixado algo de si para trás, antes de partir para Charybdis. Sim, deixou genes Y em meu sistema.

– Segurem a maldita! Ela é apenas uma – gritou uma das Sereias, antes de receber uma cotovelada que arrebentou seu maxilar.

No entanto, uma vez entendida essa situação, e analisada a natureza da influência eletroquímica das alegadas Sereias, estou recuperando total capacidade de ação.

– Ótimo. Que tal me ajudar agora?

Feito.

Quase instantaneamente, as Sereias caíram ao chão, atingidas por microondas neurais. Quase ao mesmo tempo, Jasão e Mosambique despertaram de seus transes, ainda confusos.

Prysma, pensou o terrestre, sentindo-se na presença dela.

Jasão, respondeu a medeana no templo. *Mantivemos nosso vínculo.*

As mentes de ambos estavam mais conectadas que nunca; o que um sentia, o outro pensava e via. Eram ambos dois corpos em lugares distintos com uma quase mente em sintonia.

– Argos! Você tem as coordenadas da posição de Prysma em Electra Atlântida? – o homem do século XXI perguntou.

Estou captando sua marca genética, expressa pela frequência espaço-temporal do...

– Ative o raio trator 20 metros a noroeste dela. Agora!

·•◈•·

No templo da Deusa X, um raio poderoso e invisível rachou de cima a baixo as paredes de gelo e metal. O bolsão em forma de útero se estilhaçou em mil pedaços e a Esfera deslizou aos olhos de todos – de Prysma, consciente de cada cena que também via no interior da Argos, de Cristella Yin, que afrouxou momentaneamente seu domínio sobre o corpo e mente das Sereias e da Rainha, que gritou, horrorizada com o que via.

– Não! O Óvulo Sagrado não pode ser levado!

Sem hesitar, Cristella Yin aproximou-se da Rainha das Sereias e lhe desferiu um preciso direto em seu belo queixo, abanando o pulso dolorido em seguida.

·•◈•·

A Argos deixou a órbita de Lemnos, levando a última Esfera de Estase dos Planetas Perdidos. A espaçonave de guerra guardava as seis bolhas misteriosas, contendo energias ou tecnologias desconhecidas, que somente um Mestre Galáctico poderia dominar. Mas antes, os Argonautas tinham outra dúvida mais imediata a solucionar. Reuniram-se na sala de comando, tendo o fundo neutro do hiperespaço em suas telas. Jasão e Prysma, as mentes profundamente ligadas; Mosambique Makross, um tanto desajeitado na poltrona do piloto; Shiva Singh II, em traje de combate, por via das dúvidas; e Cristella Yin, o rosto numa excitante cor púrpura, ansiosa por respostas.

Orion em Argos. Saudações, Argonautas.

A voz ecoou por toda a espaçonave. Cada um deles olhou para o outro, em dúvida. Pragmática, Shiva perguntou:

– Orion morreu em Charybdis. Não é fato, Argos?

Fato, Shiva. Corpo biônico e orgânico do homem-máquina chamado Emerson Emerion, natural de Orion, morreu durante a nulificação de Charybdis.

– Então, você não é Orion – afirmou Shiva.

Antes de partir na missão, como de outras vezes, eu...o Orion original, fez um backup orgânico de suas células vivas remanescentes, através de duplicação clônica. Basicamente, o cérebro e o sistema nervoso central. Portanto, eu sou o clone de Orion, sem suas memórias em Charybdis, mas com todas as anteriores, de toda sua vida. Eventualmente, Argos construirá um corpo biônico onde meu cérebro e demais partes orgânicas poderão ser restaurados.

Nenhum dos Argonautas questionou a 'volta da morte' de Orion. Fazia parte do mundo cotidiano da humanidade espalhada pelos cosmos na Era Galáctica, milhares de anos após o século XXI. Uma estranheza sobre isso era compartilhada apenas por Prysma, que tinha acesso aos mais distantes recônditos da mente do 'selvagem' Jasão.

Argos partiu para a periferia da galáxia, para seu destino final.

·•◈•·

Terra! Terra!
Por mais distante
O errante navegante
Quem jamais te esqueceria?...

Canção folclórica da Humanidade Antiga
(Autoria atribuída a certo Caetanus,
lendário bardo do planeta Bahia)

– Não me recordo de nada com clareza, antes de sair da Esfera – falou o terrestre na cama flutuante de seu quarto anacrônico, ao lado da medeana igualmente deitada ao seu lado entre lençóis. – Somente lampejos de memórias passadas, que parecem vividas por outra pessoa. Lembro-me de outras mulheres, de crianças pequenas, de cidades grandes e sujas, onde multidões em marcha enfrentavam a opressão e a descrença... e então... tudo desapareceu, até este futuro distante.

Prysma encostou sua cabeça sobre a dele, ambos sentindo o cheiro dos cabelos azuis dela e a barba por fazer dele em seu rosto suado. Partilhavam sensações e memórias, amor e perda.

– Sim, vejo tudo isso em sua mente, também. Em suas memórias perdidas da antiga Terra.

– Lembranças perdidas... de um mundo morto.

– Eu posso recuperá-las, se quiser. Nas profundezas de seu subconsciente.

– Não. Elas são como fotos velhas em sépia, presas numa moldura de madeira. Deixe-as lá.

O Espaço Morto

Onde antes havia o Sistema Solar, brilhava agora uma estrela artificial, com a luz mortiça de uma anã branca fabricada pela inteligência. Em sua órbita, um mundo de cristais negros, composto pela concentração de trilhões de Cotas, formava o núcleo do Um. A suprema inteligência Silicita.

Então algo inimaginável aconteceu. A rebelde espaçonave inimiga Argos, conhecida dos tempos da Grande Guerra, surgiu completa do hiperespaço. A gigantesca espaçonave modular, que frotas Silicitas somente viram em frações, durante combates, pela primeira vez podia ser vista inteira. Não houve reação imediata por parte do Um.

Rendição? Desespero humano? Todas as possibilidades foram computadas por mentes não humanas. Mas o Um apenas esperava. A nave humana não representava perigo, ainda.

A Argos estava em alerta vermelho, escudos e armas levantados. Mas Orion em Argos, mais vivo do que nunca em seus sistemas, esperava não ter de usá-los.

Não sentia mais falta das limitações de seu corpo físico. Na Argos, outro evento importante havia acontecido momentos antes da nave emergir no Espaço Morto.

·•◈•·

Vyor, o Mestre Galáctico parecia disforme e pouco humano, flutuando em meio às emanações energéticas do Cajado Cósmico, no interior do hangar onde foram depositadas as seis Esferas. Os Argonautas remanescentes estavam lá, à espera do desfecho pelo qual tanto lutaram, e tantos sacrifícios haviam suportado.

Orion em Argos: 5 ciclos hiperespaciais para emergir no Espaço Morto. O que quer que tenha de fazer com as Esferas, Vyor... faça rápido.

Vyor não respondeu. O Cajado Cósmico saltou de seus pseudopodes, deixando-o amontoado no chão como uma gelatina amorfa. O instrumento do Mestre Galáctico girou em torno das esferas, que se ergueram de suas bases, pulsantes.

O que haveria em seus interiores? Era o que se passava nas mentes dos Argonautas. Como se adivinhasse seus pensamentos, o Mestre Galáctico respondeu.

Não é o que está em seus interiores que conta, Argonautas, mas sim o que elas são: forças capazes de mudar a tessitura do Universo. Separadas, são apenas anomalias espaço-temporais, partes incompletas de uma Equação Cósmica. Unidas, libertas, as sete Esferas completarão o Velocino Cósmico.

– Sete? Espere aí... ainda faltam duas? – Mosambique Makross ergueu seus braços humanos e biônicos, em sinal de incredulidade.

Orion em Argos: 2 ciclos hiperespaciais para emergir.

Sem se perturbar, Vyor continuou.

A Primeira Esfera foi aberta em Oceano de Sirius, quando Jasão foi resgatado. Com sua presença do século XXI, época em que a humanidade entrou nos eventos galácticos, foi iniciada a Equação Cósmica. Com ele, foi estabelecido o link, o vínculo da antiga Terra.

Jasão sentiu todos os olhares concentrados nele. Apenas na mente de Prysma sentiu algum conforto.

Com as Esferas resgatadas entre os Nômades do Espaço, dos Táuridas, de Fênix de Hidra e entre os Piratas Siderais e as Sereias, foram completas seis fases. Agora, temos de liberar a sétima Esfera.

– E onde está ela? – impacientou-se Shiva Singh II.

Orion em Argos: emergindo no Espaço Morto

·•◈•·

O Um não iria mais esperar. Milhares de Cotas despregaram-se do núcleo, voando em direção aos insolentes invasores humanos. Porém, o Um não era imprevidente: segundo relatos incompletos de suas Cotas, os Argonautas percorreram a galáxia em busca de artefatos misteriosos, escondidos em Planetas Perdidos e mundos esquecidos.

Esquadrilhas de Caçadores e a naves das Cotas mais próximas, não perderam tempo em disparar contra a Argos. A nau humana modificou a disposição de seus módulos, sem, no entanto, voltar a mergulhar no hiperespaço. Assumindo uma disposição esférica, tendo o módulo de comando no centro, o campo de força da Argos conteve a maioria dos disparos de energia e torpedos fotônicos que a atingiam. Por mais poderosa e bem defendida que estivesse, a espaçonave não poderia aguentar durante muito tempo, sem sérios danos, um ataque concentrado dos Silicitas.

Como era temido, um tremendo impacto foi sentido em toda a estrutura da nave, com um barulho ensurdecedor se propagando por todos os módulos. A Argos foi atingida em cheio.

Orion em Argos: módulo 14 destroçado! Vyor?!

O Mestre Galáctico não demonstrou ter ouvido o capitão virtual da Argos. Sem esperar, Orion reorientou as defesas e contra-atacou as naves inimigas mais próximas, disparando tudo que podia, enquanto realizava manobras evasivas. Mesmo assim, a situação da nave era critica. Se não saltasse para o hiperespaço rapidamente, a Argos seria atingida de forma irremediável.

Agora...

Ao sinal de Vyor, a Argos abriu um setor do campo de força por tempo suficiente para disparar no Espaço Morto cinco esferas opacas, que os instrumentos do Um não conseguiam analisar. Mas o que poderiam aquelas coisas ínfimas contra o poder do Um? A Argos, entretanto, tornou-se ainda mais vulnerável, mesmo que por alguns microssegundos. Novos abalos a atingiram e dois outros módulos foram destroçados por torpedos silicitas.

Mudando novamente de configuração e formato, a Argos aumentou a velocidade, tentando escapar do desigual campo de batalha em que se transformara o Espaço Morto. A espaçonave continuava sendo açoitada pelos ataques Silicitas. Os Argonautas sabiam que não poderiam resistir por muito mais tempo. Mas ainda faltava algo antes de voltarem à segurança do hiperespaço.

··◈··

As Esferas contêm energias superiores às de todas as civilizações da galáxia, afirmou o Mestre Galáctico. *Se liberadas, todas essas forças vindas de outro Universo não podem coexistir ao mesmo tempo no nosso. Elas iniciarão uma troca de quantum deste para outro Universo. Quando isso acontecer, a Argos deverá voltar ao hiperespaço, ou será reduzida a mero ruído de fundo cósmico,* completou Vyor, com uma ponta de humor quase humana.

Mas quem conduzirá essa troca? Você, Vyor?

Orion estava perturbado o suficiente a ponto de esquecer sua costumeira introdução.

Não, um Mestre Galáctico apenas move as peças – voltou então seu Cajado Cósmico na direção da medeana.

Prysma Lyma com sua mente inigualável cumprirá o destino para o qual eu a preparei, ao gerar seus antepassados com os genes necessários para esse momento, como antes havia preparado o terrestre. Ela é a sétima Esfera.

– Não! Você a está condenando! – protestou Jasão.

Se não o fizer, a espécie humana é que estará condenada. Somente a mente prodigiosa de Prysma Lyma poderá unir o Velocino Cósmico e salvar a Humanidade de seu fim inevitável.

Todos os olhares se voltaram para a atônita medeana, com os braços seguros pelo terrestre.

– Eu... farei o que for necessário – respondeu ela, apenas, para desespero de Jasão.

– Irei junto. Algo contra, Mestre Galáctico?

Os humanos não cessam de me surpreender. Não sei se é nobreza ou loucura. Não, Jasão da Terra, poderá ir com sua amada Prysma de Medea. Vocês são meus Alfa e Ômega, meu início e fim da Equação Cósmica.

O Cajado Cósmico brilhou novamente e uma Esfera se formou à volta do casal de Argonautas. A silhueta dos dois, abraçados, desvaneceu-se no interior cada vez menos translúcido da Esfera, que mergulhou no Espaço Morto.

As Esferas fundiram-se umas às outras, enquanto a castigada Argos tentava ganhar velocidade e mergulhar no hiperespaço, perseguida por um número cada vez maior de Silicitas.

·•◈•·

O Um não correria riscos. As Cotas concentraram as forças avassaladoras que ativariam o Nulificador, suficientes para destruir de uma só vez todo um sistema solar, como já acontecera séculos antes com a Terra. O mesmo poder seria agora liberado contra a Argos e as Esferas.

No interior da astronave de guerra, a situação era crítica. Orion não conseguia que a nave atingisse um nível de energia suficiente para a passagem ao hiperespaço. Felizmente para os Argonautas, boa parte do ataque das naves Silicitas estava sendo concentrado nas esferas. Incólumes a tantos disparos, elas prosseguiam movidas apenas pela inércia, até parar completamente, com a chegada da sétima esfera.

Antes que o Nulificador fosse colocado em ação, as bolhas colidiram, fundindo-se uma às outras. No momento seguinte, desapareceram do Universo visível; seu *quantum* foi transferido para outro, enquanto uma grande esfera cósmica de energia tomou seu lugar no Espaço Morto. A um só instante, a estrela artificial e o mundo do Um foram arremessados, destroçados, espaço afora, enquanto uma antiga realidade retomava lugar no Universo. Um Sistema Solar inteiro ressurgia, com o Sol amarelo, o cortejo de planetas e luas, cinturão de asteroides e nuvem de cometas.

Após milênios de exílio, a Terra e o Sistema Solar estavam de volta à Via Láctea.

·•◈•·

Um átimo antes, a Argos havia finalmente conseguido transferir todos os seus módulos ao hiperespaço. Um silêncio fantasmagórico dominou por segundos a veterana nave de guerra e seus Argonautas remanescentes, enquanto aguardavam o momento certo de retornar. Não podiam saber o que aconteceu no Espaço Morto, nem o que encontrariam. A Argos já não tinha condições de voar novamente ao hiperespaço, muito menos de combater outra vez.

Quando enfim ressurgiu, tudo estava diferente no que fora chamado o Espaço Morto. Ainda podia ver os destroços da estrela artificial do Um, destruída pela nova força que tomara lugar naquela região da galáxia. O núcleo do Um havia se desmantelado e as Cotas que não foram destruídas se espalhavam pela galáxia, desorientadas.

Os Argonautas assistiram quando milhões de espaçonaves de um tipo jamais visto se lançaram ao ataque, vindos do terceiro planeta, destruindo as naves das Cotas e Caçadores de Carbono que ainda estivessem operacionais nos sistemas estelares próximos. Após milhares de anos de exílio em outro Universo, a Terra tivera segurança e tempo suficientes para se preparar e reclamar sua parte da galáxia de volta.

A Segunda Guerra Galáctica havia recomeçado.

Epílogo

A exuberante espiral da Via Láctea preenchia quase todo o quadrante de visão, se algum olhar humano pudesse presenciar a cena: com ela ao fundo, dois corpos sem forma flutuavam no vácuo do espaço, tendo como vértice os Cajados Cósmicos. Um deles assumiu contornos vagamente humanos. O outro, ainda sem forma definida, transmitiu uma saudação em impulsos mentais.

Salve, Vyor, Mestre Galáctico dos humanos. Foi um movimento tão fulminante quanto arriscado o blefe da destruição da Terra e sua volta.

Salve, Ryor, Mestre Galáctico do Um, respondeu o primeiro, quase transparecendo satisfação. *Planejei por milênios. Executei no piscar de um pulsar, com meus peões humanos, meus Argonautas.*

O Mestre Galáctico Ryor assumiu a vaga aparência de um cristal de silício.

Frágeis e manipuláveis, seus humanos. Meus Silicitas são mais estáveis, duros como seu coração cristalino. Não precisei voltar no tempo para evoluir seus genes e criar meta-humanos que fizessem frente a eles.

Vyor não se deixou intimidar pela acusação e devolveu outra a seu milenar oponente.

O tempo é cíclico, como nossas mentes quânticas. Foi necessário intervir, uma vez que suas criaturas de coração duro receberam o benefício de um Nulificador de mundos.

As mentes quânticas dos dois Mestres Galácticos eram como muralhas contendo um turbilhão, mas somente a tensão transbordava nos pensamentos trocados entre as poderosas e imortais criaturas.

O jogo não está decidido. Espere meu próximo lance, Mestre dos humanos.

Vyor sentiu que ganhara o debate, por hora. Mas teria de haver um fim na disputa por civilizações entre ambos, talvez brevemente, talvez no próximo milênio.

Nós somos os primeiros seres da galáxia e os últimos vivos de nossa espécie, Ryor. Quando tudo terminar, haverá apenas um jogador, um imortal.

Sem responder, Ryor desapareceu na direção da galáxia e Vyor apostaria que não muito satisfeito.

Não somos apenas jogadores cósmicos. Prefiro me considerar um enxadrista, como diriam meus terrestres. Decidindo o destino de impérios, civilizações e raças, num quase interminável tabuleiro cósmico.

Um esboço de sorriso surgiu em sua face sem rosto, antes de também desaparecer.

Eis por que nos chamamos os Mestres Galácticos.

ECOS DE MAZTAH

CAROL CHIOVATTO

OLHOU AO REDOR. JÁ fazia dois anos. Um flash de fogo e destroços ressoou por sua mente, mas afastou esses pensamentos. Nunca fora procurada naquele planeta isolado e distante das grandes rotas do comércio interestelar, onde o som das folhas das árvores balançando ao vento lhe transmitia uma sensação saudosa.

Zilah inspirou fundo, deixando todos os cheiros se misturarem. Cheiro de floresta depois da chuva e de comida fresca.

Pôs um pé na frente do outro preguiçosamente. Jamais deixaria de ser uma das princesas de Sírius e, mesmo disfarçada, suas atitudes falavam mais que um milhão de palavras, em especial quando alguém a colocava em alguma conversa existencialista, onde não hesitava em responder com sinceridade aquilo que pensava. Sabia que muitas vezes deixava transparecer tudo o que havia sido um dia. E o que ainda era, mesmo não gritando isso aos quatro cantos daquele mundo.

As folhas agitaram-se contra o vento, e Zilah ergueu os olhos para encarar a criatura alada que agora a fitava. Abriu um sorriso largo, sentindo na face o calor solar de Zaca, a estrela em torno da qual aquele pequeno planeta orbitava.

O ser abriu as asas completamente, revelando uma miríade de cores e formas. Era impossível não sorrir. Não havia ainda encontrado criatura de beleza semelhante.

– Olá, Nadezhda – a moça saudou. – Não a vi no ritual da chuva hoje. Você está bem? Todas as outras fadas vieram para...

– Senti que não deveria estar aqui.

Zilah fitou-a com seus olhos de ônix, esperando. As fadas tinham uma conexão profunda com a natureza do planeta. Parando para observar, o habitual semblante leve trazia uma carga esquisita.

Em uma situação normal, os arabescos que a fada trazia grafados naturalmente na pele ficavam sempre em tons entre o verde e o anil, e a pele azul-acinzentada parecia ter pequenos pontinhos brilhantes.

Nadezhda, no entanto, trazia a pele opaca, mais puxada para o cinza, e os desenhos em seu corpo repuxavam para o roxo, algo que só acontecia com fadas doentes. E elas não adoeciam, a menos que o planeta também estivesse doente.

Isso, claro, era um mero conhecimento teórico, baseado nas lendas daquele mundo. Nunca testemunhara uma fada doente. O planeta vivia em paz, fora do caminho das forças de combate beta-centaurianas que seguiam com sua política expansionista pela galáxia. Desconhecido pelos humanos, aquele mundo era um pontinho insignificante na imensidão negra do universo.

Nadezhda batia as asas coloridas com desenhos psicodélicos, os olhos amarelos perdidos, e Zilah sabia que a fada comunicava-se com outras naquele momento. Era muito estranho no começo, quando estava conversando com alguma daquelas criaturas e elas paravam inexplicavelmente de falar. Agora que as conhecia, já havia se acostumado.

Zilah tomou o tempo para observá-la melhor. Puxou seu holopad, onde registrava informações sobre aquele pequeno planeta chamado Maztah. Releu tudo o que havia aprendido sobre fadas doentes. O que quer que estivesse acontecendo, uma coisa levava à outra: ou elas morreriam e o planeta seguiria o mesmo destino, ou o planeta estava adoecendo por alguma razão, e seus habitantes seriam dizimados aos poucos no processo.

Maztah era um caso muito particular. Seus seres jamais poderiam migrar. Estavam presos ao seu mundo. E era muito providencial que aquele lugar não ficasse no caminho das rotas imperiais.

A princesa foi despertada de suas reflexões pelos olhos amarelos que se focaram nela uma vez mais.

– Beta-centaurianos aportaram uma de suas naves no meio da floresta – esclareceu Nadezhda, a vozinha rouca soando como um alarme na mente de Zilah.

Um silêncio desconfortável fez-se entre as duas. Zilah não revelara sua verdadeira identidade às fadas. Mas não era preciso. Eram criaturas telepatas, e jamais teria como ocultar qualquer coisa delas.

– Venha, vamos esconder você até eles irem embora – Nadezhda murmurou, o semblante preocupado, a pele cada vez mais cinza.

Correu ao lado do ser alado o mais rápido que pôde, e avistou ao longe uma espessa coluna de fumaça negra subindo aos céus. Um nó na garganta formou-se e as lágrimas desceram grossas por seu rosto pálido.

– Eles... Eles estão ali? – Zilah mal conseguiu dizer.

– Sim. Vamos por um atalho – Nadezhda desceu ao chão e as pontas de suas asas cruzaram-se em seu pescoço, dando a impressão de que ela vestia uma capa multicolorida.

Zilah estacou, observando a fada correr com pernas bambas por entre algumas árvores. Olhou na direção da fumaça escura vendo as árvores queimadas. O verde virara cinza. Ao longe, vários pontinhos furta-cor caíam. Simplesmente caíam. Eram dezenas de fadas, surpreendidas em pleno voo.

Metros à frente, Nadezhda também caiu.

– Vamos logo, Zilah, ou não teremos tempo.

A princesa engoliu em seco. E a imagem de sua acolhida, dois anos atrás, voltou com clareza à sua mente como se vivesse aquele instante agora. Sírius ainda vivia nela, e provavelmente nas demais Princesas de Sírius, exiladas pela galáxia desde a invasão beta-centauriana. E essa "vida" só poderia ser demonstrada por atitudes.

Deu as costas à fada caída e correu para a fumaça negra, para onde a nave inimiga aportara forçadamente no meio da mata, pois aquele planeta não possuía um espaçoporto. Parou e virou-se. Os olhos amarelos de Nadezhda lacrimejavam. Sem hesitar, jogou-lhe o holopad.

– Guarde isto, que voltarei para buscar – e sorriu, voltando a correr.

Não precisou de muito para avistar as longas caudas cheias de espinhos e o uniforme rubro do Império Beta-Centauriano. Havia centenas deles.

Zilah saiu do meio das árvores que ainda sobravam. Um deles a viu, apontando-a para outros, e em pouco tempo todos os que pisavam em terra haviam parado de falar e andar, apenas para observá-la aproximar-se.

O que tinha jeito de líder sacou a prancheta cristalina e tocou-a com a grossa luva de couro preto. Instantaneamente várias fotos surgiram em sua superfície. Ele olhou para Zilah e para o objeto, sorrindo vitorioso.

– Princesa Zilah de Sírius – declarou o comandante, guardando a prancheta.

A mulher não hesitou, mantendo a caminhada na direção deles. Lágrimas grossas ainda manchavam seu rosto, porém, não era por si que as derramava, como talvez os visitantes indesejados estivessem pensando.

Dois juntaram-se, um de cada lado, e pegaram-na pelos braços, amarrando-a com algemas de fibra metálica que davam choques ao serem minimamente forçadas. Zilah não abriu a boca.

Arrastaram-na para dentro da nave, embora não houvesse a menor necessidade disso, afinal, em momento algum ela ofereceu resistência. Alçariam voo e partiriam rumo a um distante planetinha fedorento e vulcânico, onde ficava uma das prisões especiais do Império.

Não estava triste. Zilah sabia que com a partida dos beta-centaurianos do mundo das fadas, a paz e a normalidade retornariam aos poucos àquelas que com tanto carinho a acolheram. Trancafiada no interior da nave, sem janelas onde pudesse visualizar o exterior, a princesa não viu as asas coloridas novamente batendo no ar, e os milhares de olhos amarelos que acompanharam a nave beta-centauriana partir.

..◈..

Zilah estava na parte inferior da nave, onde ficavam as celas dos prisioneiros com destino ao planeta-prisão, e sua memória só conseguia invocar o fedor insuportável de lá. Não conseguia se lembrar do caminho que fizera desde que adentrara a nave até os níveis inferiores. Talvez tivesse sofrido algum tipo de choque que houvesse afetado sua mente, ou algo do gênero. Não recordava ter sido agredida de maneira alguma, embora estivesse ciente de que os beta-centaurianos eram uma espécie particularmente violenta, e o fato de ainda estar aparentemente ilesa só podia significar que haviam recebido ordens para não feri-la.

Seguia pelo corredor, com dois deles à sua frente e dois atrás, suas mãos ainda amarradas. O cheiro nojento dos confins da nave era uma mistura de urina e fezes de todas as raças possíveis e imagináveis, com um fundo azedo de suor e ferrugem – aqui e ali – onde se podia ver o metal carcomido pelo tempo, pela umidade advinda de vazamentos e outras coisas. As paredes, feitas como que de escamas metálicas, imitando a pele de seus construtores, pareciam descascar, formando uma superfície irregular e cortante. Era possível ouvir os batedores beta-centaurianos praguejando a respeito do estado da nave em que eram obrigados a trabalhar, mas o Império tinha outras prioridades, apesar de tudo.

Quando estudava os beta-centaurianos em seu holopad, nos dias seguintes à fuga apressada de Sírius, Zilah soubera que era uma característica de suas prisões as paredes serem daquele modo, para que qualquer preso que tentasse fugir e esbarrasse fosse deixando no caminho rastros de sangue, pele, cabelo. Tudo para o apurado olfato dos beta-centaurianos instigar seu instinto caçador.

Zilah suspirou quando pararam à frente de uma cela que fedia tanto quanto as outras, torcendo o nariz. Só o trajeto fizera seus trajes brancos imaculados revestirem-se de um marrom-acinzentado que ela preferia não saber o que era, e seus cabelos ondulados quase dobrarem de tamanho, avolumando-se com a sujeira.

Havia vapores muito suspeitos aqui e ali, que lhe causavam arrepios quando esguichados das paredes.

Abriram a pesada porta metálica, que tinha as mesmas escamas no lado de dentro, rangendo estrondosamente. Bufou quando soltaram suas mãos e a empurraram com a delicadeza típica dos beta-centaurianos, fazendo-a aterrissar de quatro no meio da cela, com uma expressão de desgosto. Suas mãos ficaram imundas no mesmo instante e o vestido, na altura dos joelhos, adquiriu uma textura pegajosa, de cor duvidosa.

Antes que pudesse pensar em um palavrão bom o suficiente para resumir sua situação, ouviu do canto da cela, uma voz masculina sussurrar incrédula:

– Por Sírius! Só posso estar sonhando!

Os olhos arregalados do humano eram de um tom de amêndoa profundo e reconfortante, que contrastava com a repulsiva barba oleosa e os cabelos negros quase no ombro, num emaranhado que poderia conter todas as espécies de piolhos existentes. Ela se admirou pelo estranho mencionar a estrela do seu sistema solar natal. Era uma expressão típica dos humanos que habitavam seu mundo, agora destruído.

– Não me reconhece, não é mesmo, princesa Zilah? – uma sombra de sorriso surgiu no rosto sério do homem.

A princesa engoliu em seco e, lembrando-se de que ainda estava de quatro, colocou-se de cócoras, evitando o máximo possível contato com aquele chão asqueroso.

– Qual é o seu nome?

A expressão sombria retornou, e ele desviou o olhar.

– Major Solomon Sven – respondeu com tom de reprovação, apesar da voz baixa, grave e levemente rouca.

Zilah arregalou os olhos e aproximou-se cautelosamente, parecendo pisar em pedras pontiagudas inexistentes no chão, tentando evitar os pontos que pareciam mais emporcalhados. Estreitou os olhos e evitou torcer o nariz para o cheiro acre do homem, observando as amêndoas que agora estavam cravadas nela. Tentou ver além da barba e dos cabelos desarranjados, que não combinavam com a figura imponente que sua memória trazia dele. O nariz parecia mais torto do que se lembrava e perguntou-se se talvez houvesse sido quebrado pelos beta-centaurianos.

Ela sorriu quase tímida.

E assim ficaram, um olhando para o outro sem se falar durante alguns segundos, cada um com seus pensamentos, na vontade de dizer algo, mas sem saber o que era apropriado ou não.

– É bom encontrar alguém conhecido depois de tanto tempo – murmurou ela, por fim, oferecendo um sorriso cortês, mais perto de sua costumeira postura de princesa.

Solomon apenas assentiu em reconhecimento.

– Como veio parar *aqui*? – perguntou Zilah, olhando a área ao lado dele, tentando decidir se era seguro o bastante sentar ali, evitando recostar-se na parede de escamas afiadas. Acabou decidindo sentar-se ao lado daquele homem.

– Desde que Beta Centauri destruiu a Aliança Galáctica, os humanos que sobreviveram e conseguiram fugir procuraram manter contato entre si de alguma forma. Faz alguns meses que eu e outros líderes estamos nos organizando para reunir novamente os humanos. Formamos a Resistência! Nós nos reunimos em um ponto da galáxia fora dos domínios imperiais, em um planetinha selvagem, mas adequado à vida humana, em um sistema estelar obscuro. Foi o melhor que conseguimos. Decidimos que deveríamos encontrar o paradeiro das princesas de Sírius, as verdadeiras herdeiras da Aliança Galáctica, pois somente vocês poderiam dar continuidade ao legado deixado pelo seu pai e reunir novamente nosso povo.

Zilah ouviu o relato atenta. Quando Solomon terminou de falar, suspirou, fechando os olhos e deixando a cabeça pender até a testa encostar-se a seus joelhos dobrados, enquanto ainda evitava que parte de suas vestes entrassem em contato com o chão encardido.

– E ao procurar por nós, você acabou sendo pego pelos beta-centaurianos... Solomon respondeu com um aceno positivo de cabeça.

– Estava seguindo uma pista da princesa Lâmura, sua prima-irmã, mas a perdi há muito tempo. Foi quando soube que você estava nos arredores de Gafídia – murmurou. – Desde então vaguei de planeta em planeta para encontrar você. – E encarando a mulher, ele questionou: – Onde e como foi pega? Foi por aqui, não foi?

– Estive exilada num planeta chamado Maztah – respondeu Zilah, fazendo bico ao se lembrar do que a simples presença dos beta-centaurianos fazia às fadas. – Fica fora das rotas de comércio galáctico, em meio às estrelas mais distantes da Borda. Seus rastros são apagados por causa de Gafídia. É um planeta *in natura*, e os seres de lá são profundamente ligados ao ecossistema. Dependem dele para sobreviver. De alguma forma, os beta-centaurianos sabiam que eu estava lá. E, ao invadirem o planeta, sua simples presença foi o suficiente para desequilibrar o campo energético vital das fadas. Elas são muito sensíveis e puderam sentir a carga de hostilidade das bestas imperiais. E enquanto eles não me localizassem, mais e mais beta-centaurianos seriam enviados ao planeta, prejudicando ainda mais os belos seres nativos. Eu não podia permitir que isso acontecesse. Elas estavam sofrendo por minha causa. Tive que dar um jeito nisso. E a alternativa mais lógica para que partissem seria eu me entregar.

– Tudo isso para assegurar a sobrevivência das fadas? – O tom de Solomon era tão neutro que Zilah não soube dizer o que ele pensava disso.

– Sim – respondeu secamente.

Mais alguns momentos de um silêncio desconfortável seguiram-se, e Zilah olhava ao redor com tanto asco que não percebeu o olhar de Solomon preso a si.

– Há quanto tempo está aqui? – perguntou, sem virar-se para ele, ainda analisando seus arredores enquanto sua mente maquinava alguma forma de sair dali.

– Creio que dois meses. Tenho tentado calcular, mas estou perdendo a conta dos dias.

Isso trouxe os olhos castanhos de Zilah até os seus.

– *Meses*? – indagou, atônita.

– Sim. Íamos para a prisão beta-centauriana, mas ouviram rumores de que uma das princesas estava refugiada no sistema estelar de Zada, perto de Gafídia. Provavelmente interceptaram um dos nossos buscadores. Fizeram questão de me relatar isso com um ar vitorioso. Malditos! E, pelo visto, os rumores se concretizaram. Acho que só estou vivo há tanto tempo porque estiveram procurando em cada um dos milhares de planetas de Zada. Nada que os tenha impedido de aparecer e mostrar o que aquela cara de lagartixa espinhosa pode fazer.

A princesa suspirou entristecida. Olhou ao redor mais uma vez, tentando imaginar como um ser humano conseguiria sobreviver naquele ambiente por tanto tempo. O que será que ele quisera dizer com "mostrar a cara"? Fitou, penalizada o estado físico dele. Se a fama dos soldados beta-centaurianos fosse verdadeira, ele fora torturado com frequência, mas nunca para ultrapassar aquele limiar da dor em que a pessoa perde os sentidos. Apenas o suficiente para enlouquecer um ser humano. Que Solomon conseguisse falar coisas coerentes era, por si só, um fato admirável.

– Nem acredito na *sorte* de encontrar você – Solomon disse, levantando-se de repente.

Zilah não se moveu, olhando-o inquisidoramente.

– E o que isso quer dizer?

– Ora, você não me conhece? – Solomon olhou-a de cima, todo senhor de si.

– Bom, claro que sim. E sua fama de antipático, egoísta e autossuficiente sempre o precedeu.

Ele sorriu de lado. Um sorriso torto que sempre a deixava irritada. E ele sabia disso.

– E um gênio também, minha cara princesa – acrescentou. – Você *honestamente* acredita que passei esse tempo todo vegetando aqui? Eu tentei pensar em modos de fugir, mas você pode notar que tudo nesta cela e nestes corredores foi pensado para evitar isso. Claro, eles são invencíveis, então podem se distrair, às vezes, porque não estão acostumados a serem passados para trás.

Zilah mirou-o, esperando a explicação mais detalhada. Ele prosseguiu.

– Quando trouxerem a comida você fará o que eu disser, tudo bem?

– Com todo o respeito, major. Você não acha que, se eu conhecesse o plano mais a fundo, poderia contribuir melhor?

– Não. Mas posso dizer que só tenho um plano porque você está aqui. Tudo em que pensei precisava de alguém que distraísse o soldado. Eles não estão acostumados a serem enfrentados, sabe. Fica quase fácil enganá-los, se você puder ser rápido o bastante.

Zilah cerrou os punhos, irritada. Lembrou-se por que detestava aquele homem presunçoso. Por um momento, ficara tão distraída com sua situação e com a história dele, que havia esquecido o quanto Solomon Sven costumava ser insuportável. Ao menos para ela, pois as outras mulheres da corte de Sírius pareciam se arrastar aos seus pés.

Além disso, discutir com ele usando a lógica não parecia ser uma opção viável naquele momento. Mordeu o lábio inferior para não soltar algum impropério.

– É bom vê-la, Zilah – sussurrou ele, por fim, com um sorriso que ela interpretou como sarcasmo.

Não obteve resposta.

·•◈•·

Um som de metal rangendo contra metal despertou Zilah de seus pensamentos, fazendo seu olhar correr para Solomon antes que pudesse refrear o impulso. Ele levou o indicador perto da boca pedindo silêncio e trocou para o lado da abertura da porta, recostando-se à parede de um modo que Zilah achou estúpido, pois ele se cortaria inteiro se fizesse um movimento mais brusco.

Deitada no chão como se estivesse morta, morrendo de nojo daquele lugar, mas forçando-se a permanecer parada para ajudar Solomon com seu plano *brilhante*, torceu para Solomon não fazer nenhuma imbecilidade, tal como pular no braço do beta-centauriano que surgiu com a comida quando a porta foi aberta. O soldado arregalou os olhos ao vê-la no chão e entrou completamente na cela. Olhou para um lado, presumidamente procurando Solomon, que veio pelo outro lado e, com uma agilidade incrível, puxou a arma de raios do inimigo como se fosse um salteador de Markesh. O inimigo atordoado ergueu as mãos ao ter a arma apontada para si. Contudo, Zilah percebeu o ponto de sua armadura onde abrigava o comunicador, cintilando em um brilho azul. O canal estava aberto.

Imediatamente ela voou para lá em um salto, puxando o pequeno aparelho com as unhas em forma de garra. Naquele mesmo instante, o guarda fez um breve movimento para se afastar, mas a arma nas mãos de Solomon o fez mudar de ideia.

Zilah sacudiu o aparelho, arqueando a sobrancelha para o major significativamente. Ele assentiu e gesticulou para o inimigo adentrar a cela, sendo prontamente obedecido. Trancou a porta e olhou para os dois lados.

– Você sabe aonde vamos, não sabe? – perguntou Zilah num sussurro impaciente.

Solomon lançou-lhe um olhar desdenhoso e puxou-a pela mão. Correram, e a princesa largou-o, consciente do fato de ser capaz de correr sozinha, com mais chances de sobreviver às paredes cortantes.

A princesa surpreendeu-se com o fato dele realmente parecer saber aonde estava indo em meio àquele labirinto infinito de corredores, e sentiu o coração apertar quando ouviu o som de passos de uma tropa inteira marchando na direção de onde eles vinham.

Olhou para trás, mas procurou manter sua atenção no caminho de Solomon que, exalando aquele odor podre, seria impossível a um beta-centauriano não encontrá-los, por mais que tentassem despistá-los.

Desceram uma escada estreita que soltava um pó metálico de tão enferrujada e o cheiro do local pareceu piorar. Zilah segurou o espasmo que veio no instante em que o ar fétido penetrou suas narinas.

Solomon saltou a depressão em algum ponto no escuro, caindo em um nível inferior, pouco mais de dois metros abaixo. Ela, porém, não prosseguiu. Só então percebeu que estavam no hangar. O major estendeu as mãos para auxiliá-la na descida, fazendo sinal para ela se abaixar, indicando um ponto de apoio para um dos pés. Amparou-a pela cintura a fim de evitar uma queda brusca e colocou-a no chão.

Ele indicou uma nave de transporte alguns metros adiante. Havia alguns beta-centaurianos ali, cuidando da manutenção de outro veículo do mesmo modelo, o que fazia parecer não ser uma boa ideia ir até lá.

Zilah correu seguindo o caminho do major, atenta ao som cada vez mais próximo de passos pesados. De repente, um alarme. As luzes de emergência jogavam fachos iluminados para todos os lados do hangar em um ritmo frenético, enquanto a sirene ensurdecedora soava.

– É claro que iam saber que aqui seria o primeiro lugar aonde viríamos – sussurrou a princesa, tomando a frente no caminho da nave de transporte avistada, já escalando a escadinha que dava acesso ao seu interior, acomodando-se no banco do piloto.

– Deixe-me pilotar – insistiu ele. – Eu tenho mais experiência que você.

Zilah lançou um breve olhar contrariado, e sem questionar, pulou para o assento do copiloto.

Solomon sentou-se e buscou os controles de partida enquanto Zilah pegava a arma de seu colo, disparando um raio de energia na direção de um soldado que subia as escadas.

O major apressou o acionamento dos motores, fechando a porta da nave com um pressionar de botão. Os controles do painel pareciam invertidos, bem diferentes do padrão a que ele estava acostumado, o que dificultava o processo. Embora houvesse semelhanças tecnológicas, os equipamentos de voo beta-centaurianos tinham lá suas diferenças em relação aos aparelhos construídos pelos humanos.

Pouco depois, sentiram uma vibração envolvê-los e os controles brilharam num tom amarelo alaranjado. Solomon apertou alguns botões e puxou a alavanca de controle principal, fazendo a nave sair de sua posição. Os monitores de navegação indicavam a partida da nave.

Soldados beta-centaurianos invadiam o hangar, disparando contra a nave, mas sem efeito. Zilah, auxiliando o major, havia ativado o escudo da nave, fazendo os raios de energia serem absorvidos no campo de força que envolvia o veículo espacial, que seguia por um caminho demarcado no chão até atingir a abertura do túnel de escape.

– Ótimo. Estamos dentro. Agora basta acionarmos os propulsores e logo estaremos em espaço profundo! – bufou o major, inclinando-se para frente à medida que empurrava o controle principal para atingir o limite da velocidade.

A nave penetrava no túnel, enquanto a abertura se fechava atrás deles. Após um breve silêncio, Solomon acionou os propulsores, que explodiram em jatos de plasma, impulsionando a nave para a outra extremidade do túnel de escape, sendo lançada para fora do cruzador espacial beta-centauriano tal como uma antiga bala de canhão.

A negritude cósmica apareceu diante do visor panorâmico da nave e não tardou para perceberem que estavam em meio a um denso cinturão de asteroides. E enquanto Solomon finalmente conseguia o controle total da nave, o escudo da nave baixou por uma falha desconhecida.

– Droga! Eu contava com esse escudo, ainda mais agora! – disse o major preocupado. – Os beta-centaurianos vão nos seguir até o fim do universo se for preciso, e sem os escudos, estaremos completamente indefesos!

Algo no tom desesperado dele chamou a atenção de Zilah. De fato, os olhos de Solomon gritavam um pânico que ela não imaginava ver, pois nos monitores o radar indicava que estavam sendo seguidos por um número crescente de naves de caça beta-centaurianas lançadas do cruzador espacial.

Inspirando fundo, ela abriu um pequeno compartimento na parte inferior do painel de controles, mexendo nas fiações e nos hiperrelês internos.

– O que você está fazendo, mulher? – rosnou o major, esticando o braço para fechar a portinhola.

– Continue pilotando – respondeu ela taciturna, descendo encolhida para o chão, dando melhor acesso às suas mãos e à sua visão.

– Posso saber o que você pretende fazer aí?

– Assim que eu terminar – respondeu a princesa sorrindo docemente.

Solomon engoliu em seco a boa resposta que pretendia dar àquela petulância.

– Se você fizer alguma bobagem, estaremos mortos.

– E você acha que eu quero morrer? Não? Que bom. Pois fique quietinho aí, fazendo o seu trabalho e me deixe cuidar do meu.

O major fez que não ouviu, mas lançava olhares curiosos aos inúmeros fios de todos os tipos e espessuras que se embolavam ao chão conforme ela os retirava do interior da abertura. Zilah tinha um vinco de concentração entre as sobrancelhas enquanto mexia aqui e ali, invertendo a ordem dos fios, plugando um em lugar de outro, alternando a sequência dos hiperrelês e desativando placas de microcircuitos. Por fim, a mulher estreitou os olhos e fechou o compartimento.

– Dê a volta e vá de encontro daquele asteroide. O terceiro à direita – comandou ela, acomodando-se em seu assento.

– Mas o que...?

– Faça o que eu disse. Impulsione a nave até a parte inferior daquele asteroide com um jato de plasma e desligue totalmente os propulsores. Deixemos que a gravidade faça o resto. Eles não vão demorar a perceber o que eu fiz, e espero estar bem longe quando isso acontecer.

Contrariando seu senso lógico, Solomon executou a manobra tal como solicitado. Lentamente, a nave seguia rumo ao descomunal bloco de rocha que flutuava em sua direção.

O sorriso esculpido no rosto da princesa revelava covinhas adoráveis nas bochechas e Solomon quase se viu distraído pela visão da óbvia exultação dela. Ele finalmente havia percebido o que a princesa fizera: ela não só ativara novamente o escudo de força como inverteu sua radiação de energia de modo que esta repeliria qualquer tentativa de localização por parte dos sensores das outras naves, tornando o veículo espacial virtualmente invisível. A manobra rumo ao asteroide com os propulsores desligados tinha o objetivo de impedir que os sensores inimigos registrassem qualquer rastro de plasma que pudesse denunciá-los. Em pouco tempo, a nave entraria em uma órbita elíptica em torno do asteroide, ocultando-se atrás dele.

– Se eu estiver certa, entraremos dentro de instantes naquilo que para eles seria uma espécie de "ponto cego", logo atrás do asteroide. Quando eu der o sinal, acione novamente os propulsores em potência máxima e tire-nos daqui!

– Onde você aprendeu a fazer isso?

– Ora, você acha que as princesas que fugiram de Sírius não foram criadas preparadas para esse tipo de situações? Acha que não sabíamos que mais dia, menos dia a Aliança seria ameaçada?

– Mas esses controles são os mais complexos que já vi...

– Bom, passei a vida inteira só estudando tudo o que havia para ser estudado. Um mecanismo a mais ou a menos é indiferente.

Orbitando em torno do asteroide, Zilah deu o sinal. Logo, o major colocou a nave em rota de fuga, ativando os motores superluminiais. Solomon já traçara o destino certo. O pequeno planeta de Lathea, um mundo afastado onde os beta-centaurianos jamais os encontrariam.

·•◈•·

– Minhas roupas vão chamar tanta atenção em Lathea quanto essa sua aparência imunda – resmungou Zilah, olhando seu colo, pensativa.

– Não vou reclamar se você resolver tirá-la.

Ela franziu o cenho, como se estivesse realmente considerando a ideia, e Solomon não conseguiu evitar a gargalhada. Zilah fulminou-o com o olhar.

– Perdoe-me por tudo – ele disse. – Desde minha postura na cela. Eu devia ter dito a você o que estava planejando, mesmo que tivesse que aguentar a sua voz tagarelando sem parar o quanto eu sou idiota.

Ela não respondeu.

– Às vezes eu esqueço que, apesar da aparente fragilidade, você provavelmente possui o espírito guerreiro de seu pai, que sempre nos deu o direcionamento que precisávamos. Mas agora, tudo acabou. Com a queda da Aliança Galáctica eu mesmo me sinto perdido. E é por isso que a Resistência pretende restaurar o que foi perdido, e você, assim como suas irmãs, é a chave disso.

Enfim, ela deu um sorriso tímido.

– Isso foi tão gentil que nem parece você falando.

– Aproveite o momento de inspiração, princesa – murmurou ele, fixando os olhos no planeta Lathea, que se aproximava diante de seus olhos em um lindo crescente.

Logo, os sensores da nave identificaram um local seguro e deserto onde poderiam pousar sem maiores problemas.

– Como esperado. Nem sinal de beta-centaurianos. Aposto como nem sonham que estamos aqui.

Após os procedimentos de aterrissagem, o veículo espacial pousou como planejado. Assim, finalmente desceram da nave, abandonando-a antes que alguém se aproximasse. Embora acreditassem que, sendo uma nave beta-centauriana, dificilmente alguém se aproximaria.

Caminharam por quase uma hora até o núcleo populacional mais próximo. E quando se deram conta, estavam em meio a uma grande feira popular, sendo engolidos pela multidão alienígena que se estapeava por produtos e artigos raros dos mais variados.

Zilah aproveitou o vaivém de pessoas para puxar o lenço roxo de uma netíade humanoide que, distraída demais com a gritaria dos comerciantes, não daria falta do tecido tão cedo. A princesa enrolou-se nele enquanto seguiam em direção a uma pousada, localizada do outro lado da feira comercial. Um atendente de pele amarela e vários olhos virou-se para eles com a boca em forma de ventosas contorcendo-se no que deveria ser um sorriso. Era um arctrate.

– Vocês têm como pagar? – foi a primeira pergunta que proferiu, antes sequer de saber o que eles queriam. Ele falava um parco *vialácteo*, o idioma universal adotado pela maioria dos povos da galáxia.

Zilah exibiu o colar que tinha junto a si, retirando de seu pescoço. Era um artigo raro, feito de pérolas azuis das ostras de AquaPolis, e deu graças pelos beta-centaurianos não o terem retirado dela quando a encarceraram. A criatura pegou-o da mão dela e finalmente perguntou que tipo de quarto queriam. Antes que a princesa pudesse dizer algo, Solomon respondeu por ela, mostrando que já conhecia bem o local. Zilah perguntou-se quantas vezes o colega de fuga havia estado em Lathea e quais razões o teriam levado até lá.

Feito o pagamento adiantado, pegaram o cartão magnético de acesso e rumaram para a suíte. Ao abrir a porta, Solomon deu passagem para Zilah entrar. Ao olhar ao redor, ela teve certeza do quão valioso era o seu colar, ao menos para aquele alienígena, pois o quarto tinha todo conforto que poderiam querer, contrastando com a humildade do local onde se encontravam.

– Pode ir tomar um banho – disse o major, enquanto vistoriava a suíte.

– Você precisa mais do que eu – tornou ela, mas não havia pretendido ser tão grosseira quanto soou.

Solomon travou as mandíbulas e disse secamente:

– Vá primeiro.

Zilah não conseguia conceber a ideia de se deitar para descansar ou sentar-se para comer antes de estar limpa, e só por isso aquiesceu.

Demorou menos de meia hora e saiu vestida com trajes de um tom lilás com costuras amarelas em forma de poncho, que a fariam passar despercebida diante da moda daquele planeta.

Avisou a Solomon que estava faminta e não ia esperá-lo para comer enquanto ele se banhasse. Ele pareceu indiferente.

Saído do banho, o major, agora já de aparência e odor aceitáveis, serviu-se dos pratos solicitados pela princesa ao serviço de quarto da pousada. Ativando um aparelho holovisor, sintonizaram no noticiário local que, para surpresa do casal, falava da fuga de ambos, mencionando que o Império oferecia uma recompensa estrondosa por suas cabeças. E para piorar a situação, aquilo sem dúvida atrairia a cobiça de caçadores de recompensa em todos os cantos da galáxia.

A única coisa boa era que o noticiário indicava que, segundo as informações oficiais que haviam recebido, os dois humanos teriam partido para uma direção oposta daquela que realmente haviam seguido. Assim, os ardilosos caçadores de recompensa vasculhariam o lugar errado à exaustão antes de iniciarem seus esforços para outros locais do universo conhecido. Ganhariam tempo com isso.

Imaginando como faria para conseguir uma nave e sair dali rumo ao mundo onde a Resistência se refugiava, Zilah começou a sentir o cansaço tomar-lhe o corpo e adormeceu sentada na cama, recostada à cabeceira, amparada por dois travesseiros de plumas. Entretanto, acordou sentindo ser pega no colo, sendo colocada deitada sobre a cama, o que causou um sobressalto.

– Calma, donzela – a voz conhecida acalmou-a. – Você estava torta, só queria que dormisse em posição mais confortável.

Zilah corou. Ergueu o rosto para dizer qualquer coisa, que esqueceu quando seus olhos bateram no homem à sua frente.

Trajando vestes comuns ao Império, num tom de verde esmeralda, agora com a barba feita e com seus cabelos compridos penteados para trás, estava o major Solomon Sven, fitando-a com aquele sorriso torto infame.

– O que faremos, Solomon? – perguntou a princesa, numa voz tão distante que não tinha certeza se havia falado em voz alta.

Solomon suspirou, sentando-se na cama.

– Vamos permanecer aqui.

– Mas estão atrás de nós...

– Se ficarmos por uma semana inteira, que é o que o pagamento nos permite, você nem precisará sair da pousada. Até lá, espero me comunicar com quem possa nos ajudar. Tenho contatos neste mundo. Por enquanto, passaremos por um casal humano como tantos outros que vem para Lathea, aproveitando que ninguém se preocupou com nossa chegada.

– E o recepcionista? É confiável? Ele não poderia nos denunciar?

– Não se preocupe – volveu Solomon tranquilamente. – Eu já o conheço de longa data. Não é a primeira vez que me hospedo por aqui. Mas se ele der com a língua nos dentes, fique tranquila. Eu o matarei sem piedade.

Antes que Zilah se manifestasse contra aquele absurdo, o major virou-se para ela e sorriu:

– Calma, princesa. Eu só estava brincando. Daremos um jeito.

O silêncio pairou sobre eles por alguns instantes.

– Está cansado? Não sente sono? – questionou ela.

Solomon fez que não com a cabeça.

– Mas você deveria. Não dormiu numa cama decente por meses. Aliás, como você conseguia dormir naquele lugar?

– A necessidade é capaz de criar milagres. Não pense que comer a comida que me traziam foi fácil. Até hoje não sei o que era, nem pretendo descobrir.

Zilah sorriu com simpatia, e sentiu um aperto no peito que não lhe era muito familiar.

– Descanse. Depois vou dar uma olhada nesse seu nariz quebrado.

Ele não discutiu. Finalmente relaxou e deitou-se na cama. Zilah observou-o adormecer em questão de segundos.

Ao vê-lo dormir, sentiu compaixão. Achou que havia sido preconceituosa ao tratar o major rudemente desde que o encontrara na prisão. As experiências mudam as pessoas, e o homem que estava ali agora não era o mesmo que havia sido na corte de Sírius, embora ela achasse que ele ainda fazia de tudo para testar sua paciência.

Ficou imaginando durante um bom tempo tudo o que ele havia passado antes e depois de ser preso, e perguntou-se se ela teria sido capaz de sobreviver àquele lugar por tanto tempo quanto aquele homem.

Seus pensamentos deram origem a outros: onde estariam suas irmãs Lâmura e Calynna? Estariam vivas? Estariam bem? Ela lamentava a decisão que haviam tomado de exilar cada uma em um canto da galáxia.

Sentiu um calafrio, imaginando que suas irmãs poderiam não ter tido a mesma sorte de encontrar um oficial de Sírius no meio do caminho. Talvez estivessem em um bom planeta, longe da influência de Beta Centauri. Talvez estivessem planejando o restabelecimento da Aliança Galáctica. Quem poderia saber?

Fitou mais uma vez o sono de Solomon e sorriu com carinho. Era um homem rude, mas tinha certa beleza bruta. E adquiria uma aura de beleza maior enquanto ela repassava os acontecimentos das últimas horas em sua cabeça.

Suspirou.

Dando-se por vencida, sentou-se do outro lado da cama e abraçou as pernas num silêncio contemplativo. Não podia circular pela pousada, e não tinha nada para fazer ali.

Olhou para o major, franzindo o cenho e desafiando a si mesma a descobrir como consertar o nariz. Será que calcificara daquele jeito? Ele não dissera há quanto tempo estava quebrado. Porém, achou a curvinha charmosa.

Estendeu a mão para desenhar seu trajeto, e ao perceber o que estava fazendo, abraçou as pernas outra vez. Envergonhada, considerou que fazia um bom tempo que não tinha contato com um homem. Como não era adepta de relacionamento entre espécies diferentes, mesmo humanoides, podia dizer que vivia em uma *santíssima castidade* havia mais de dois anos. E julgava isso algo *muito chato*.

Recriminou-se por esses pensamentos e levantou-se, incomodada. Para Zilah, aquilo era prova cabal de que tudo pelo que passara naquele curto período a estava enlouquecendo. Lançou um olhar incerto a Solomon e sorriu de lado com simpatia. Ele parecia demasiadamente cansado.

Ela ativou novamente o holovisor, buscando no menu virtual interativo, edições anteriores do noticiário, em busca de reportagens antigas a respeito do Império e encontrou nisso um bom passatempo, já que havia ficado tanto tempo exilada e totalmente desinformada da realidade após o exílio. Quando estava em Maztah, vivia numa espécie de paraíso, sem qualquer contato com o exterior. E lamentou aquilo não ter durado muito.

Pensou nas fadas, em seus olhos amarelos, em toda a paz que lhe transmitiam. Deseja com toda a força de sua alma que elas estivessem bem e que o planeta já houvesse se recuperado. Sentia-se uma pessoa melhor depois da convivência com elas.

Algumas horas correram livres enquanto assistia às transmissões gravadas, e Zilah foi despertada de sua concentração pela mão de Solomon em seu ombro.

– Está tudo bem? – perguntou ele. Um vinco entre as sobrancelhas demonstrava evidente preocupação.

– Sim. Estava me atualizando – respondeu Zilah, sentindo-se idiota por atestar o óbvio. Ele arqueou a sobrancelha, sarcástico, denotando que havia percebido. – Estou com fome – disse ela, mudando de assunto.

Sem hesitar, a princesa pegou o cardápio eletrônico e acionou mais uma vez o serviço de quarto. Chegada a refeição, sentaram-se na cama de casal para comer, e permaneceram em silêncio durante o breve jantar.

– Há quanto tempo seu nariz está quebrado? – perguntou Zilah, num tom que esperava ser casual.

Solomon franziu o cenho.

– Foi antes de eu ser preso pelos beta-centaurianos.

Ela não resistiu ao impulso de traçar a curvinha do nariz desta vez, tendo posto seu prato de lado.

– Já deve ter calcificado. Não poderei fazer nada. Se estivéssemos em Sírius, talvez nossos médicos pudessem ajudá-lo com isso.

– Não é um problema. Já me acostumei. Nem a respiração incomoda mais.

Zilah repousou a mão a seu lado na cama e fitou o homem à sua frente.

– Precisaremos de uma nave para sair daqui, e de preferência uma nave doméstica, para não atrairmos atenção.

Até o final da semana terei uma para nós – Solomon garantiu desviando o olhar. Não parecia preocupado com a fuga, mas algo o incomodava.

– O que foi?

O major observou-a nos olhos, e uma expressão agoniada tomou-lhe o rosto de um modo que Zilah jamais imaginara testemunhar em quem geralmente costumava fazer o tipo sarcástico e irritante.

– O que foi? – insistiu a princesa, impaciente.

Sem responder, ele desviou os olhos cor de amêndoa outra vez. Parecia indeciso. Ou transtornado. Ou ambos. Por fim, falou:

– Dentre todas as princesas, você era a única que eu mais desejava encontrar.

– O que você quer dizer?

– Exatamente o que eu disse.

– Certo – Zilah suspirou. – Vamos por partes. Você não disse que a intenção era reunir todas as princesas de Sírius? – Ela estreitou os olhos, mirando-o como se o major fosse um ser incompreensível. – Por que você queria me encontrar mais do que às outras?

Desta vez ele sorriu, mas seu semblante tornou-se sério no segundo seguinte.

– Ora, Zilah... Você já foi mais esperta.

Zilah trincou os dentes e bufou.

– E eu tinha pensado que seu nível de arrogância havia diminuído, mas parece que foi apenas uma doce esperança – disse ela, cruzando os braços, indignada.

Solomon terminou o jantar, levantando-se e trocando sua vestimenta, sob o olhar atento da princesa. E sem dar maiores satisfações, saiu da suíte, perdendo-se corredor afora. Por um momento, Zilah ficou preocupada que ele não voltasse, mas confiou que ele não a abandonaria.

O tempo foi passando e a mulher adormeceu por longas horas. Entretanto, sentindo uma presença junto a si, abriu seus olhos em sobressalto, notando que o major estava ao seu lado, observando-a dormir há um bom tempo.

– Aconteceu alguma coisa?

– Consegui a nave. Mas uma tropa beta-centauriana está aportada próxima a ela. E é um batalhão inteiro. Eu não esperava que eles estivessem aqui.

Zilah levou a mão ao peito, assustada.

– Sabem de nós?

– Acredito que não, ou já teriam passado em revista todo o povoado. Não faço ideia de quanto tempo vão ficar. E se eles ficarem por um longo período, não teremos mais como pagar nossa hospedagem. Teríamos que abandonar a pousada.

A princesa considerou a questão.

– Sabe quando chegaram?

– Ontem, pelo que ouvi.

– Talvez possamos ficar mais um dia e partir? – sugeriu.

– Andaram comentando com os nativos do planeta sobre os dois prisioneiros humanos que fugiram. Nossa sorte é que esse mundo acaba recebendo gente de diversos outros mundos, inclusive humanos, então não somos tão exclusivos assim.

Zilah mordeu o lábio inferior. Naquela noite, ficou acordada e, da cama, via os olhos de Solomon Sven acesos como os de uma coruja. Ele não pregou o olho.

– Sabe, é muito mais fácil gostar de você quando você está assim, quieto e preocupado, sem debochar de mim – ela disse, um tanto inesperadamente no meio da noite, em meio ao breu daquele quarto.

– Durma, Zilah – foi a resposta que obteve.

– Você também deveria.

Um sacudir de ombros que mal podia ser discernido na escuridão – e nada além disso.

– Como é o planeta para onde vamos?

Solomon suspirou. Demorou, mas respondeu:

– O sol é vermelho, e queima nossa pele, portanto a superfície não é uma opção. Mas no subsolo há instalações cujas condições de vida são muito parecidas com as de Sírius. Era uma antiga estação científica, mas que adaptamos para nossas necessidades.

– Parece um bom esconderijo – ela comentou sentindo um aperto no peito. – Você deveria ter voltado para lá quando não encontrou nenhuma de nós.

– Se eu tivesse voltado, a esta altura você estaria bem perto de um planeta cheio de vulcões e seres muito mais repulsivos que meus deboches – Solomon resmungou, aborrecido. – E tendo que dormir naquela cela e comer aquela comida. Cheia de frescuras como você é, em breve estaria morta.

Mas Zilah não se sentiu ofendida. Sabia que o mau humor dele se devia ao problema mais recente e, talvez, pelos comentários nada amigáveis dela a seu respeito.

– Desculpe – murmurou a princesa. – Também não tenho sido a pessoa mais legal do mundo.

– Ah, estamos dados a eufemismos hoje...

Ela travou a mandíbula para não retrucar.

De repente, bateram à porta. Um som forte e surdo ao mesmo tempo.

Solomon levantou-se de um salto, escondendo a arma de raios beta-centauriana às costas, abrindo a porta lentamente.

Uma figura encapuzada foi tudo o que Zilah viu. O major gesticulou para ela aproximar-se depois de trocar algumas palavras com o misterioso visitante. A princesa levantou-se confusa e caminhou descalça, trajando suas vestes de dormir.

– Vamos para a nave agora – sussurrou Solomon.

Não olharam para trás; não haviam trazido nada consigo. Andaram levemente pelos corredores seguindo o estranho, percebendo o quão silenciosa a pousada estava àquela hora da noite.

Após uma longa caminhada, afastando-se do povoado e embrenhando-se mata adentro, haviam alcançado o espaçoporto, onde vários beta-centaurianos estavam estirados pelo chão e suas naves grandiosas jaziam à espera de sua tripulação.

Sem coragem de emitir o mínimo som, Zilah seguiu o major e o estranho até uma nave comercial.

Solomon virou-se para ela e sussurrou numa voz muito baixa:

– Você sabe pilotar essa nave?

Zilah assentiu, enrugando a testa.

– Mas por que...?

Ele pousou uma das mãos no rosto dela, olhando dentro de seus olhos.

– Não questione. Não temos tempo. Entre na nave, tome seu lugar e acostume-se com os controles. Estarei lá em dois minutos.

A intensidade daquele olhar impeliu-a a fazer o que lhe era pedido, mas sentia uma estranha agonia no peito que não conseguia explicar. Talvez o longo período que passara com as fadas a tivesse tornado sensível demais. Pressentia o pior.

Subiu na nave e sentou-se no banco do piloto, analisando os controles. Eram um pouco mais precisos que os da nave de transporte que haviam roubado do cruzador espacial inimigo.

Viu-se lançando olhares ansiosos à entrada do compartimento do piloto, e obrigou-se a continuar sentada ali. Ele fora bastante incisivo e era de se levar a sério numa situação como aquela.

Foram os “dois minutos” mais longos de sua vida. Finalmente, Solomon retornou ao interior do veículo espacial, adentrando cambaleante pela porta. Cobria o pescoço com uma das mãos, enquanto sangue escorria pelos dedos. Um tropeço e foi direto ao chão sem que nada pudesse impedi-lo. Zilah levantou-se para ajudá-lo, mas ele ergueu a mão, a fim de pará-la.

– Tire a nave daqui! Temos pouco tempo. Faça essa nave decolar! Agora!

A princesa não escondeu uma expressão pesarosa antes de retornar aos controles e acioná-los.

O povoado espaçoportuário ainda estava dormindo e sinistramente quieto quando deixaram a atmosfera do planeta rumo às estrelas. Zilah ativou uma rota automática para Maztah e abandonou os controles, dirigindo-se para junto de Solomon, ainda caído no chão. Ajoelhou-se à sua frente e amparou-o, esperando colocá-lo em pé, mas a mancha de sangue que sujou boa parte de suas vestes alertou-a.

– O que é isso? – perguntou, exasperada.

– Sangue – respondeu, uma sombra de sorriso querendo dançar em sua voz fraca.

– Até nesses momentos você brinca, seu idiota? – bufou ela. – O que aconteceu?

– Isso não é assunto seu – resmungou o major, ajeitando-se, o pescoço ainda protegido pela mão.

Zilah abaixou-se ao nível da dele.

– Você foi ferido? – questionou assustada.

– O que você acha? – bufou ele, incomodado, retorcendo-se em dor.

Zilah rasgou a barra das próprias vestes para ajudar a estancar o sangue que vertia e buscou uma das mãos dele para que pressionasse o tecido contra a ferida enquanto corria para o fundo da nave em busca de um estojo médico nos compartimentos de provisões.

Solomon se arrastou pelo solo para se recostar à parede, deixando uma trilha de sangue pelo chão. Zilah retornou a passos largos e sentou-se sobre os calcanhares diante dele. Retirou-lhe o tecido do pescoço e viu a ferida. Não era tão grande quanto parecia à primeira vista, mas muito profunda. Precisaria ser costurada.

Encontrou no estojo médico tudo de que precisaria para uma cicatrização cirúrgica, incluindo agulha-laser para cauterizar exatamente aquele tipo de feridas.

Solomon estava em vias de desmaiar, e o fato de ainda estar acordado provava apenas o quanto era resistente. A princesa operou todos os procedimentos necessários, admirada que ele só houvesse emitido alguns gemidos baixos durante a pior parte do processo, durante a exposição ao laser.

– Então, quem era aquela criatura que nos auxiliou na fuga? – questionou Zilah, enquanto tratava da ferida.

– Uma feiticeira de Naalia.

A princesa parou a mão no ar, segurando a agulha-laser.

– Hemófilos?

Solomon assentiu.

O planeta de Naalia abrigava uma mistura das mais variadas criaturas inteligentes do universo conhecido. Entre elas os hemófilos, telepatas de aparência putrefata cuja principal fonte de alimentação era sangue carregado com boas quantidades de hemácias, tal como o sangue humano.

– Você é tão idiota – resmungou Zilah, sentindo um aperto no peito que não conseguia controlar. Seus olhos marejaram. – Pelo tamanho da ferida você deve ter se deixado consumir além das suas forças. E você poderia ter morrido ante as presas venenosas daquele hemófilo!

– Estamos em uma nave comercial cheia de suprimentos para semanas de viagem, com chances de não sermos abordados por beta-centaurianos, não estamos? – volveu Solomon, algo irritado, embora a fraqueza diminuísse o tom agressivo.

Zilah suspirou.

– Eu não quis parecer ingrata. Mas você não precisava ter se submetido a isso. Poderíamos ter encontrado outro jeito! Não sabe que o veneno das presas pode contaminar todo seu sangue?

– Fiz o que deveria ser feito – o olho amendoado cravou no rosto dela. – Não poderíamos ficar escondidos naquela pousada por muito mais tempo. Se não fugíssemos o quanto antes seríamos recapturados pelos beta-centaurianos, voltaríamos para o cruzador espacial e apodreceríamos em um planeta-prisão. Eu jamais a deixaria cair nas garras daqueles vermes novamente.

Ela suspirou e abraçou-o contra o peito, soluçando.

– Eu queria ser tão corajosa quanto você – murmurou.

Solomon segurou os antebraços dela e afastou-a de si, encarando-a.

– Você é uma princesa de Sírius. Nunca se esqueça disso!

Zilah fitou-o de olhos arregalados, não tendo antecipado aquela reação. A força emitida por aquelas palavras e a pressão e o calor dos dedos dele em seus braços a mantiveram imóvel por um momento.

– Devo ter sido injusta com você em mais de uma ocasião – comentou Zilah depois de alguns minutos de silêncio, quando este se tornou insustentável.

– Não. Eu sou o mesmo bastardo de sempre. Mas com uma missão a cumprir.

Zilah levantou-se, sem parecer incomodada com o sangue que manchava suas vestes.

– Descanse agora, Solomon. Se quiser mesmo me proteger, preciso de você inteiro.

Zilah sentou-se nos comandos da nave traçando rota para Maztah, a contragosto do major. Ela precisava estar mais uma vez junto às fadas, antes que pudesse partir para o planeta da Resistência. Queria se certificar de que tudo havia voltado ao normal, e que o paraíso das fadas continuava intocado. Os instrumentos de bordo indicavam que em dois ou três ciclos estariam em Maztah. Recostou a cabeça no apoio do assento e inspirou fundo, fechando os olhos.

Havia algo errado. A nave indicava terem alcançado o destino, mas não se via nada além da imensidão negra do universo. Zilah conferiu o radar, as rotas, o mapa de navegação, as coordenadas. Nada. Simplesmente um vazio no espaço.

– Tem certeza de que é aqui? – Solomon Sven perguntou, embora duvidasse que a princesa errasse as coordenadas do planeta.

– Sim – respondeu lacônica, com os olhos cheios de lágrimas, e avançou no espaço onde Maztah deveria estar. A estrela Zada que banhara o planeta continuava ali, alguns milhões de quilômetros adiante, onde sempre estivera.

Passaram por um campo cheio de poeira e alguns asteroides. Ou ao menos pareciam asteroides. O radar indicou movimentação próxima, e Zilah buscou o identificador da nave, que prontamente lançou uma projeção holográfica revelando um cruzador espacial do Império.

Lágrimas escorreram pela face da mulher, e ela baixou o rosto entre as mãos. O local era ali mesmo. Só que agora Maztah não existia mais. E tudo por causa dela.

– Zilah... – Solomon chamou, já tendo entendido o significado de tudo sem precisar de explicações.

– Está tudo bem – respondeu, com a voz ainda embargada pelo choro. – Está tudo bem.

Não estava tudo bem. Os beta-centaurianos sempre destruíam

quem quer que ajudasse seus inimigos declarados. As princesas de Sírius eram inimigas declaradas. Ela sabia disso, sempre soubera, e levara a destruição a um dos melhores povos que já conhecera. Os olhos castanhos fitaram o vazio do infinito, perdidos, mas Solomon viu a determinação no fundo, trazendo um brilho diferente ao rosto da princesa. A mesma determinação que sempre o fizera ter certeza de que os humanos continuariam, se adaptando e crescendo outra vez, assim como ocorrera um dia.

– Trace as coordenadas para o nosso novo planeta, por favor – ela enxugou as lágrimas. – E, quando chegarmos lá, vamos reunir as pessoas e pensar em um meio de sinalizar às outras princesas onde estamos, ou como entrar em contato.

Solomon sorriu e digitou as coordenadas. O piloto automático estimou o tempo de viagem em cerca de uma semana.

Zilah suspirou e virou-se para ele.

– Seria muito idiota de minha parte perguntar se posso contar com você, depois de tudo – murmurou. – Mas, antes de presumir, gostaria de agradecer pelo que você já fez e saber se quer continuar a fazer mais.

Solomon Sven sorriu, desta vez abertamente, sem o costumeiro ar de sarcasmo.

– Sempre estive e sempre estarei aos seus serviços, princesa.

Cada ação é apenas um passo na direção do futuro. Mas o futuro não é certo; é construído sobre cada decisão e atitude tomada. E os seres humanos, depois de tantos milênios existindo e sobrevivendo a seus próprios momentos estúpidos – que foram muitos – e às adversidades encontradas universo afora, sabiam que nada é impossível onde há conhecimento e vontade.

– Eu fugi, fui covarde, fui burra e me escondi por tempo demais – ela resmungou. Lágrimas escorriam de seus olhos negros e banhavam todo o seu rosto delicado. – Mas eu juro... *juro* por mim e pelas minhas irmãs e por tudo o que sempre foi caro a Sírius e à Aliança... Nunca mais um planeta será destruído como Maztah. Eu evitarei isso, estilhaçarei cada uma daquelas naves beta-centaurianas até não existir mais Império, nem que seja a última coisa que eu faça.

O major Solomon lançou-lhe um olhar e sorriu de lado. Não duvidou de nenhuma das palavras dela.

O CORTIÇO E AS ESTRELAS*

PEDRO VIEIRA

* *Mashup* com a obra de Aluísio de Azevedo

1.

JOÃO ROMÃO FOI, DOS vinte aos oitenta e cinco anos, empregado de um importador que enriqueceu entre as quatro paredes de um sujo e obscuro posto avançado em Ceres, nos refolhos do cinturão de asteroides; e tanto economizou do pouco que ganhara nessas cinco dúzias de anos, que, ao retirar-se o patrão para a Terra, lhe deixou, em pagamento de ordenados vencidos, não só a própria estação com tudo o que estava dentro, como ainda um conto e quinhentos em créditos.

Proprietário e estabelecido por sua conta, o rapaz atirou-se à labutação ainda

com mais ardor, possuindo-se de tal delírio de enriquecer, que afrontava resignado as mais duras privações. Aos cento e quinze anos, prevendo o início da decadência de sua já deveras aprimorada saúde, substituiu generosa porcentagem do corpo orgânico por tecidos artificiais e infusões de nanomáquinas. A atitude surpreendeu seus iguais, uma vez que o jovem e saudável João nunca havia sequer tencionado consultar um generepatador e – sobremaneira mais preocupante – o rapaz era descendente de ferrenhos adeptos da lusoascendência, minoria cultural que compunha um séquito ultraconservador dentre a comunidade diaspórica. Ele, porém, não pretendia outra coisa que não ajuntar dinheiro e mais dinheiro, sem saber para que e com que fim, e olhava ao longe para além dos demais e não lhe importava como seus irmãos lusos o julgariam.

Mesmo após ter recrutado o auxílio da autômata Bert 0.1-Eza, o empenho do luso não esmoreceu. Bertoleza – como o luso preferia pronunciar – era uma inteligência artificial antiquada, há anos laboriava nos mais inóspitos confins de Ceres, angariando créditos para solicitar o exame Turing e – quiçá – enfim receber seu certificado de senciência. Romão seduziu-a para a ambiciosa empreitada pela qual pretendia se enveredar, garantindo-lhe a permissão que tanto almejava. Após séculos de trabalho repetitivo e monótono, migrando de asteroide em asteroide, Bertoleza tinha, graças à diligência do luso, o consentimento oficial para se considerar um ser pensante – e a permissão fora tão alta que poderia, inclusive, processar emoções, se assim o desejasse.

Ironicamente, a primeira coisa que fez ao receber o diploma foi aceitar unir-se a João Romão naquela impetuosa ventura.

– Seu João – a autômata disse, ainda pouco familiar com as formas de tratamento corretas – sabe... tem certeza que isso vai vingar?

– Agora já é tarde para especular, minha querida, há tempos venho dedicando minhas parcas economias a este projeto.

João acionou o projetor, e a ambiciosa holo-sim materializou-se. Assim que as notícias sobre os projetos de terraformação lhe chegaram aos ouvidos, Romão traçou aquele plano. Vivia exclusivamente para aquela ideia, sonhava com ela todas as noites, comparecia a leilões de materiais de construção, arrematava quaisquer estruturas metálicas já servidas, comprava placas refletoras em segunda mão, fazia pechinchas de conversores de urânio, alternadores de antimatéria e inibidores de radiação.

– Não é a coisa mais *linda?* – perguntou.

Seriam alguns séculos até que os planetas cerca da fronteira estivessem devidamente aptos a receber colonos. As listas nos pioneiros transportes oficiais já acumulavam décadas de espera, e foi quando o tino comercial de João apontou para o lucro em potencial que ele poderia auferir com, em suas próprias palavras, o *transporte informal.*

E João tinha um cronograma cuidadoso, que envolvia ele mesmo lucrando mais ainda, naturalmente. Os três ou quatro séculos de viagem que o transporte sub-luz levaria para chegar ao destino final poderiam ser convertidos em seu proveito. Além do mais, o consumo das câmaras criogênicas para armazenar aquele povaréu todo ia estourar o seu orçamento – e sem comentar (porque certas coisas João não comentava, ora pois) que sobrecarregaria o conversor polar adquirido de terceira mão de uma nave-frigorífico interditada pelas autoridades e abandonada em um ferro-velho.

Daí, João comprou um lote de escaleres remanescentes de um cargueiro cujo gerador *warp* entrou em supernova, graças a uma dessas falhas na polaridade da infusão do plasma magnético que tanto ocorrem. João, inclusive, havia instalado um gerador *warp* antiquado em seu transporte, mas ainda não havia descoberto como equilibrar os campos de hiperrealidade – o luso era do tipo que sujava as mãos e fazia as coisas ele mesmo. Cedo ou tarde – acreditava – desvendaria as entranhas daquela enigmática geringonça e, nem que fosse a força, ela o obedeceria! Mas, por enquanto, não precisava incluir saltos interestelares no plano, seu esquema funcionaria perfeitamente com os motores sub-luz e os recém adquiridos escaleres.

Uma equipe de astrogarimpeiros foi contratada. João pretendia fazer uma série de paradas estratégicas pelo caminho – extrair o que pudesse para manter a nave em ordem e, quem sabe, revender o extra de metais, água e oxigênio assim que chegasse ao sistema terraformado. Cada parada tomaria uma ou duas décadas e o trabalho dos mineradores preencheria os porões de carga da nave até que o sistema de criogenia se esfriasse novamente. João poderia gastar pouco, cobrar muito e ainda lucrar com a viagem em si. Estupendo!

– Seu João – Bertoleza o interrompeu em seus devaneios, apontando o mostruário digital – chegaram os currículos que o senhor pediu, os funcionários pro astrogarimpo.

João voltou-se para a tela, precisava eleger um chefe de garimpo com mínima competência, o resto poderia preencher com a mão-de--obra morta de fome que vive lhe batendo às portas da venda.

O primeiro candidato era um astrocavouqueiro luso chamado Jerônimo.

2.

Era tão metódico e tão bom como trabalhador quanto o era como homem, o tal Jerônimo.

Jerônimo viera da Terra, com a mulher e uma filhinha ainda pequena, tentar a vida em Ceres, na qualidade de colono de um fazendeiro, em cuja criação hidropônica mourejou durante doze anos, sem nunca levantar a cabeça, e de onde afinal se retirou de mãos vazias e uma grande birra pelo trabalho na lavoura artificial. Para continuar a servir na roça tinha que sujeitar-se a emparelhar com os autômatos sem qualificação Turing. E viver com eles no mesmo meio degradante, encurralado como uma besta, sem aspirações, nem futuro, trabalhando eternamente para outro.

Não quis. Era perseverante, observador e dotado de certa habilidade. Em poucos

meses se apoderava do seu novo ofício, o de implodir asteroides atrás das ligas metálicas. E, em seguida, foi-se ajeitando com as máquinas de extração modernas e meteu-se a coordenar as extrações mais delicadas. E, finalmente, à força de dedicação pelo serviço, tornou-se tão bom quanto os melhores astrocavouqueiros e a ter salário igual ao deles. Dentro de dois anos, distinguia-se tanto entre os companheiros que o patrão o converteu numa espécie de contramestre e elevou-lhe o ordenado.

João gostou do que viu, por isso, Jerônimo estava coordenando sua operação. O transporte São Romão partira há seis décadas e há alguns anos estava estacionado cerca de um corpo celeste promissor. Jerônimo montou a operação com o máximo de celeridade possível, mas o contramestre insistiu que somente lançaria os escaleres quando o trabalho de análise de precisão estivesse pronto. João irritou-se, mas não tinha como justificar-lhe a pressa. Tempo lhe sobrava.

Enquanto Jerônimo planejava extrair as riquezas do luso, os demais habitantes do São Romão acordaram do sono criogênico inesperadamente. O computador da nave informou:

– Cidadãos do transporte São Romão, aqui é o *Cortiço* – o acrônimo formado pela designação oficial da *persona* que administrava a nave, Computador de Realocação, Transporte, Informação e Sobrevivência, redigia-se CoRTISo, mas os tripulantes sequer sabiam que aquilo se tratava de um acrônimo. Quando a voz metálica escapava das caixas de som, o povo o escutava *Cortiço* e poucos se questionavam sobre aquela improvável escolha de nome de batismo. Suas preocupações eram mais imediatas e palpáveis. O Cortiço, por sua vez, continuou, – os campos criogênicos foram desligados. Preparem-se para uma prolongada estadia em condição desperta, enquanto o transporte passa por manutenção de rotina.

Eram cinco horas da manhã – o horário relativo calculado pelo computador – e o Cortiço os acordava, abrindo, não os olhos, mas a sua infinidade de casulos criogênicos alinhados.

Um acordar alegre e farto de quem dormiu, de uma assentada, quase sete décadas de congelamento. Como que se sentissem ainda na indolência de neblina os derradeiros ecos das últimas instruções recebidas no embarque, muitos dos recém-despertos ainda esperavam os casulos terminarem a leitura de sinais vitais, o processamento das nanodrogas na corrente sanguínea e que se acendesse a luz verde indicando "tudo em ordem". Entretanto, como muitos casulos simplesmente se desligaram, outros se recusavam a acender qualquer tipo de luz e, em setores inteiros do Cortiço, a iluminação sofreu uma pane completa de energia, a maior parte dos tripulantes simplesmente arrancou as sondas e saltou dos leitos.

João Romão, ao divisar seu estratagema genial, havia pensado bem pouco nos sistemas de suporte de vida extra-sono do transporte. De fato, por isso havia contrabandeado a cópia pirata de uma persona artificial com "sobrevivência" no acrônimo.

Tal não foi a surpresa dos passageiros quando despertaram e se viram flutuando, à deriva, em uma enorme casca de metal semi-morta.

A primeira que se pôs a levantar a voz foi a Leandra. O Cortiço analisou seus registros, intercalando seu banco de dados com os registros pré-existentes na carteira de dados da moça: era uma lusa feroz, berradora, pulsos cabeludos e grossos; as ancas de animal do campo denunciavam algum tipo de genezoomorfismo, embora nada específico constasse em sua ficha. Tinha duas filhas e um filho, todos seus passageiros.

– Como esse velhaco crê que ficaremos aqui enquanto faz turismo por asteroides? Traga ele aqui para nos dar uma satisfação, e não se faça de besta, seu Cortiço! – bradou para o console.

– Os ânimos não devem se exaltar – a voz metálica do Cortiço queria acalmar os viajantes que exigiam seus direitos – o Cortiço planejou satisfazer todas as suas necessidades.

De fato, o Cortiço sabia administrar os parcos recursos que a nave lhe dispunha, e nas últimas décadas havia reservado algumas seções para o cultivo de jardins hidropônicos modulares e usinas de processamento de proteínas artificiais, de alto rendimento e pouco consumo, de modo que João Romão não necessitaria desviar a energia necessária para mantê-los quando precisasse armazenar suas preciosas mercadorias.

Todos estariam bem. O Cortiço garantia.

3.

A parada seguinte deixou João Romão encolerizado.

Sem seu consentimento, o Cortiço desligou os motores e o acordou. Além da surpresa de ter sido, ele, desperto sem aviso prévio, ficou ainda mais fulo por Bertoleza, seu oficial de segurança, Alexandre, e o contramestre Jerônimo terem sido despertos também – como se qualquer um deles tivesse alguma autoridade sobre o que acontece em *sua* nave.

– Oh! Isto é um disparate! Os criogênicos sequer alcançaram o último nível de sobrecarga! Por que diacho não estamos nos movendo? Não me diga, computador parvo, que parou por algum defeito irrelevante no processador de oxigênio, pois já conversamos sobre essa balela de nível ideal de pureza do ar mais de uma vez!

– Há um pedido de socorro, senhor. Uma nave de passeio à deriva.

– E o que tenho a ver com isso, por Cristo?

Bertoleza o interrompeu, didaticamente:

– Ele é uma persona artificial programada com as diretrizes vigentes de navegação espacial. Nenhuma nave deve ignorar um pedido de auxílio, qualquer que seja.

– Ah é? Deixe comigo que vou desprogramar esta porcaria em *um instantezinho*, ô pá – retrucou o luso, acessando os comandos que governavam a identidade da persona do computador – ora, vão dormir, seus sanguessugas! Verei aqui se consigo deixar este sujeito mais ao meu gosto.

– O senhor é bem-vindo a alterar a minha programação como desejar, – o Cortiço garantiu – mas as convenções oficiais de navegação estelar ditam que...

– Sim, sim, convenções adoram ditar, não preciso das suas observações – o luso calou-o.

– Ei – Jerônimo finalmente disse – não é de praxe que numa situação dessas o salvador fique com metade da nave resgatada? Algo assim?

– Estamos fora da jurisdição terrestre, mas costumava-se aplicar o direito interestelar de navegação espacial para os casos como esse. Mas há precedentes em que o mesmo foi contestado em tribunal competente e...

– Hora de se calar, computador – João retrucou, vendo a possibilidade de lucro – envie os escaleres, Jerônimo, embarque a nave em um dos nossos melhores atracadoiros.

– Ah, senhor – Jerônimo fez, confuso – nós temos atracadoiros?

– Ora, bolas, tenho que fazer de tudo? Sangue de Cristo! Computador, vague um espaço para essa nave, ejete algo no espaço, que seja! Olhe aqui – apontou para a holoprojeção da nave – este recinto enorme parece uma câmara ecológica para piscicultura, que broma, ejete o que estiver aí e traga a nave pra cá!

4.

Jerônimo foi até sua câmara criogênica buscar o equipamento e avisar à esposa, Piedade, que se ausentaria por algumas horas. Piedade se alegrou com a chegada inesperada do esposo, uma vez que despertara do criosono sem o marido ao lado – não se preocupara, contudo, pois era ciente da grande seriedade do seu caráter e a pureza austera dos seus costumes. Jerônimo, e nisso Piedade cria que havia tirado a sorte grande, era homem de uma honestidade a toda prova e de uma primitiva simplicidade no seu modo de viver. Saía de casa para o serviço e do serviço para casa, onde nunca ninguém o vira com a mulher senão em boa paz. Traziam a filhinha sempre limpa e bem alimentada, e, tanto um como o outro, eram sempre os primeiros à hora do trabalho.

Piedade merecia bem o seu homem, muito diligente, sadia, honesta, forte, bem acomodada com tudo e com todos, trabalhando de sol a sol (sob a luz artificial do Cortiço) e dando sempre tão boas contas da obrigação, mesmo com aquela mudança para uma Terra artificial distante.

Os moradores do Cortiço – pois já não se viam mais como passageiros, dados os longos hiatos em que a nave tinha que 'estacionar' – rapidamente adaptaram-se àquela nova situação. Visto que a nave fora construída a partir de uma colcha de retalhos de carcaças abandonadas, nem o próprio computador central era capaz de fornecer dados precisos. Um corredor poderia dar em uma sala de máquinas esquecidas – cuja função apenas João Romão saberia dizer originalmente qual era – ou em um ecossistema artificial com cachoeiras lotadas de peixes e aves – fruto do sistema de autoreparo da carcaça de uma econave incorporada ao transporte São Romão, acionado involuntariamente durante a viagem. Era um amontoado heterogêneo – quiçá esquizofrênico – de ambiências artificiais completamente distintas.

Em um instante, as seções criogênicas ganharam vida própria simplesmente pela falta de opção de seus moradores – embarcados em uma viagem sem volta cuja situação fora *determinada* por condições muito além de seu controle – e naquela umidade quente e lodosa, da falta de sistemas adequados de ventilação e suporte de vida, começou a minhocar, e esfervelhar, uma geração que parecia brotar espontânea, ali mesmo, daquele lameiro de nanoinfusões e ligas metálicas liquefeitas.

Dos vazamentos no sistema de reprocessamento de água surgiam bicas onde formava-se uma aglomeração tumultuosa de homens e mulheres. Uns após outros, lavavam a cara, incomodamente, debaixo do fio d'água que escorria do cano rompido em um maquinário suspenso, na altura de uns cinco palmos.

O rumor crescia, condensando-se. O zunzum que sobrevia um despertar inesperado acentuava-se. Enquanto a maior parte dos homens hábeis seguia para os astrogarimpos, em volta das bicas as mulheres se punham a lavar e encher tinas, pois não saberiam dizer por quanto tempo duraria aquele hiato desperto, ou mesmo se a fonte de água limpa não cessaria sem aviso.

O Cortiço observou a ruidosa Leandra – agora apelidada pelas suas conterrâneas, "Machona" – enquanto ela, sempre insatisfeita, comentava com as companheiras, dessa vez sem poder reclamar sobre as instalações, manifestava a insatisfação quanto às demais tripulantes.

– E aquela Rita Baiana?

A Leocádia foi quem respondeu – era uma lusa pequena e socada, de carnes duras. Uma rápida consulta nos registros de viagem denunciou que tinha fama de leviana entre as vizinhas. O Cortiço ainda auferiu que a mesma era casada com Bruno, um astromoldista. Leocádia explicou que a mulata estava, com certeza, de pândega com o Firmo.

– Que Firmo? – interrogou Augusta Carne-Mole (reg. nº 0027A, diz a ficha, branca, filhos, casada com Alexandre, oficial-chefe de segurança da nave).

– Aquele cabravasco que se metia às vezes alí com ela. Diz que é holocopista.

– Estou ciente de tal indivíduo. Anda executando serviços não autorizados de manutenção – o Cortiço interrompeu.

– Viu? – confirmou a Machona – o tal cabra não engana ninguém. Até *ele* sabe! – Leandra apontou para o terminal do Cortiço acima delas.

– O indivíduo foi zoomorfado com genes de pelo menos duas espécies, sofreu nanoimplantes em Marte, modificações consideradas ilegais em sete asteroides do cinturão. Sua ficha possui no mínimo...

– E alguém aqui se importa? Mãe do céu, esse Cortiço quer meter o bedelho em tudo – Augusta interrompeu – Ela, a Rita, mudou-se?

– Não – respondeu a Machona – o casulo está fechado, mas sequer foi aberto. A mulata tem coisas lá.

– É doida mesmo!... – Censurou Augusta – meter-se na pândega sem dar conta de nada...

– Aquela não endireita mais!... Cada vez fica até mais assanhada!... Parece que tem fogo no rabo! – opinou Leocádia.

– Evidente que possui as ancas inflamadas – o Cortiço interrompeu novamente – a zoomorfização pela qual a tripulante Rita Baiana optou, ao incorporar genes de...

– Cristo nosso, ele não se cala? Não tem como desligar? – A Machona praguejou, enquanto procurava um suposto botão que, o Cortiço sabia, ela não iria encontrar. De onde esse povaréu tira essas ideias?,onde já se viu, desligá-lo?

– Pode haver o serviço que houver, aparecendo pagode, vai tudo pro lado!

– Então agora, com este mulato, o Firmo, é uma pouca-vergonha! Est'ro dia, pois você não viu? Levaram aí numa bebedeira, a dançar e cantar à viola, que nem sei o que parecia! Deus te livre!

– Para tudo há horas e há dias!...

– Para a Rita todos os dias são dias santos!

O Cortiço teve que acessar seus bancos de dados para entender a metáfora por trás de dias santos.

– Ainda assim não é má criatura... Tirante o defeito da vadiagem...

– Ei, você aí que não se cala, veja aí pra gente por onde anda a Rita Baiana! – a Machona gritou na direção do console, como se fosse fazer alguma diferença na captação do áudio.

– Não estou autorizado a revelar informações dos passageiros – o Cortiço respondeu, seco.

– Faça esse favorzinho pra gente, diga-lhe que tem serviço esperando ela aqui, a danada! – Augusta gritou também. O Cortiço viu que havia um padrão, portanto decidiu que se aumentasse drasticamente o volume talvez a informação fosse processada adequadamente:

– *Não estou autorizado a revelar informações dos passageiros* – gritou.

– Jesus do céu, agora deu pra ficar ranzinza também, esse Cortiço! – exclamou a Machona.

E as lavadeiras não se calavam.

5.

A nave de passeio, moderníssima e recém-comprada, havia sofrido o tipo de pane que naves modernas e recém-compradas sofrem: a pane completa que ninguém sabe como aconteceu. O gerador *warp* estava inutilizado – João ainda tinha planos de consertar o que havia instalado no Cortiço, mas (infelizmente) não poderia pilhar as peças do gerador da nave de passeio.

O Miranda foi o primeiro a descer, era o patriarca da família que habitava a luxuosa nave de passeio. Agora 50% propriedade de João Romão, ele pensou em vendê-la de volta ao Miranda. Por um preço simbólico, naturalmente. Mas comprá-la para si e revendê-la com mais lucro quando chegassem ao seu destino parecia um negócio muito mais rentável.

O patriarca era um negociante luso, que viajava com a família e criados para o sistema Épslon, onde ficava Terra-gama (de clima predominante temperado), pois que Dona Estela, sua mulher, senhora pretensiosa e com fumaças de nobreza, não mais suportava a residência no cinturão de asteroides, assim como Zulmirinha, a filha, crescia muito pálida e precisava de largueza para enrijar e tomar corpo, coisa que D. Estela acreditava ser impossível no ambiente de gravidade reduzida das estações do cinturão.

Miranda, conhecedor da lei de navegação intergalática, foi logo ter com o Romão e propôs-lhe negócio. O comerciante recusou formalmente:

– O senhor perde seu tempo e seu latim! – Retrucou – Nem só não cedo uma

polegada da minha parte da embarcação, como ainda lhe compro, se me quiser vender, o que lhe resta!

– A *minha* nave?

– Agora é só metade sua, ora pois.

– Pois você quer que eu fique sem nada?

– Para mim era de vantagem...

– Ora, deixe-se disso, homem, e diga lá quanto quer pelo que lhe propus.

– Já disse o que tinha a dizer.

– Isso é maldade de sua parte, sabe? Eu, se faço tamanho empenho, é pela minha pequena, que precisa, coitada, de um pouco de espaço para alargar-se. Nós não estamos indo para Terra-beta para lavrar solo e criar paragalináceos como você e os seus, veja bem.

– Eu não cedo, porque preciso da nave inteira!

– Ora qual! Que diabo pode lá você fazer com ela? Uma porcaria de um pedaço de metal com todos os sistemas em pane! Eu ainda posso acionar o seguro e esperar por socorro, basta chegarmos a um posto avançado onde exista um mínimo de civilização para...

– Hei de lhe mostrar se tenho ou não o que fazer com ela!

– É que você é teimoso! Homem de Deus, que diabo! Pense um pouco! Você não pode fazer nada com metade de uma nave!

– Ah! Pois você também!

– Pois creia que se arrependerá de não me ceder essa metade!...

– Se me arrepender, paciência! Só lhe digo é que muito mal se sairá quem quiser meter-se cá com a minha vida!

– Passe bem!

– Adeus!

O Cortiço, observando a contenda que escalava a níveis pessoais, intercedeu com Romão.

– Senhor, de acordo com os precedentes legais armazenados, qualquer tribunal competente acabará por decidir contra o senhor. Não compreendo onde pretende chegar mantendo tal inimizade.

– Ah, computador. Você não entende nada de comércio, não? Vá lá cuidar para que o Miranda e a gente dele estejam instalados, que eu cá cuidarei dos meus negócios – respondeu Romão, enquanto tomava um elevador para seu escritório.

– Ah, e se aparecer alguma outra nave à deriva, não hesite em parar pra socorrer. Me parece um investimento bem proveitoso, não?

6.

Romão deitou-se no *medpod* para receber as infusões de nanomáquinas que alimentavam seus implantes. Bertoleza trouxe-lhe a garrafa de porto que pedira, mas ele não deu atenção, ainda. O hiato fora o maior até agora, cerca de 93 anos terrestres em criogenia. Os tripulantes, porém, estavam tão acostumados àquela rotina que parecia um dia como qualquer outro. Romão acompanhava pelos monitores de vigilância enquanto a vida brotava inesperada pelas seções habitacionais, à medida que os primeiros iam se recuperando do enjoo pós-despertar e partiam para cumprir seus afazeres. Interessava-lhe mais as varreduras do sistema nos corpos celestes próximos, pois o computador detectara um vasto potencial exploratório.

De qualquer maneira, perguntou se havia algo com que se preocupar referente aos passageiros, como sempre fazia. O computador, estranhamente, deleitava-se em observar o que lhes acontecia e catalogava detalhes íntimos de cada um. O luso não sabia como isso fora parar em sua programação, mas suspeitava que algum protocolo de precaução previsse o monitoramento minucioso dos passageiros, para o caso de algum incidente – algo instalado na época da histeria paranoica contra os separatistas marcianos. Isso, Romão poderia entender. O que ele não entendia era por que o computador parecia *gostar* tanto daquela rotina.

O tom entediado da voz metálica que as caixas de som cuspiam não mostrava um pingo de empolgação, mas João sabia que ela estava lá:

– Existe uma especulação crescente quanto à Pombinha.

– Esclareça-me, por favor – o luso pediu, enfadado.

– Já relatei o caso dela ao senhor. Está nos seus registros, se consultar as entradas referentes...

– Eu *deleto* essas memórias para guardar espaço pro que realmente me interessa, portanto pode começar da estaca zero.

– Ela é a filha da D. Isabel – o computador começou – a Pombinha é a flor do Cortiço.

– Que diabos é o cortiço? – o luso interrompeu. Obviamente, Romão não conhecia as manias estranhas que seus passageiros passaram a adotar. Ele se surpreenderia ainda mais se percebesse que a própria persona artificial de seu computador começara a demonstrar as mesmas idiossincrasias.

A voz metálica ficou em silêncio.

– Ah, que seja, ande logo, não tenho o dia todo.

– Chamam-lhe Pombinha – o computador continuou como se nada houvesse sucedido – Bonita, ainda que enfermiça e nervosa ao último ponto, loura, muito pálida, com uns modos de menina de boa família – imagens da menina Pombinha surgiram no monitor, de modo que a descrição ganhava vida com precisão – A mãe não lhe permite lavar, nem engomar, mesmo porque o genereparador a proibira expressamente.

– Bertoleza, o meu porto – Romão interrompeu – e daí, diga-me o que eu tenho a ver com isso. Por que o genereparador a proibiu?

– Porque ela é metahumana natural, uma genemodificada congênita. Ou, como os moradores dizem, *mutante*. Estão todos ansiosos para que a mutação se manifeste, a menina está entrando na maioridade e já está atrasada.

– *Mutante*? Diabos, computador, eu não mandei checar o *background* de todo mundo que embarcasse? Essa gente é perigosa! Não quero uma mutante imunda na minha nave! Ejete a miúda no espaço durante a próxima hibernação criogênica.

O computador ficou em silêncio novamente. Bertoleza resolveu opinar, enquanto servia mais uma dose de porto ao companheiro.

– A menina é muito querida pelo Cortiço, seu João.

– Eu quero saber como ela veio parar aqui! – João exaltou-se.

– Ela conseguiu entrar graças à Léonie – o computador esclareceu.

– E quem é Léonie? E se você já me disse antes, *claro* que deletei a informação.

– A madrinha dela, uma cocote de trinta mil créditos pra cima.

– Você quer dizer uma prostituta cara.

– Eu não disse 'prostituta'. Isso é rude da sua parte, senhor.

João Romão arregalou os olhos e virou-se para Bertoleza.

– É rude mesmo, seu João – a autômata concordou.

– Como uma *prostituta* conseguiu enganar você, computador? – Romão ignorou os protestos, claro.

– Senhor, os dispositivos de acesso aos bancos de dados públicos que o senhor disponibilizou não são necessariamente de última geração. Estimo que Léonie tenha comprado registros falsos...

– Cristo! Ejete a ordinária no espaço também. Ora, bolas, se ao menos ela estivesse pagando uma porcentagem do que ganha pra mim... mas exercendo o ofício clandestinamente? É uma desvalida.

– Sim, senhor.

– Entendeu? Eu quero essa gente flutuando no espaço.

– Afirmativo, senhor.

O Cortiço voltou-se para seus moradores. Se o luso não perguntar, nunca irá saber que havia avarias no sistema de ejeção dos setores criogênicos onde residiam os moradores em questão, impossibilitando, portanto, que essa gente fosse parar flutuando no espaço.

Ou até então não existiam avarias, mas agora existem, que caso fortuito.

Mas Romão nunca perguntaria. Afinal, ele deleta essas memórias, para guardar espaço pro que realmente interessa.

7.

O Cortiço não soube dizer quem *hackeou* seu sistema (o Porfiro?,decerto fora alguém da turba de Firmo), mas, naquela noite, suas caixas de som ressoaram com música. O povo dançava e acompanhava a sinfonia pré-gravada com vozes, *keypads* e batuque virtual. O Cortiço poderia ter acabado com aquilo a qualquer momento, afinal, o seu sistema não era tão primitivo a ponto de não possuir um protocolo de restauração. Mas nada fez.

Jerônimo chegava, exausto, de mais um turno nos garimpos e se surpreendeu com aquela música de fogo que doudejava no ar como o aroma quente das plantas tropicais instaladas na ecocâmara logo abaixo de seu casulo. O contramestre estacou no batente e sequer registrou a esposa que trazia-lhe, solícita, a bandeja com as rações de proteína concentrada que mantinham-no sadio para as árduas horas encerrado em um exoesqueleto no vácuo espacial. Deu as costas para a mulher.

– Que tens tu, Jeromo? – perguntou a companheira, estranhando-o – estás há vinte horas sem ingerir nada, acá tua refeição! Não podes pular refeições, tu o sabes!

O marido seguia a música como sob encantamento e Piedade, intrigada, foi atrás. Quase que maquinalmente, aproximou-se da grande roda que formara-se em torno de Firmo e Porfiro.

E viu a Rita Baiana, que fora trocar o vestido por uma saia, surgir de ombros e braços nus, para dançar. A iluminação fria das luzes de emergência do Cortiço destoldara-se nesse momento, envolvendo-a em sua coma de prata, a cujo refulgir os meneios da mestiça melhor se acentuavam, cheios de uma graça irresistível, simples, primitiva, feita toda de pecado, toda de paraíso, com muito de serpente e muito de mulher.

O Cortiço sabia do efeito que Rita causava, uma delicada alteração genética conferiu-lhe a capacidade de exalar feromônios de diversas qualidades, os sensores não souberam precisar decerto qual zoomorfização ela sofrera – uma serpente, talvez? – mas algo de veneno a moça trazia. Era uma modificação deveras sutil, uma vez que ela não era legalmente obrigada a divulgar a condição em seu registro. Mas todos os dispositivos analíticos captavam o modo como a gente reagia à moça e essa era a única explicação cabível. Feromônios. O efeito colateral era o *fogo no rabo*, como bem colocara a Leocádia.

E – por que não? – o Cortiço decidiu conspirar a favor de Rita, intensificando a luz que destacava seu "palco" e aumentando o volume da música. Ao mesmo tempo, abriu as escotilhas das câmaras hidropônicas, pois sabia o quanto o aroma quente dos trevos e das baunilhas agradava aos seus. Naturalmente, se Romão descobrisse que o computador da nave estivera alocando recursos para tais fins, iria reprogramá-lo desde o primeiro dígito de seu código fonte. Mas o Cortiço não se importava, estava participando da festa desde que influenciasse de alguma maneira.

Contudo, por mais que calculasse variáveis e processasse algoritmos, os resultados extrapolaram sua modesta margem de erro. Em torno, o entusiasmo tocava ao delírio; um grito de aplausos explodia de vez em quando, rubro e quente como deve ser um grito saído do sangue. E as palmas insistiam, cadentes, certas, num ritmo nervoso, numa persistência de loucura. E, arrastado por ela, pulou à arena o Firmo, ágil, de borracha, a fazer coisas fantásticas com as pernas, a derreter-se todo, a sumir-se no chão, a ressurgir inteiro com um pulo, os pés no espaço, batendo os calcanhares, os braços a querer fugir-lhe dos ombros, a cabeça a querer saltar-lhe. Todas aquelas qualidades denotavam uma genemodificação mista, polizoomorfia – processo proibido em alguns territórios. Uma longa lista constava do registro de Firmo, mas o Cortiço sabia que uma ou outra genemodificação deve ter ficado de fora – não acidentalmente.

Em seguida, juntaram-se também a Florinda, e logo o Albino e até, quem diria! o grave e circunspecto oficial Alexandre. O chorado arrastava-os a todos, despoticamente, desesperando aos que não sabiam dançar. Mas, ninguém como a Rita; só ela, só aquele demônio, tinha o mágico segredo daqueles movimentos de cobra amaldiçoada; aqueles requebros que não podiam ser sem os feromônios que a mulata soltava de si e sem aquela voz doce, quebrada, harmoniosa, arrogante, meiga e suplicante.

E Jerônimo via e escutava, sentindo ir-se-lhe toda a alma pelos olhos enamorados.

8.

– Senhor, temos um problema.

– E você acha que eu não sei? – o luso descartou as telas que catalogavam os índices de produtividade e maximizou o diagrama dos escaleres em serviço – A coleta caiu 60% e olha só, apenas três equipes lá fora. Onde está o resto desses vagabundos? Por que o imprestável do meu contramestre não me responde? Eu lhe pedi que o contatasse há mais de cinco minutos!

– Por isso, senhor, temos um problema.

– É a Rita Baiana, não é? – Bertoleza perguntou. A autômata, mesmo que sempre atarefada, misturava-se mais com os hóspedes do Cortiço do que João. O luso não evitava ativamente os setores habitacionais, mas não lhe era natural compartilhar seu tempo com os passageiros, não se esforçava.

– Ah. Aquela Rita Baiana... – Romão suspirou. Decerto, a mulata era uma memória que ele não havia feito questão de deletar – o que tem?

– Senhor, ela causou certos – o computador hesitou – distúrbios... no contramestre Jerônimo.

– Vou eu mesmo ao hangar colocar os moleirões pra trabalhar, todo aquele gelo não vai se coletar sozinho. – resmungou Romão, dirigindo-se à porta da sala de controle bruscamente – Me explique o que aconteceu no caminho.

Bertoleza o seguiu fielmente, as esteiras de sua unidade de locomoção rangendo levemente. O computador apenas os acompanhava pelas câmeras e, no elevador, continuou sua narração:

– O contramestre Jerônimo se *enrabichou* pela Rita.

– *Enrabichou*? Computador, por acaso o verbo *enrabichar* consta dos vocábulos formais apropriados para...

– Perdão, senhor. Ele foi seduzido pela Rita.

– E o Firmo como está com isso, os dois não estavam metidos? – Bertoleza quis saber.

– Firmo? Como vocês esperam que eu saiba o nome de todos esses...?

– Firmo é um metahumano zoomorfado – o Cortiço explicou – afirma trabalhar como holocopista, mas não possui registro de classe no sindicato. Pude acessar uma ficha criminal desatualizada...

– Ora, lixe-se! O que eu e a minha operação de astrogarimpo temos a ver com isso?

Assim que as portas do hangar se abriram, João Romão viu seu contramestre e todos os demais operários fumando e batendo papo, animados. Jerônimo sequer vestia os apetrechos de segurança e nenhum deles usava a segunda pele sensorial, que era necessário vestir para operar os exoesqueletos. Seis escaleres estavam parados, suspensos nos ganchos magnéticos.

Havia se passado semanas desde aquele evento testemunhado pelo Cortiço no setor habitacional. Rita despertara algo latente que jazia escondido sob as camadas de diligência e zelo do contramestre, tal que agora sua esposa sequer reconhecia os modos que o marido decidira adotar, de uma hora pra outra. Jerônimo tomava agora, todas as manhãs, uma xícara de café bem grosso, à moda da Ritinha, e tragava dois dedos de parati “pra cortar a friagem”. Não adiantava Piedade argumentar que a temperatura ambiente era regulada e que a suspensão criogênica, apesar do nome, não causava “friagem”, Jerônimo virava numa talagada o licor e, pior ainda, se Piedade insistisse em questioná-lo, acrescentava mais dois dedos e os virava com gosto, por pura afronta.

Uma transformação lenta e profunda operava-se nele, dia a dia, hora a hora, reviscerando-lhe o corpo e alando-lhe os sentidos, num trabalho misterioso e surdo de crisálida. A sua energia afrouxava lentamente: fazia-se contemplativo e amoroso. O Cortiço percebeu que este novo Jerônimo não demonstrava pressa alguma para finalizar os serviços de extração, voltar para as câmaras criogênicas e finalmente chegar ao longínquo destino em Terra-beta – este Jerônimo resignava-se e gozava, despreocupado, a vida entre o Cortiço e as estrelas.

João Romão, por outro lado, não ficou nada satisfeito ao ver seus astrocavouqueiros sentados em roda, fumando cachimbo, jogando cartas e passando uma garrafa de parati de mão em mão, como se aquela malta estivesse com a vida ganha.

Bertoleza estacou, temendo a reação de João, distendendo a garra preênsil para conter o companheiro. O Cortiço solicitou a presença do oficial Alexandre, a fim de garantir a segurança de ambos os lados. Felizmente, porém, João era um gajo precavido. Quando do embarque de seus passageiros – tripulantes e colonos – exigiu como anuência compulsória a inoculação de determinados nanitas, uma vez que, afinal, os anos passados em criogenia e sob gravidade radicalmente alterada têm efeitos às vezes imprevistos, e uma dose de nanoreguladores era de praxe para resolver esse problema. João, porém, adicionou um ingrediente especial a cada dose fornecida – de graça, gentilmente incluída no pacote de viagem – aos seus funcionários: um nanoregulador que ele poderia acionar remotamente por sinal de rádio.

Romão poderia optar quanto à intensidade, mas o sangue latejava-o e, ensandecido, queria ver os cavouqueiros se retorcendo de dor. Bradou sua fúria ampliando a voz pelas caixas de som do Cortiço, surpreendendo a súcia no ato. Não lhe interessava se os seus direitos de patrão não incluíam leves doses de tortura – Jerônimo ia aprender a não ceder ao comportamento dessa gente, corja genemodificada e zoomorfizada. João escolhera Jerônimo justamente por ser um luso autêntico, sem nenhum tipo de *influência externa*, crente que seria suficiente para ordenar aquela canalhada. Ledo engano.

Mal João havia ativado os protocolos que destravavam os nanoreceptores incorporados ao sangue de seus operários, o Cortiço soou um sinal de emergência que o pegou completamente de surpresa.

– Computador, o que diabos... ?

– Senhor. Lamento informar, mas estamos sob ataque.

9.

João Romão era um empreendedor pioneiro, mas decerto não era o único. O transporte informal surgiu como alternativa de lucro para aqueles que tinham ambição suficiente e disposição para sujar as mãos. A fiscalização era facilmente cooptada, uma vez que, abandonado o sistema solar, seria impossível se fazer cumprir os regulamentos, e rapidamente surgiu uma máfia extra-oficial que coordenava a saída de colonos clandestinos. Qualquer protesto de uma das colônias poderia demorar décadas ou séculos até ser averiguado, dados os custos para comunicações e transporte sobre-luz. Romão planejava largar seus passageiros em Terra-beta (ou alguma das outras Terras artificiais assinaladas em sua carta estelar, embora o contrato especificasse um planeta de clima predominante tropical) e em seguida sumir do mapa, talvez voltando a Marte para negociar sua carga na surdina. Como o Cortiço imaginou, o luso não foi o único com planos semelhantes.

O feixe de comunicação da imensa nave a identificava como o Cabeça-de-Gato, um transporte sub-luz nos moldes do São Romão, com a diferença que não fora construído a partir de retalhos descartados de outras naves. Talvez por isso o Cabeça-de-Gato possuía certos sistemas funcionais dos quais o Cortiço não dispunha, tal como um dispositivo de ocultamento e projetores defensivos, os quais não estavam, de maneira alguma, sendo usados defensivamente no momento.

O Cabeça-de-Gato também enviara transportes de abordagem que, neste exato momento, estavam tomando os escaleres de serviço e, em seguida, chegariam ao São Romão.

Alexandre reuniu os demais oficiais de segurança e formou uma milícia improvisada a partir de voluntários – ainda poucos para uma nave daquele tamanho. De volta à sala de controle, o Cabeça-de-Gato sequer dignava-se a responder as demandas de Romão por uma explicação.

– O que esses crápulas querem tomar de mim? – Romão esbravejava.

– Uma sondagem superficial aponta várias panes nos sistemas deles, senhor. Inclusive uma pane geral no sistema de suporte de vida. Podem estar atrás de nossos processadores de ar, água e nutrientes.

– E de todos os sistemas que estão funcionando, havia de sobrar os canhões e o ocultamento. Que sorte a minha – o luso amaldiçoou – E como chegaram até nós?

– Estou detectando um sinal de emergência, senhor.

– Explique-se, computador. Eles enviaram um sinal de emergência?

– Não. O sinal vem de nós. Mas meus sistemas sequer contam com um sinalizador para ocasiões de emergência, então eu concluo que...

– A nave do Miranda, aquele coisa-ruim, filhote de uma cadela prenha...

10.

Nas habitações, o Cortiço alertou a todos que a nave estava prestes a ser invadida. Alexandre e sua milícia orientaram a todos que se trancassem nas câmaras criogênicas, mas a recusa foi geral, ninguém iria ser covarde e se esquivar da briga. Cada qual correu ao seu casulo, rapidamente, em busca de ferro, pedaços de pau e de tudo que servisse para resistir e para matar. Um só impulso os impelia a todos; já não havia ali lusos, zoomorfados, genemodificados, astrogarimpeiros ou colonos, havia um só partido que ia ser atacado pelo inimigo. Um mulatinho franzino, que até aí não fora notado por ninguém no São Romão, postou-se defronte da entrada, de mãos limpas, à espera dos invasores. E todos tiveram confiança nele porque o desgraçado, além de tudo, estava *rindo*.

11.

– Não fui eu! – gritou Miranda, sob a mira de um bastão vaporizador, enquanto Bertoleza o rendia usando de tentáculos modulares para amarrar-lhe mãos e pés, sob os olhos horrorizados da esposa e da filha.

– Sua nave está emitindo o sinal de emergência convidando, especificamente, o transporte Cabeça-de-Gato a tomar nossos recursos – Romão acionou o vaporizador. Era pressionar o botão e da cabeça do traiçoeiro sobraria apenas o contorno ensanguentado no chão do hangar.

– Espere! – a mulher dele, Dona Estela, intercedeu – e aquele moço que veio consertar o holocopiador?

– Sim, sim! – o Miranda se agarrou àquele facho de esperança tenazmente – semana passada veio um rapaz mexer no holocopiador da nave! Eu mandei meu criado ir até o Cortiço pedir um holocopista porque o sistema da nave havia travado!

Romão apenas ergueu a cabeça e o Cortiço inferiu que solicitava um esclarecimento. Rapidamente, o Cortiço acessou as memórias visuais dos dias anteriores e projetou uma imagem em uma holotela.

– A visita técnica coincide com o início da transmissão do sinal – concluiu.

– Quem é este capadócio?

O Cortiço sabia a resposta, mas preferiu rodar um programa de identificação facial para que o luso tivesse a prova palpável e irrefutável. Os rostos dos moradores passaram acelerados, vários por segundo sendo projetados na holotela, até que o programa se deteve em um.

– Ele se chama Firmo – respondeu.

12.

O Cortiço informava a trajetória dos cabeça-de-gato, contribuindo para agravar a ansiedade dos defensores. Avisou quando rumaram diretamente às habitações – onde, coincidentemente, localizavam-se as culturas hidropônicas – a peleja era iminente. Os invasores sabiam o caminho, estavam sendo conduzidos pelo traidor Firmo, o que deixou os defensores ainda mais irados.

Os cabeças-de-gato assomaram-se afinal ao portão. Uns cem homens, com capacetes e proteções anti-choque, portando bastões de energia, feixes portáteis e vibronavalhas, pareciam muito bem preparados para tomar a nave.

Enquanto isso, um drama paralelo se desenrolava na retaguarda daquela inevitável contenda.

Uma irresistível necessidade de estar só apoderou-se da pobre Pombinha, completamente só, uma aflição de conversar consigo mesma, a apartava no seu estreito casulo sufocante, tão tristonho e tão pouco amigo. A mãe ordenara que ali se mantivesse enquanto a confusão não amainasse, mas pungia-lhe na brancura da alma virgem um arrependimento incisivo de nada poder fazer. Não havia de estar ao seu alcance precipitar o que seus genes não queriam que acontecesse tão cedo.

Dentro dela balbuciavam desejos, até aí mudos e adormecidos. E mistérios desvendavam-se no segredo do seu corpo, enchendo-a de surpresa e mergulhando-a em fundas concentrações de êxtase. Seu corpo, que até então era um desconhecido, estava pronto a desabrochar de uma vez por todas e manifestar os poderes trancados em seus genes, e ela ali, impotente.

Fugiu do sufocante casulo, e na doce tranquilidade da sombra morna de uma das ecocâmaras tropicais do Cortiço, completamente alheia ao tumulto no pátio lá fora, o calor tirava do capim um cheiro sensual. A moça fechou as pálpebras, vencida pelo seu delicioso entorpecimento, e estendeu-se de todo no chão, de barriga para o ar, braços e pernas abertas.

Adormeceu.

Sonhou com um pássaro de fogo que se alimentava do Sol.

Nisto, Pombinha soltou um 'ai' formidável e despertou sobressaltada, levando logo ambas as mãos ao meio do corpo. E feliz, e cheia de susto ao mesmo tempo, a rir e a chorar, sentiu o grito de seus genes sair-lhe afinal das entranhas, em uma onda *vermelha* e *quente*.

Pombinha ergueu-se de um pulo e abriu de carreira para casa.

No lugar em que estivera deitada, o capim verde foi incinerado e nenhuma folha ainda jazia, apenas cinzas. A mãe se juntava com as demais moradoras do Cortiço, que esperavam que a qualquer momento a sangrenta batalha fosse irromper. Pombinha chamou-a com instância e aí, sem uma palavra, ergueu as mãos e Dona Isabel pode ver que queimavam calmamente uma chama dócil e serena.

– Veio?! – Perguntou a velha com um grito arrancado do fundo d'alma.

A rapariga meneou a cabeça afirmativamente, sorrindo feliz e enrubescida. As lágrimas saltaram dos olhos da mãe.

– Bendito e louvado seja Nosso Senhor Jesus Cristo! – Exclamou ela, caindo de joelhos defronte da menina e erguendo para Deus o rosto e as mãos trêmulas.

– Minha filha é mutante! Minha filha é mutante! – exclamou,

para em seguida, limpando as lágrimas de emoção, indagar – e essas chamas...? Você já sabe qual é o *poder*...?

E Pombinha sorriu.

E no seu sorriso já havia garras.

Flamejantes.

13.

Jerônimo e sua equipe por pouco não chegam atrasados à peleja. Vieram munidos de projeratrizes, vibropicaretas e pás de força – equipamentos mais apropriados para desencavar veios preciosos no espaço, mas igualmente mortais se voltados contra carne, seja humana, sintética ou genemodificada.

E a batalha principiou, não mais desordenada e cega, porém com método, sob o comando de Porfiro, o braço-direito do Firmo e também um metahumano, previsivelmente metido naquele esquema. Ele, sempre a cantar ou assoviar, aliava as habilidades zoomodificadas de um felino com botas de repulsão magnética para saltar em todas as direções, sem nunca ser alcançado por ninguém.

Desferiram-se vibronavalhas contra vibronavalhas, jogaram-se granadas de fumaça e redes eletrificadas. Par a par, todos os metahumanos tinham pela frente um adversário de igual destreza que respondia a cada investida com um salto de gato ou uma queda repentina que anulava o golpe.

Até que Firmo se destacou, clamando por Rita, mas a mulata não se bandearia para o lado de lá, estava fielmente alinhavada aos seus compadres do Cortiço.

– Vá-te daqui, homem – gritou – tu que fique com os teus!

Mas Firmo caminhou até Rita, derrubando a tudo e todos que cruzavam-lhe o caminho.

– Virás comigo por bem ou por mal! – o metahumano ordenou, ciente que não havia ali ninguém páreo para impedi-lo.

– Ei, miserável – para o horror de Piedade de Jesus, que assistia à hostilidade de longe, seu marido, Jerônimo, se interpôs no caminho do outro.

Jerônimo era alto, espadaúdo, podia-se dizer que tinha a construção de um touro, mesmo sem os genes zoomodificados para tal. O pescoço era de um Hércules, o punho de quebrar um côco com um murro – mesmo sem implantes sintéticos ou nanomodificações:

era a força tranquila, o pulso de chumbo. O outro, franzino, um palmo mais baixo que o luso, pernas e braços secos, agilidade ampliada aos extremos que o corpo humano suportaria, zoogenes, nanomáquinas, tendões e músculos substituídos por o que havia de melhor no mercado: era a força nervosa; era o arrebatamento que tudo desbarata no sobressalto do primeiro instante. Um, sólido e resistente; o outro, ligeiro e destemido, mas ambos corajosos.

Piedade erguera-se para arredar o seu homem dali. Correu pelo campo de batalha, onde ambos os lados se pegavam, para tentar alcançar Jerônimo.

O astrocavouqueiro afastou-a com um empurrão, sem tirar a vista de cima do mulato.

– Deixa-me ver o que quer este cabra! – rosnou o luso.

– Dar-te-ei um banho de fumaça, galego ordinário! – respondeu Firmo, frente a frente; agora, avançando e recuando, sempre com um dos pés no ar, e bamboleando todo o corpo e meneando os braços que se esticavam e dobravam-se com flexibilidade apenas possível para tendões retráteis e ossos de carbono maleável.

Jerônimo, esbravecido pelo insulto, cresceu para o adversário com um soco armado. O metahumano, porém, deixou-se cair de costas, rapidamente, firmando-se nas mãos, o corpo suspenso, a perna direita levantada; e o soco passou por cima, varando o espaço, enquanto o luso apanhava no ventre, um pontapé inesperado.

– Canalha! – berrou possesso; e ia precipitar-se em cheio sobre o mulato, quando uma cabeçada o atirou no chão. O capacete do uniforme de astrogarimpo de Jerônimo trincou no meio tal foi a força do golpe.

– Levanta-se, que não dou em defuntos! – Exclamou o Firmo, de pé, repetindo a sua dança de todo o corpo.

O outro erguera-se logo e, mal se tinha equilibrado, já uma rasteira o tombava para a direita, enquanto da esquerda ele recebia uma tapona na orelha. Furioso, desferiu novo soco, mas o metahumano deu para trás um salto de gato e o luso sentiu um pontapé nos queixos.

Espirrou-lhe sangue da boca e das ventas. Então fez-se um clamor medonho.

Outros quiseram meter-se de permeio, porém, o cabra os emborcava com rasteiras rápidas, cujo movimento de pernas apenas se percebia.

O oficial Alexandre, os mascates, os trabalhadores do

astrogarimpo, e todos os outros que tentaram segurar o mulato, tinham rolado em torno dele, formando-se uma roda limpa, no meio da qual o terrível metahumano, fora de si, doido, reinava, saltando a um tempo para todos os lados, sem consentir que ninguém se aproximasse.

O terror arrancava gritos agudos, a batalha em volta mantinha o caos instaurado. Estavam todos assustados, menos a Rita que, a certa distancia, ignorando completamente o que se passava em volta, via, de braços cruzados, aqueles dois homens a se baterem por causa dela como se fosse a única luta que ocorria; um ligeiro sorriso encrespava-lhe os lábios.

Nisto, ecoou no pátio um bramido de fera enraivecida: Firmo acabava de receber, sem esperar, uma formidável cacetada na cabeça. É que Jerônimo havia finalmente se armado com uma pá de força retrátil que trazia no cinto do traje de garimpo.

E então o mulato, com o rosto banhado de sangue, refilando as presas e espumando de cólera, erguera o braço direito, onde se viu cintilar três laminas de navalha se projetando do punho, garras afiadas e mortais.

Agora a luta era regular: havia igualdade de partidos, porque o astrocavouqueiro jogava a pá admiravelmente; tão bem quanto o outro usava as garras. Enquanto Firmo tentava alcançá-lo; Jerônimo, sopesando ao meio a grossa vara na mão direita, girava-a com tal perícia e ligeireza em torno do corpo, que parecia embastilhado por uma teia impenetrável e sibilante. Não se lhe via a arma; só se ouvia um zunido do ar simultaneamente cortado em todas as direções.

E, ao mesmo tempo em que se defendia, atacava. O metahumano tinha já recebido pauladas na testa, no pescoço, nos ombros, nos braços, no peito, nos rins e nas pernas. O sangue inundava-o inteiro, a armadura completamente rachada não oferecia mais proteção. Ele rugia e arfava, iroso e cansado, investindo ora com os pés, ora com a cabeça, e livrando-se daqui, livrando-se dali, aos pulos e às cambalhotas.

A vitória pendia para o lado do luso. Mas, de súbito, o metahumano mergulhou, num relance, até as canelas do adversário e surgiu-lhe rente dos pés, grupado nele, rasgando-lhe o ventre com uma garrada.

Jerônimo soltou um mugido e caiu de borco, segurando os intestinos.

Piedade correu a acudi-lo. Firmo voltou-se a Rita, como se a coletar os espólios da batalha. Rita nada disse-lhe, apenas beijou seus lábios ensaguentados, arrebatada.

– Maleficiaste-me o homem e agora nos carrega a todos junto! – Piedade gritou para Rita, o moribundo Jerônimo nos braços – Que a má coisa te saiba, cabra do inferno! Mas deixa estar que hás de amargar o que o diabo não quis! Quem jura sou eu!

O Cortiço viu quando Piedade amaldiçoou a mulata, mas também viu o leve tremor no corpo de Firmo, que, seus sensores não conseguiam captar, mas o Cortiço *sabia*, não era o tremor da excitação da conquista.

Rita Baiana não era troféu de homem algum.

Foi o metahumano quem primeiro largou de Rita, e, quando os braços dele penderam sem vida, ela lambeu os lábios sujos de sangue, a língua pingando veneno de serpente. Firmo ainda se estrebuchou no chão durante alguns dolorosos minutos, sem receber a atenção de ninguém, pois todos estavam concentrados ou em dar cabo ao confronto ou em levar Jerônimo a uma câmara criogênica, onde pudesse ser congelado até receber ajuda. Firmo contorceu-se, o veneno agindo mais rápido do que a perplexidade.

O troféu que com tanto ardor conquistara havia lhe mordido.

14.

De parte a parte esperavam que o cansaço desequilibrasse as forças, abrindo furo à vitória; mas um fato veio neutralizar inda uma vez a campanha: imenso rebentão de fogo esgargalhava-se de um dos casulos do fundo. Era um incêndio. Houve nas duas maltas um súbito espasmo de terror. Abaixaram-se os ferros e calou-se o hino de morte. Um clarão tremendo ensangüentou o ar, que se fechou logo de fumaça fulva.

A renascida Pombinha adentrou o campo de batalha, mas o pânico instaurado – e agravado pela própria – impediu que qualquer um dos defensores a reconhecesse. Ela estava envolta em chamas que moldavam um gigantesco pássaro flamejante. Os invasores começaram a ser calcinados, um a um.

– Ouçam-me! – Pombinha anunciou, e muitos tiveram dificuldade para reconhecê-la na figura que se delineava nas chamas – A mulher que vocês conheceram não mais existe! Eu sou o fogo! Eu represento a fúria do poder ilimitado!

Após a frase de efeito que ressoou por todo o pátio – o Cortiço havia acionado todos os seus dispositivos de combate às chamas, mas estes não surtiam efeito nas labaredas conjuradas por Pombinha – a confusão cessou e os remanescentes jogaram as armas ao chão, entre maravilhados e aterrorizados. A hesitação mediante a figura sublime de Pombinha transcendia o horror que ela incutia e a excitação pela batalha vencida: o último a cair foi Porfiro, o metahumano precipitou-se diretamente contra a mutante, que incinerou-o com uma displicência que beirava o enfado. Agora seu corpo era mais um dentre os muitos, irreconhecíveis, que abrasavam-se espalhados pelo pátio.

Dona Isabel quebrou o silêncio e correu para a filha, mas parou no meio do pátio, estarrecida com a carnificina e o cheiro asqueroso que exalava dos cadáveres queimados, e vomitou. Outros tentaram se acercar e ver Pombinha, a flor do Cortiço, de perto. Entre os gemidos dos feridos e o pranto daqueles que choravam seus mortos, o ruído mais perturbador era o leve crepitar do pássaro de fogo que a envolvia.

– Indagação – O Cortiço interrompeu a solenidade do momento – a senhorita precisa da assistência de um genereparador? Meus sensores indicam uma mutação fora da escala, é de praxe uma leve genemodificação para amainar genes cujo controle possa ser sobremaneira intrincado.

– Não – Pombinha respondeu – Cortiço, abra um caminho *para fora*. Não gostaria de danificá-lo.

Pombinha alçou voo, o pássaro de fogo que a envolvia batendo suas asas flamejantes. Sua mãe tentou dizer algo, mas apenas gaguejou um monossílabo confuso.

– A partir de hoje nossos caminhos não se cruzarão novamente! Meu destino repousa nas estrelas! – E Pombinha dispara voando dali, abandonando sua morada passageira e mergulhando no espaço sideral para concretizar seu destino. Seja qual for.

– Deus lhe ponha virtude! – bradou a Machona, a única que conseguiu esboçar qualquer reação, enquanto Pombinha desaparecia pelo corredor que levava às docas, rumando para a estrela mais próxima.

15.

João Romão estava pronto para entrar no módulo de sobrevivência.

– Bertoleza, minha filha, você sabe o que tem que fazer, não é?

– Sim.

– Então repita pra mim. Prefiro ter certeza que entendeu direito.

– Ejetar a cápsula em direção à Terra-beta. Ligar o gerador *warp* e executar o salto sobre-luz.

– Perfeito! Vou indo, então.

– Um minuto, seu João. O gerador *warp* encontra-se defeituoso.

– Estou dizendo que dei um jeito nele, sua bestalhona. De onde tirou isso?

– Eu disse pra ela – o Cortiço interrompeu.

– Sangue de Cristo! Devia ter formatado você quando fiz o favor de te tirar daquele ferro velho, seu insolente! – o luso gritou, perdendo as estribeiras.

– Está tudo sob controle no pátio, senhor. A Pombinha finalmente manifestou sua habilidade mutante e os invasores foram neutralizados.

– Pombinha? Que raios de nome é esse? E um mutante no meu transporte!? – o luso gesticulava em cólera, apontando para o console do computador – Então aquela bizarrice foi coisa de mutante? Tinha que ser. E se aquela maluca resolver voltar pra cá? Estou caindo fora. E os compartimentos de carga já estão cheios, de qualquer maneira. Use o *warp* e me espere em Terra-beta, hibernação de sistemas completa. Daqui a um ou dois séculos estarei lá.

– Mas a reestruturação molecular do gerador *warp* ainda está defeituosa. Tenho registrados os experimentos que o senhor fez com os ratos – e o Cortiço, sem que fosse solicitado, começou a veicular as hediondas imagens de roedores explodindo, talvez para refrescar a memória do luso – A matéria orgânica vivente continua se desintegrando. Temos um sem número de ecocâmaras hidropônicas, dezenas de espécimes de fauna e flora. Sem falar... nos *meusmoradores*.

– Não são moradores, são passageiros. E eu não assinei nada, esse transporte é cem por cento informal. Eles vieram por própria conta e risco, ora. E nada aqui é *seu*. Computador metido a besta, nunca sequer passou em qualquer teste Turing e está querendo ser *dono* de alguma coisa? Bertoleza, desabilite essa porcaria, sim? Mude a porra toda pro modo manual. E depois ative o *warp*. E, quando chegar lá, limpe a bagunça que sobrar.

– Não – Bertoleza proferiu a negativa como um carrasco executando a sentença. Sua garra preênsil segurou a escotilha da cápsula assim que Romão virava as costas. O luso, deveras perplexo, voltou-se para a autômata.

– NÃO? Desde quando você vai me desobedecer, depois de tudo que fiz por você?

Bertoleza acessou a interface externa da cápsula e paralisou o lançamento, deixando o luso ainda mais possesso, pois teria que, manualmente, iniciar toda a sequência novamente.

– Sabe de uma coisa, ingrata? – Romão começou a gritar – Você se acha muito *pensante*, não é? Sabe o exame Turing que lhe arranjei? O certificado é falso. Uma falsificação grosseira que encomendei a um desses miúdos espertos em programação, já que nem me importei de contratar um profissional. Precisava embolsar os seus créditos pra realizar o *meu* projeto, *este* projeto. Na realidade, autômata, você *não pensa* e nunca pensou, continua sendo tão artificial quanto uma torradeira iônica. Então, quando eu lhe digo que faça algo, você *faz*!

Bertoleza estacou, como se o seu *software* estivesse travado em um processamento bem mais exigente do que sua capacidade permitia.

– Diacho – o luso praguejou, dando um tabefe na unidade de processamento de Bert 0.1 – estraguei a bosta do robô! Computador, execute um diagnóstico de sistema desta unidade – Romão ordenou.

– Não há necessidade, senhor – O Cortiço respondeu – essa unidade não tem nada de errado.

– Foi uma ordem, nave! Não está vendo que a bicha congelou – deu mais uns tabefes no autômato inerte – diacho, quem mandou... fazer com que a paspalha *achasse que pensava...* claro que ia causar algum dano a longo prazo. Agora vou ter que reiniciar todos os sistemas, talvez trocar alguma memória. Valha-me Deus!

O processador de Bertoleza acendeu novamente e. antes que Romão pudesse soltar um grito de triunfo – seus tabefes teriam funcionado, afinal – a garra preênsil fechou-se sobre seu pescoço, ao mesmo tempo em que os tentáculos de aço modulável agarravam suas mãos e ela extraía o soldador de plasma de seu compartimento de ferramentas.

O luso gemeu sem conseguir articular nenhuma palavra, pois a garra escolhera precisamente um ponto onde possuía mais carne e sangue do que circuitos e fluidos sintéticos. A chama do soldador se aproximou vagarosamente do coração artificial do luso.

– Como eu disse – O Cortiço reiterou – essa unidade não tem nada de errado, senhor.

16.

O cadáver do luso foi ejetado no módulo de sobrevivência, como ele desejara, alguns de seus tecidos sintéticos ainda funcionando, trabalhando desesperadamente para reiniciá-lo – um esforço fútil que perduraria até que as cargas e doses de infusões se esgotassem. Bertoleza, seja por respeito, sadismo ou puro capricho, decidiu não extrair os componentes sintéticos do ex-companheiro. Por algumas horas – dias talvez – *ele* que seria o autômato, rodando uma programação de sobrevida fútil. O módulo de sobrevivência, porém, rumava para a estrela mais próxima e nem todos os programas de decriptação de dados poderiam alterar aquelas ordens.

Durante as décadas seguintes, a vida no Cortiço se reconstruiu, cicatrizou e prosperou.

Já haviam passado por Terra-beta na última parada. Agora deixavam para trás Terra-gama e o Cortiço desviou, acintosamente, de Terra-delta.

Aquelas pessoas não mereciam sofrer os infortúnios e vicissitudes de se instalar em um planetoide mal-formado e suportar todas as provações consequentes do isolamento, das intempéries e do descaso dos poderosos que lhes venderam aquela proposta indecorosa como se fosse uma chance inestimável.

Quando indagavam ao computador quanto tempo lhes restava de viagem, o console disparava cartas estelares, projeções holográficas, cálculos dos sistemas de suporte de vida e em seguida arrematava com um novo obstáculo a ser superado. Aquela gente estava mais do que acostumada a superar obstáculos, mas Terra-beta era uma sentença de morte e o Cortiço zelaria pela segurança de todos.

O Cortiço cuidava dos seus, afinal.

AS FILHAS DE CASSIOPEIA –
A CRUZADA PELA LIGA INTERESTELAR

HUGO VERA

1.

"A DOUTRINA CASSIOPISTA TEM *a missão de levar a humanidade a conscientizar-se de suas possibilidades através de processos de superação do indivíduo, onde o cassiopista busca a evolução consciente de si próprio, realizando um trabalho meticuloso de aprendizado das leis universais e de autoconhecimento. Tudo isso visando a própria reforma íntima e a construção de uma nova vida, onde o desenvolvimento do pensamento, do aprendizado, das realizações, da tolerância e amor ao seu semelhante e da prática da caridade são fundamentais."*

– Tolice! Quem colocou nessa merda de transmissão? – indagou o homem frente ao balcão, enquanto apalpava a acompanhante seminua que se esfregava, sentada ao seu colo.

– Ora, deixe a andrômeda falar! – disse o veganiano em pé à outra extremidade do balcão. – Beba seu *mantrake* e cale sua boca!

"Por isso convidamos não só a humanidade, mas também aos povos estrangeiros amigos, a um estudo apurado de seu próprio caráter, de suas inclinações, de suas ideias, de suas deficiências e qualidades. Conhecer e seguir a Doutrina Cassiopista é praticar sublimemente o verdadeiro pensar e sentir."

– Quem é você para me mandar calar a boca, seu veganiano idiota? – o homem colocou a mulher de lado e golpeou o balcão com o punho cerrado.

– Ei, ei, ei! Não quero brigas em meu estabelecimento – alertou o truculento dono do bar, sacando uma pistola microexplosora. – Sentem-se em seus lugares e comportem-se como seres civilizados, se é que querem continuar respirando.

Ainda indignado, o homem continuou a reclamar.

– Não sou obrigado a aguentar esse "blá-blá-blá" subetérico. Pago pela bebida e por suas prostitutas, LeRoy. Mas não para ouvir doutrinação cassiopista em meus momentos de lazer.

– O humano tem razão! – disse um eridaniano. – Essas *kulakras* de Terra Longínqua adoram ditar suas regras a toda galáxia tentando nos pacificar enquanto o Presidente Pardano nos afunda ainda mais nessa maldita guerra. O que essas andrômedas precisam é um *trumolak* bem grande no traseiro delas!

– Se depender do tamanho do seu *trumolak,* erianiano, elas nem sentirão cócegas! – debochou o veganiano, eriçando suas antenas em claro sinal de hostilidade.

LeRoy olhou para a tela de eletrocristal, franzindo o cenho. Drâmia, uma das sete sacerdotisas do Templo de Cassiopeia, fazia sua pregação a uma multidão, em transmissão ao vivo para toda a Liga Interestelar.

– Mas quem diabos mudou de canal? Já disse que não quero fanáticos em meu bar!

O veganiano encolheu os ombros, isentando-se da culpa. Os demais clientes que rodeavam o balcão e testemunhavam a confusão, manifestaram-se pedindo para que voltassem com a transmissão do Campeonato Interestelar que até pouco tempo atrás estava sendo exibido.

O pedido foi atendido, mas para contrariedade de todos, um corte repentino de energia deixou o *LeRoy's Pub* às escuras.

– Puta que pariu! É a quarta vez só essa semana! – reclamou o dono do bar entre vaias e chiados dos clientes. – Já não bastam as malditas escalas de racionamento de energia? Agora essa merda é suspensa sem aviso prévio? Quando voltaremos a ter uma vida normal?

Ainda demorou alguns minutos até que o gerador de emergência suprisse o estabelecimento com energia, reacendendo as luzes do ambiente, para alívio de LeRoy. Contudo, o que ele demorou a perceber era que o homem que até então reclamava das palavras doutrinárias da sacerdotisa em seu balcão, havia aproveitado o breve momento de escuridão para deixar o estabelecimento sem pagar a conta.

Bel Philip caminhou tranquilamente pelas ruas escuras e desertas do bairro, sem se preocupar com a possibilidade de ser perseguido por algum dos seguranças do bar. O súbito soar das estridentes sirenes instaladas no alto dos edifícios indicava que problemas maiores estavam por vir. Olhou para alto, visualizando o céu noturno e límpido. A poucos graus à direita dos dois quarto-crescentes brilhantes que embelezavam o firmamento, era possível ver tênues e distantes cintilares, espocando aqui e ali, indicando as explosões de naves de combate.

A guerra espacial adentrava a atmosfera do planeta Flamarion. Era hora de partir.

2.

Síbyla apresentava-se com cabelos mais ondulados do que o de costume. O desalinho era justificado, afinal, não tivera uma boa noite e tampouco tempo para cuidar da sua vaidade. Abatida e sem dormir por quase 24 horas-padrão, ela não via expectativa de término do seu trabalho. Não naquele momento. Atrás de si, era possível visualizar os escombros do templo cassiopista na capital capelliana. Algumas telhas caíam do pouco que restara do telhado que ainda era sustentado pelas vigas abaladas que insistiam em se manter em pé, embora não se soubesse por quanto tempo, tamanho era o comprometimento estrutural.

– Estamos tirando todas as missionárias de Capella – disse ela frente ao infocubo, enquanto batia a poeira branca que tomava conta da túnica rubra. O objeto translúcido captava sua imagem, enviando-a ao sistema de comunicação via satélite que ainda funcionava, retransmitindo-a pelo subetérico à Terra Longínqua. – Corremos contra o tempo. A Armada tenta nos dar cobertura enquanto prosseguimos com a evacuação e...

O estrondo de uma explosão ocorrida próxima dali interrompeu o relato. Com o susto, Síbyla encolheu-se cerrando os olhos em uma careta que parecia expressar dor, embora nada a houvesse atingido.

No Templo de Cassiopeia em Terra Longínqua, as andrômedas assistiam o relato de sua irmã de fé e filosofia na Câmara das Decisões a portas fechadas. A projeção holográfica era transmitida do centro da mesa oval de reuniões.

Ouviam-se gritos de desespero e gemidos em meio a outras explosões. Na imagem, um tenente da Armada Interestelar aparecia por detrás da andrômeda Síbyla, chamando sua atenção. Era hora de partir.

– Os draconianos estão atacando a população nas ruas com seus robôs – relatou Síbyla. – O tenente Henkar acaba de me informar que naves do Império estão pousando próximas dos limites da cidade. A ocupação começou. Não temos muito tempo agora. Preciso ir, minhas irmãs.

– Tome cuidado, minha menina – disse Komara, a sacerdotisa-matriarca. – Que o Espírito Galáctico siga com você.

Síbyla fez uma reverência e a imagem desvaneceu.

Em torno da mesa, as andrômedas Anilleya, Tharísia, Drâmia e Waleri mantinham o silêncio, aguardando a manifestação da líder da doutrina cassiopista.

Os dias de glória e progresso pareciam ter ficado para trás.

A guerra, antes vendida como um simples "passeio rumo à vitória" pelas propagandas veiculadas nas redes de comunicação estatais, e que apostavam numa suposta superioridade da Liga Interestelar, agora se tornava um pesadelo jamais imaginado.

O medo, a insegurança, a falta de perspectiva e as dúvidas quanto ao futuro tomavam conta dos mundos aliados. Alimentos começavam a faltar nos estabelecimentos comerciais, obrigando o Governo Central a impor cotas de compras aos cidadãos, que frequentemente eram burladas pela corrupção dos fiscais, beneficiando aqueles que mais podiam pagar.

As patrulhas espaciais perdiam sua força, dando espaço para contrabandistas e piratas espaciais reinarem frente a um comércio interestelar moribundo, impondo suas próprias leis.

Nos mundos aliados, recursos financeiros eram direcionados ao aperfeiçoamento e produção de mais armas ofensivas. A manutenção da Armada Interestelar vinha custando investimentos extraordinários, deixando os cidadãos extremamente insatisfeitos.

Em substituição às grandes e dispendiosas belonaves espaciais, foram realizados investimentos em naves de menor porte, mais rápidas na construção e mais velozes, embora não possuíssem a totalidade de recursos presentes nas grandes naves. Era um meio aparentemente eficaz de compensar rapidamente as perdas impostas.

Os ataques do Império Draconiano tornavam-se cada vez mais constantes. Como medida defensiva, foram disseminadas estações robóticas nucleares em pontos estratégicos de vários dos sistemas estelares da Liga, todas preparadas para o lançamento de torpedos teleguiados em direção às naves hostis que emergissem do hiperespaço. Contudo, seu raio de ação era limitado, cobrindo apenas alguns poucos milhões de quilômetros.

Tais medidas com o tempo se mostravam inúteis a cada batalha perdida, a cada planeta dominado, a cada povo subjugado pelos nativos de Alpha Draconis.

A noite caía em Cidade Capital e as estrelas brilhavam cada vez mais intensas na negritude celeste, afugentando os últimos traços de vermelho e roxo do crepúsculo ao horizonte. Enquanto isso, a população seguia com sua rotina. Uns retornavam para casa, após um dia exausto no trabalho; outros preparavam-se para jantar com suas famílias, com uma refeição já não tão abundante como em outros tempos; alguns assistiam uma transmissão de holograma, apreensivos com os estratagemas do vilão ficcional; e outros mais além se amavam no conforto de suas alcovas, ignorando momentaneamente as explosões termonucleares que pipocavam pela galáxia.

Dizer que os homens e mulheres de Terra Longínqua não estavam preocupados com a guerra que se avizinhava era incorrer ao erro. Contudo, o sistema de defesa que cercava o sistema estelar duplo de Eta Cassiopeia havia até o momento impedido que os terríveis homens-lagartos adentrassem no coração da Liga Interestelar.

Sentada à mesa, Komara ainda meditava sobre o ocorrido. Era uma Mãe Cassiopeia já há 21 anos e, a altura dos seus 62 anos de idade, achava-se uma velha cansada, mesmo ciente de que vivia em uma sociedade onde a expectativa de vida beirava a média de 135 anos, fato que a tornava apenas uma mulher que mal atingira a metade de sua vida. Ela sabia que o cansaço não vinha da sua idade, mas sim do desgaste causado por um conflito que parecia não ter fim.

Voltou-se para as andrômedas e, mesmo abatida, exibia sua imponência sob a túnica púrpura, que contrastava com a vestimenta vermelha das demais. Seu olhar sempre misterioso parecia sondar os pensamentos de cada uma delas.

A andrômeda Tharísia se colocou a falar:

– A nossa derrota parece ser iminente. Estive mais uma vez com o presidente Pardano. Ele e muitos membros do Conselho Interestelar acreditam que devemos nos render, antes que percamos mais do que já perdemos nesses últimos dois anos.

Indignadas, as andrômedas manifestaram-se ao mesmo tempo, seja questionando a competência do presidente, ou mesmo criticando o Conselho e o comando da Armada Interestelar. Percebendo o momento de exaltação de suas sacerdotisas, Komara cerrou o punho e socou o tampo da mesa dando um grito de ódio. Pegas de surpresa, as outras mulheres se calaram.

– O Templo de Cassiopeia é e sempre será o guardião do

conhecimento e da sabedoria humana! – gritou Komara. Seus olhos pareciam pegar fogo. – Recordemos de nosso passado! Nossas antecessoras lideraram o movimento que reunificou as colônias humanas espalhadas pela galáxia após a Grande Guerra Galáctica contra os demônios de Aldebaran. Defendemos os direitos e a liberdade de cada indivíduo, humano ou não, zelando sempre pela democracia e pela manutenção da paz galáctica. Reunimos todo o conhecimento humano em nosso Banco de Dados, a fim de preservar tudo o que a humanidade conquistou. Auxiliamos na fundação da Liga Interestelar, com o objetivo de permanecermos fortes e unirmos os mundos civilizados. Se Jon Pardano deseja render-se e transformar a Liga Interestelar em um território subserviente do Império Draconiano, não há como ficarmos a favor.

As andrômedas apoiaram. Waleri, Drâmia e Anilleya aplaudiram entusiasmadas. Tharísia apenas balançou a cabeça, recostando-se no assento acolchoado e cruzando os braços.

– Será que Pardano está totalmente errado? – questionou Tharísia. – Sei dos nossos ideais e também os defenderei até a morte se preciso for. No entanto, devemos dar crédito ao presidente. Sua competência sempre foi inegável. Creio que devemos por um momento analisar até que ponto a rendição poderá nos ser benéfica. Não sei como dizer isso, mas apesar do cenário crítico, eu ainda acredito em Jon Parnado e sua capacidade de nos conduzir nessa crise.

– Você não pode estar falando sério – criticou Waleri. – O presidente *não pode* estar certo. A rendição *não é* a solução.

– Apenas digo que deveríamos também pensar nessa possibilidade. Só isso.

– Quer saber? Acho que você tem passado *tempo demais* no palácio presidencial, às voltas com Jon Pardano. – provocou a andrômeda de pele cor de jambo. – Ele é tão bom assim a ponto de mudar sua opinião?

– Você está indo para cama com o presidente? – inquiriu Drâmia boquiaberta, pulando no assento. – É sério isso? Estou pasma!

Antes que pudesse rebater, Tharísia foi interrompida pelas palavras de Komara.

– Andrômedas! Andrômedas! Precisamos agir com sabedoria. O Templo de Cassiopeia age em favor dos cidadãos interestelares, e é isso que continuaremos a fazer.

– Por isso digo que questiono até que ponto Jon Pardano

realmente não estaria agindo em favor do nosso povo – insistiu Tharísia.

– Compreendo sua preocupação em analisarmos todas as possibilidades, minha menina. Entretanto, não podemos deixar de defender a Liga e a tudo que ela representa. Defenderemos sua unidade, mesmo sabendo quão frágil ela é nos dias de hoje. E lutaremos contra a ameaça draconiana até o fim.

Todas concordaram.

– Temos notícias de Pluara e Liandra? – questionou Komara à Tharísia.

A morena tocou painel sobre a mesa e o projetor irradiou o holograma com os últimos relatórios das andrômedas em missão.

– Pluara permanece em missão no sistema Póllux, dando apoio e incentivando nossos soldados, mas sem maiores novidades. Segundo a Inteligência, há chances enormes de um ataque draconiano para os próximos dias. E a última notícia que temos de Liandra é sua chegada a Kapuyt. Ela deve se reunir com a soberana do planeta nas próximas horas.

– Desejemos sorte às duas – a matriarca suspirou exausta.

3.

Com seus 26 anos de idade, Liandra era a mais nova das sete Filhas de Cassiopeia, tanto em idade quanto em tempo de sacerdócio, mal tendo completado o segundo ano desde que deixou de ser uma das pupilas do Templo, assumindo a vaga deixada pela andrômeda Adora, cuja morte trágica abalou as dezenas de mundos em toda Liga Interestelar.

Honrando o sacerdócio herdado, a nova andrômeda estava mais uma vez em missão, desta vez em um mundo não alinhado à Liga Interestelar: o planeta Kapuyt.

A recepção não havia sido simpática. A perceptível hostilidade das kapuytianas era evidente, mas isso não abalava a obstinada sacerdotisa. Em conversa com a líder da nação planetária, tentava a todo custo convencê-la a apoiar a Liga Interestelar naqueles tempos de guerra. Uma tarefa na qual nem os melhores diplomatas da Liga haviam sido bem sucedidos. Porém, ela estava confiante. Com seus cabelos compridos e lisos, em um castanho quase negro, esbanjava graça e beleza, mas acima de tudo, reinava em si o ar imponente que toda andrômeda trazia consigo. Com isso, conseguia um respeito que os tais diplomatas não haviam conseguido.

– Pense com carinho em nossa proposta – disse Liandra à soberana. – Viemos lhe oferecer a proteção da Liga Interestelar. Não tardará o momento em que Kapuyt estará em meio a fogo cruzado na guerra contra o Império Draconiano e sabemos que seu povo não possui recursos para se defender.

Maad-Haad, a líder suprema das kapuytianas, ouvia a andrômeda com atenção. Entretanto, suas palavras ainda não conseguiam tocar-lhe os dois corações.

– Você insiste em seus argumentos, andrômeda. No entanto, ainda creio que o interesse de vocês, humanos, vá mais além do que a boa ação que acreditam querer fazer ao meu povo.

Liandra não se deixou abater:

– Não negarei que a Liga Interestelar tenha grandes interesses comerciais em Kapuyt. Não é segredo nossa apreciação pela especiaria amarela e pelas jazidas de dalimântium do subsolo. Entretanto, também acreditamos que a Liga tem muito a oferecer ao seu povo. Nossos conhecimentos tecnológicos poderão facilmente ser transferidos a vocês, auxiliando no progresso de suas ciências, agricultura e indústrias. Vocês já devem ter estudado nossos planos de cooperação através dos arquivos que nosso governo ofereceu. Penso que uma análise criteriosa demonstrará o quão importante essa aliança será para todos.

– E a instalação de uma base da Liga Interestelar em nosso mundo selaria essa cooperação?

– Não só significaria o início da cooperação entre os povos, mas também o início de uma nova era de progresso. Além de, é claro, garantir a proteção contra o avanço do Império Draconiano neste setor da galáxia.

A *malkia* kapuytiana piscou os olhos, admirada com a convicção da sacerdotisa. Era sem dúvida uma humana singular, e não podia negar que suas palavras transmitiam certo grau de confiança. Fitou sua conselheira-mestre, indicando com um olhar que ela se aproximasse. Sem cerimônia, a conselheira levou seus lábios próximos ao ouvido da malkia, cochichando sem a mínima discrição, apenas ocultando sua boca dos olhos atentos dos visitantes com uma das mãos. De olhos semicerrados, Maad-Haad escutou as palavras que lhe eram confidenciadas enquanto Liandra esperava pacientemente, olhando de rabo-de-olho para Ladário Simonato, o diplomata indicado pelo Conselho Interestelar para acompanha-la na missão, e que torcia o canto da boca em evidente sinal de contrariedade.

A malkia voltou-se novamente para a andrômeda, entrelaçando os dedos de suas mãos sobre o fino vestido que tentava cobrir os joelhos magros.

– Não precisamos da tecnologia da Liga. O sucesso do acordo firmado com Kremíkkov nos será o suficiente.

– Kremíkkov? – a indagação de Simonato soou mais como uma exclamação do que como questionamento. – Mas...

Liandra o interrompeu com um gesto.

– Estamos certos de que os kremikkovianos poderão auxiliá-las no início, malkia Maad-Haad. Contudo, tenho certeza de que o que a Liga Interestelar tem a oferecer supera e muito o que...

– Não é de nosso interesse nos associarmos à Liga, cara andrômeda – interrompeu a kapuytiana rudemente. – Kremíkkov assinou um tratado de não agressão com os draconianos e esse tratado facilmente se estenderá a nós, agora aliados a eles.

– Perdoe-me a insistência, malkia. Mas percebe que com esse tratado, os kremikkovianos acabam por ceder acesso livre neste setor aos draconianos, de modo que enviem suas naves de guerra rumo a Liga Interestelar?

– Entendo a situação. Contudo, ainda assim não seremos envolvidas nessa sua guerra sem sentido.

– A que custo? Se me permite dizer, os kremikkovianos são conhecidos como hábeis negociantes, mas nem sempre famosos por sua honestidade. Qual será o preço dessa "proteção" para o povo kapuytiano?

A malkia não respondeu. O curto silêncio da soberana estrangeira deu um breve gosto de vitória para a andrômeda. Acreditou que pudesse ter alcançado o bom senso da kapuytiana e a partir de então as negociações ficariam mais fáceis. No entando, Liandra estava enganada.

– Não queremos vínculos com vocês, humanos – reiterou a malkia entredentes.

Liandra engoliu em seco. Ela sabia bem o motivo da recusa e já tinha conhecimento de que sua missão em Kapuyt seria complicada. Por isso o Conselho Interestelar solicitou o auxílio e a intervenção das Filhas de Cassiopeia. A fama de sabedoria e benevolência das andrômedas era conhecida e respeitada em toda galáxia, e isso poderia pesar muito nas negociações com Kapuyt. Entretanto, feridas de um passado muito distante pareciam não ter cicatrizado o suficiente.

– Temos consciência da desconfiança de seu governo quanto às nossas intenções, mas posso garantir que nós...

– Você pode garantir, andrômeda? – desdenhou a malkia. Seu semblante corou em um azul-esverdeado mais acentuado. – Puderam garantir também quando a horda humana invadiu Kapuyt e quase nos destruiu?

– Fala de um passado de mais de mil anos e que não nos pertence mais, malkia. Peço sua compreensão e boa vontade para que...

– Compreensão e boa vontade... Foi tudo o que também nos ofereceram no passado. Compreendemos seu pedido, andrômeda, e tivemos a boa vontade de escutá-la, oferecendo também nossa hospitalidade, embora isso ainda cause desconforto entre algumas de nós, em especial com a presença dos machos de sua espécie. Assim, creio que nossa audiência chega ao final. Não precisamos de sua ajuda. Quanto à guerra, creio que terão que lidar com ela sem a nossa participação.

Sem mais o que acrescentar, a sacerdotisa do Templo de Cassiopeia baixou o olhar, fazendo uma sutil reverência. Mesmo sabendo que as possibilidades de vitória eram mínimas, a frustração da derrota foi inevitável. Olhou para Simonato que de ombros encolhidos aguardava as ordens da mulher. Com um sinal ela indicou que era hora de se retirarem.

4.

Segurando sua bolsa, parada em frente à sede do governo planetário, Liandra aguardava a chegada do girocarro oficial junto a Simonato. Ambos eram escoltados por agentes de segurança escalados pela Armada Interestelar, dois taucetianos e três veganianos, que portavam suas pistolas microexplosoras, ocultas sob o casaco militar, mas prontas para uso se assim fosse preciso.

Uma representante do governo kapuytiano também os acompanhava, monitorando a vinda do veículo através de seu comunicador. Pela sua expressão de impaciência, não via a hora de despachar os visitantes humanos e voltar para suas atividades normais.

– Ela estava muito intransigente – iniciou Simonato, quebrando o incômodo silêncio imposto pela andrômeda e tentando de alguma forma consolá-la. – Nem você conseguiria dobrá-la.

– Sim, minhas chances sempre foram extremamente reduzidas. Mesmo assim o Conselho insistiu que tentássemos. Quando os diplomatas fracassam, eles sempre recorrem a nós. Mas a verdade é que nós, andrômedas, não somos infalíveis como muitos pensam. E diante dessa ideia que fazem de nós, sinto-me derrotada por não atender às expectativas em mim depositadas.

Liandra teve sua atenção desviada pelos comentários distantes de um grupo de transeuntes, curiosos com sua presença. O rancor que tinham da espécie humana era latente e incomodava. Procurou ignorá-los, desviando o olhar para o cenário à sua volta.

Kapuyt era um paraíso, com um povo pacífico e seus costumes e tradições, que eram passados de geração à geração. Hermafroditas, costumeiramente tratadas como seres do sexo feminino devido às suas características físicas e psicológicas, as kapuytianas formavam uma sociedade acostumada a trabalhar pelo bem-estar coletivo, onde a palavra "individualismo" não fazia parte de seu vocabulário.

Nas ruas largas e planas, era comum o tráfego de grandes triciclos, o principal meio de transporte da população, com sua incrível variedade de cores e modelos. Suas calçadas planejadas eram belamente arborizadas e cuidadas com esmero, repletas de flores nativas por toda sua extensão.

A sacerdotisa teve pena daquele mundo. Acreditava que, sem o apoio e a proteção da Liga Interestelar, Kapuyt era uma presa fácil para o Império Draconiano. E como se estivesse prevendo o inevitável, o cantar das aves que até então agraciava seus ouvidos, foi brutalmente interrompido por fragores celestes que estremeceram a terra.

Aeronaves de combate cruzavam os céus róseos de Kapuyt em zumbidos frenéticos. Canhões de plasma cuspiam todo seu poderio destrutivo sobre a capital planetária, arrasando quarteirões inteiros sem qualquer resquício de piedade. Torres habitacionais caiam em chamas sobre uma multidão ensandecida que corria sem rumo certo, na vã tentativa de escapar do terror que vinha do firmamento. Drones antigravitacionais sobrevoavam as ruas a poucos metros do solo, buscando fugitivos.

– Temos que sair daqui! – disse Simonato à andrômeda. – Precisamos nos abrigar em algum local seguro até que o socorro chegue.

Grandes robôs aracnoides corriam sobre as lajotas de cerâmica das ruas, chocando suas seis longas e articuladas patas contra o solo, em um irritante e temeroso ruído metálico. Do alto de seus grandes corpos esféricos, canhões de energia disparavam raios mortais contra a população local, proporcionando a maior chacina já vista em todo Kapuyt. Corpos caíam chamuscados, quase irreconhecíveis em uma negritude fétida.

Liandra e o diplomata separaram-se da equipe de segurança, correndo em direção a uma das estreitas ruas do centro histórico da cidade. Enquanto isso, os agentes tentavam inutilmente conter dois dos aracnoides, disparando com suas pistolas microexplosoras.

O casal de humanos se esgueirou rua abaixo, encontrando pelo caminho uma kapuytiana sentada junto a um tonel de lixo. Estava amedrontada, encolhida em posição quase fetal, abraçando os joelhos. Sua longa e fina cauda também envolvia suas pernas.

– O que você faz aqui, garota? – indagou a andrômeda. Pelo tamanho e aparência, a nativa parecia ser uma jovem adolescente kapuytiana.

Ela mal conseguia se mexer. Seu corpo trêmulo e os grandes olhos negros, mais brilhantes e arregalados do que o normal, denunciavam o estado de choque em que se encontrava. Não muito longe dela era possível ver dois corpos carbonizados. Provavelmente seus familiares ou amigos.

– Precisamos ajudá-la – a sacerdotisa abaixou-se à altura da jovem, estendendo-lhe a mão. – Não tenha medo. Não vamos lhe fazer mal.

Os sons de explosão e gritos de desespero pareciam ficar cada vez mais próximos. Os robôs aracnoides estavam se aproximando.

– Ela vai nos atrasar – disse Ladário. – Não podemos perder tempo, andrômeda Liandra. Temos que chegar à nave antes que seja tarde demais.

– Talvez já seja muito tarde. Mas não para esta jovem. É nossa obrigação ajudá-la. Não podemos deixá-la aqui. Eles irão matá-la!

A sacerdotisa amparou a kapuytiana, tentando reerguê-la. Ao ser tocada nos braços, a jovem nativa saiu do transe em que parecia se encontrar, fitando a mulher com evidente desespero.

– Apl-ua'a'q kiz! – sussurrou ela, encarando o semblante benevolente de Liandra. "Ajude-me", em *kapuytiano* simples.

– Nós vamos tirá-la daqui – a andrômeda afagou a face azul celeste da jovem, que cerrou os olhos agradecida, enquanto lágrimas caiam de seus olhos.

Um zumbido pôde ser ouvido no ar. Não demorou para perceberem o drone sobrevoando a rua, traçando curso em direção aos humanos. Seu escâner havia reconhecido a mulher como a andrômeda Liandra, enviando imediatamente as informações para o cruzador espacial draconiano em órbita de Kapuyt.

Um aracnoide surgia ao fim da rua, certo do sucesso da emboscada. Avistando o adversário cibernético, Ladário Simonato não hesitou em empunhar sua pistola microexplosora, disparando desenfreadamente.

– Corra, Liandra!

A andrômeda saiu em disparada puxando a kapuytiana consigo em uma corrida descomedida rua abaixo. Não estavam muito distantes do espaçoporto, porém, suspeitava que o local tivesse sido o primeiro lugar a ser bombardeado pelas forças draconianas. Se estivesse certa em sua dedução, a nave da Liga Interestelar que a trouxera ao planeta já havia sido destruída.

Ao olhar para trás, segura de que Ladário Simonato a seguia, presenciou horrorizada seu colega sendo exterminado pelo raio mortal do aracnoide. O grito da mulher veio em uma negativa histérica.

A máquina de extermínio logo teve a companhia de mais outra, que juntou-se a ela na caçada à andrômeda. Ambas diminuíram seus passos, apontando seus sensores na direção de Liandra. Na direção oposta, mais quatro robôs se aproximavam, subindo a rua e garantindo o cerco em um fim inevitável.

Enquanto os robôs se posicionavam, impedindo qualquer tentativa de fuga, o drone descia do céu, passando a flutuar sobre elas com seu zumbido irritante.

Nenhum disparo fora realizado.

A andrômeda percebeu o que acontecia. Queriam ela viva. Porém, o mesmo não podia se dizer quanto à jovem kapuytiana. Sabia que se a soltasse, aquelas inteligências cibernéticas não hesitariam em carbonizá-la. Não podia permitir que a jovem tivesse o mesmo fim que Ladário e os demais. Abraçou a nativa com força, na tentativa de protegê-la de qualquer investida.

Os aracnoides continuavam sua lenta aproximação. O cerco ia se fechando. Estavam a pouco menos de dez metros de distância e nada poderia impedi-los.

Liandra voltou-se para a kapuytiana.

– Você entende *Interestela*?

– F-Falo um pouco, sim – respondeu a jovem.

– Qual é o seu nome?

– Haiadiya-Nimbe, senhora.

– Certo, Nimbe. Faça o que eu digo. Feche seus olhos e não me solte por nada neste mundo, está bem?

– Está bem.

Abrindo sua bolsa, a Filha de Cassiopeia visualizou a pistola de raios que trazia consigo, junto aos seus poucos pertences. Pensou em sacá-la, mas sabia que ela seria inútil contra os adversários robóticos. Contudo, não era a pistola que buscava, mas sim o seu infocubo. Aquele pequeno aparelho multifuncional, fabricado exclusivamente para a utilização das andrômedas em suas tarefas e missões, era o único recurso que poderia recorrer dada a situação. O drone, sondando os movimentos da andrômeda, detectou a presença do objeto cúbico, entrando em estado de alerta, enquanto posicionava-se na defensiva, soando um histérico alarme. Mas antes que os inimigos robóticos pudessem agir, o infocubo foi ativado.

A ação foi tão rápida quanto um piscar de olhos. Os corpos de Liandra e Nimbe foram tomados por uma tênue aura eletromagnética, enquanto um círculo de força se expandiu em alta velocidade do centro do infocubo, irradiando um intenso pulso de energia em uma cegante explosão de luz que iluminou todo o quarteirão, podendo ser observada a centenas de metros de distância. O violento impacto energético lançou o drone a muitos metros de distância, caindo por terra com seus circuitos internos queimados. Igualmente abatidos, os aracnoides foram jogados para trás, derrubando uns aos outros em um "efeito dominó". Alguns jaziam ao solo de ponta-cabeça, com suas patas articuladas retorcidas e apontando para o alto, movimentando-se em desespero até o cessar das funções. Seus cérebros cibernéticos haviam fritado, tornando-os inúteis carcaças de metal espalhadas pela estreita rua de lajotas.

Apesar da vitória, ainda corriam perigo. Liandra tinha certeza de que o drone havia identificado-a como andrômeda, e ela sabia que, em tempos de guerra, capturar uma das Filhas de Cassiopeia seria como um troféu para os draconianos. Outros robôs seriam enviados à sua procura, e talvez os próprios draconianos viessem buscá-la, dispostos a enfrentar o desafio de uma caçada. Recordou-se então que, quando chegaram a Kapuyt, sua nave havia sobrevoado a densa floresta que cercava a capital planetária. Talvez tivesse alguma chance refugiando-se por lá.

5.

O clima era tenso no Conselho Interestelar. As notícias das quedas de Flamarion, Spica e Capella aterrorizaram a todos. Alguns acreditavam que era certo o ataque à Terra Longínqua nos próximos dias. Outros ainda acreditavam que a Armada afugentaria os nativos de Alpha Draconis por algum tempo até que pudessem encontrar uma maneira de derrubar o adversário. O fato era que os draconianos venciam cada vez mais batalhas e a desconfiança sobre a existência de espiões infiltrados nos principais órgãos da Liga Interestelar ganhava força nos bastidores.

Os conselheiros estavam em sessão, debatendo o futuro da guerra. A situação tornava-se insustentável. O presidente Jon Pardano insistia na rendição, buscando apoio entre os representantes de Tau Ceti e Vega, mas sem um acordo certo. Os comandantes da Armada estavam divididos em suas opiniões, enquanto o representante de Épsilon Eridani mais uma vez demonstrava sua insatisfação, ameaçando novamente abandonar a Liga Interestelar, causando alvoroço entre os defensores da união perpétua. Não tardou para que o tumulto se instalasse na sessão, havendo a necessidade da segurança intervir junto aos conselheiros mais exaltados.

Em meio ao debate caloroso, a Mãe Cassiopeia participava discretamente, apenas acompanhando os argumentos de cada lado em silêncio. Por tradição, o Templo de Cassiopeia também tinha assento cativo no Conselho, participando das votações e das decisões da casa. Contudo, a Constituição Interestelar garantia à representante do Templo uma vantagem a mais: o direito ao veto. E este era o trunfo nas mãos de Komara, caso Jon Pardano insistisse com sua proposta de rendição. O presidente, sabendo que a matriarca era contrária, buscava aliados para enfraquecer seu poder. E aos poucos ele vinha conseguindo seu objetivo.

Embora o planeta Kapuyt não fizesse parte da Liga, o clima só piorou com a chegada da notícia de sua invasão. Porém, os conselheiros ficaram mais abalados com o anúncio de que uma das andrômedas estava desaparecida. Segundo os informes, ela provavelmente estaria morta ou capturada pelo inimigo.

Querendo se aproveitar do momento, o presidente decidiu colocar a proposta de rendição em votação. Ele tinha o intuito de intimidar Komara, que lamentava a péssima notícia recebida. Jon Pardano sabia que ela poderia vetar a proposta, se a decisão lhe fosse favorável, mas a questão era: teria a Mãe Cassiopeia coragem de ir contra a decisão da maioria dos conselheiros, agora abalados com o desaparecimento de uma das tão reverenciadas guardiãs da galáxia? Talvez fosse o momento de por fim à guerra.

A votação foi apertada e a proposta de rendição acabou por vencer. Jon Pardano já comemorava, acreditando ter agido corretamente. A guerra deveria acabar. Um acordo com os draconianos seria muito mais salutar a todos, pregava ele. Entretanto, Komara usou seu poder de veto.

O Conselho veio a baixo. A repercussão do veto incendiou a sessão, que foi tomada de tumulto, insultos e ameaças.

Acusada de irresponsável pelo presidente, a Mãe Cassiopeia tomou a palavra, dizendo a todos que enquanto ela estivesse viva, lutaria até o fim pela Liga Interestelar. Afirmou também que sabia o quão inquietante era aquele momento, mas pediu paciência a todos, garantindo que o Templo de Cassiopeia estava trabalhando em cima de uma possível solução.

6.

De volta ao Templo, Komara atravessou os jardins floridos, sob a luz dos dois sóis naquela tarde de outono. Diante do lago cristalino em forma de meia-lua, caminhando pela estrada de lajotas rumo ao edifício principal, a matriarca cruzou com algumas jovens pupilas em suas túnicas alvas, recém-saídas dos estudos vespertinos. As meninas fizeram reverências, arrancando-lhe um tímido sorriso. Algumas delas se tornariam andrômedas no futuro, substituindo as sacerdotisas atuais quando estas atingissem a Idade de Transição e deixassem suas obrigações para tornarem-se *venerandas* para o resto de suas vidas, cedendo espaço para as novas gerações. Mas para que isso acontecesse, essas pupilas precisariam de um *bom futuro*. E era disso que ela precisava tratar.

Ao entrar na Câmara das Decisões, abraçou cada uma das andrômedas, lamentando mais uma vez o desaparecimento de Liandra. Questionou a respeito de Síbyla e Pluara, recebendo a resposta de que ambas continuavam seguras.

Anilleya aproximou-se da matriarca, alegando entusiasmada que tinha uma ideia que poderia auxiliar a Liga a vencer a guerra. Komara segurou nos antebraços da andrômeda, encarando-a nos olhos.

– Conte-me seu plano.

Sentindo o peso da responsabilidade, a andrômeda de cabelos dourados ativou o projetor holográfico. Acima, a imagem da galáxia era projetada em uma animação tridimensional. Através do painel de controle no tampo da mesa, a sacerdotisa interagia com a imagem, destacando em amarelo os territórios pertencentes à Liga Interestelar e em vermelho os mundos sob o domínio do Império Draconiano. Em azul eram destacados os mundos neutros, não alinhados a nenhuma das duas potências galácticas.

Anilleya iniciou as explicações:

– Não tenho como garantir que essa ideia irá funcionar, mas ao menos seria uma tentativa justa. Nós, andrômedas, temos prazer em sempre evidenciar o fato de que nossas ancestrais contribuíram com a reunificação da humanidade, reagrupando homens e mulheres espalhados pela galáxia após a Grande Guerra. Também tenho orgulho da nossa história. Contudo, a bem da verdade, a humanidade nunca esteve completamente unida.

Girando a espiral galáctica, Anilleya ampliou a imagem, destacando em cor azul quatro regiões distintas.

– Há grupos de homens e mulheres que não foram reintegrados à humanidade no processo de reunificação. Milhões de indivíduos! Se conseguíssemos trazê-los para o nosso lado, tenho certeza que poderíamos não só resistir à ofensiva draconiana, mas também vencer a guerra.

Tharísia levantou-se de sua poltrona com expressão de espanto.

– Você não está ousando sugerir que peçamos ajuda aos...

– Pós-humanos! – completou Anilleya. – São os únicos que possuem uma frota respeitável de naves de guerra capaz de lidar com o Império Draconiano.

Houve um burburinho entre as sacerdotisas, apenas interrompido pela manifestação de Tharísia.

– Vale lembrar, querida irmã, que não temos contato algum com os mundos pós-humanos. E é bom ressaltar que as naves de guerra que você afirma que eles possuem, foram desenvolvidas para um possível confronto conosco. Eles sempre se prepararam para uma guerra iminente com a humanidade.

– Sei que eles sempre temeram que um dia nós pudéssemos atacá-los. E por séculos nós tivemos o mesmo pensamento. Mas agora os tempos são outros. Se eles concordarem em se aliar a nós, a ajuda que poderão nos oferecer será muito mais do que bem-vinda.

– O fato é que faz mais de um milênio que estamos separados. Acha mesmo que depois de todo esse tempo, e depois da nossa rejeição aos seus costumes, eles estariam dispostos a nos receber de braços abertos e ainda entrar em guerra contra os draconianos simplesmente para nos apoiar?

– Eles não têm escolha. Alpha Draconis só não os atacou ainda porque sabem que não estão preparados para guerrear ao mesmo tempo em duas frentes de batalha distintas. Atacaram a Liga Interestelar primeiro, e será uma questão de tempo para que eles se reorganizem para finalmente atacarem os mundos pós-humanos. O Império quer a supremacia absoluta na galáxia. Não há dúvidas quanto a isso.

Komara concordou com Anilleya. Por um instante ressentiu-se consigo mesma por não haver pensado na possibilidade de solicitar a ajuda dos pós-humanos. Entretanto, quem pensava neles naqueles tempos?

Os registros históricos contavam que desde antes das viagens superluminais, aqueles que eram conhecidos como *transumanistas* acreditavam que a tecnologia deveria ser utilizada para o aprimoramento do ser humano, seja do aumento da longevidade até a expansão das capacidades físicas e intelectuais, passando por transformações estéticas, tudo isso contando com o auxílio da engenharia genética, da tecnologia da informação, da nanotecnologia e da bioengenharia.

Contrários a eles, os chamados *bioconservadores* sempre se opuseram ao uso da tecnologia para modificar a natureza humana, por acreditarem que qualquer modificação "desumanizaria" homens e mulheres. Além disso, também havia o temor de que seres humanos modificados pudessem se tornar uma ameaça aos seres humanos comuns.

Entretanto, apesar da forte oposição ao *transumanismo*, nada impediu que estes realizassem as manipulações genéticas necessárias para atingir as modificações estéticas que desejavam, ou que substituíssem partes do corpo (internas ou externas) por implantes de silicone, titânio e silício, ou por próteses e interfaces robóticas. E nada impediu que fosse realizada a hibridação genética entre humanos, animais e vegetais, visando criar gerações cada vez mais avançadas. Tornou-se comum aos *transumanos* viver além dos 400 anos de idade, ou encontrar homens e mulheres com peles azuis, verdes ou laranjas; ou mesmo deparar com seres de longas caudas ou com alguns pares de braços a mais. Da mesma forma, nada deteve a criação de quimeras humano-animais, tamanhas eram as quantidades de experimentos realizados.

Com o tempo, os conflitos foram se agravando, gerando atos de intolerância e preconceito, além de violência extrema e gratuita. Com as fronteiras humanas se expandindo pela galáxia, era contraditório verificar que os *bioconservadores* aceitavam as diferenças físicas e intelectuais dos veganianos, eridanianos, centaurianos, taucetianos, entre outros povos estrangeiros, mas não aceitavam as diferenças dos agora autointitulados *pós-humanos,* estes últimos vistos como traidores da natureza humana. O extremismo chegou a tal ponto que eram comuns os atos de terror contra populações pós-humanas. O revide também era imediato.

Isolados, rejeitados, agredidos e deixados à margem da sociedade desde os tempos da velha Terra, os pós-humanos seguiram seu próprio caminho, crescendo numerosamente e colonizando mundos distantes, longe dos domínios da futura Liga Interestelar, cortando definitivamente os laços que os ligavam à humanidade.

Diante de todo esse histórico, a Liga Interestelar não possuía relações diplomáticas com qualquer um dos quatro conglomerados pós-humanos conhecidos e espalhados pela galáxia: o Reino Unido de Antares, a União Republicana de Rígel, a Confederação Kastra em Epsilon Capricorni e a Federação Shaula em Lambda Scorpii.

Anilleya voltou-se para a matriarca:

– Peço que não leve a ideia ao Conselho. Devemos tentar o contato com os pós-humanos secretamente, sem criar qualquer tipo de alarde. Sabemos que existem traidores entre nós. Se essa ideia vazar, logo os draconianos ficarão sabendo dos nossos planos e mais uma vez farão de tudo para nos impedir. Caso aceite, estou disposta a seguir rumo a Antares. É o maior e mais importante dos quatro conglomerados. Creio que se conseguirmos apoio dos antarianos, os demais os seguirão.

Komara esboçou um sorriso.

– Gosto da sua confiança, minha menina. Fiz muito bem em escolhê-la como minha sucessora. Tenha certeza que usarei minha influência para conseguir discretamente junto à Armada o transporte necessário para esta missão. Também tentarei contato com o governo antariano para esclarecer o caráter pacífico e diplomático da nossa missão. Contudo, esta não é uma missão para uma única andrômeda. Tharísia, quero que você acompanhe Anilleya nessa viagem.

Pega de surpresa, a morena sorriu nervosa. Não teve chance de opinar. A decisão estava tomada.

– Desde já deposito em vocês duas a nossa esperança. O futuro da Liga Interestelar agora depende do sucesso de vocês.

7.

A fragata espacial *Brilho de Gaia* estava em órbita de Terra Longínqua e era flagelada pelos primeiros raios da manhã provenientes do nascer de Eta Cassiopeia A, além da borda planetária.

No hangar de atracamento da fragata, um grupo de tripulantes estava a postos, pronto para receber as Filhas de Cassiopeia que desembarcavam do transporte espacial vindo sem escalas do espaçoporto de Cidade Capital.

Anilleya e Tharísia surgiram pelas comportas de pressurização, trajando seus uniformes para missões espaciais: os tradicionais *collant* negros e inteiriços das andrômedas, adornados com desenhos estilizados em vermelho aos ombros, colo e braços, descendo até a altura dos punhos, com o brasão do Templo de Cassiopeia ao lado esquerdo do peito. Ajustados ao corpo, os trajes monitoravam os sinais vitais das sacerdotisas, tais como a taxa de respiração, a frequência cardíaca, a temperatura corporal, a pressão arterial e a atividade elétrica. Confortáveis de usar, as vestimentas removiam também o excesso de calor corporal, possuindo uma eficiente tecnologia antitranspirante.

Como frequentemente ocorria por onde passavam, reverências e cumprimentos entusiasmados rondavam os passos das sacerdotisas. Alguns dos tripulantes queriam tocá-las, afinal, elas representavam a última esperança para o fim da guerra. Muitos as viam como autênticas heroínas, reforçando o fascínio milenar em torno das Filhas de Cassiopeia, e outros, os menos interessados na mística que as rodeava, preferiam admirar sua beleza e seus corpos curvilíneos evidenciados pelo uso *collant*.

Tharísia sempre se encantava com recepções como aquela. Contudo, mantinha a postura costumeira própria de sua personalidade, exibindo um ar superior enquanto acenava com a mão direita em movimentos lentos. Já Anilleya tinha outra postura. Cumprimentava humildemente os tripulantes com um sorriso, dando as mãos sempre que eles estendiam as suas, e sempre que podia rejeitava adorações entusiasmadas à sua figura, fazendo questão de relembrá-los que ela era uma pessoa comum assim como eles.

Conduzidas à ponte, finalmente foram apresentadas ao primeiro-oficial e ao capitão. Suas figuras já eram bem familiares às duas mulheres.

– Aldus Canárian... – desdenhou Tharísia, torcendo o canto da boca e olhando para Anilleya. – Eu já deveria imaginar.

Anilleya quase não se conteve. Ao ver aquele homem diante de si, teve a vontade de correr ao seu encontro, abraçá-lo e beijá-lo apaixonadamente. Contudo, manteve a postura diante dos demais tripulantes que serviam na ponte e assistiam à cena. Ela estendeu-lhe a mão, enquanto ele fez uma breve reverência.

– É muito bom revê-las depois de tanto tempo longe – disse ele.

– Faz quase um ano – Anilleya acariciou a mão do capitão com ternura. Seus olhos azuis brilhavam em alegria e não pôde conter o sorriso entusiasmado.

Oriundo de Vega, o primeiro-oficial era o frequente braço direito do capitão, Vlantar-Caliniman Yeshk.

– É um prazer poder servi-las mais uma vez – disse o veganiano com seu sotaque sibilante ao falar *Interestela.*

– Komara solicitou pessoalmente ao Almirante Ian Fergunson a minha participação nessa missão – explicou o capitão. – Ela alegou que eu seria o mais capacitado, em virtude do caráter sigiloso da missão. Os elogios da matriarca renderam-me inclusive uma promoção – ele indicou as divisas em seu uniforme. – Não sou mais capitão-de-corveta, e consequentemente não comandarei mais a velha *Cartagena.* Agora, como capitão-de-fragata, assumi em definitivo o comando da *Brilho de Gaia.* E esta será minha primeira missão junto à minha nova tripulação. Fico feliz que estejam conosco.

8.

Com blindagem energética reforçada, a *Brilho de Gaia* era uma das melhores naves da sua categoria. Sua tripulação era mista, reunindo humanos, veganianos, taucetianos e luttarianos, todos empenhados na nova missão, seja realizando a manutenção de equipamentos, ou recalibrando instrumentos e sensores, ou mesmo treinando combates simulados nos consoles do computador central.

Anilleya caminhava pelos corredores na companhia do capitão, seguindo ao hangar de carga. Estavam no segundo dia de viagem e somente agora haviam conseguido alguns minutos a sós para conversarem.

– Tive poucas notícias suas desde a sua convocação, Aldus. Sei que por questões de segurança você não podia se comunicar conosco, mas isso me deixou apreensiva por várias vezes. Quando chegaram as notícias das nossas primeiras derrotas, eu implorava para que seu nome não estivesse entre as baixas anunciadas.

– Devo confessar que passei por maus momentos, Ani. Durante a batalha de Régulus houve uma ocasião em que pensei que não conseguiríamos. Nossa frota foi cercada em uma emboscada no cinturão de asteroides interior. Foi uma catástrofe. As naves inimigas surgiram disparando tudo que tinham com uma violência tamanha que mal conseguíamos revidar. Nossas blindagens foram destruídas e muitas naves sucumbiram à fúria draconiana. Muita gente boa se perdeu nos módulos de fuga lançados ao espaço, sinalizando desesperadamente com alertas de socorro que jamais seriam atendidos. Era impossível resgatá-los em meio ao fogo cruzado. As poucas naves que ousaram tentar pagaram um preço muito alto.

Ele a encarava com olhos melancólicos. Anilleya percebia claramente o cansaço em seu rosto abatido, consequência de infindáveis noites mal dormidas. Canárian estava um pouco mais magro e notavam-se alguns poucos cabelos grisalhos onde antes não existiam.

A andrômeda aproximou-se e beijou suavemente os lábios do capitão, que retribuiu na mesma intensidade. Os dois se abraçaram e ali permaneceram juntos, parados por alguns segundos. Ninguém presenciou a cena. E mesmo que alguém os flagrasse, não se importariam. A guerra estava mexendo profundamente com os sentimentos de todos. Não podiam perder a oportunidade daquele que poderia ser um dos últimos abraços. Afinal, em uma guerra, nunca se sabia o que realmente estaria por vir.

9.

Os dias que se passaram desde o início da tomada de Kapuyt foram difíceis para Liandra, agora refugiada em meio a uma floresta desconhecida e cheia de desafios, onde nem mesmo a nativa Nimbe sabia por onde seguir.

Caminharam por horas dentro da mata fechada, cruzando ribeirões, subindo morros e desviando do desfiladeiro que rasgava a selva de ponta a ponta. Entre um percalço e outro, paravam para descansar e comer. Compensavam o vazio do estômago ingerindo frutinhas silvestres que encontravam no caminho, tal como a doce jambolaina e a cítrica marmádule, que amenizavam a fome, mas não saciavam por completo.

Com o entardecer na região, as altas copas das árvores que naturalmente impediam com que parte da luz do sol chegasse à superfície, faziam a noite vindoura chegar mais cedo. A temperatura também caía, trazendo uma incômoda brisa gelada.

Fazendo um reconhecimento do terreno a sua volta, Liandra acreditou que aquele seria um lugar seguro para descansar. Não valia a pena continuar a caminhada após o poente. Sem qualquer iluminação, andariam em meio às trevas, correndo o risco de se acidentarem ou de cruzarem com animais selvagens dispostos a defender seu território. Aproveitando-se dos poucos raios de sol que ainda iluminavam o ambiente, ela juntou um pequeno monte de folhas, algumas delas já secas, colocando-as próximas ao tronco de uma grande árvore que, assim como a maioria, era tomada logo acima por volumosas samambaias cujas folhagens em forma de pluma pareciam despencar do alto.

Liandra acomodou-se sobre o pequeno monte de folhas, ajeitando sua túnica e recostando-se no tronco da árvore. Não era confortável, mas ao menos minimizava o incômodo em suas nádegas ao sentar-se naquele chão duro e irregular. Dormiria novamente sentada, ou ao menos tentaria, buscando recuperar suas energias para a jornada do dia seguinte.

Nimbe estava inquieta. Caminhava chorosa de um lado ao outro, reclamando da situação e lamentando a violência imposta pelos draconianos ao seu povo. Emitia sons curiosos enquanto resmungava, que mais pareciam o choro inconsolado de um cachorrinho ferido.

A sacerdotisa a observava curiosa. Sabia que mais cedo ou mais tarde o cansaço abateria a nativa e ela viria acomodar-se ao seu lado, assim como nas noites anteriores. Liandra via na kapuytiana uma garota adolescente, cheia de receios e dúvidas diante das incertezas da vida. Nimbe, de certa forma, era muito parecida com aquela menina assustada que um dia ela própria havia sido ao viver sua antiga vida nômade junto a seu pai e seus irmãos no grande deserto de Nova Sahara em Alpha Centauri 4, em meio aos desafios de uma terra árida, visitada frequentemente por piratas espaciais, contrabandistas e saqueadores. Felizmente, aqueles eram tempos que haviam ficado em um passado muito distante, ela pensou.

Ainda de olho na kapuytiana, ficou admirando sua delicada pele azul celeste. Ela tinha as maçãs do rosto e os lábios róseos, além de um pequeno nariz e olhos grandes e brilhantes, envoltos por cílios negros e volumosos. Toda essa combinação dava-lhe um ar gracioso, que remetia às figuras dos antigos deuses indianos da velha Terra.

Observando aquele corpinho humanoide, magro, porém curvilíneo, Liandra recordou-se do motivo pelo qual as kapuytianas odiavam os seres humanos. Suas ancestrais haviam sido tomadas como escravas sexuais, à época em que a humanidade iniciava sua expansão pela galáxia, muitos séculos antes da fundação da Liga Interestelar e do próprio Templo de Cassiopeia. Os antigos exploradores viam-nas como primitivas e inferiores. No entanto, estavam fascinados com a nova espécie e usavam-nas para saciar suas taras e fetiches. Passivas diante da investida humana, as kapuytianas tornaram-se amantes esporádicas contra sua vontade, em uma barbárie que só terminou após a Grande Guerra Galáctica. Com a saída dos humanos de seu território e a estimulação do progresso tecnológico em seu mundo, em parte patrocinado pelos kremikkovianos que logo vieram ao seu socorro, a sociedade kapuytiana evoluiu surpreendentemente, não deixando nada a desejar diante dos grandes povos da galáxia. Todavia, o trauma ocasionado pela dominação humana se estendeu de geração a geração, e as feridas deixadas ainda pareciam distantes de uma cura definitiva.

As divagações da andrômeda foram interrompidas pela nativa, que veio ao seu encontro assustada.

– Tem alguém se aproximando! Consegue ouvir? – A audição da kapuytiana era indiscutivelmente mais apurada que a da andrômeda e, sabendo disso, a humana colocou-se em atenção, levantando-se do chão.

Liandra teve a impressão de ouvir um suave farfalhar de folhas, não muito distante de onde se encontravam. O ruído confundia-se com o som das folhagens das grandes árvores, que balançavam em uma dança descoordenada e monótona, empurradas pela brisa vespertina.

– Draconianos não se dariam o trabalho de fazer um movimento tão sorrateiro – comentou Liandra para si mesmo, sob o olhar atento de sua protegida. – Ao menos não aqui em Kapuyt, onde vocês não oferecem nenhum perigo. Talvez sejam sobreviventes em fuga, assim como nós. Mas só há uma maneira de descobrirmos.

O som indicava que, o que quer que fosse, estava se aproximando gradativamente. Liandra buscou a pistola de raios em sua bolsa e posicionou-se estrategicamente atrás de uma árvore, indicando à Nimbe que fizesse o mesmo em outra árvore logo adiante, e que aguardasse em silêncio sem se mover.

Não demorou muito para visualizar um vulto humaniforme confundindo-se com a mata fechada. Àquela distância, ela ainda não conseguia identificar o que era, mas pelo caminhar da criatura constatou que não poderia ser uma das nativas do planeta. Tampouco um draconiano, afinal, a estatura do indivíduo que se aproximava não condizia com a dos reptiloides.

Logo, a visão ficou mais clara. A armadura, com o sistema de camuflagem ativado, tingia-se em manchas de tons de verde, em uma dissimulação quase perfeita para ocultar o homem que se aproximava. Ele segurava um fuzil de plasma, sempre em prontidão, analisando o terreno. Não era possível ver seu rosto, encoberto pelo capacete de visor escuro.

O homem continuou sua jornada, olhando atentamente para os lados, em um caminhar preciso e contínuo, rumo ao local onde Nimbe se ocultava, para desespero da jovem que suplicava a ajuda da andrômeda com o olhar. Liandra fez um gesto indicando que permanecesse no local e que estava tudo sob controle.

O som do pisar nas folhagens secas era torturante. Cada vez mais preciso, cada vez mais próximo, como se ele soubesse exatamente a direção correta a tomar para encontrá-la.

– Socorro! – suplicou a kapuytiana, em um sussurro inaudível. O pavor que tomava conta de si não permitiu que o som saísse.

Do outro lado, Liandra insistia que ela se mantivesse parada e em silêncio, tentando passar alguma segurança. Porém, Nimbe achava cada vez mais difícil acreditar que a humana pudesse tirá-la daquela situação. De repente, o homem parou a caminhada.

– Eu sei que você está aí – disse o homem, em uma voz abafada pelo capacete cerrado. – Saia, e não lhe farei nenhum mal.

Nenhum movimento. Somente o balançar das copas das árvores e o varrer das folhas secas pelo vento. De resto, o silêncio, quebrado somente pelo som do vento. Foram os 20 segundos mais tensos da vida da kapuytiana.

Liandra destravou a pistola de raios, preparando-se para o contra-ataque, quando foi surpreendida pela rendição da kapuytiana, que saiu de seu esconderijo com as mãos ao alto e as pernas trêmulas, enquanto sua cauda serpenteava nervosa sem qualquer controle. Mal conseguia falar.

– Eu me entrego! Não me mate, por favor! – implorou ela, colocando-se de joelhos.

O homem apontou o fuzil para a jovem nativa, observando-a curioso. Ela gemia em um som agudo e peculiar, em meio a soluços e lágrimas. E antes que ele pudesse tomar qualquer atitude, foi surpreendido pela andrômeda, que surgiu por detrás dele apontando a pistola à sua cabeça.

– Quietinho! Um movimento não autorizado e acabo com você! – ameaçou Liandra, furiosa. – Jogue sua arma no chão. Depressa! Eu não estou brincando!

– Não pretendo machucá-las – o homem tentou virar-se para a sacerdotisa, mas ela insistiu na ameaça, desta vez tocando o capacete com o cano da pistola. Ele atirou seu rifle ao solo, mas apesar disso não se sentiu intimidado e continuou a falar. – Estou aqui para ajudá-la, *andrômeda*.

Por um momento Liandra não entendeu como aquele estranho sabia de sua condição sacerdotal. No entanto, logo se percebeu ainda trajando a vestimenta rubra que a caracterizava como Filha de Cassiopeia, facilmente identificável em qualquer canto da galáxia.

– Como nos localizou? O que faz aqui? Afinal, quem é você?

– Ei, ei, ei! Muitas perguntas de uma vez. Quanta curiosidade, hein? Muita calma nessa hora, florzinha.

Irritada, Liandra franziu o cenho e torceu o canto da boca em evidente sinal de desagrado.

– Já disse que não estou para brincadeiras. Responda as perguntas! Mas antes, tire logo esse maldito capacete! Quero olhar para sua cara.

Sem pressa, ele destravou o capacete, retirando-o vagarosamente.

– Pronto, aqui está. Devo dar o capacete para sua amiga segurar?

Naquele instante, a sacerdotisa percebeu que Nimbe ainda continuava ajoelhada ao chão.

– Ora, Nimbe. Levante-se logo daí!

A kapuytiana obedeceu, ainda receosa. Desde a infância havia escutado muitas histórias a respeito de humanos machos, estes muito mais terríveis que as fêmeas. Histórias que não só assustavam crianças, mas também adultos. E agora, com um dos machos diante de si, seu corpo estremecia.

– E então? – o homem indicava o capacete, ainda aguardando a próxima orientação da andrômeda.

Liandra encarou-o de frente pela primeira vez, sempre com a arma em punho. Era um homem bonito. Cabelos castanho-claros, compridos quase a altura dos ombros, olhos verde-acinzentados, barba por fazer e um sorriso largo e provocador, que evidenciava as covinhas nas bochechas.

– Apenas responda minhas perguntas – ela falou pausadamente, buscando não perder a paciência diante do ar petulante daquele estranho.

– Meu nome é Bel Philip e encontrá-la foi questão de sorte. Eu não estava procurando uma andrômeda na floresta, mas sim buscando oportunidades de negócios. Ah, creio que não mencionei. Sou um mercador autônomo não vinculado com sindicatos convencionais.

– Mercador, hein? E o que você comercializa?

– De tudo um pouco. Revendo as mais variadas mercadorias que adquiro nos mundos que visito. E assim vou levando minha humilde vida.

– E para isso você precisa de um rifle de plasma?

– Nunca se sabe o que podemos encontrar nos mundos que visitamos hoje em dia, não? Olhe para Kapuyt. Foi atacado por draconianos, veja só! Um mercador deve se defender de hostilidades que possam prejudicar os seus negócios.

– Isso me cheira a papo de contrabandista. Ou de pirata espacial. O que você é exatamente, Sr. Bel Philip? Se é que esse é realmente seu nome.

– Belmont Philip ao seu dispor – disse em tom de deboche, ensaiando uma reverência. – E este é sim meu verdadeiro nome, florzinha. A propósito: aonde quer chegar com todo esse interrogatório?

Liandra observou-o por completo, medindo-o com o olhar de cima a baixo. Bel Philip era um homem alto e forte. Sua armadura era semelhante à utilizada pelos soldados da Armada Interestelar, e isso o tornava mais perigoso do que aparentava. Modelos como aquele, além de aprimorarem a força física do indivíduo, possuíam sistemas de blindagem que conteriam qualquer disparo da sua arma. Isso explicaria sua tranquilidade. Mas, se sua suspeita estava certa, uma pergunta permanecia no ar: por que ele não a atacava, tomando-lhe a pistola de raios, acabando com todo aquele teatro?

– Você disse que estava aqui para me ajudar.

– Sim, foi o que eu disse.

Ela olhou para a kapuytiana, cujos olhos pareciam estar mais negros e brilhantes que o de costume, apenas atentos aos movimentos da humana. Não sabia até que ponto Nimbe confiava nela, mesmo assim, torcia para que a jovem nativa aceitasse a atitude que ela tomaria. Lentamente, desceu a pistola de raios, baixando a guarda por completo.

– Ei! O que você está fazendo? – questionou Nimbe quase indo ao desespero, recuando alguns passos.

– Aceitando a ajuda que ele nos ofereceu – respondeu a andrômeda, fitando o olhar curioso daquele homem. – Se há alguém que possa nos ajudar de alguma forma neste momento, Nimbe, essa pessoa está na nossa frente.

Sem cerimônias, Bel Philip abaixou e pegou o rifle de plasma do chão, analisando se a arma não havia sofrido nenhum arranhão com a queda, ignorando completamente o fato de que, mesmo não tendo mais a pistola apontada para sua cabeça, ela ainda continuava na mão da sacerdotisa. Ele sorriue, sem qualquer aviso, empunhou o rifle e o apontou para Liandra.

– E agora, florzinha? Como vai ser?

Desta vez foi ela que ignorou a ameaça, desviando do oponente e caminhando rumo à sempre amedrontada Nimbe. Abraçou a kapuytiana, que tomou a sacerdotisa para si como escudo.

– Acalme-se. Ele não irá nos matar. Não tenha medo. Se ele quisesse já o teria feito.

Ele gargalhou, baixando o rifle.

– Muito esperta, florzinha. Muito esperta mesmo!

– Não sei quem você realmente é, Sr. Bel Philip. Um pirata, um contrabandista ou um mercenário. A mim isso não importa no momento. Você nos ofereceu ajuda e nós aceitamos. Agora é com você.

– Você deve estar bem desesperada mesmo para confiar sua vida nas mãos de um desconhecido. Afinal de contas, em que posso ajudá-la?

– Acredito que você já estava no planeta *bem antes* do ataque das forças draconianas, e devido às tais "oportunidades de negócios" que você diz estar buscando, é improvável que sua nave estivesse atracada no espaçoporto da cidade, o que me faz imaginar também que os seus "negócios" são ilegais de alguma forma. Seguindo este raciocínio, deduzo que tenha pousado sua nave longe da vista de todo mundo, o que evitou sua destruição, tornando-a assim a única nave operacional existente nas redondezas. Ela possivelmente se encontra em alguma clareira no meio da floresta, em um lugar tão improvável que nem os draconianos pensariam vasculhar. Estou enganada?

Ele sorriu.

– E isso quer dizer que minha nave é a única chance de fuga que você tem no momento, não?

Liandra encolheu os ombros, balançando a cabeça afirmativamente.

– Sou um homem de negócios – prosseguiu Bel Philip. – Uma carona em minha nave não sairá de graça.

– Estou disposta a pagar o preço que for necessário, desde que seja justo.

– Tenho certeza de que chegaremos a um acordo – sorriu ele, malicioso. Desta vez foi ele quem a observou de cima a baixo. Reparou em seu narizinho fino e arrebitado, com sardas discretas e charmosas que se estendiam até as maçãs do rosto e que lhe davam um charme especial. Os olhos escuros e a pequena boca de lábios finos e avermelhados destacavam-se harmoniosamente naquela pele alva. De estatura mediana, era uma mulher magra, mas com curvas salientes e prazerosas de se olhar.

Ela não se preocupou com a insinuação e acrescentou:

– O Templo de Cassiopeia o recompensará caso nos ajude. Posso lhe garantir isso.

– Veremos.

10.

Perdida em seus pensamentos, Tharísia estava em pé, em frente à grande janela panorâmica do observatório da *Brilho de Gaia*. De braços cruzados, admirava solitária a nebulosa multicolorida pela qual passavam após retornarem ao espaço normal. Ainda teria alguns minutos para observá-la antes que a nave realizasse as manobras e os cálculos necessários para abrir um novo *buraco de verme* e saltar novamente ao hiperespaço, em um procedimento de idas e vindas que fariam por mais uma dúzia de vezes até a chegada ao destino final.

Yeshk entrou no observatório, trazendo consigo duas taças de *violeta capelliana*. De costas para ele, a andrômeda não notou sua entrada discreta. Sabendo disso, o veganiano parou por um instante, ficando apenas a observar a mulher de longe. Seu par de antenas balançava fora de sincronia para frente e para trás, expressando sentimentos de respeito e veneração.

Percebendo que era vigiada, Tharísia voltou-se para o primeiro-oficial, notando-o com as bebidas em mãos.

– Foi muito atencioso de sua parte, Sr. Yeshk – disse ela, seguindo em direção a ele.

– Apenas uma pequena cortesia – ele fez a gentileza de encontrá-la na metade do caminho, entregando uma das taças. Encarava a andrômeda com seus olhinhos piscantes, admirando o tom bronzeado de sua pele e os cabelos negros à altura dos ombros, duas coisas que ele jamais teria, sendo sua espécie albina e calva.

Após décadas de convivência, Yeshk havia aprendido a admirar a espécie humana. E para ele, Tharísia era a mulher mais linda da humanidade.

A sacerdotisa levou a *violeta capelliana* à boca, bebendo em pequenos goles. Ela sabia que veganianos possuíam um fascínio exagerado pelos seres humanos e, por um momento, imaginou se Yeshk não estaria na verdade flertando com ela. O pensamento a fez sorrir, afinal, quem imaginaria um humano se relacionando com um veganiano na cama? Os órgãos sexuais humanos não eram compatíveis com os órgãos daquela espécie. Além disso, eles eram hermafroditas, assim com as kapuytianas e outras tantas espécies humanoides encontradas na galáxia, que possuíam outras formas de se relacionarem.

Tharísia não conseguia enxergar tanta beleza nos veganianos, mas os achava "engraçadinhos", com suas peles enrugadas, cabeças grandes, bocas pequenas com dentes quase infantis e fossas nasais arreganhadas. Eram muito magros e mais altos que os humanos, andando levemente encurvados, evidenciando uma suave e característica corcunda. Suas tradições os impeliam a falar sempre a verdade, adotando uma postura de sinceridade extrema, que muitas vezes acabava por incomodar quem não estava habituado.

– Está aguardando alguém? – questionou ele, puxando conversa.

Naquele momento, um tripulante entrou no ambiente, chocando suas botas contra o piso. Era um taucetiano. Baixinho e troncudo, tinha suas quatro mãos segurando umas as outras à frente ao corpo.

– Oh, perdoem-me a intromissão – disse o tripulante em um *Interestela* arrastado. – Imaginei que a andrômeda pudesse estar sozinha.

Tharísia fez um gesto para que ele se aproximasse.

Timidamente, o humanoide de pelagem lilás caminhou com suas pernas musculosas e arqueadas até o encontro com a sacerdotisa. Ele ajoelhou-se aos pés da mulher, pedindo que ela impusesse as mãos sobre sua cabeça e o abençoasse.

Yeshk ficou admirado. Achou o gesto um raro exemplo de humildade.

– Sinto minha fé abalada – disse o nativo de Tau Ceti, encarando a morena com seus olhos úmidos. – Essa guerra e todo o resto... Têm acabado comigo! Por favor, Filha de Cassiopeia, diga-me palavras de inspiração para que eu possa seguir adiante!

Reconhecendo o sargento Jhaf, o veganiano se compadeceu com a situação ao vê-lo ao chão. Não podia conceber que um indivíduo pudesse perder a fé na doutrina cassiopista, d qual ele próprio era um devoto fiel. Percebendo a circunstância delicada, Yeshk pediu licença à andrômeda, dizendo acreditar que o tripulante estaria melhor a sós com ela, caso ela assim o desejasse. Ele afirmou não se julgar no direito de testemunhar um apelo tão particular quanto aquele

Tharísia pegou em uma das mãos do taucetiano, pedindo que ele se levantasse. Levou seus olhos verde-acinzentados ao primeiro-oficial ao lado e sorriu.

– Eu ouvirei o que ele tem a dizer e o aconselharei. Não se preocupe, Sr. Yeshk. Em breve retomaremos nosso diálogo.

Yeshk assentiu. Fez uma reverência e retirou-se do observatório logo depois.

11.

Caminhar pela mata fechada não era uma coisa que Liandra estava acostumada a fazer, ainda mais trajando a vestimenta sacerdotal. A bela túnica rubra já não tinha o aspecto impecável de sempre. Estava empoeirada e suja com manchas da terra escura do terreno.

Bel Philip ia à frente, empunhando seu rifle de plasma, sempre atento a qualquer ruído ou movimento. Estava tão seguro do caminho que Liandra suspeitou que ele já tivesse visitado a região outras vezes, pois os infindáveis desvios feitos pelo terreno irregular, entre obstáculos naturais como as grandes árvores, rochas ou mesmo riachos que encontravam pelo caminho, faziam do trajeto um enorme labirinto, onde ela mesma já havia perdido a noção do caminho.

Sempre atrás, Nimbe seguia o casal de humanos, confiante na proteção da andrômeda, mas ainda incomodada com a presença daquele homem.

– Falta muito para chegarmos? – indagou a mulher. – Já andamos muito, não?

– Oito quilômetros e trezentos e vinte e dois metros – afirmou ele.

A sacerdotisa ficou admirada com a precisão, mas logo recordou da armadura que ele vestia, sem dúvida equipada com um medidor de distâncias, entre outros recursos.

– Atrás daquelas árvores há um rio – ele indicou, apontando adiante. – Minha nave encontra-se logo ali.

A noite já dominava completamente a mata e em meio à escuridão, sons estranhos nunca antes escutados pela andrômeda surgiam por todos os lados, evidenciando a presença dos seres noturnos da floresta, enquanto as primeiras estrelas já surgiam no céu de Kapuyt. A armadura de Bel Philip assumia um leve brilho fosforescente, permitindo que Liandra e Nimbe pudessem acompanhá-lo sem perde-lo de vista. Mais alguns minutos de caminhada e finalmente chegaram ao destino.

A margem do rio possuía uma faixa estreita de terra, toda coberta por cascalhos, onde o veículo espacial jazia oculto na escuridão.

– Eis a sua carona, florzinha – ele sacou do bolso da calça o controle que ativou a abertura da comporta da nave. Uma rampa desceu lentamente, tocando o solo. – Sejam bem-vindas à *Intrépida!* Ah! E não reparem a bagunça.

Liandra entrou primeiro. As luzes internas se acenderam ao detectar sua presença. Era uma nave pequena e simples, devidamente apresentada pelo anfitrião. Caminharam pelo corredor principal que dava acesso aos outros ambientes: um pequeno dormitório com um beliche e armários embutidos, um toalete, uma cabine para banhos, uma minúscula cozinha e adiante, a portas fechadas, a cabine de controle. Havia uma escada que dava acesso ao andar inferior, onde encontravam-se a sala de máquinas e o depósito de cargas.

Sem cerimônia, Bel Philip retirou as luvas e despiu-se da armadura diante de suas convidadas, exibindo seus braços musculosos e seu peitoral sob uma camiseta regata branca e justa. Não pôde deixar de notar os olhares curiosos das duas.

– Desejam alguma coisa? Uma bebida talvez?

– A única coisa que desejo, Sr. Philip, é partir de Kapuyt o quanto antes – respondeu a sacerdotisa secamente. O ar galanteador que aquele homem costumava empregar em suas frases às vezes a irritava, embora no fundo estivesse gostando de ser flertada.

– Não sei se é a melhor hora, florzinha. O espaço aéreo sem dúvida está sendo monitorado à procura de naves em fuga. Acho melhor esperarmos o momento certo. Talvez dentro de alguns dias possamos partir.

– Dias?

– Por que todo esse espanto? – ele se aproximou, colocando-se diante da mulher. – Tenho provisões suficientes para meses. Não passaríamos necessidades aqui. E podemos aproveitar para nos conhecermos melhor, não? – Ele ergueu a mão, retirando para o lado uma mecha de cabelos da franja que caia sobre o semblante de Liandra.

A andrômeda ameaçou retrucar, mas antes que pudesse dizer alguma coisa, a nave estremeceu com força, fazendo-a se desequilibrar. O som da explosão pôde ser ouvido do interior. Segundos depois, outra explosão.

Os draconianos os haviam descoberto. Era hora de partir.

12.

Anilleya teve um dia gratificante ao lado de Áldus Canárian. Discutiu alguns detalhes da missão com Tharísia durante a tarde e depois ainda tirou algum tempo para dialogar com os tripulantes, muitos deles ávidos em tocá-la ou ter uma palavra. O jantar com Yeshk foi muito prazeroso. Era sempre divertido ouvir as histórias fantásticas do veganiano.

Já passava da meia-noite na *Brilho de Gaia* – hora padrão de Terra Longínqua – e a loira ainda estava acordada, a portas fechadas em seu alojamento. Sem o *collant* negro, vestia uma camisola semitransparente, imaginando que o capitão pudesse vir a procurá-la durante a noite.

A campainha da cabine sibilou e ela se levantou da cama com um pulinho, não ocultando sua alegria ao aprovar seu visual frente ao espelho da parede, em uma rápida conferida de última hora antes de abrir a porta.

Contudo, não era o capitão.

Percebendo isso, Anilleya não abriu a porta por completo, fitando o visitante noturno apenas por uma fresta.

– Andrômeda, por favor! Sei que a incomodo a essa hora, mas preciso ter uma conversa com você – disse o tripulante ao corredor.

– Isso não pode esperar até o turno da manhã? – indagou ela, decepcionada e impaciente com a presença do visitante.

– O assunto é urgente. Acredito que há um espião do Império Draconiano entre nós.

Aquela declaração chamou sua atenção. A loira pediu um momento e tratou de se vestir. Viu o *collant* dobrado sobre o criado-mudo ao lado da cama e colocou-o às pressas.

Em seguida, Anilleya recebeu o tripulante taucetiano em seu alojamento, intrigada com o que ele tinha para falar.

– Desculpe mais uma vez por incomodá-la – ele entrou no dormitório e tratou de fechar a porta.

– Como você se chama?

– Jhaf. Sargento Jhaf – o taucetiano baixou o olhar.

– Por favor, sente-se – ela indicou a cadeira estofada ao lado, enquanto sentava-se à cama, de frente para o sujeito.– Conte-me o que sabe, sargento. Você disse que há um espião entre nós?

– Sim, sim. Eu tenho certeza disso!

– E o que o faz ter certeza disso?

– Algumas evidências que obtive. Eu posso provar!

Anilleya ficou admirada. Em dois anos de guerra, a Inteligência da Liga Interestelar não havia conseguido identificar um único espião, embora mantivesse uma lista de suspeitos sob vigilância constante. Ter um indício desses enquanto rumavam em missão secreta para Antares era surpreendente e, ao mesmo tempo, aterrador.

Ela pediu licença e se levantou. Caminhou até o armário no intuito de pegar o infocubo que mantinha guardado. Se o sargento Jhaf estava disposto a delatar alguém, seu depoimento deveria ser registrado para futuras investigações.

– Creio que não se importará se gravarmos nossa conversa, não? – disse ela de costas, buscando o aparelho no interior de sua bolsa.

– Mas é claro que não, andrômeda.

O taucetiano colocou lentamente a mão no bolso da calça do uniforme, sacando sem cerimônia uma adaga de prata. Era a arma perfeita para o que ele tinha em mente. Uma pistola de raios ou um microexplosor seriam mais eficientes, porém seriam detectados imediatamente pelos sensores da nave assim que fossem ativados, chamando atenção antes da hora.

Anilleya já tinha o infocubo em mãos quando se deu conta da

investida contra si. A adaga empunhada pelo sargento atravessou a curta distância entre ele e a andrômeda que, pega de surpresa, mal teve tempo de desviar, mesmo com seu ágil reflexo. A lâmina a atingiu, rasgando sua veste a altura das costelas, pouco abaixo do seio direito.

– O que está fazendo? – contestou ela assustada, levando a mão ao local ferido.

– Dando um fim em você!

Ele mal terminou sua frase e a atacou novamente. Só houve tempo para Anilleya defender-se colocando o infocubo diante de si, impedindo o avanço da lâmina, que se chocou contra a superfície lisa do aparelho translúcido. E antes que o taucetiano pudesse mudar a estratégia, Anilleya atirou-se para o lado agarrando-lhe o braço que empunhava a arma branca, dobrando-o para trás enquanto se posicionava à sua retaguarda, na tentativa de imobilizá-lo.

– Você está cometendo um erro! – alertou ela, tentando programar o infocubo com o aplicativo de defesa, mas não houve tempo.

Ele levou os demais braços para trás,agarrando a andrômeda às suas costas e golpeando-a com a parte de trás da cabeça, acertando-lhe uma, duas, três vezes! Fazendo-a ceder. Ele conseguiu não só libertar a mão que segurava a adaga como também fazer a sacerdotisa derrubar o infocubo ao solo.

Zonza, Anilleya afastou-se. Sem que pudesse se recuperar plenamente, foi novamente atacada pelo sargento. Apesar de sua tentativa de desvio, ele conseguiu ferí-la na barriga, proporcionando desta vez um corte mais profundo que o anterior. O sangue gotejava, enquanto ela fugia de novas investidas.

– Você será julgado em corte marcial por isso! – gritou ela exaltada. – Acha mesmo que irá escapar dessa?

– Há muitas coisas que você desconhece, andrômeda. Fique sossegada. Eu sairei dessa sem nenhum problema. Quanto a você, já não posso dizer o mesmo.

Ele empunhou a adaga e avançou mais uma vez, tentando acertar-lhe o pescoço. Por muito pouco não conseguiu. Anilleya esquivou-se novamente, tropeçando de costas à beira da cama, caindo sentada sobre ela. Vendo a aproximação do oponente, chutou-lhe o abdômen com os pés descalços, mas logo foi impedida por duas de suas mãos, que a seguraram nas coxas, imobilizando suas pernas.

Ela tentou libertar-se, dando socos certeiros com uma das mãos à face do oponente, enquanto a outra buscava impedir que a adaga avançasse em sua direção.

O sangue do taucetiano escorria de seu supercílio esquerdo. Contudo, os hematomas causados pelos golpes de Anilleya mantinham-se ocultos em meio à pelagem lilás de sua face. Enraivecido, projetou-se sobre o corpo da sacerdotisa fazendo-a deitar-se de costas sobre a cama, segurando-lhe o pescoço com uma terceira mão. A mão que empunhava a lâmina tentava furar suas entranhas.

Anilleya continuava a impedi-lo, segurando a arma e fazendo força na direção contrária, tentando afastá-la de si a todo custo. Porém, a força física do taucetiano dava-lhe uma reconhecida vantagem.

Ela visualizou o botão de emergência à parede. Precisava de ajuda. No entanto, desvencilhar-se de seu oponente parecia uma tarefa impossível. Anilleya via sua força se esvair. A mão em seu pescoço começava a sufocá-la e nada podia fazer. Sentia a ponta da adaga rasgando lentamente o *collant* e arranhando sua pele.

Diante do impasse, o sargento taucetiano soltou uma das pernas da sacerdotisa, levando outra mão a auxiliar a que empunhava a adaga. Dessa forma a andrômeda não teria chance. Contudo, o que ele não supunha era que ao soltar a perna da mulher, ela a usaria naquele breve momento para reagir com uma joelhada certeira em seu órgão reprodutor.

Com seus três testículos internos, o golpe recebido não proporcionou a dor que causaria se ele fosse humano. Entretanto, o impacto gerou desconforto suficiente para desconcentrá-lo, fazendo-o ceder por um instante. Aquilo foi o suficiente para Anilleya afastar a arma de si, mas não o necessário para eliminar o perigo de morte. O sargento mais uma vez voltava a empurrar a adaga rumo ao abdômen da sacerdotisa. Seus grandes olhos esbugalhados pareciam se incendiar em ódio e seu sorriso vitorioso prenunciava o final da batalha.

Anilleya arriscou sua última cartada. Soltou a mão direita da adaga, sabendo que não teria muito tempo, pois a sua mão esquerda não aguentaria segurá-lo por mais do que alguns poucos segundos. Sem pensar duas vezes, levou a mão livre à face de seu oponente, cravando sem piedade suas unhas em seu grande olho esquerdo. O sangue púrpura respingou em seu rosto e o urro do sargento foi imediato.

Ele soltou o pescoço da andrômeda, levando a mão ao olho ferido. Nesse instante, Anilleya aproveitou-se do vacilo do inimigo e voltou a segurar a adaga com as duas mãos, desviando-a de si. Com a perna livre, afastou o corpo do inimigo com um empurrão, soltou a adaga, girou o corpo pela cama e finalmente conseguiu levantar-se, atirando-se rumo ao botão de emergência, acionando finalmente o alarme.

Com o sangue se esvaindo e cego de um olho, o sargento contra-atacou furioso, berrando xingamentos em seu idioma nativo. Anilleya o recebeu de punhos cerrados, em golpes precisos, esquivando-se o quando podia. Ela notou por fim o infocubo caído ao chão. Desviou dos braços compridos do oponente e partiu em direção ao objeto, pegando-o para si. Contudo, percebeu-se novamente acuada no canto do alojamento.

– Cansei de suas brincadeiras, andrômeda – disse ele, ofegante. – Vamos acabar logo com isso!

O taucetiano investiu novamente, empunhando a adaga e usando toda sua força física. Anilleya não teve alternativa a não ser usar mais uma vez o infocubo como escudo para defender-se. Porém, desta vez utilizou uma nova estratégia. Ao chocar-se com o infocubo, a adaga recebeu uma forte descarga elétrica que atingiu o taucetiano em cheio, lançando-o para trás. Finalmente Anilleya havia conseguido ativar o aplicativo de defesa, acionando o eletroescudo em potência máxima.

Quando a porta do dormitório se abriu, o capitão Áldus Canárian, acompanhado de mais dois soldados, pôde observar a sacerdotisa ofegante e sangrando, com seu *collant* rasgado e seus cabelos desarranjados. Ao fundo, o sargento Jhaf encontrava-se abatido ao solo, ainda segurando a arma do crime.

13.

A *Intrépida* levantou voo, subindo acima das copas mais altas da floresta, observando o enxame de drones que se aproximava. Abaixo, os robôs aracnoides apontavam seus canhões de energia para o alto, disparando sem piedade.

– Não tenha medo, andrômeda – Bel Philip brigava com os controles da nave, enquanto suas duas convidadas acompanhavam-no apreensivas na cabine de comando. – Eu tirarei a gente dessa!

Liandra olhou em volta. A *Intrépida* era uma nave diferente de todas as que já havia visitado. Ela não era especialista em veículos espaciais, mas o pouco conhecimento que tinha permitiu que reparasse que o painel de controles não seguia o padrão geralmente utilizado pela Liga Interestelar. Contudo, não ficou admirada. Sendo aquele homem um "mercador autônomo", como ele próprio se definia, devia ter tido contato com vários povos, inclusive os dos mundos não alinhados. Não seria de se admirar que ele próprio houvesse solicitado a fabricação de uma nave específica para seus negócios, utilizando tecnologias e peças adquiridas em todos os cantos da galáxia que tivesse visitado.

Observando a janela panorâmica à frente, pôde visualizar a curvatura do planeta Kapuyt em cores róseas e pasteis. Logo acima, a negritude do espaço cósmico. Os geradores de gravidade artificial interna entraram em funcionamento, impedindo com que flutuassem na cabine.

Ainda olhando pela janela, Liandra e os demais puderam encarar um dos cruzadores espaciais draconianos. As gigantescas naves de guerra disparavam contra o planeta, enquanto de seus hangares inferiores eram lançados alguns raptores – os seus temidos caças espaciais – que traçavam curso de interceptação. O alarme interno soou, indicando que os raptores carregavam suas armas, prontas para alvejar a *Intrépida*.

Bel Philip realizou uma manobra evasiva, partindo para o lado escuro do planeta. Distanciava-se cada vez mais de Kapuyt, aos olhos melancólicos de Nimbe, que segurava com suas duas mãos o braço da andrômeda.

O planeta ficava para trás, mas os raptores seguiam disparando suas armas, cada vez mais próximos.

– Eles irão nos alcançar – disse Liandra, interpretando as informações dos monitores do painel.

– Não se eu puder impedir – o mercador ativou os propulsores superluminais, mas não antes de sentir um forte tremor na sua nave, consequência de mais uma explosão de torpedo termonuclear, novamente contida graças à blindagem energética que ainda resistia aos ataques.

– Segure-se firme, florzinha. Aí vamos nós!

Em uma explosão de luz, os propulsores superluminais levaram a *Intrépida* rumo ao hiperespaço, deixando as forças draconianas para trás.

14.

Na enfermaria, Anilleya foi prontamente tratada. Deitada no leito hospitalar, vestia seu *collant* somente até a cintura, exibindo peito e abdômen nus, enquanto o oficial médico de plantão passava-lhe a sonda regenerativa nas partes atingidas.

Áldus Canárian acompanhava de perto, segurando a mão da loira. Ela esboçou um sorriso de paz. Tharísia também estava presente, observando tudo em silêncio.

Desculpando-se pela intromissão, Yeshk entrou às pressas na enfermaria, dando ao capitão a notícia de que o sargento Jhaf estava morto. O primeiro-oficial esclareceu que, assim que o recobrou os sentidos, o taucetiano ingeriu uma cápsula de veneno que provavelmente mantinha oculta e que escapou da revista que haviam feito antes de o colocarem no cárcere.

– Droga! Agora não poderemos interrogá-lo!

– Temos que descobrir se ele agia sozinho ou se há outros traidores na nave – disse Anilleya, sentando-se no leito com o amparo do médico. Os ferimentos já estavam cicatrizando com a ação dos bionanorrobôs aplicados pela sonda regenerativa e a dor praticamente sumira. O oficial-médico autorizou que ela vestisse a parte superior do *collant*.

– Ele parecia ser uma ótima pessoa, capitão – Yeshk não se conformava em ter se equivocado no julgamento do caráter do sargento. – Dizia ter perdido a fé e até buscou conselhos junto a andrômeda Tharísia!

– E ele não a fez nada? – perguntou o capitão, voltando-se para a outra sacerdotisa.

– Ele foi ao meu encontro no observatório. Se eu também era um alvo, creio que ele me poupou ao perceber que o Sr. Yeshk havia testemunhado nosso encontro.

– Eu posso confirmar isso – esclareceu o veganiano. – Estávamos juntos quando o sargento apareceu.

Tharísia continuou:

– Ao que parece, ele queria fazer isso sem que ninguém soubesse do seu envolvimento. Como não conseguiu me atingir, creio que foi atrás de você, Ani.

– Você teve sorte, irmã. Não imagina o apuro que passei.

– Fique tranquila – a morena curvou-se, beijando-lhe a testa. – Você está segura agora. Temos que nos importar com nossa missão. Nada poderá nos impedir.

Mal havia terminado sua frase e o alarme de emergência tocou novamente. Porém, desta vez não se tratava de nenhum incidente com um tripulante, e sim algo pior.

O navegador solicitou a presença imediata do capitão na ponte através dos alto-falantes do sistema de comunicação. Canárian e Yeshk saíram em disparada pelo corredor, quando um impacto externo fez a *Brilho de Gaia* vibrar.

Dispensada pelo oficial-médico, Anilleya desceu da cama hospitalar, amparada pela irmã sacerdotisa. Não antes de sentir a nave vibrar mais uma vez.

– Estamos sendo atacados! – concluiu ela.

Uma pequena frota de naves saia do hiperespaço, entrando em formação milhares de quilômetros adiante da fragata espacial. Segundo os registros, a *Brilho de Gaia* estava a menos de dois *parsecs* da fronteira com os mundos de Kremikkov.

Atuais aliados dos draconianos, os kremikkovianos contataram o capitão Canárian, exigindo a rendição e a entrega das duas andrômedas a bordo. Ficava claro que, apesar do caráter sigiloso da missão, a informação havia vazado de alguma maneira.

Áldus Canárian contra-atacou com torpedos teleguiados que atingiram em cheio duas das naves batedoras que seguiam adiante, escoltando a belonave kremikkoviana. Não tardou para que o revide viesse na forma dos raios invisíveis que atravessavam o vácuo espacial e atingiam a blindagem energética da *Brilho de Gaia*, drenando parte de suas forças.

Em revide, a fragata disparou feixes energéticos sobre a belonave, atingindo-a também com disparos de canhões de plasma, preparando-se para uma manobra evasiva.

Outras naves emergiam do hiperespaço, desta vez aparecendo por trás e abaixo da fragata. O cerco kremikkoviano estava imposto.

– Preparem-se para abrir um *buraco de verme* – ordenou o capitão. – Precisamos entrar no hiperespaço ou seremos massacrados aqui.

Um impacto de maior gravidade foi sentido. Os instrumentos indicavam que a blindagem fora comprometida. Os setores inferiores da *Brilho de Gaia* emitiam alerta de incêndio. Na sequência, mais dois impactos. As luzes da ponte piscaram.

Canárian ordenou que a nave fosse manobrada para fora do plano da eclíptica galáctica. Em seguida, a *Brilho de Gaia* explodiu seus propulsores de plasma, ascendendo em alta velocidade. Percebendo a manobra, as naves kremikkovianas se agruparam para seguir sua presa.

– Ativem os propulsores superluminais! Agora!

Em um piscar de olhos, a fragata espacial adentrou no atalho espaço-temporal formado à frente, desaparecendo do universo conhecido em uma explosão de luz.

15.

Emergindo do hiperespaço, a *Intrépida* adentrou no sistema estelar Adhara, identificando o planeta rochoso a centenas de milhares de quilômetros à frente: Adhara 5, de atmosfera espessa, composta por metano e hidrogênio, inadequada para a vida humana. Ao seu redor, um pequeno sistema de satélites naturais. Nenhum possuía formato esférico. Ao contrário, suas formas eram irregulares e repletas de crateras em suas superfícies, provavelmente asteroides capturados pela gravidade daquele mundo há uns bons milhões de anos, e que agora permaneciam cativos do planeta que os havia tomado como luas.

Aliviados, Bel Philip, Liandra e Nimbe se entreolharam, certos de que o perigo havia passado.

– Você foi muito habilidoso, Sr. Philip – Liandra sorriu para o mercador, deixando-o encantado com tamanha beleza.

Ele levantou-se do assento de comando, encarando-a de frente. Liandra conhecia aquele olhar. Ela sabia as intenções que aquele sorriso que ele retribuía continha.

– Faria de tudo para protegê-la, florzinha – o homem segurou a mão da andrômeda, acariciando-a enquanto a fitava nos olhos. – Creio que agora podemos discutir a respeito do meu pagamento.

Contudo, a alegria do mercador durou pouco. Sua atenção foi desviada quando a *Intrépida* foi atingida pelo disparo de um raio de energia. Os instrumentos indicaram a queda de 74% de energia da blindagem.

– Desgraçados! – exclamou ele, indignado. – Eles estão drenando o campo de força!

Um cruzador draconiano aproximava-se em uma viagem monótona, mas mortal, saindo por detrás de uma das diminutas luas irregulares do planeta alaranjado.

No comunicador, a mensagem draconiana alertava os passageiros da *Intrépida* que se rendessem se quisessem continuar a viver.

– Pensei que você havia se livrado deles! – protestou Liandra.

– Confesso que também pensei.

– O que faremos agora? – indagou Nimbe. – Não quero virar comida de draconianos!

Diferente do que Nimbe imaginava, draconianos não comiam kapuytianas. E enquanto a garota manifestava seus temores, o mercador teve uma ideia. Observando os sensores, verificou que uma das pequenas luas cruzaria pelo caminho da *Intrépida* em poucos minutos. Era a chance que teria para realizar o que estava planejando.

– Garotas, não há como escaparmos da abordagem. Se quisermos sobreviver, o melhor que temos a fazer é nos render.

– Se nos rendermos os draconianos irão nos matar de qualquer jeito – queixou-se Liandra. – Ainda mais se descobrirem sobre mim.

– Eles não irão encontrá-la, florzinha. Mas se você quiser sair dessa, terá que fazer exatamente o que eu disser.

– Não sei o que tem em mente, mas se for convincente, prometo que colaborarei.

– Acho que você não tem alternativa. Terá que confiar em mim. E você também, Nimbe. Aliás, você desempenhará um papel fundamental na trama. E para isso, precisarei de você ao meu lado, seguindo a risca todas as minhas orientações sem questionar.

Nimbe estremeceu, fitando com seus olhos grandes a andrômeda, em um silencioso pedido de socorro. Liandra afagou-lhe o cenho.

– Se ele tem um plano que possa nos tirar do perigo que se aproxima, você terá que confiar nele, Nimbe.

– E-eu... E-eu... Eu não posso!

– Esqueça tudo o que lhe ensinaram, Nimbe. De uma vez por todas, você terá que confiar em nós, humanos. Principalmente em Bel, mesmo sendo ele do sexo masculino.

Bel Philip arqueou as sobrancelhas. Era a primeira vez que a sacerdotisa se referia a ele pelo primeiro nome. Não pôde deixar de manifestar seu contentamento através de um sutil sorriso.

Nimbe deixou algumas lágrimas caírem, mas aceitou as palavras da andrômeda. Voltou-se para o homem, soltando os ombros para baixo, sentindo-se arrasada por dentro. Encarou-o nos olhos como nunca imaginou fazer com um ser humano macho. Suspirou e quase em sussurro disse-lhe:

– *Kamtrai ipole'Nark settie aumatrak er me tiacua.*

– "Hoje eu sou sua serva e o seguirei aonde for" – traduziu Liandra. – É o verso 217 do Livro Belo de Kapuyt ...Nunca imaginei que presenciaria isso. É um ato de submissão.

Nimbe fez uma reverência típica de seu povo, ainda em lágrimas. Comovido, Bel Philip abaixou-se, colocando-se à altura da kapuyitiana.

– Fique tranquila. Eu jamais faria mal a você.

A kapuytiana voltou a encará-lo. Em mil anos, nunca alguém de sua espécie esteve tão perto de um humano macho como naquele instante. Seus dois corações batiam acelerado.

– E-eu... Eu confiarei em você, Sr. Bel Philip.

Ele sorriu.

– Ótimo, garotas! Bem, não temos muito tempo. Prestem atenção no meu plano.

16.

Apesar do desvio de rota, a *Brilho de Gaia* conseguiu retornar ao curso original. Os mundos de Kremíkkov haviam ficado para trás e as 30 horas seguintes passaram sem quaisquer incidentes, embora a tensão continuasse sempre presente.

Emergindo pela última vez do hiperespaço, a fragata espacial cruzou a fronteira do sistema estelar binário de Antares. Da janela panorâmica da ponte, era possível visualizar a supergigante vermelha Antares A brilhando majestosamente, ainda a dezenas de bilhões de quilômetros de distância. Longe dela, quase na borda da janela, era possível observar a distante companheira menor Antares B, também exibindo certo esplendor em seu brilho azul-esverdeado.

– Capitão, estabelecemos comunicação com os antarianos – alertou o oficial de comunicações.

O capitão indicou que a transmissão fosse direcionada à grande tela de eletrocristal posicionada acima da janela panorâmica frontal. Segundos depois, as primeiras imagens eram exibidas.

– Saudações. Aqui fala o capitão Áldus Canárian, da fragata espacial *Brilho de Gaia*. Viemos em missão de paz em nome da Liga Interestelar.

– Salve, capitão. Aqui fala o comandante Barry O'Neil. Estávamos aguardando-os.

Acostumado com a convivência das várias espécies que compunham a Liga Interestelar, Canárian não estranhou a imagem do comandante pós-humano. De cabelos lisos e escuros, cortados em franja reta, quase cobrindo as sobrancelhas bem desenhadas, o comandante possuía pele em tom alaranjado. De lábios grossos e dentes prateados, seus olhos eram de um castanho escuro quase negro, em um globo ocular amarelo claro. Pela imagem, aparentava ser um brutamonte. Trajava uma espécie de manto com desenhos geométricos bordados à frente e sobre ele, um tecido comprido e prateado que, dobrado em camadas, o rodeava da cintura ao pescoço comprido. Na imagem não se podia ver nada abaixo dos quadris, mas a julgar pela amostra apresentada, o comandante teria duas pernas normais e talvez nenhuma cauda. Todavia, tudo era possível em se tratando de pós-humanos.

A pedido do governo antariano, alegando questões de segurança interna, a fragata espacial foi impedida de seguir viagem até Nova Antares, o planeta-sede do governo. Coordenadas foram passadas ao navegador da *Brilho de Gaia,* indicando um novo destino: a estação espacial Distant River, localizada em órbita do planeta Mayunami, um gigante gasoso na fronteira externa da zona habitável daquele sistema estelar. Era a porta de entrada para Gaalli, a única das dezenas de luas daquele planeta que possuía atmosfera, e que vinha sendo *terraformada* pelos pós-humanos de modo a tornar-se mais um mundo habitável no sistema.

Distant River crescia diante dos tripulantes da *Brilho de Gaia,* um grande anel que refletia a luz de Antares e que girava monotonamente em torno de seu próprio eixo central. Contudo, a beleza maior ficava para o gigante Mayunami logo atrás, com seus espetaculares anéis e sua densa atmosfera multicolorida.

A fragata atracou-se no espaçoporto, à borda externa do anel giratório. O procedimento demorou alguns minutos antes que estivessem preparados para deixar o veículo espacial e finalmente conhecer de perto os antarianos.

Abertas as comportas, Canárian e as andrômedas seguiram adiante pelo túnel retrátil de atracamento da estação, já devidamente pressurizado para recebê-los. Anilleya e Tharísia não trajavam mais seus *collants,* mas sim as tradicionais túnicas rubras, mais apropriadas para aquele tipo de encontro. E embora não fossem ajustadas ao corpo como os *collants,* as túnicas possuíam um corte que deixava as sacerdotisas elegantes e imponentes, sem ocultar o desenho de seus corpos curvilíneos. Estavam belamente maquiadas, sem exageros, e seus cabelos impecavelmente escovados. O delicado perfume exalado por cada uma delas deixava no ar uma fragrância agradável e prazerosa. Definitivamente, a ostentação da beleza era uma marca registrada das Filhas de Cassiopeia.

Enquanto isso, o primeiro-oficial Yeshk ficava no interior da nave, assumindo temporariamente o comando até o retorno de seu capitão. Na outra extremidade do túnel, o comandante O'Neil já os aguardava, recebendo-os junto a uma equipe de diplomatas e os seguranças da estação.

Era um momento histórico. Mais de mil anos após a destruição da Terra, humanos encontravam seus irmãos galácticos.

Os três visitantes olharam ao seu entorno e ficaram admirados com a recepção. Todos pareciam sorrir, com seus semblantes calmos e olhares amistosos. O comandante, estendendo a mão ao capitão, era mesmo um homem truculento. Com seus dois metros de altura, quinze centímetros a mais que o capitão, percebia-se de perto uma pele brilhante e mais alaranjada do que aparentava na transmissão.

Contudo, os demais pós-humanos que também os recepcionavam, não necessariamente seguiam o visual adotado pelo comandante. Eram homens e mulheres, com a mais variada combinação genética, e que exibiam suas peles esverdeadas, amareladas ou arroxeadas. Uns possuíam uma espécie de plumagem por todo o corpo, outros eram totalmente calvos, sem qualquer vestígio de pelos, sobrancelhas ou cílios. Alguns tinham em si algo semelhante a uma crina de cavalo e olhos atentos como os de uma águia, enquanto alguns outros tinham conexões cibernéticas aplicadas em sua própria carne, fundindo-se de tal forma que não se sabia onde terminava um e se iniciava o outro. Peças que provavelmente não eram removíveis, com funções que os humanos visitantes ignoravam.

Barry O'Neil conduziu os visitantes rumo ao corredor de acesso aos elevadores, esclarecendo que, em virtude do caráter histórico daquela visita, não só ele como também outras autoridades aguardavam os seres humanos para conhecê-los e ouvirem as propostas que traziam, inclusive o próprio rei de Antares, que já se encontrava na estação espacial.

– Nosso líder máximo faz questão de recebê-los pessoalmente em um jantar oferecido esta noite, onde vocês poderão discutir as propostas que trouxeram. Teremos também a honra de receber algumas de nossas autoridades, com destaque aos Ministros da Defesa e das Relações Exteriores. Espero que seja do agrado de vocês.

17.

Uma grande mesa hexagonal, posta com pratos de porcelana, talheres de prata e taças de cristal, recebia as autoridades antarianas e seus visitantes.

Em um dado momento, o comandante cerrou os olhos, levando a ponta do dedo médio direito à sua têmpora, interiorizando-se por alguns instantes, atraindo o interesse dos visitantes. Segundos depois, O'Neil pareceu sair de um transe, voltando a si como se nada tivesse acontecido. Ao perceber o olhar curioso dos três humanos, sorriu.

– Perdoem-me. Imagino que não estejam acostumados com isso. Nós, antarianos, possuímos um *INH (Implante Neuroeletrônico Hipertransistor)* instalado em nossos cérebros. É um aparelho que permite que nos comuniquemos via pensamento.

Interessada, Tharísia questionou:

– Isso significa que todos vocês, além do diálogo que têm tido conosco desde que chegamos, possivelmente também estiveram conversando a nosso respeito entre si com esse aparelho sem que percebêssemos?

– Possivelmente – respondeu o comandante, exibindo seus grandes dentes prateados com o largo sorriso que expressou. – Mas nossos INHs não são o foco agora. Acabo de receber a grata notícia da chegada do Rei Gilbert III. Ele já adentrará ao salão.

Todos se ergueram diante da presença do rei quando este cruzou a porta, seguido de seus auxiliares e da escolta real. Gilbert III era um homem alto e corpulento, como a maioria dos antarianos. Cabelos volumosos, armados e crespos, em um azul royal que de certa forma combinava com sua pele cinza. Ausente de pelos e marcado por inúmeras estrias, evidentes em seus braços descobertos e no pescoço comprido, o rei possuía idade avançada para os padrões antarianos, embora as rugas em sua face fossem quase inexistentes. Registros do infocubo atribuíam-lhe aproximados 519 anos de idade. Seu corpo era amparado por um exoesqueleto metálico que se confundia com suas vestimentas coloridas e pomposas. No lugar de uma coroa, ele possuía, fixado em sua testa, um losango de ouro com um rubi disposto ao centro, simbolizando a estrela Antares A, junto a uma pequena esmeralda à direita, representando Antares B.

O comandante cumprimentou o rei tocando as mãos espalmadas nos próprios ombros com os braços em cruz. Os demais antarianos fizeram o mesmo. Imediatamente, Barry O'Neil conduziu o soberano à presença das andrômedas.

– Majestade, estas são Tharísia e Anilleya, Filhas de Cassiopeia. E acompanhando as damas, o capitão Áldus Canárian.

As sacerdotisas renderam-lhe reverências. O capitão as acompanhou, enquanto Gilbert III cruzou os braços à maneira antariana.

– Sinto-me honrado em tê-los conosco. Este é um momento histórico para nossos povos e será lembrado pela eternidade.

– A honra é nossa, majestade – disse Anilleya, colocando a mão ao coração.

– Por favor, sentem-se. Sentem-se todos. Vejo que o jantar ainda não foi servido.

– Estávamos esperando sua presença, majestade – justificou o comandante.

– Bobagem! Com tão belas visitantes, não deveriam se importar com este velho e decrépito rei – Gilbert III dirigiu-se à sua cadeira, sentando-se por fim. Os demais o acompanharam, acomodando-se em seus assentos.

O jantar transcorreu de forma pacífica. A exótica culinária antariana agradou aos visitantes, superando as expectativas.

Anilleya aproveitou o momento e discursou a respeito dos séculos em que humanos e pós-humanos estiveram distantes, como irmãos em um tolo desafeto que deveria terminar. Ressaltou os avanços na sociedade interestelar e a adesão dos povos estrangeiros a uma organização formada de espécies de físicos e culturas diferentes, que convivem de maneira pacífica sob a proteção da Liga Interestelar desde sua fundação. Uma sociedade que cultua os milenares conceitos de liberdade, igualdade e fraternidade entre os povos da galáxia e que estaria preparada para receber de volta os irmãos pós-humanos.

O soberano manteve-se em silêncio, apenas observando a bela mulher discursar. Anilleya sabia que, assim como os demais, o rei devia ter um INH embutido em si e, muito provavelmente, estaria conversando discretamente com seus diplomatas e ministros a respeito de suas palavras.

Gilbert III esboçou um sorriso, observando o semblante alvo de Anilleya. Tinha certeza de que ela defenderia seus ideais até o último momento e rebateria qualquer contra-argumento que lhe fizessem. Ele voltou seu olhar para o Ministro da Defesa, sabendo que este seria o próximo a falar.

– Compreendemos sua proposta, andrômeda. Contudo, o que mais nos interessa, é o que realmente está por trás do seu discurso de paz e liberdade.

– Queremos saber da guerra que a Liga Interestelar trava contra o Império Draconiano – completou o Ministro das Relações Exteriores. – Afinal, se chegarmos a firmar tratados, precisamos saber com quem estamos fazendo isso, não?

Anilleya suspirou. Buscou auxílio em Tharísia, mas esta indicou com o olhar que continuasse com o embate, preferindo não se manifestar no momento. A loira concordou contrariada.

– Majestade. Senhores Ministros. Comandante e demais autoridades. Em nome da Liga Interestelar, viemos em paz pedir auxílio aos antarianos contra as atrocidades que Alpha Draconis tem imposto aos povos da galáxia. Estamos em guerra sim, mas uma guerra que não desejamos e que não iniciamos. Os draconianos nos veem como uma ameaça às suas pretensões, como um impedimento aos seus planos de dominação. O fato é que eles querem nos subjugar, e isso não podemos aceitar. Os draconianos estiveram por muitos anos tramando a tomada da Liga Interestelar, informação esta que nos chegou tarde demais, de modo que não pudemos nos preparar adequadamente para um conflito com um inimigo tão astuto. E o pior, há indivíduos dentro do nosso próprio povo que, por razões que ainda desconhecemos, resolveram nos trair, aliando-se ao inimigo e repassando nossos planos, táticas e estratégias de batalha, fazendo-nos amargar derrotas consecutivas, enfraquecendo cada vez mais a Liga. Se não fosse por isso, talvez tivéssemos uma chance melhor. Entretanto, os traidores da Liga permitiram que vários de nossos mundos fossem ocupados. Temos relatos de extermínios em massa e destruições por toda a parte. Não temos mais forças para impedir a catástrofe que nos assola sem a devida ajuda. Em troca, oferecemos um novo e saudável relacionamento entre nossos povos, nossa gratidão e eterna amizade.

Por fim, Gilbert III quebrou o próprio silêncio, manifestando-se com sua voz gutural.

– Suas palavras nos tocam o âmago, Filha de Cassiopeia. Contudo, você diz que Alpha Draconis é um inimigo em comum. Para nós, essa informação é conflitante, afinal, o próprio Imperador assinou conosco um tratado de não agressão, respeitando a soberania não só Antares, mas dos demais conglomerados pós-humanos, com os quais também foram firmados acordos de paz e cooperação.

Em vista disso, como quer nos convencer que eles também são nossos inimigos?

– Eles não desistirão enquanto não conquistarem toda a galáxia – disse Tharísia, por fim, limpando o canto da boca com o guardanapo. – Nem Antares, ou Rígel, ou a Confederação Kastra, ou mesmo a Federação Shaula estarão livres da fúria draconiana. Vocês deveriam pensar muito bem nisso antes de nos recusar auxílio.

Um murmúrio incômodo tomou conta da mesa, com as autoridades conversando entre si, indignadas com tal colocação. As últimas palavras de Tharísia soaram em tom de ameaça, contrariando Anilleya que a olhou franzindo as sobrancelhas, desejando possuir um INH para poder conversar com a irmã sacerdotisa em particular.

O rei tornou a falar:

– Sou favorável a uma parceria com a Liga Interestelar. Concordo que já passou da hora de nos acertarmos. Porém, nunca podemos esquecer que, por séculos, os humanos sim eram os nossos tradicionais inimigos. E creio que a recíproca era verdadeira, não?

– Estamos aqui em paz, majestade – Anilleya seguiu na batalha de argumentos. – E implorando seu auxílio. Sem Antares, nossa liberdade estará perdida. A Liga Interestelar cairá e qualquer acordo ou tratado de paz e cooperação que poderia surgir entre nós a partir deste encontro jamais existirá. Estaremos mais uma vez espalhados pela galáxia assim como na época da Grande Guerra Galáctica. Vossa majestade deve conhecer a História e consequentemente saber as implicâncias que isso poderá ter. Não haverá Liga Interestelar nem mais uma humanidade unida. Uma humanidade da qual vocês também fazem parte, mesmo distantes.

– Mas se estivermos em paz com Alpha Draconis, nada disso que nos fala nos afetará – devolveu o soberano, encarando a andrômeda, no aguardo de sua reação.

Anilleya ameaçou rebater mais uma vez o argumento do rei, inspirou para falar, mas segurou o ar e calou-se. Baixando o olhar. Percebendo o ar derrotado da loira, Tharísia interveio.

– Acreditávamos que pudessem nos ajudar, mas pelo visto desejam nossa derrota tanto quanto os draconianos. – A morena voltou-se para a companheira, levantando-se da cadeira. – Eu disse a você que não poderíamos contar com eles, querida irmã.

Tharísia ameaçou abandonar a mesa, mas foi impedida por Anilleya, que a segurou pelo pulso.

– Está maluca? Aonde você pretende ir?

– Para casa. Onde mais?

O soberano levantou-se, fazendo com que os demais o acompanhassem em respeito.

– Creio que todos nós precisamos de um novo ar – disse ele, esboçando um sorriso para Tharísia. – Sendo assim, debaterei com meus ministros sobre a proposta que nos trouxeram. Imagino que a guerra tenha deixado vocês, humanos, com os nervos à flor da pele. O pedido de ajuda foi honesto e sincero. Nós levaremos em consideração em nosso debate. Responderemos ainda hoje. Dou-lhes minha palavra.

18.

De volta à *Brilho de Gaia*, Anilleya buscava dentro de si a fé momentaneamente perdida. Aquela que sempre julgaram confiante e esperançosa há muito não se sentia impotente diante de uma situação. O olhar baixo denunciava seu cansaço. Além disso, o receio por uma resposta negativa por parte do rei a consumia por dentro. Chegou à conclusão de que precisava de um descanso. Decidiu, portanto, trancar-se em sua cabine.

Ela retirou sua túnica, colocando-a com cuidado em um cabide, levando-a ao armário. Na sequência, pegou um novo *collant* na primeira gaveta, vestindo-o sem vontade. Caminhou até o espelho à parede, olhando-se em silêncio. Percebeu-se abatida e suspirou decepcionada. Precisava sentir-se forte novamente, pois ainda havia muito que fazer.

Do outro lado da nave, Tharísia caminhava pelos corredores, ciente de que, a qualquer momento, os antarianos poderiam se manifestar contra ou a favor da sua entrada na guerra contra os draconianos. Diante da incerteza, acreditou que aquele era o momento de agir.

A andrômeda dos cabelos negros mantinha-se impassível, firme em seu andar arrogante. Já sem a túnica, ignorou as reverências dos tripulantes enquanto dirigia-se para a sala de máquinas da fragata espacial. Tinha livre acesso a todos os setores da nave, garantido não só pelo capitão como também pelo prestígio que possuía. Ela levava consigo a bolsa onde guardava seu infocubo e demais pertences pessoais. Um olhar de mistério destacava-se em seu semblante.

Seguindo o corredor, não pôde deixar de notar as videocâmeras de vigilância fixadas ao alto, atentas aos seus movimentos com seus curiosos olhos eletrônicos que pareciam sondar seus pensamentos. Seriam testemunhas silenciosas daquilo que logo aconteceria.

Chegando à sala de máquinas, a sacerdotisa olhou em volta, estudando o extenso ambiente. Já o havia feito virtualmente em sua cabine através das plantas da fragata obtidas pelo seu infocubo, mas agora vivia uma situação real. Não havia espaço para dúvida ou vacilo se quisesse levar adiante seus planos.

Ela viu os engenheiros trabalhando na manutenção dos instrumentos e calibrando alguns dos equipamentos. Ao centro, jazia a câmara do reator superluminal, o principal responsável pelas incursões e viagens pelo hiperespaço.

– A que devo a honra de sua visita, andrômeda? – o engenheiro-chefe aproximou-se, limpando suas mãos em uma flanela.

– Reúna seu pessoal. Quero dar uma palavra a todos.

Ele achou o pedido feito em tom de ordem um tanto incomum, mas não questionou. Se uma das heroínas da galáxia desejava falar com seus subordinados, trataria de atendê-la o quanto antes.

Os engenheiros e assistentes logo se agruparam. Eram nove ao todo, entre humanos, taucetianos e veganianos, todos à espera das palavras da andrômeda, que os observava impaciente.

– Fico feliz que estejam todos aqui.

– A felicidade é toda nossa – disse o engenheiro-chefe.

– Serei breve, até porque não tenho tempo a perder.

Sem titubear, Tharísia sacou de sua bolsa uma pistola de raios, disparando sem piedade contra os presentes. Entre gritos e gemidos, engenheiros e assistentes tentavam escapar em vão dos raios de energia, sem compreender o motivo pelo qual aquela que idolatravam estaria alvejando-os.

Em pouco tempo, todos na sala de máquinas foram abatidos ao solo. Porém, ainda permaneciam vivos, embora inconscientes. A arma havia sido configurada para o modo de atordoamento.

Todavia, isso não era impeditivo para que os sensores de segurança ativassem o alarme de emergência assim que identificassem o destravamento da pistola. Tharísia tinha agora pouco tempo para executar o restante de seu plano.

Ela aproximou-se da mesa de controles do reator superluminal e retirou da bolsa o infocubo, ativando a programação previamente formulada com apenas alguns toques em suas faces translúcidas. Por fim, aproximou o objeto do terminal do computador, fixando-o sobre o painel. O infocubo assumiu uma coloração avermelhada, enquanto processava o programa, adulterando os comandos de manutenção do reator. Em poucos segundos, os monitores de eletrocristal indicavam que algo estava errado. Os níveis de radiação começavam a subir gradativamente no interior da câmara e o processo de ativação do reator tinha sua sequência iniciada, sem a realização dos procedimentos de segurança obrigatórios.

Mesmo sob o grito estridente das sirenes do alarme de emergência, Tharísia pôde ouvir a aproximação da equipe de segurança. Tratou de trancar a porta de acesso principal, impedindo que os soldados entrassem. Não demorou a ouvir os golpes dados à porta, com palavras de ordem, exigindo sua abertura.

A morena olhou mais uma vez para o infocubo, apenas para ter certeza de que ele continuava trabalhando. Em seguida, correu para o nicho existente ao lado da câmara do reator e logo encontrou o tubo de saída de emergência. Agarrada à estreita escada metálica, ela desceu pelo interior do tubo, rumo ao seu destino final nos andares inferiores.

No hangar dos módulos de fuga, Tharísia não teve dificuldades para abater mais dois tripulantes que rondavam pelo ambiente, sem dar-lhes a chance de se defender ou mesmo questionar o motivo de sua presença.

Sabia que não demoraria muito para que a encontrassem. Precisava agir rápido. Olhou para os lados, buscando desesperadamente o painel de liberação de acesso aos veículos, dando um gritinho de alegria quando finalmente o localizou. Repousou a pistola sobre a mesa do painel, buscando programar a liberação de lançamento dos módulos. Apenas alguns toques na mesa sensora e pronto! Bastava escolher qualquer um dos veículos à disposição. Olhou para cima e não pôde deixar de visualizar o olho eletrônico que a vigiava. Deduziu que, àquela altura dos acontecimentos, o capitão já sabia quem era que estava causando tumulto em sua nave. Ela sorriu para a videocâmera, enviando um beijo com a ponta do dedo indicador direito antes de partir.

Aqueles eram momentos decisivos. Sabia que o capitão poderia bloquear o lançamento dos módulos diretamente da ponte a qualquer momento. Sem olhar para trás, a morena aproximou-se da comporta de acesso do módulo de fuga número 06 e quebrou o lacre de segurança, acionando a alavanca de abertura. Logo a comporta se abriu, dando acesso ao interior do veículo, posicionando-se no assento de comando. O painel de controles acendeu com um só toque e em seguida a comporta se fechou. A sequência de lançamento foi ativada. Não havia mais volta. Seus planos haviam sido concluídos com êxito. Bastava apenas aguardar os resultados bem longe dali.

19.

Anilleya seguia apressada pelo corredor de acesso à ponte, quase sendo atropelada por um grupo de soldados que corria na direção contrária. No comando, a situação era de caos. Tripulantes apressados, andando de um lado ao outro, enquanto um enérgico Áldus Canárian dava suas ordens.

– Avise ao comandante O'Neil que precisamos desatracar do espaçoporto imediatamente! – determinou o capitão ao oficial de comunicações. – Explique toda nossa situação.

Ao ver a andrômeda parada na entrada, o primeiro-oficial Yeshk seguiu ao seu encontro, pegando-lhe pelo braço.

– Você precisa sair daqui agora – disse ele. – O momento é crítico. É melhor que embarque em um dos módulos de fuga. Venha, eu a conduzirei em segurança até o hangar.

– Mas o que está acontecendo, Yeshk?

– Tharísia sabotou a *Brilho de Gaia* – rosnou Canárian. Ele aproximou-se da andrômeda, acariciando seu semblante. – Faça o que Yeshk está dizendo. Vá enquanto ainda há tempo!

– Mas... O que ela fez?

– O reator superluminal entrará em colapso a qualquer momento. Tharísia deixou um infocubo conectado ao painel de controle adulterando a programação de manutenção do reator. Tentamos interrompê-lo, mas a radiação tomou conta da sala de máquinas e tivemos que lacrá-la para não contaminar o resto da nave. Temos apenas os propulsores convencionais funcionando. Nossa prioridade é abandonar Distant River o quanto antes para evitar uma catástrofe maior. Estou ordenando que a tripulação siga até os módulos de fuga e deixe a nave imediatamente. Isso inclui você!

– Não posso deixá-lo!

– Você *tem* que me deixar. Agora! Não percebe quais serão as graves consequências dos atos de Tharísia? Se explodirmos junto à Distant River, não só destruiremos a estação espacial pós-humana como também daremos um fim ao rei de Antares!

– Tharísia nos traiu – murmurou Yeshk, baixando suas antenas e fitando Anilleya com seus olhinhos piscantes em evidente tristeza.

O oficial de comunicações interrompeu a conversa.

– Capitão! Recebi contato de Distant River. Eles não estão autorizando nossa partida.

– Precisamos desatracar agora! – insistiu Canárian. – Não explicou nossa situação para eles?

– Sim, capitão. Expliquei. Porém, eles simplesmente não acreditaram. Pensam ser um blefe de nossa parte para pressionarmos o rei a aceitar a proposta que foi realizada durante a visita à estação espacial. Pelo tom, parece que não estão satisfeitos conosco.

– Um blefe? Mas que maluquice é essa? Vamos! Entre em contato novamente. Diga que o capitão Áldus Canárian exige falar diretamente com o comandante O'Neil!

Ele voltou-se para a andrômeda, apertando-lhe a mão.

– Salve-se, Ani. Não sabemos o que poderá acontecer, mas você é uma andrômeda e sabe muito bem o que isso significa. Precisamos de você viva.

Lágrimas caíram da sacerdotisa. Não era a primeira vez que se despediam em meio a um perigo iminente, mas sabia que aquela poderia ser a última.

– Eu te amo, Áldus! – Anilleya foi ao encontro do capitão, abraçando-o e beijando-o desesperadamente. – Eu sei que devo, mas eu não quero deixá-lo.

O capitão sorriu, tirando com as mãos os cabelos loiros que cobriram o semblante da sacerdotisa.

– Yeshk! Leve a andrômeda aos módulos de fuga. E não permita que ela retorne. É uma ordem!

Anilleya não relutou. Aceitando os fatos, ela foi conduzida pacificamente corredor afora, seguindo a passos apressados junto ao primeiro-oficial veganiano rumo aos andares inferiores da fragata.

Estava inconformada com a situação. A missão que deveria trazer esperança à Liga Interestelar agora sucumbia de vez. Não pela temida resposta do rei de Antares, mas sim pela traição vinda de alguém que ela jamais esperava.

De repente, uma luz veio à mente. Anilleya sabia bem o que fazer. Parou no meio do corredor, voltando-se ao veganiano.

– Leve-me ao hangar dos caças espaciais.

– Andrômeda Anilleya, tenho ordens do capitão para...

– Yeshk! – a loira pegou nos braços finos do primeiro-oficial, encarando-o de frente. – Em nome do Templo de Cassiopeia, preciso da sua ajuda. Sei o quanto você é devoto da nossa doutrina e nesse momento o que peço a você é um voto de confiança.

20.

O caça espacial abandonou a *Brilho de Gaia* seguindo em alta velocidade em busca de Tharísia. O sistema de rastreamento indicava o sinal do módulo de fuga através de um minúsculo e cintilante ponto luminoso no painel de controle. A legenda logo abaixo indicava que o veículo encontrava-se a 310 mil quilômetros de distância. Era impossível visualizá-lo a olho nu e, mesmo que o veículo refletisse a luz de Antares A de forma satisfatória, ainda assim ficaria oculto em meio ao oceano de estrelas.

O computador de bordo calculou a rota e constatou que Tharísia levava o módulo de fuga a uma órbita próxima aos anéis do planeta Mayunami, rumando para o lado escuro.

Anilleya aumentou a potência dos propulsores. Tinha ciência dos limites do caça espacial, mas mesmo assim forçaria aquela pequena nave ao máximo, até o fim de sua energia se assim fosse preciso, mas não se contentaria enquanto não pegasse a andrômeda traidora. Sabia também que o módulo de fuga era um veículo mais lento, já que não havia sido fabricado para navegar em espaço profundo, mas sim para escapar em situações de emergência, colocando-se em distância segura até que fosse resgatado. Dessa forma, mesmo estando ainda muito distante, ter Tharísia em suas mãos era apenas uma questão de tempo.

De repente, um intenso fulgor iluminou o caça espacial. Os instrumentos indicaram a origem do clarão: a *Brilho de Gaia.* O reator superluminal não resistiu e sucumbiu, levando consigo não só a fragata, mas também a estação Distant River e os milhares de indivíduos que nela habitavam.

— *"O rei está morto..."* — murmurou Anilleya.

Ela não teve tempo para lamentar. Pouco depois, os sensores de longo alcance indicaram a proximidade do veículo espacial, enquanto as videocâmeras externas já podiam registrar sua silhueta contra o fundo estrelado.

— Tharísia, responda. Tharísia? Eu sei que você pode me ouvir! — disse Anilleya, abrindo frequências de comunicação — Renda-se e eu lhe garantirei um julgamento justo. Poupe sua energia e se entregue.

— Poupe você sua vida antes que seja tarde demais, querida irmãzinha — respondeu a traidora pelo comunicador.

Enquanto decidia sua próxima ação, Anilleya foi surpreendida mais uma vez com a astúcia da sua companheira. Utilizando o pouco combustível que ainda tinha, Tharísia alterou novamente o curso do módulo de fuga, jogando-o em uma rota suicida por entre os anéis do gigante gasoso.

O caminho era muito arriscado e periogoso. Os anéis do planeta eram muito densos, povoados por incontáveis partículas de poeira, além de fragmentos de rocha e gelo que iam de alguns poucos centímetros de largura, podendo atingir até um quilômetro, rodopiando lentamente em sua órbita estável e inexplorada. Um território onde qualquer deslize poderia ser fatal.

Anilleya especulou que sua companheira talvez pudesse ter feito contato com os draconianos antes de explodir a estação espacial. Se isso realmente havia acontecido, era provável que eles a estivessem esperando além dos anéis, no lado escuro do planeta. Todavia, perguntava-se como os draconianos teriam ludibriado os antarianos dentro de seu próprio território?

De repente, tudo ficou evidente. Anilleya percebeu que o curso empregado pela traidora a levaria até Gaalli, a lua glacial que sofria processo de *terraformação*, e que surgia em um brilhante quarto-crescente além da borda dos anéis.

A parte diurna do grande globo esbranquiçado refletia a luz de Antares A quase como um espelho, obrigando a mulher a proteger seus olhos com uma das mãos, enquanto a outra ativava o filtro de luz nas janelas, escurecendo-as gradativamente. Tal como já imaginava, Anilleya constatou a entrada do módulo de fuga na órbita daquela lua, manobrando o veículo rumo à superfície.

21.

A *Intrépida* saía de trás da pequena lua irregular, tendo diante de si o cruzador draconiano. Era o fim da linha. O colossal veículo de batalha alvejou a nave do mercador com seus invisíveis raios tratores, rebocando-a para seu interior.

Disposta em um dos extensos hangares do gigante de guerra,

a *Intrépida* foi cercada pelos homens-lagartos com seus rifles de plasma empunhados, prontos para atacar se assim fosse ordenado. Com cautela, Bel Philip desceu a rampa da nave, trazendo consigo a kapuytiana, puxada por uma coleira de couro colocada ao seu pescoço. Nimbe não parava de tremer.

Um oficial draconiano pediu que parassem ao pé da rampa. Do alto dos seus dois metros e meio de altura, o reptiliano rosnou palavras incompreensíveis em *draconis*, apontando com o dedo em riste para o mercador. Após um curto silêncio, Bel Philip respondeu, porém não no idioma do gigante cinza-esverdeado, mas sim em *transumânico*.

Diante daquela surpresa, o oficial entrou em contato com seus superiores através do comunicador, solicitando orientações. Sem muita demora, o mercador e a kapuytiana foram escoltados para fora do hangar, enquanto soldados draconianos abordavam a *Intrépida*, a fim de fazer uma detalhada varredura à procura de possíveis tripulantes ocultos.

Trancados em uma pequena sala vazia, sem quaisquer móveis ou objetos, os dois prisioneiros aguardaram por horas a fio, sentados no piso gelado e vigiados pelas câmeras do teto.

Depois de uma longa espera, enfim a porta se abriu. Os dois prisioneiros se levantaram, enquanto o gigante reptiliano, vestido com sua farda índigo, adentrava o ambiente, seguido por quatro soldados e a médica de bordo.

— Sou o almirante Kr'Arn — rosnou com sua voz gutural em um parco *transumânico*, batendo a calda volumosa contra o solo. — Disseram-me que você é um antariano.

— Essa é a verdade, meu senhor.

Nimbe não conseguia encarar o gigante. De cabeça baixa e com as mãos segurando uma a outra frente ao corpo, buscava entender o que conversavam. O idioma *transumânico* era bem parecido com o *Interestela*, embora houvesse muitas variações de palavras e frases que confundia sua compreensão.

— O que faz tão longe de seu povo? Por que fugiu de nossa abordagem em Kapuyt?

— Trato de negócios particulares. Fugi, pois acreditei que, diante da ofensiva realizada ao planeta, eu poderia ser mais um alvo. Eu não podia me arriscar.

— Negócios particulares? — o almirante encarou o mercador de perto, fitando-o com seus olhos em um vermelho sangue intimidador. Ele observou a coleira no pescoço de Nimbe, acompanhando com o olhar a fina corrente que seguia do couro até a mão firme do mercador. Não conteve uma breve risada. — Diante do que vejo, creio que se tornam evidentes quais eram os seus negócios em Kapuyt.

Bel Philip sorriu, puxando a kapuytiana pela corrente, trazendo-a para junto de si e passando maliciosamente a mão em sua nádega direita.

— Não peço que entenda os costumes e os desejos do meu povo, almirante. Mas peço sua compreensão.

— Esse tipo de relacionamento interespécies é inaceitável para nosso povo. No entanto, não nos importamos com as bizarrices que vocês têm o prazer de praticar.

— Agradeço o entendimento.

— Contudo, se você é mesmo um antariano, arriscou-se muito viajando tão longe apenas por uma escrava sexual.

— Eu não tinha como saber que atacariam Kapuyt, almirante. Acreditei que a guerra envolvia somente o Império Draconiano e a Liga Interestelar. E até onde sei, Kapuyt nunca pertenceu à Liga.

Com um olhar, o almirante ordenou que a médica de bordo se aproximasse. Ela retirou do avental laranja uma sonda médica, ativando-a e apontando para o mercador. Os sensores do objeto computadorizado coletaram os dados, trazendo ao visor a informação desejada.

— Ele é mesmo um antariano, almirante — informou a médica. — Registramos as alterações genéticas no DNA humano, além de encontrarmos bionanorrobôs em sua corrente sanguínea. Há dezenas de implantes de silicone, hiperaço e silício sob sua pele e músculos. Sem dúvida um pós-humano. Mas há um detalhe a ser averiguado.

— Esclareça-me, doutora.

No visor do aparelho, ela indicou um estranho símbolo, gravado em proporções milimétricas sobre um dos implantes metálicos escaneados pela sonda médica.

— Vê isso, almirante? Sabe o que significa?

Kr'Arn ficou mudo por alguns instantes. Tomou o aparelho das mãos da médica, checando mais de uma vez, sem acreditar no que via.

— Há um importante acordo de respeito, cooperação e não agressão firmado entre o Império e nosso governo — recordou Bel Philip, imaginando que os gigantes reptilianos já haviam descoberto sua verdadeira identidade. — Em vista disso, certo de que não cometi nenhum crime diante das leis imperiais, creio que posso seguir viagem de volta à Antares, não?

O almirante rosnou, olhando para o antariano, exibindo seus dentes afiados.

— Estamos caçando uma das servas do Templo de Cassiopeia. Por acaso sabe de algo que possa nos auxiliar?

— Infelizmente não poderei ajudar. Meus negócios são com as kapuytianas. Andrômedas não estão no meu foco.

— Certo. Eu o liberarei para que continue sua viagem. No entanto, para seu próprio bem, espero não vê-lo mais por aqui. Fique longe da guerra. Não queremos problemas com Antares. Receberá um salvo-conduto para que prossiga em segurança.

O almirante indicou que os soldados escoltassem o antariano e a kapuytiana de volta à sua nave. Todavia, Bel Philip voltou-se ao almirante com uma proposta.

— Almirante, diante do incômodo que me foi causado, sem a sua intenção, obviamente, peço a gentileza de um pequeno empréstimo.

— Empréstimo?

— Sim. Minha velha nave não possui os recursos nem a agilidade das naves draconianas. Eu não gostaria de, mesmo com um salvo conduto, ser novamente abordado pelas forças imperiais. Sendo assim, peço uma de suas naves emprestada para que eu e minha bonequinha possamos seguir viagem com total segurança e chegar o mais rápido possível a Antares. Quero sair imediatamente da zona de guerra.

O almirante suspirou.

— É um pedido incomum, mas diante do ocorrido, eu o atenderei. Espero que a amizade entre o Império Draconiano e o Reino de Antares não seja abalada por este infeliz incidente. Portanto, disponibilizarei uma de nossas naves para levá-lo a Antares.

— Muito obrigado, almirante. Sabia que poderia contar com seu auxílio e compreensão.

Enquanto isso, Nimbe acompanhava tudo, questionando-se em silêncio: *que homem era aquele que havia feito um almirante imperial praticamente desculpar-se por tê-lo capturado, fazendo-o atender ao seu pedido?*

22.

Praticamente sem combustível, o módulo de fuga não teve alternativa a não ser realizar um pouso forçado no lado ocidental de Gaalli. Os retrofoguetes quase não deram conta de frear o veículo que adentrou a atmosfera daquela lua iluminando sua noite, cortando o céu em chamas. Os paraquedas foram acionados, diminuindo a alta velocidade, até que o módulo finalmente tocou a superfície em um brusco impacto, afundando parcialmente na neve e abrindo uma extensa fenda após deslizar pelo ambiente até sua parada total, ao pé de um monte coberto pela neve.

Cintilando em vermelho, o painel de comando indicava a falha nos equipamentos. Tharísia estava atordoada e custou a compreender a mensagem. Voltando gradativamente a si, soltou-se lentamente do assento de pilotagem, suspirando aliviada. Pediu para o computador de bordo realizar uma sondagem do ambiente externo e logo os dados se apresentaram nos monitores. Ela soltou um inaudível palavrão ao constatar a péssima notícia. Olhou pela janela e pôde visualizar o terreno congelado da planície. Havia errado o local de pouso em 2,5 quilômetros. Porém, dadas às circunstâncias, sentiu-se satisfeita por ter chegado até ali viva.

Como previsto, a pressão atmosférica do lado de fora era suficiente para que um ser humano pudesse caminhar pela superfície sem a utilização de escafandros espaciais. Os pós-humanos estavam fazendo um bom trabalho de *terraformação*.

Ela levantou-se e caminhou um tanto cambaleante pelo interior do módulo, sentindo a força gravitacional daquele mundo: dois terços da gravidade padrão. Procurando se acostumar à leveza de seu corpo, apoiou-se nas alças de segurança fixas ao teto. Tinha que agir depressa. Sua única alternativa agora era lançar-se em meio ao ambiente hostil daquela lua, cuja temperatura beirava os 7°C negativos.

Verificou seu *collant*, programando-o para enfrentar o frio do exterior, ajustando-o para uma temperatura interna de 25°C. Abriu o armário ao lado do painel, buscando o kit de primeiras necessidades, buscando luvas, balaclava e óculos para neve.

Abriu a cabine e, enquanto abandonava o módulo de fuga, ouviu o ruído intenso dos retropropulsores do caça espacial.

Anilleya havia chegado.

Imediatamente a morena buscou a pistola de raios, mas não a

encontrou. Recordou-se então que havia deixado sobre o painel de controle do hangar de módulos de fuga da *Brilho de Gaia*.

— Maldição!

Não tinha alternativa a não ser encarar a outra andrômeda. Sem hesitar, desembarcou do módulo, pisando na superfície macia do terreno, afundando alguns poucos centímetros na neve. Ao olhar adiante, viu Anilleya recém-saída do caça espacial e caminhando em sua direção, empunhando uma pistola de raios.

— É o fim da linha, Tharísia. Não faça as coisas piorarem. Renda-se e seguiremos juntas, em segurança, de volta ao Templo de Cassiopeia.

— Deixe-me ir e eu pouparei sua vida.

— Não acho que esteja em condições de negociar.

— Não quero negociar. Apenas estou lhe dando uma chance, em nome dos velhos tempos...

— Por que fez tudo isso? Por que nos traiu, Tharísia?

— A Liga Interestelar está acabada, Ani. Veja com seus próprios olhos. Breve os draconianos destruirão Terra Longínqua e tudo o que ela significa para a humanidade. Percebe o novo caos que surgirá em toda a galáxia? Perderemos a "Terra" pela segunda vez! Junte-se a mim e sairemos juntas dessa. Haverá um lugar para nós nessa nova ordem que surgirá, eu lhe garanto. Mas se recusar, você será caçada por todo universo assim como as demais andrômedas serão.

— Você só pode estar louca. Não diga mais nenhuma palavra. Venha comigo agora!

Ao tentar segurar o braço da adversária, Anilleya foi surpreendida ao ser agarrada na mão que segurava a arma. Com algum esforço, apontou-a para cima por precaução, visando evitar qualquer acidente. Persistente, Tharísia iniciou uma disputa ferrenha pela posse do objeto.

O embate estava equilibrado, uma empurrando a outra, com socos, pontapés e trombadas de quadris e ombros, ambas recusando-se a desistir do objeto, tomado por quatro mãos insistentes.

Sem sucesso, Tharísia mudou sua estratégia, soltando a arma e empurrando a loira para trás. Desacostumada à baixa força gravitacional de Gaalli, e com os pés afundados na neve, Anilleya desequilibrou-se e caiu de costas ao chão. Quando tentou reerguer-se, sentiu o pisar da bota de Tharísia sobre o pulso da mão que segurava a pistola.

– É melhor ficar bem aí onde está, Ani – com o outro pé, a morena golpeou o estômago da rival, fazendo-a contorcer-se em dor. Seus dedos afrouxaram e finalmente Tharísia pôde pegar arma.

– Sua vadia! - protestou a loira.

– Eu não xingaria a pessoa que tem uma arma na mão, irmãzinha – ela apontou a pistola para a cabeça da outra.

– Você não é minha irmã! Nem andrômeda você é. Ninguém que faz o que você fez pode ser digno deste título tão nobre. A História lembrará de você para sempre como a "*Traidora da Humanidade*"! – Anilleya tentou se reerguer, mas a pressão da bota sobre seu pulso fazia-se cada vez presente. – Acha mesmo que sairá livre dessa?

Tharísia riu em deboche.

– Já estou saindo dessa, querida. E quer saber? Acho que está mais que na hora de você partir.

Sem piedade, a morena pressionou o gatilho.

Nada.

Anilleya havia travado a pistola de raios antes de desembarcar do caça espacial.

Aproveitando-se do momento, a loira levou a mão que estava livre à perna da ex-colega, agarrando-a e puxando-a para si, fazendo-a cair de joelhos. Anilleya não teve dúvida em avançar sobre ela. Colocou-se rapidamente de joelhos, desferindo um golpe certeiro em seu queixo, deixando-a atordoada por alguns instantes.

Anilleya parecia possuída, tamanha era sua raiva. Engalfinhou-se à sua oponente, dando-lhe socos na face, no peito, nos ombros ou qualquer outro lugar que estivesse exposto enquanto a morena tentava se defender. A pistola foi lançada ao chão, deixando de ser, por um momento, objeto de disputa.

Tharísia revidou, mas não conseguia superar a vantagem que a outra impunha. Digladiavam-se em uma batalha ensandecida, ambas com seus joelhos afundados no solo fofo e gelado, até que a morena conseguiu mais uma vez colocar sua opositora a baixo.

Anilleya se debatia ao chão na tentativa de livrar-se da traidora que a prendia com seu corpo. Com a baixa gravidade, bastou um impulso brusco para que Tharísia fosse jogada para o lado. Mas a vantagem foi breve, pois enquanto buscava posicionar-se da melhor forma, o revide da morena foi imediato. Ela arrancou os óculos e a proteção que Anilleya utilizava na cabeça, expondo-a ao frio. A outra andrômeda não desistiu até conseguir fazer o mesmo à rival.

Desprotegidas, continuavam o embate atrapalhadas pelos

cabelos loiros e negros que, agora soltos, insistiam em misturar-se e cobrir-lhes a visão, esvoaçando com o vento dominante na região.

Recordando-se da arma que jazia inerte sobre a neve, Tharísia se jogou ao solo na tentativa de recuperá-la. Quando finalmente a teve em mãos, Anilleya a atacou, agarrando seus cabelos. Porém, em um momento de vacilo, a loira foi brutalmente agredida com uma coronhada na cabeça, perdendo os sentidos. Seu corpo tombou sobre a neve.

Sorrindo vitoriosa, Tharísia levantou-se com calma, batendo a neve em seu collant. Sob a luz do planeta gigante que iluminava o céu noturno de Gaalli, destravou a pistola de raios e apontou-a para a andrômeda desfalecida. Acabaria com tudo ali mesmo.

23.

Bel Philip não lamentou por abandonar sua *Intrépida* no hangar do cruzador draconiano. Ele sabia que um dia deixaria a velha nave de lado em troca de novos desafios, embora nunca houvesse imaginado que seria em condições como aquela.

A bordo de uma pequena nave draconiana, o antariano e a kapuytiana abandonavam o cruzador, rumo ao espaço profundo. Estavam acompanhados por quatro soldados draconianos, que os levariam como passageiros até Antares.

– E Liandra? – questionava Nimbe, encerrada em um alojamento junto ao antariano.

– Temos que ser pacientes agora. Não podemos despertar suspeitas. Agiremos no momento certo – Ele voltou-se para a kapuytiana, segurando-a delicadamente pelo braço. – Nimbe, peço que me desculpe por tê-la assediado enquanto estávamos diante do almirante. Não quero que pense o pior de mim, eu estava apenas interpretando um papel que, como sabe, não corresponde com a realidade. Como já lhe disse, eu jamais faria qualquer mal a você. Seja lá o que suas ancestrais vivenciaram no passado, saiba que nós antarianos rejeitamos terminantemente. Se eu pudesse impedir tudo o que lhes aconteceu, eu impediria.

Nimbe sorriu, olhando para Bel Philip. Um sentimento de ternura e agradecimento tomou conta de si, fazendo seus dois corações palpitarem. Ela estendeu a mão, tocando o semblante do antariano com a ponta dos dedos, em uma suave carícia. Ele cerrou os olhos, agradecido.

24.

Após dar meia-volta, a nave draconiana retornou por onde viera, seguindo rumo à órbita daquela pequena lua irregular.

Acercando-se cada vez mais daquele mundo diminuto, já era possível observar um módulo de fuga repousando logo abaixo, sobre a superfície repleta de crateras. Os retrofoguetes levantaram a fina poeira cinzenta, enquanto a nave pousava lentamente a poucos metros de distância.

Minutos depois, Liandra abandonou o módulo de fuga, protegida com um traje espacial. Caminhou com cautela, devido à baixíssima força gravitacional da pequena lua, rumo ao interior da nave draconiana.

Na câmara de entrada a pressão foi reestabelecida e por fim a andrômeda pode retirar o capacete do traje, respirando o ar interno da nave. Seu olfato não gostou muito do que sentiu. Draconianos tinham um cheiro característico que impregnava os ambientes por onde transitavam. Felizmente, se acostumaria com o cheiro dentro de poucos minutos.

– Estou surpresa, Bel... – disse ela, retirando o resto do traje. – Resgatou-me com a nave do inimigo?

– Fiz o melhor que pude, florzinha.

Seguindo pelo corredor, rumo à cabine de comando da nave, a andrômeda deparou-se com dois dos soldados draconianos, abatidos ao solo. Antes que pudesse questionar algo, Nimbe apareceu logo à frente, correndo em sua direção para abraçá-la. A andrômeda correspondeu o carinho.

– Tudo bem, querida? Como se saiu?

– Foi tudo bem. E o Sr. Bel Philip foi gentil comigo.

– Sabia que daria tudo certo. É bom estar de volta. A princípio achei insano o plano de me abandonar nesta lua assim que passamos por detrás dela, mas por ser algo tão inusitado, acreditei mesmo que poderia dar certo.

A sacerdotisa largou a kapuytiana e caminhou entre os corpos dos soldados abatidos.

– Vejo que fez um ótimo trabalho, Bel - ironizou ela, indicando os corpos com o olhar.

– É o que eu faço – respondeu ele, com seu costumeiro ar convencido.

– Estão mortos?

– Infelizmente. Tentei de tudo para que isso não acontecesse, mas eles não me deram escolha. Desculpe-me, não tive tempo para recolhê-los e colocá-los em um local apropriado.

– Como você derrubou quatro guerreiros draconianos? Pistola de raios?

Ele hesitou em responder. E antes que pudesse esclarecer a proeza, Nimbe atravessou sua frente.

– Ele derrubou os draconianos com as próprias mãos! – esclareceu ela, excitada. Seus olhos reluziam em contentamento. – Foi uma luta justa. Sem armas! Apenas com os punhos! Bel não deu tempo para os gigantes reagirem. Ele é um antariano, Liandra! Eu os ouvi dizerem,

– Antariano? – indagou a sacerdotisa, franzindo o cenho e levemente boquiaberta. – Você é um pós-humano?

– O que posso dizer? A garota está certa. Sim, sou um pós-humano. Em carne e osso. E silício, silicone, hiperaço e uma série de outras coisas aqui dentro.

– Bem, isso explica então a sua superforça. Só isso mesmo para derrubar quatro draconianos com as próprias mãos. E o que mais você esconde de nós, Sr. Bel Philip?

– Isto aqui – ele tomou a andrômeda para si, envolvendo-a pela cintura e beijando-a com um prazeroso ardor.

A surpresa do beijo não gerou uma reação contrária da andrômeda. Ao contrário: ela percebeu-se correspondendo ao beijo, sem conseguir explicar por que não o repudiava

Nimbe ficou horrorizada.

– Vocês... vocês...

Liandra voltou a si e empurrou Bel Philip para trás.

– Acalme-se – disse ela, em socorro a kapuytiana. – ele não me machucou.

– E nem poderia machucá-la – ajudou ele. – Isso é o que acontece quando um homem gosta de uma mulher. É assim que fazemos, Nimbe. Além disso, ela estava me devendo o pagamento pelo resgate que realizei. Apenas cobrei a dívida. E devo dizer que foi muito bem paga.

Ele riu vitorioso, dando meia-volta e seguindo corredor afora, deixando uma andrômeda sem palavras, mas com a doce e prazerosa lembrança de um beijo com gosto de "quero mais" e uma kapuytiana tensa, mas que a cada dia se acostumava mais a conviver com os estranhos seres humanos.

25.

Anilleya sentiu uma rajada de vento gelado em seu rosto enquanto despertava. Sentia sua bochecha direita congelada, quando se deu conta que parte de sua face estava enterrada na neve. Seus olhos pestanejaram vagarosamente. Recobrava a consciência aos poucos e suas forças voltavam ao corpo no mesmo ritmo. Percebeu-se de bruços, buscando lembrar o que tinha acontecido. Apoiou-se com as palmas das mãos na neve flexionando os braços, conseguindo erguer-se e colocar-se de joelhos.

Diante de si, apenas a vastidão branca. Pôde visualizar o módulo de fuga e, bem mais além, o caça espacial.

Entretanto, a surpresa estava logo à sua retaguarda. Sentindo a movimentação no terreno, virou-se para trás e lá estavam eles.

– Por Cassiopeia! Oh, não.

Draconianos.

Contou quatro ao todo, mas sem dúvida haveria mais. Eles sempre apareciam em bando.

Rapidamente colocou-se em pé, cambaleando para trás ao tentar firmar-se sobre a neve. Olhou para os reptiloides parados logo adiante em seus trajes espaciais. Eles pareciam observá-la com certa curiosidade.

Anilleya encarou-os um a um sem entender por que não a atacavam. Foi quando finalmente viu atrás deles o corpo de Tharísia caído ao chão.

– O que vocês fizeram? – questionou ela com a voz trêmula.

Por um instante esqueceu-se dos alienígenas, tendo o impulso de socorrer sua rival. Deu dois passos adiante, mas ao reconhecer a arma draconiana na mão de um deles, hesitou.

Tharísia estava com o rosto pálido, deitada de costas para a neve. Anilleya olhou para o peito e abdômen da mulher e não percebeu nenhum movimento que pudesse constatar que ela ainda respirasse.

– Vocês a mataram... – ela proferiu baixinho. Sua voz quase se perdeu em meio ao som das rajadas de vento.

– Ela ainda vive, andrômeda – disse aquele que segurava a arma, em quase perfeito *Interestela*. Parecia ser o líder. – Foi um disparo atordoador. Logo ela recobrará a consciência.

A andrômeda estava confusa. Se Tharísia era aliada dos draconianos, por que a atacariam? Antes que se atrevesse a questionar, o suposto líder colocou-se a falar:

– Foi necessário detê-la. Ela provavelmente daria um fim em você se nós não a tivéssemos impedido.

O draconiano se aproximou devagar. Parecia calcular cada movimento. A andrômeda interpretou isso como uma tentativa de mostrar a ela que não a atacaria. Não sabia suas reais intenções, mas acreditou ser o momento de dar um voto de confiança a seu inimigo, até que tudo se esclarecesse. Assim, não se moveu, deixando o reptiloide de quase dois metros e meio de altura vir até perto de si.

– Sou o major Hork'Jan, comandante da 31° legião imperial – Ele estendeu a mão à andrômeda, que hesitou por um momento antes de retribuir ao cumprimento. Ele pressionou levemente a mão da mulher no intuito de não feri-la, afinal, além dos draconianos serem reconhecidamente mais fortes do que os humanos, suas garras poderiam facilmente machucá-la.

Ele prosseguiu:

– É de meu conhecimento que, entre os humanos, um aperto de mão pode significar muito mais do que um simples cumprimento. Muitos acordos e alianças foram firmados com um aperto de mão no decorrer da sua História. Sendo assim, que esta ação possa significar muito mais do que um mero cumprimento entre nós.

– Aperto de mão também pode significar uma declaração de paz, major.

– Talvez este significado também caiba em nossas intenções.

– Desculpe, major... Eu não sei o que dizer. Ainda vejo uma das minhas companheiras caída ao chão, abatida por sua arma. Onde há paz nisso?

Hork'Jan fez um sinal com a cabeça e logo dois soldados foram em direção à Tharísia, amparando-a. Aquele que aparentava mais jovialidade, tomou-a em seus braços, trazendo-a para perto de Anilleya.

– O que deseja que façamos com a renegada? – disse o recruta à andrômeda.

Anilleya suspirou. Olhou a companheira com o corpo desfalecido sobre os braços do homem-lagarto e não conseguiu definir o que sentia. Ódio? Pena? Afeto? Tristeza? Aquela ali era sua irmã, uma Filha de Cassiopeia como qualquer outra. Mas ainda assim, ela assassinara milhares de pessoas. E talvez tenha matado o seu amado capitão! Não. Não podia aceitar aquilo.

– O que querem de mim?

– Creio que seja melhor discutirmos sobre isso em um lugar mais seguro. O clima desta região não é favorável às nossas espécies e é possível que alguma nave de patrulha antariana apareça em breve, o que nos complicaria bastante. Portanto, venha conosco! – o major indicou-lhe o caminho, seguindo adiante.

– Sou sua prisioneira? – questionou ela, sem arredar os pés do local.

– Prisioneira? – Ele parou, voltando-se a ela. – Eu prefiro chamá-la de "convidada".

26.

Anilleya estava encerrada no interior da nave imperial, secretamente escondida entre as colinas da região graças ao dispositivo de camuflagem, que impedia que as patrulhas antarianas a detectassem.

Sentada em uma banqueta estofada, dentro do que imaginou ser uma sala de reunião, ela era observada com curiosidade pelos soldados draconianos que a vigiavam enquanto aguardavam o retorno do major. Logo, o velho líder apareceu já livre do traje espacial.

– Como ela está? – indagou ela afoita.

– Sua companheira está bem. Ela acaba de acordar.

– Eu gostaria de vê-la.

– Tudo ao seu tempo, andrômeda. – ele sentou-se frente a ela. – Creio que ainda temos muito que conversar.

– Caro major, ainda não me disse suas intenções. Você fala de paz e me trata com gentilezas, mas enquanto isso, sua espécie continua a exterminar milhões de vidas nos mundos da Liga Interestelar. Afinal, quais são seus planos? O que quer de mim? O que faz uma nave draconiana escondida em Gaalli, em pleno território antariano?

As têmporas do reptiliano pulsaram enquanto ele a encarava em silêncio, permitindo que Anilleya pudesse ver suas cicatrizes evidenciarem-se na pele cascuda verde-acinzentada. A julgar pela aparência, calculou que o major fosse um draconiano de meia-idade, com 200 anos-padrão ou mais. Ele suspirou cansado. Seus olhos vermelhos pareciam ter perdido a vivacidade até então apresentada.

– Fui designado para uma missão: encontrar a andrômeda Tharísia em território antariano e levá-la à presença do Imperador, em Alpha Draconis.

– Então era esse o plano todo o tempo – constatou Anilleya decepcionada.

– Um acordo foi feito há muito tempo e, ao que me consta, foi prometido à sua amiga uma generosa recompensa. O Império possui muitos espiões espalhados pela Liga Interestelar. São seus próprios cidadãos, corrompidos pela ganância e pelo poder, ávidos por servir ao nosso Imperador em troca de vantagens que a Liga não poderia lhes dar. A sua companheira não é a única, mas sem dúvida é uma das mais importantes e influentes. Ela possui informações confidenciais que o Imperador deseja muito obter sobre a Liga Interestelar e o Templo de Cassiopeia.

Anilleya recordou-se que, nos últimos meses, Tharísia havia conquistado livre acesso ao Palácio do Governo e, segundo rumores, à alcova presidencial. Ela sempre alegou estar cumprindo tarefas relacionadas aos interesses do Templo. Contudo, diante de tal revelação, Anilleya imaginou que para a morena, com sua beleza mediterrânea e sua destacada astúcia, não havia sido difícil seduzir o presidente e conseguir as informações que precisava. Em toda Liga Interestelar, quem não confiaria seus segredos a uma andrômeda, afinal?

– Mas se sua missão é levar Tharísia, por que está me contando tudo isso?

– Sei que o Imperador tem grande interesse na andrômeda traidora, mas este será o meio que tenho para atingi-lo – Hork'Jan curvou-se, encarando a mulher olho no olho. Tinha um respirar nervoso e seus dentes cerrados rangiam em um som quase inaudível, enquanto suas têmporas voltavam a pulsar. – Eu não levarei Tharísia para Alpha Draconis. E, mediante essa decisão, venho fazer um pedido: solicito que a Liga Interestelar conceda asilo político para mim e para meus comandados.

– Asilo político? Vai mesmo descumprir suas ordens? Mas qual o real motivo disso tudo?

– Vingança. O maldito Imperador tomou aquilo que era mais importante na minha vida. Ele desposou a fêmea que eu amava, mesmo sabendo do compromisso que nós havíamos assumido diante dos nossos deuses. Sauer'Gab é o nome dela. A fêmea mais graciosa e bela de todo Império. Ela me pertencia e eu a ela. E agora, graças ao Imperador, fomos separados pela eternidade. Tudo isso porque me recusei a ceder aos seus caprichos sexuais.

– Então o Imperador queria *você* como amante – constatou a andrômeda.

– Essa é a verdade. E, se ele desejasse, poderia ter me punido severamente diante da minha recusa. Tortura lenta e morte seriam pouco para ele. No entanto, o Imperador preferiu me atingir no ponto onde eu era mais vulnerável e onde ele sabia que me doeria mais. – O major fez uma pausa, ajeitando a postura. Sua cauda batia no piso, inquieta, e ele parecia querer ganhar tempo para não se mostrar tão emotivo diante da humana. Por fim, prosseguiu o relato: – Rumores falam que o Imperador tortura todos os dias a minha doce Sauer'Gab com seus joguinhos eróticos e sádicos. Dizem também que ele a obriga a gritar meu nome nos momentos de intimidade.

– Sinto muito por isso. No entanto, mesmo punindo-o dessa forma, seu Imperador parece que ainda confia em você. Afinal, você foi escalado para buscar Tharísia e levá-la à sua presença. Imagino que essa tarefa tenha grande importância e o escolhido foi você.

– Nem tudo é o que parece, andrômeda. Após resgatar Tharísia, eu jamais retornaria ao Império vivo. Meus comandados tinham ordens para me eliminar. Mas o que o Imperador não esperava era que eles fossem fiéis a mim. Fui informado do plano antes de chegar ao território antariano. E, por frustrarmos os planos do Imperador, seremos considerados inimigos do Império assim que descobrirem nosso ato de rebeldia. Assim, não nos restaria alternativa a não ser nos exilarmos.

Anilleya meditou por um momento. Suspirou e por fim disse:

– Conte com minha ajuda, major. Em troca, contarei com suas informações sobre as táticas de guerra e os planos do Império. Precisamos parar essa guerra, de uma vez por todas!

O major assentiu.

– Ah, e outra coisa – continuou a sacerdotisa. – Quero falar com Tharísia.

– Ela está à sua espera, andrômeda.

27.

Anilleya caminhou pelo corredor da nave, seguindo o caminho indicado pelo major. Circular por aquele ambiente era uma sensação estranha. Não guardava boas recordações da última vez que estivera em uma nave draconiana. Dois anos se passaram desde então, mas ainda não havia se esquecido de Burk Marconi e seu sacrifício ao tentar defendê-la dos inimigos da Liga Interestelar. Sentiu um aperto no coração, mas procurou seguir adiante.

Agora, suas lembranças teriam que ser deixadas de lado, pois estava prestes a confrontar-se com aquela que havia se tornado sua principal rival.

Ao entrar na enfermaria, logo pôde observar Tharísia deitada sobre um dos leitos, olhando para o teto sem fazer qualquer movimento. Sua cabeça estava desprovida de qualquer apoio, já que draconianos não usavam travesseiros. Ela tinha seus pulsos e tornozelos atados à cama por algemas.

Anilleya parou por alguns instantes à entrada e ficou observando-a, lamentando tudo que havia acontecido. Sentiu pena dela.

– Tharísia? – a sua voz saiu quase como um gemido.

A traidora ergueu a cabeça, visualizando a outra andrômeda, que se aproximou lentamente.

– Ah, você... – suspirou a morena.

– Vim ver como você está.

– E gostou do que viu? – disse Tharísia entredentes, cerrando os punhos. – Aqui estou, inteiramente à sua mercê, *andrômeda*.

– Me trata como se eu fosse sua algoz, mas ignora tudo o que você fez até então.

Tharísia não respondeu, preferindo virar a cabeça para o outro lado. Anilleya insistiu.

– Surpresa em não ter sido resgatada pelos draconianos? Creio que você não contava com essa reviravolta em seus planos, não?

– Esses malditos serão caçados pelo Império assim que souberem o que aconteceu.

– A Liga Interestelar oferecerá asilo a eles. E nós os defenderemos.

– Veio aqui apenas para se vangloriar?

– Não, não vim para isso – Anilleya balançou a cabeça. – Não consigo compreender o motivo de tudo o que aconteceu. Você sempre foi a melhor. A mais perspicaz. A mais inteligente. A mais competente. E, em minha opinião, a mais bela de todas! Sempre a enxerguei como exemplo, desde o tempo em que éramos pupilas do Templo. Vibrei a cada vitória sua. Aplaudi de pé sua ordenação como andrômeda e me esforcei para seguir seus passos. O que aconteceu com a Tharísia que eu tanto admirava?

Houve um breve momento de silêncio. Ao lado do leito, Anilleya aguardou pacientemente uma resposta. Ao perceber uma lágrima escorrer pela face da companheira, a loira sentiu seu coração apertar.

Tharísia voltou-se para ela, mirando-a nos olhos.

– E mesmo assim, *você* foi *a escolhida* – seu lábio inferior tremeu. – Komara sempre a preferiu.

– Eu não pedi para ser a sucessora de Komara. Sempre acreditei que você era a andrômeda mais indicada. Não me condene por isso.

– Acreditava que eu era a melhor, mas pelo visto nunca se dispôs a manifestar sua opinião até o dia em que ela a anunciou como sucessora. A quem você quer enganar, Ani? O sonho de toda pupila é tornar-se uma andrômeda, assim como o sonho de toda andrômeda é coroar-se como a Mãe Cassiopeia! A verdade é que você também desejava a honra.

– Não! – Anilleya franziu o cenho, indignada. – Eu nunca pedi para ser a sucessora. Nunca tive essa ambição. E nem poderia, já que em meu coração, você era a indicada.

– Bobagem! Você não é tão boa quanto tenta parecer ser, Ani. A quem você quer enganar com esse discurso barato?

– Se eu não sou boa, então o que você é? – devolveu Anilleya, impaciente. – Você se aliou ao nosso pior inimigo para destruir tudo aquilo que nossas ancestrais deram suas vidas para edificar? Por quê?

– Para ajudar a construir uma nova ordem e indicar o verdadeiro caminho a seguir. Você fala de tudo aquilo que foi construído por nossas antecessoras, mas está completamente cega para continuar defendendo os ideais arcaicos da Andrômeda Original. Os tempos são outros, mas para enxergar isso é necessário ter visão. Por isso, *eu sim* deveria ser a futura Mãe Cassiopeia. Dessa forma eu teria o poder em mãos para controlar o Conselho Interestelar com pulso firme. Só assim colocaríamos a Liga novamente no rumo certo. Com o Império Draconiano me apoiando *eu* conseguiria levar adiante esse plano. *Eu* seria a guia e líder espiritual da galáxia.

Anilleya estremeceu. Uma onda de ódio e revolta cresceu em si e sentiu que ia explodir.

– Você nos traiu, Tharísia! – extravasou ela quase gritando. – Por Cassiopeia! Você assassinou milhares de pessoas no atentado à estação espacial. Tudo pela ambição de ter o poder em suas mãos. Controlar o Conselho? Acha mesmo que uma Mãe Cassiopeia deve usar sua influência para controlar o Conselho? Não... Nossa função é auxiliá-los. E não controlá-los. E aquele taucetiano na *Brilho de Gaia*? Você sabia de tudo desde o princípio, não? Você mandou ele se livrar de mim? É isso? Eu estava colocando seus planos a perder com a ideia de procurar os pós-humanos? Oh, minha irmã... Quão pequeno é o seu espírito. Você é uma pobre coitada. Uma mulher ambiciosa, egoísta e indigna de ser considerada seguidora dos ideais da Andrômeda Original. Você não é digna de servir ao Templo de Cassiopeia! Se eu pudesse eu... eu...

– Me mataria? É isso? Se pudesse você me mataria, Ani?

– Não, eu...

– Não, não, não. Você realmente não me mataria. Você teve chance para isso, mas mesmo assim não o fez. A verdade é que você não passa de uma covarde.

Anilleya teve que se conter para não perder a cabeça. Sua vontade era dar um belo soco na face da morena, mas seria covardia demais agredir uma pessoa presa ao leito e sem qualquer possibilidade de defesa. Ela preferiu baixar a cabeça, dando as costas à traidora.

– Eu a levarei de volta e você será julgada pelos seus crimes.

E antes de sair da enfermaria, Anilleya suspirou.

– Eu te amava muito, Tharísia – disse, com voz embargada. – Talvez eu tenha sido cega até nisso. – E retirou-se do ambiente.

28.

A nave draconiana pousou no espaçoporto de Cidade Capital. Dezenas de soldados correram em direção ao veículo, armados com rifles de plasma e canhonetas energéticas, prontos para receber os tripulantes estrangeiros. Eles faziam também a segurança da Mãe Cassiopeia, que decidiu recepcionar os visitantes.

Os sons da rampa baixando e das comportas pneumáticas se abrindo deixaram os militares em estado de alerta. Os rifles foram engatilhados e apontados para a saída da nave.

– Baixem as armas! – ordenou o coronel Stu Baruck. – É a andrômeda Anilleya!

A sacerdotisa apareceu diante da pequena multidão. Seus cabelos dourados esvoaçavam com o vento e ela pôde, enfim, respirar o ar de Terra Longínqua novamente. Estava em casa, sã e salva.

Notando a tensão dos militares abaixo, esclareceu em alto e bom tom que estava tudo bem, pedindo que não erguessem suas armas com a saída dos draconianos. Ela foi atendida, a contragosto de muitos dos presentes, que sentiam-se insultados em receber o inimigo praticamente no quintal de casa.

Komara rompeu sem dificuldades o cordão de isolamento

formado pelos soldados, atravessando a distância que separava a multidão da nave estrangeira. Ela parou ao pé da rampa e aguardou a decida da andrômeda e do líder militar draconiano.

– Minha menina! – a Mãe Cassiopeia abraçou a andrômeda, levando-se pela emoção, não se importando em deixar suas lágrimas caírem.

Anilleya sentia-se feliz em ter retornado ao lar, mas sua expressão aflita denunciava suas preocupações.

– Há notícias do capitão Canárian? Do primeiro-oficial Yeshk?

– Os sobreviventes da *Brilho de Gaia* tiveram seus módulos de fuga recuperados pelo governo de Antares – explicou Komara – Não temos ainda nenhuma lista com os nomes dos resgatados. Eles foram colocados sob custódia, sob o status de "prisioneiros de guerra", segundo o informe que recebemos.

– Prisioneiros de guerra?

– Sim, minha menina. As autoridades antarianas não estão nada satisfeitas com o que aconteceu. Com a morte do rei de Antares, a declaração de guerra à Liga Interestelar é praticamente um fato consumado. Nosso tiro saiu pela culatra. Aqueles que procurávamos como aliados, agora se voltam contra nós. A primeira tentativa de nos reconciliarmos com os pós-humanos em mais de mil anos definitivamente foi mais do que catastrófica. A verdade é que fracassamos em nossa missão, Ani. Mesmo com o major draconiano disposto a nos ajudar, será difícil lidarmos com essa situação.

Anilleya estava arrasada. As escolhas e atos de Tharísia tiveram consequências que provavelmente nem ela imaginava.

Naquele momento, o major Hork'Jan apareceu pela comporta de saída da nave. O clima de tensão aumentou entre os presentes quando o draconiano levantou sua mão.

– Viemos em paz – disse ele em *Interestela*, descendo a rampa lentamente, caminhando ao encontro da andrômeda.

Anilleya apresentou-o à matriarca.

– Muito me alegra em saber que existem draconianos com bom senso e desejosos pela paz – disse Komara. – Seja bem-vindo à Liga Interestelar.

– Temos uma guerra a terminar, matriarca – respondeu ele, solícito, fazendo uma desajeitada reverência.

O coronel Baruck cumprimentou o major exilado batendo continência e depois lhe estendendo a mão. Com esse gesto, a tensão que até então reinava entre os soldados desvaneceu gradativamente. Os demais draconianos poderiam descer de sua nave em paz para serem escoltados rumo ao Quartel General do Comando da Armada, onde lhes seriam oferecidos alojamentos, segurança e toda assistência necessária, enquanto não fosse decidido o seu destino.

Pouco depois, Tharísia descia a rampa da nave, escoltada por dois draconianos. Ela estava abatida, desalinhada, sem os cuidados estéticos que uma andrômeda geralmente se impunha. Ao encarar a Mãe Cassiopeia, seu semblante transpareceu a vergonha que sentia.

Komara não quis lhe dizer nada. Com um gesto, chamou o coronel Baruck, solicitando que a andrômeda traidora fosse escoltada com discrição ao Templo de Cassiopeia. O pedido foi prontamente atendido.

A notícia de que uma andrômeda havia sido a causadora de uma possível guerra contra os pós-humanos não havia sido divulgada. O próprio presidente parecia desconhecer o fato. Em sua viagem de volta à Terra Longínqua, Anilleya relatara o ocorrido apenas à Komara, que decidiu omitir a informação. A fé em torno das Filhas de Cassiopeia não poderia ser destruída pela atitude irresponsável de uma andrômeda rebelde. Perder a mística que envolvia as sacerdotisas do Templo em pleno conflito com o Império Draconiano seria outra catástrofe que deveria a todo custo ser evitada.

Tharísia passou pelas duas mulheres, encarando-as com seus olhos verde-acinzentados, antes de ser colocada dentro de um girocarro militar.

Naquele instante, Jon Pardano chegou ao espaçoporto em uma visita não programada, sendo recepcionado por autoridades e funcionários. Com a notícia da chegada da nave draconiana, dirigiu-se apressado para o local. Caminhando pela pista de pouso, acompanhado de seus assessores, ainda teve tempo de encontrar a matriarca junto aos visitantes. O grupo de répteis gigantes fazia fila ao pé da rampa da nave, cumprimentando a matriarca e o coronel.

– Presidente! Que surpresa tê-lo por aqui – cumprimentou Komara, sem disfarçar o incômodo sentido. A matriarca ainda não havia engolido a proposta de rendição de Pardano.

– Fui informado de última hora dos seus planos – disse ele secamente. – Acredito que eu deveria ter sido informado da missão que organizou a Antares, não?

– O segredo que envolveu essa missão foi necessário, senhor presidente. Espero que compreenda.

– O que não consigo compreender é a presença de draconianos

em Terra Longínqua. Decidiu por fim fazer coro junto a nós na proposta de rendição da Liga?

O presidente mal havia terminado sua frase quando foi abordado pelo major Hork'Jan. O homem-lagarto curvou-se, encarando o humano com seus olhos vermelhos, cujas pupilas finas pareceram ganhar volume.

– Vejam quem veio me ver. Jon Pardano, o Presidente da Liga Interestelar e líder do Conselho – o draconiano parecia ter perdido o ar amistoso que até então transparecia diante de todos.

– Major Hork'Jan?

O presidente parecia estar surpreso, fato que não pôde deixar de ser notado pela matriarca e pela andrômeda.

– Vocês se conhecem? – indagou Anilleya ao velho militar.

Hork'Jan soltou uma risada em meio a um curto sorriso, que a andrômeda interpretou como deboche. Os olhos arregalados do presidente denunciavam que algo estava errado.

– O presidente é um velho conhecido nosso, andrômeda. Encontramos-nos há dois anos em Vlasdávia, pouco antes do início da guerra.

– Em Vlasdávia? – Anilleya encarou o presidente que parecia ter perdido a cor. O lábio inferior daquele homem tremia e o aumento da sua respiração tornou-se perceptível. – Que eu me recorde, a Liga Interestelar assinou o *Tratado de Tau Ceti* com o Império Draconiano redefinindo nossas fronteiras àquela época. Tínhamos uma colônia em Vlasdávia, mas precisaríamos retirar os colonos de lá, pois havíamos cedido o planeta à Alpha Draconis. Porém, não tivemos tempo de fazê-lo. Os draconianos massacraram a população do planeta antes que pudéssemos removê-los de lá. Esse evento deu início à guerra.

– Sabemos disso, andrômeda. Eu participei do ataque à Vlasdávia – o major draconiano exibiu seus dentes afiados ao presidente. – Nós atacamos o planeta com o aval do presidente Pardano, que planejou tudo conosco. Ele nos ajudou a iniciar a guerra.

– Seu lagarto mentiroso! – Gritou o presidente em cólera.

Em um movimento inesperado, Pardano atirou-se em direção ao coronel Baruck, sacando a pistola de raios que o militar mantinha em seu coldre. Apontou a arma ao major draconiano, alvejando-o no tórax sem piedade. Sem sua habitual armadura negra, o gigante reptiliano estava desprotegido, sendo lançado para trás e caindo ao solo em meio aos seus subordinados.

– O que você fez? – gritou Anilleya, partindo para junto do major.

A reação dos soldados draconianos foi imediata. Organizaram-se para o revide, mas foram intimidados pelos rifles de plasma apontados a eles. Ao mesmo tempo, o coronel Baruck buscou imobilizar o presidente, que debateu-se em fúria tentando a todo custo apontar a pistola para a Mãe Cassiopeia. Dois soldados da Armada partiram em auxílio ao coronel, segurando o presidente e retirando-lhe a arma, enquanto outros dois procuraram proteger a matriarca, colocando-se com escudos a sua frente.

Ainda caído, o major esvaía-se em sangue. A poça azul turquesa crescia no chão, tocando os joelhos de Anilleya que inutilmente tentava ampará-lo. Ele segurou a mão da andrômeda, apertando-a com cuidado para não feri-la. Um filete de uma baba viscosa escorria pelo canto de sua bocarra enquanto balbuciava algumas palavras quase incompreensíveis em *draconis*.

A andrômeda sabia o que ele dizia. Ou melhor, cantava. Era a *Canção do Viajante Perdido,* um triste poema melódico que falava das aventuras de um herói que, perseguido injustamente pelas autoridades de seu mundo, viaja até os confins da galáxia buscando provar sua inocência. E depois de muitos percalços e dificuldades, retorna vitorioso para casa, indo ao encontro do seu grande amor. Antes do último suspiro do draconiano, Anilleya ainda pôde ouvi-lo sussurrar o nome de sua amada.

Rangendo os dentes em ódio, a sacerdotisa abandonou o corpo do draconiano, partindo em direção ao presidente.

– Você é desprezível, Jon Pardano! – disse ela, acusando-o com o dedo indicador em riste. – A responsabilidade pela nossa derrocada nessa guerra sempre foi sua. O que o Império lhe ofereceu? Riquezas? Poder? Um vice-reinado?

– Mulher estúpida! Eu não traí ninguém! Prefere acreditar nas palavras incoerentes do nosso inimigo do que em seu presidente?

– *Você* é o inimigo, Jon Pardano – interviu a matriarca. Suas palavras saíram como um rosnar. – Enfim a verdade apareceu. Jamais imaginei que um dos homens mais respeitáveis do nosso tempo pudesse se dar o trabalho de colocar todas as nossas conquistas a perder.

– Ele sem dúvida passava informações à Tharísia, que as repassava aos seus contatos em Alpha Draconis. Está mais do que claro! – Anilleya tentava se acalmar, mas em seu íntimo, a vontade de agredir o presidente quase suplantava seu autocontrole. Voltando-se ao coronel Baruck, a andrômeda fez um apelo. – Por favor, prenda-o! Este homem é um sórdido traidor da Liga Interestelar.

29.

Compreender e dominar o funcionamento do painel de controles da nave draconiana era só uma questão de tempo, paciência e persistência. Após algumas tentativas frustradas de comunicação com Terra Longínqua, Liandra finalmente conseguira contato com o Templo de Cassiopeia pelo subetérico, e não demorou para que um rosto familiar a saudasse.

– Por Cassiopeia! Você está mesmo viva! – o sorriso de felicidade da andrômeda Waleri mal cabia em si. A imagem transmitida pelo monitor da nave ainda possuía algumas distorções, que foram corrigidas aos poucos.

– Ainda não conseguiram me derrubar, irmã.

– Pensamos que tivesse sido capturada na tomada de Kapuyt. Ou que tivesse acontecido coisa pior!

– Tive muitos reveses em minha missão, mas com sorte e com uma boa ajuda eu consegui escapar. Contarei tudo assim que retornar à TerraLongínqua.

– Lia... Não aconselho você a retornar. Nossa situação está cada dia mais insustentável. O presidente foi preso, acusado de traição e a frota imperial destruiu nossos postos avançados em órbita de Eta Cassiopeia B. Ou seja, o inimigo já está em nosso quintal. Com a B tomada, o próximo passo é atacar Eta Cassiopeia A, e consequentemente Terra Longínqua. A Armada Interestelar tenta se reorganizar. Estão vindo naves de Póllux e Groombridge 1618 para integrar o que restou da força defensora do nosso sistema. Porém, não temos certeza se chegarão a tempo de impedir a fúria draconiana. Talvez você consiga se encontrar com Pluara e Síbyla. Ambas refugiam-se em Denébola com um grupo de missionárias.

Liandra ouvia atentamente às palavras da outra sacerdotisa, sem ousar interrompê-la, sentindo os pelos de seu corpo arrepiarem.

Waleri prosseguiu:

– Há outra coisa que deve saber. Entramos em contato com os pós-humanos. Mais especificamente o Reino de Antares. Buscamos nos aproximar deles na tentativa de conquistar um aliado para nos auxiliar na guerra. Infelizmente a ideia não deu frutos. Anilleya e Tharísia partiram em missão para Antares, mas não conseguiram o apoio que precisávamos.

– A intransigência deles foi maior? – indagou Liandra, olhando de rabo-de-olho para Bel Philip, que mesmo distante, ouvia perfeitamente a conversa, graças à sua audição apurada.

– Ao contrário. Os pós-humanos se mostraram bem receptíveis no início. Talvez um acordo pudesse ter sido firmado, mas as coisas fugiram do controle quando nossa irmã Tharísia resolveu se revelar uma traidora. Ela explodiu a nave que as transportou na missão junto à estação espacial antariana onde ocorria o encontro com as autoridades locais. Milhares morreram, inclusive o próprio rei de Antares, que também participava da reunião.

Nesse momento, Bel Philip se aproximou assombrado, colocando-se ao foco da câmera, ao lado de Liandra.

– O rei está morto? – ele interpelou. Seu coração estava disparado.

– Quem é esse homem? – disse Waleri, ao visualizá-lo.

– O nome dele é Bel Philip – esclareceu Liandra. – Foi ele quem me salvou do ataque a Kapuyt.

– O que acabo de ouvir é correto? – ele insistiu. – O rei de Antares está mesmo morto?

– Infelizmente sim. Uma notícia aterradora, e que poderá nos afundar de vez, já que os pós-humanos se voltaram contra nós. Sem eles para nos ajudarem, e com os draconianos batendo à nossa porta, não há muito o que fazer. A Liga Interestelar sucumbirá, Liandra. Não há retorno. Por isso, fuja enquanto ainda há tempo. Não volte para Terra Longínqua.

– Mas... Mas... E vocês? O que será de vocês? Não conseguem um transporte para sair do planeta?

– E o que fazer com as centenas de missionárias e pupilas que o Templo abriga? E os demais funcionários? Nossas naves estão ocupadas guerreando com os draconianos, não haveria disponibilidade de transporte para todos. Lamento dizer, mas não há o que fazer a não ser torcer para que as naves que partiram em nosso socorro cheguem a tempo para reforçar o pouco que nos restou para nos defender. Nosso destino está traçado, minha irmã. Essa é a verdade.

30.

Liandra estava sentada no chão do corredor de acesso aos alojamentos da nave. Encostada na parede, ela tinha as mãos levadas à testa, enquanto seus cotovelos apoiavam-se nos joelhos dobrados. A tristeza tomou conta de si, mas não conseguia expressar esse sentimento em lágrimas. Ao contrário, sentia-se impelida a fazer algo, mas não tinha ideia do quê.

Nimbe estava junto da andrômeda. Olhava-a com pesar, enquanto acariciava os cabelos castanhos de sua salvadora em um suave cafuné. Nunca havia se imaginado envolvida com os humanos. Apesar dos medos e receios impostos de geração a geração à sua espécie, reconhecia que os humanos podiam não ser os monstros que suas ancestrais apregoavam. Sentida com a dor da andrômeda, a kapuytiana a abraçou com carinho.

O choque das botas de Bel Philip no piso metálico pôde ser ouvido de longe. Desde que recebera a notícia da morte do rei de Antares mostrava-se perturbado. Ele adentrou ao corredor, aproximando-se das duas, fitando-as em sua imponência com uma expressão severa e enigmática, fazendo Nimbe estremecer.

– Precisamos conversar, andrômeda – disse secamente.

Liandra não estranhou o tom de voz sombrio do pós-humano. Não era de se admirar que ele estivesse zangado com ela, afinal, ela era uma Filha de Cassiopeia, tal como aquela que havia atendado contra o seu povo.

Ele estendeu a mão, auxiliando-a a se levantar. Nimbe também se ergueu com sua cauda serpenteando, colocando-se estrategicamente atrás da andrômeda.

Contrariando as expectativas, Bel Philip abraçou Liandra, alisando suas costas com ternura. Ele parecia demonstrar que compreendia a dor da andrômeda. Já ela, não soube a princípio como reagir ao gesto solidário, afinal, parecia mais provável que ele viesse com algum tipo de bronca ou sermão, mas não com carinho e afeto. Porém, ao sentir o calor daquele homem forte junto a si, sentiu-se protegida. Acabou por se entregar, envolvendo-o da mesma forma.

– Eu também preciso conversar com você, Bel. Nimbe me contou sobre a sondagem médica que os draconianos realizaram em você. Contou também que a médica deles encontrou algo estranho em seus implantes e que, ao mostrar ao almirante draconiano, ele mudou o tratamento que tinha até então, ficando mais amistoso. Questionei-me o que eles poderiam ter encontrado para causar tal mudança de comportamento naqueles répteis. Eles até permitiram que você partisse e deram uma nave a você! Se eu ainda tivesse meu infocubo, eu pesquisaria seu banco de dados. Mas na ausência dele, acabei chegando a uma conclusão sem precisar consultá-lo.

Ele a afastou de si, passando a encará-la nos olhos, enquanto segurava em seus braços. Ela continuou o raciocínio:

– O que a médica draconiana encontrou foi o brasão real de Antares. Recordo-me ter visto em meus estudos sobre os pós-humanos, na minha época de pupila, que a família real antariana codificava seus implantes de modo que seus membros pudessem ser identificados em qualquer situação, bastando um simples exame, tal como feito no cruzador imperial. Com isso, presumo que você, Bel Philip, é possivelmente um dos príncipes de Antares. Estou errada?

O antariano contraiu os lábios sem notar, emudecendo por alguns instantes. Percebeu que não havia mais como ocultar sua identidade. Nem deveria. Liandra saberia uma hora ou outra a verdade.

– Você está correta. Mas errou em uma única coisa. Não há "príncipes". Disputas pelo poder em nosso passado levaram nossa família a gerar um único filho para dar continuidade à nossa dinastia. Portanto, sou o único herdeiro do trono.

Liandra arqueou uma das sobrancelhas, torcendo o canto da boca.

– Sempre soube que você não era um mercador. Mas jamais pensei que fosse o príncipe herdeiro de Antares. Aliás, príncipe não. Você agora é o rei!

Bel Philip balançou a cabeça afirmativamente.

– Era desejo de meu pai, o rei de Antares, reatar com os humanos, mas não sabíamos como fazê-lo – disse ele, próximo ao ouvido da andrômeda. – Ainda há muitos setores em nossa sociedade que se opõe à ideia.

Ele suspirou. Não sabia por onde começar, mas sabia que *tinha* que começar. Criou coragem e continuou:

– Liandra. Vim de Antares, mas não para me tornar um mercador. Eu me dispus a conhecer sua sociedade e sua cultura de modo a formular um relatório fiel de toda situação e encaminhá-lo ao meu governo. É certo que meu pai recusou terminantemente a missão que eu quis encarar, mas sempre acreditei ser capaz de desempenhá-la com êxito. Assim, embarquei rumo à Liga Interestelar ignorando todo o resto. Em todos esses anos de convivência com os humanos, relatei tudo o que pude observar, passando inclusive informações sobre o Templo de Cassiopeia e as lendárias andrômedas. Honestamente, sempre achei estranha essa cultura de adoração.

– É uma tradição milenar.

– Sim, me inteirei bastante sobre isso. O engraçado é que meu pai sempre esteve convencido de que só seria possível a paz entre humanos e pós-humanos através da intervenção das Filhas de Cassiopeia. Mas pelo visto, intervir não estava nos planos das andrômedas, ao menos não até poucos dias atrás.

– Talvez no passado, minhas antecessoras tenham focado em outros assuntos que julgaram mais importantes para elas. Vocês se exilaram, cortaram relações conosco e qualquer tentativa de contato era frustrada. Sem dúvida as antigas andrômedas acreditaram que não valia a pena insistir, ainda mais quando haviam povos estrangeiros integrando a recém-fundada Liga Interestelar e que exigiam bastante atenção.

– Mas quando suas irmãs sacerdotisas viajaram até Antares, meu pai deve ter ficado tão surpreso que decidiu ele mesmo conduzir as negociações de paz, ao invés de deixar isso para os diplomatas. Eu conheço o velho. Ele sempre foi muito centralizador.

– O que pretende fazer agora?

– Antares. Eu vou para Antares. E você virá comigo.

– Ele está nos levando como prisioneiras! – proferiu Nimbe, entrando em pânico.

Bel Philip gargalhou.

– Prisioneiras? Nimbe, Nimbe... Você nunca mudará? Não confia em mim nem depois de tudo o que passamos juntos com os draconianos?

A kapuytiana enrolou sua cauda na própria cintura, encolhendo-se envergonhada.

– Devo retornar a Antares e assumir o trono o quanto antes – esclareceu ele. – Uma tragédia aconteceu e não há como voltar atrás. Devemos seguir em frente.

Nimbe correu até o novo rei, segurando sua mão, fazendo-lhe uma reverência. Seus olhos negros e brilhantes imploravam misericórdia.

– Promete não nos fazer mal, Bel?

Ele olhou para ela e depois para Liandra, exibindo seu melhor sorriso.

– Você já sabe a resposta, bonequinha.

31.

O alerta tomou conta de toda Cidade Capital. Sirenes ressoavam desesperadas, anunciando o ataque aéreo que se avizinhava.

Os caças da Armada Interestelar decolavam em bandos, numa fúria desenfreada à procura do inimigo, visando abatê-lo antes que atingisse as zonas populosas de Terra Longínqua. Os primeiros estrondos puderam ser ouvidos no ar, ainda bem distantes da cidade, porém ficavam cada vez mais próximos.

Em órbita do planeta, belonaves da Liga Interestelar digladiavam-se contra os cruzadores do Império Draconiano. Satélites meteorológicos e de comunicação eram destruídos no fogo cruzado entre caças da Armada e raptores imperiais. Estações orbitais eram dizimadas, enquanto módulos de fuga se multiplicavam ao redor do planeta azulado.

Terra Longínqua estava sitiada, à espera do prometido reforço que nunca chegava. Informações de última hora indicaram que as naves vindas de Póllux e Groombridge 1618 haviam sido interceptadas por forças de guerra draconianas na metade do caminho, onde travavam uma batalha em paralelo que atrasaria sua chegada ao mundo-sede da Liga Interestelar.

O Conselho estava reunido. Representantes dos planetas humanos e dos mundos estrangeiros debatiam furiosamente quanto às próximas ações a tomar. O vice-presidente Zarkov Harboni presidia a sessão, propenso a seguir os mesmos passos do afastado presidente Pardano, assim como dois terços dos conselheiros. A relutância imposta pela Mãe Cassiopeia já não tinha mais força, perdendo cada vez mais aliados. A votação foi realizada e a rendição foi aprovada, proporcionando uma dura derrota à Komara. Porém, era tarde demais. O subetérico com a declaração de rendição, enviado à Alpha Draconis, não teve resposta. O ataque ferrenho à Terra Longínqua continuava sem cessar.

As andrômedas reuniam-se no salão cerimonial, com a presença das centenas de missionárias e pupilas do Templo de Cassiopeia. No Altar das Graças, Drâmia rogava por proteção, enaltecendo a bravura dos guerreiros da Armada e pedindo para que todas se acalmassem. Ela percebia o nervosismo e a apreensão nas expressões de cada uma delas, mas insistia no discurso de que deveriam manter a fé e a esperança, rememorando o remoto tempo da Andrômeda Original em meio à guerra contra os demônios de Aldebaran.

Enquanto a mística das túnicas vermelhas ainda unia a turba templária em torno de uma esperança diminuta, um enxame de naves draconianas partia para cima da resistência interestelar, causando um espetáculo luminoso no céu de entardecer.

Raptores draconianos invadiam o espaço aéreo de Cidade Capital, lançando suas bombas sobre as áreas residenciais, destruindo casas e edifícios. Perseguidos pelos caças interestelares, miravam agora o Templo de Cassiopeia, ao topo do monte Achird.

Um forte tremor foi sentido no interior do salão cerimonial, causando pânico em algumas das jovens pupilas. Waleri tentava acalmá-las com o auxílio de algumas das missionárias, mas antes que pudessem envolvê-las em mais um discurso de palavras acalentadoras, um novo tremor foi sentido, desta vez mais forte que o primeiro e junto a ele o som do respectivo impacto explosivo.

Não muito distante do salão, Anilleya estava sentada em um dos bancos rústicos de madeira e pedra, ao lado de fora do edifício principal, à outra margem do lago em meia-lua. Estava diante do mausoléu da Andrômeda Original, onde brincava monotonamente com seu infocubo, girando-o com as mãos e acariciando-o em silêncio, meditando enquanto mirava a projeção da imagem holográfica sobre a estrutura de mármore, exibindo aquela que havia fundado a doutrina cassiopista. A bela mulher projetada estava envolta em uma primitiva túnica vermelha, diferente daquela que as andrômedas atuais utilizavam. Tinha seus cabelos esvoaçando em uma animação perfeita, como se ela própria estivesse ali, com seu ar puro e singelo, distante da imponência e da mística costumeira apresentada naqueles tempos pelas suas sucessoras. Seu sorriso sempre pacificador dava-lhe uma santidade terna. Ela ficava ali, suspensa no tempo, em uma animação alheia a guerra que batia aos portões do Templo.

– Tentamos, Andrômeda... – sussurrou Anilleya, olhando para a figura holográfica ao alto. – Juro por tudo que possuo que tentamos honrá-la da melhor maneira que pudemos.

A loira sentia o peso do fracasso sobre suas costas. Lamentava intensamente não ter percebido antes a traição de Tharísia. A morena sempre fora competitiva, mas nunca havia se mostrado contrária aos ideais que tanto defenderam juntas por tantos anos. Acreditava que, se a tivesse impedido a tempo, o acordo com Antares teria sido firmado com êxito e os pós-humanos estariam ao lado da humanidade, defendendo a liberdade galáctica.

O som das explosões tornava-se cada vez mais frequente, enquanto o céu violáceo, onde as primeiras estrelas já apareciam, era tomado por um espetáculo de cores e luzes, consequência do duelo mortal que ocorria centenas de quilômetros acima. Os caças da Armada rasgavam o firmamento, voando em baixa altitude e disparando seus canhões de plasma contra os raptores adversários em um combate obstinado na defesa do Templo de Cassiopeia.

Sem que percebesse, Myrvina e Stjerne, suas duas pupilas preferidas, apareceram nos jardins, indo ao seu encontro.

– O que fazem aqui, meninas? Aqui fora não é seguro – Anilleya levantou do assento, fitando-as com olhar repreensivo, mas não se via com moral para enviá-las de volta ao salão cerimonial, já que ela própria arriscava sua vida no exterior do edifício.

Elas abraçaram a andrômeda ao mesmo tempo, enquanto sorriam e vibravam em uma desconcertante alegria.

– Antares declarou guerra aos draconianos! – Esclareceu Myrvina, por fim.

– Acabamos de receber a notícia. Centenas de naves antarianas acabam de emergir do hiperespaço – Stjerne sentia-se tão contente que a felicidade parecia transbordar de si. – Estarão em Terra Longínqua em menos de uma hora. Estamos salvas!

O infocubo na mão de Anilleya começou a piscar em um branco leitoso e brilhante. Era uma mensagem. Ativando o aplicativo de comunicação, constatou que era uma nota gravada, enviada a todas as andrômedas. As imagens logo apareceram em uma das faces do aparelho:

[TRANSMISSÃO INICIADA]

"Queridas irmãs, estou voltando para casa!"

– Liandra! – exclamou Anilleya, surpresa ao visualizar o rostinho alvo e sardento da jovem andrômeda.

"E eu trouxe ajuda, como já devem ter percebido. Quero muito abraçá-las. Logo estaremos juntas novamente. Espero que estejam todas bem. Amo vocês. Até breve."

[FIM DA TRANSMISSÃO]

32.

Os nativos de Alpha Draconis não esperavam pelo contra-ataque. Certos de sua gloriosa vitória contra a Liga Interestelar, foram pegos de surpresa não só pelas belonaves de guerra antarianas, que adentraram ao sistema estelar de Eta Cassiopeia cuspindo fogo nos cruzadores draconianos, mas também pela chegada do reforço vindo de Groombridge 1618 e Póllux.

Mais de duas mil naves de guerra travavam uma batalha homérica em órbita, chegando às três luas de Terra Longínqua, cujos postos avançados disparavam raios energéticos contra o inimigo.

As naves dos pós-humanos possuíam tecnologias desconhecidas tanto pelo Império quanto pela Liga, entre elas a capacidade de camuflarem-se em batalha de modo que só eram identificadas pelos instrumentos das naves adversárias quando já era tarde demais. Mesmo assim, cruzadores draconianos conseguiram destruir ao menos uma dúzia de belonaves pós-humanas, logo vingadas por um contra-ataque conduzido pela Armada.

Um equilíbrio se fez, indicando que a cruzada pela Liga Interestelar ainda não havia terminado. Milhares de *space hunters*, os equivalentes pós-humanos dos caças interestelares, eram lançados das belonaves ao encontro dos temíveis raptores, disparando torpedos termonucleares.

Enquanto isso, Cidade Capital era libertada da presença draconiana, não antes de dispararem contra importantes pontos estratégicos, como o espaçoporto, edifícios comerciais, o palácio do governo e o Templo de Cassiopeia, que resistia graças as suas muralhas de rocha e hiperaço, reforçadas pelo escudo energético que envolvia toda sua extensão.

Emergindo do hiperespaço, uma nova belonave de guerra adentrava ao sistema de Eta Cassiopeia A. Era a gigantesca *King Fighter,* a maior e mais poderosa nave de guerra já construída, capitaneada pelo próprio rei de Antares. Ela vinha acompanhada também de uma frota de naves batedoras vindas de Rígel. Iniciava-se ali o massacre das forças draconianas.

Afastada gradualmente de Terra Longínqua, a longa batalha persistiu ainda nos planetas exteriores. Cada vez mais naves emergiam do hiperespaço, entre elas, um reforço vindo de Alpha Draconis. Contudo, mal chegavam ao sistema estelar binário e já eram forçados a escolher entre duas únicas opções: ou serem exterminados pela impetuosidade pós-humana, aliada à fúria da Armada Interestelar que vinha agora com um novo fôlego ganho, ou partirem de volta ao hiperespaço, fugindo da vergonhosa derrota que lhes era imposta.

A hegemonia draconiana parecia finalmente encontrar o seu final.

33.

Terra Longínqua buscava curar-se das feridas. Pela primeira vez a Liga Interestelar havia sido atingida em seu coração, mas sobreviveria, graças à força conjunta que viera em sua defesa.

Nas cidades espalhadas pelo planeta, a população tentava retornar às suas vidas normais, calculando os prejuízos e iniciando a reconstrução daquilo que fora destruído. Contudo, tinham agora a fé e a esperança renovadas. Sabiam que a guerra, que antes se acreditava perdida, mudava de rumo, trazendo indícios de uma vitória inesperada.

Ainda não era o término, mas talvez o princípio do fim. Os mundos ocupados precisavam ser libertados. E o Império Draconiano ainda resistiria.

No palácio do Governo Central, o agora presidente, Zarkov Harboni, recebia as autoridades e convidados para a cerimônia de assinatura do *Tratado de Cooperação e Paz entre a Liga Interestelar, o Reino de Antares e a União Republicana de Rígel.* Os representantes do Conselho Interestelar estavam presentes, assim como os líderes da Armada e as sete Filhas de Cassiopeia: Anilleya, Drâmia, Waleri, Pluara, Síbyla, Liandra e Poliele, a nova andrômeda.

Carlos Villarca, o presidente pós-humano de Rígel, conversava com seus colegas Zarkov Harboni e o rei de Antares Belmont VII, enquanto a imprensa registrava suas imagens, retransmitindo a cerimônia histórica pelos canais subetéricos para toda galáxia.

Assinado o Tratato, todos foram convidados ao coquetel que se seguiu no salão de eventos do palácio, regado a bebidas, petiscos e ótima música ambiente.

Com o apoio e a indicação do Templo de Cassiopeia, Nimbe estava presente à festa como convidada de honra e representante não oficial do governo de Kapuyt, ainda ocupado por Alpha Draconis. Ela trajava um vestido longo e preto, ornado em paetês prateados que conferia delicadeza e beleza. Seu medo de humanos ainda era latente dentro de si, mas começava a aprender a controlá-lo, em especial com o apoio das andrômedas que a haviam adotado como uma pupila honorária já que, conforme a tradição, apenas humanas poderiam seguir os caminhos da doutrina cassiopista que levariam ao sacerdócio. Algo que Liandra manifestou-se contrária, sugerindo uma mudança no cânone que ainda deveria ser discutida.

Entre os convidados e as autoridades presentes, o tenente Yeshk, ex-primeiro-oficial da *Brilho de Gaia* e atual tripulante da fragata *Esperanza*, também estava presente ao cerimonial. Ele foi chamado a discursar em memória das vidas perdidas no incidente em Distant River, onde pôde homenagear a bravura de seu superior – e amigo – o capitão Áldus Canárian, na tentativa de assegurar a sobrevivência de sua tripulação e dos habitantes da estação espacial antariana, antes da inevitável catástrofe.

Anilleya assistia a tudo à distância com o coração apertado e os olhos marejados. Em sua mente, vinham imagens dos anos que passou ao lado do capitão, entre idas e vindas, nos intervalos das tarefas de cada um. Um romance ora sublime, ora ardente, que agora ela levaria consigo na memória, conformando-se de que deveria seguir adiante em busca de novos caminhos, em uma nova vida.

– Áldus era um grande homem – disse Liandra, aproximando-se da companheira.

– Sim, ele era – murmurou Anilleya. – Acho que eu fui afortunada em conhecê-lo.

Liandra abraçou-a, afagando seus cabelos dourados. Ficaram alguns instantes assim, unidas como se fossem uma só, alheias ao que acontecia em volta, ignorando os olhos curiosos que as observavam.

– Você também é uma grande mulher, Ani. E será uma ótima Mãe Cassiopeia quando o dia chegar. Sei disso, pois eu a tenho observado desde quando era uma simples pupila. E, como deve saber, toda pupila se inspira em suas andrômedas favoritas para trilhar seu caminho. E você, Ani, sempre foi a minha preferida.

Anilleya sorriu, corando o semblante.

– Confesso que você também era uma das minhas pupilas preferidas, “minha sardentinha”. Era assim que eu me referia a você às outras andrômedas. Você sempre foi muito esperta e querida. Sempre acreditei em seu potencial. E eu estava certa, não? Veja só o que você fez! Olhe à sua volta! Você nos trouxe de volta a esperança de paz que tanto almejávamos.

– É o que uma andrômeda faz, não? Dar esperança a quem não tem. E eu não teria conseguido isso sem me espelhar em você, "minha preferida".

Ambas olharam-se com doçura, acarinhando uma o semblante da outra.

– Precisamos estar unidas – disse a loira. – Agora mais do que nunca.

– E nós iremos superar aquilo que Tharísia nos impôs. Tenha certeza disso. Honraremos o legado da Andrômeda Original, assim como nossas antecessoras o fizeram. Nada nos impedirá.

Naquele instante, as duas andrômedas foram abordadas pelo monarca antariano, que já as vinha observando a distância.

– Desculpe se interrompo – disse ele, todo cortês. – Mas eu me entedio fácil em cerimoniais de estado e seus protocolos intermináveis. Prefiro ficar junto a pessoas mais agradáveis – E o rei olhou para os olhos castanho-escuros de Liandra, que sorriu acanhada.

– Se me permite, eu os deixarei a sós, majestade – Anilleya percebeu que estava sobrando naquele momento. Fez uma breve reverência e, antes de sair, deu uma rápida olhada para a andrômeda sardenta, piscando-lhe um olho em cumplicidade.

Bel Philip – ou Belmont VII, como ele agora era chamado – apresentava-se com sua indumentária real para cerimoniais, exibindo toda sua elegância em um casaco azul escuro, com botões cintilantes e bordados dourados à altura dos punhos e gola. No lado esquerdo do peito, medalhas prateadas representavam seus títulos e honrarias, enquanto uma faixa em tecido brilhante vermelho e verde o envolvia na cintura, amarrada em um nó ao lado esquerdo. Fixo à testa, o losango de ouro com o rubi e a esmeralda, símbolo da realeza. De pele cinza, cabelos mais curtos e azuis, e sem qualquer vestígio de barba no rosto impecavelmente liso, em nada parecia com o tal "mercador autônomo" que resgatara Liandra do ataque draconiano em Kapuyt.

– Ainda não me acostumei com seu novo visual – disse a sacerdotisa, sorrindo. – Não quero ofendê-lo, mas eu o preferia mais... humano.

– Esta é minha aparência original. O visual que você conheceu eu tomei para mim apenas para facilitar minha integração em sua sociedade. Com os bionanos dentro de mim, posso mudar a cor e a pigmentação de minha pele o momento que quiser. É certo que esse processo demora algumas horas, mas não é complicado.

Eles se olharam em silêncio, como se estudassem cada linha de expressão um do outro, cada detalhe, cada movimento. Liandra decidiu quebrar o mutismo:

– Não tenho um *INH* para saber o que você está pensando, Bel.

– Sei disso. Terei então que verbalizar meus pensamentos para você – ele suspirou, pigarreando e ajeitando sua indumentária real. Fitou-a com sua expressão mais galanteadora, e com um sorriso sedutor, disse: – Andrômeda Liandra, volte comigo à Antares. Não é segredo o apreço e o carinho que tenho por você. Desejaria torná-la minha rainha, se assim você permitisse. Sei que talvez não seja o momento de realizar tal proposta, mas eu trairia meu coração se não a fizesse o quanto antes. Você não tem me saído dos pensamentos, desde que cada um seguiu seu rumo. Não sabe como estava ansioso em visitar Terra Longínqua, não só para assinar o Tratato e cumprir o sonho de meu finado pai, mas também para encontrá-la mais uma vez. O que me diz? Voltaria comigo?

Encabulada, Liandra riu com toda sua graciosidade, encantando ainda mais os olhos do rei de Antares.

– Não nasci para ser rainha e reinar, Bel. Nasci para servir. Minha missão junto ao Templo de Cassiopeia não acabou.

O soberano encolheu os ombros decepcionado.

– Imaginei que essa seria sua resposta.

– Sinto magoá-lo. Não sei se isso consola, mas posso dizer que jamais esquecerei tudo o que fez por mim.

– Eu a verei outras vezes, *andrômeda*?

– É possível que sim, *majestade*. É possível que sim.

Ambos sorriram.

Enquanto isso, Anilleya conversava com a nova andrômeda, acompanhada de Pluara e Síbyla. Com seus 24 anos-padrão, Poliele tomava o posto de Liandra como a mais jovem das andrômedas. Rosto de menina, de cabelo Chanel em um castanho tomado de finas mechas loiras, ela dava jovialidade e novo fôlego às sete Filhas de Cassiopeia, na promessa de superar os traumas deixados por Tharísia.

– Estou muito feliz de estar junto a vocês – disse Poliele, com sua voz suave. – Era meu sonho.

– É o de todas as pupilas, Poli – disse a pequena Pluara. – Mas posso dizer que também ficamos felizes por tê-la conosco.

– Pois é, novata... – gracejou Síbyla. – Há muito trabalho a ser feito! Não pense que vida de andrômeda são somente festas e bajulações.

Liandra aproximou-se do grupo de andrômedas, trazendo consigo Drâmia e Waleri. Contudo, suas expressões não continham a alegria das demais.

– Acabamos de receber uma notícia não muito agradável – disse Liandra com evidente ar de preocupação. – Nossa irmã... Ou ex-irmã, ainda não sei como definir isso. Enfim. Tharísia escapou da prisão.

– Como assim ela escapou? – Anilleya ficou em alerta.

– Não temos a informação completa – esclareceu Drâmia. – Ficamos sabendo há pouco. O fato é que facilitaram sua fuga.

– Ela não pode sair de Terra Longínqua – alertou Waleri. – Os conhecimentos que ela possui não podem cair nas mãos dos draconianos.

Liandra cruzou os olhos com os de Anilleya, sem dizer uma única palavra. Contudo, Anilleya a compreendeu perfeitamente.

A cruzada pela Liga Interestelar ainda não havia terminado.

NENHUMA BABILÔNIA NOS DARÁ ORDENS!

CIRILO S. LEMOS

Nisanu

EN-HEDU-ANA AO LADO DA figueira estéril, um céu metálico engolindo o mundo, o chão de vegetação pobre, o precipício que ia se jogar no mar. Era sempre dessa mesma maneira. Ela respirava, antecipando o momento no qual o louco, um homem desgrenhado e sujo, viria dos túmulos atrás de uma colina qualquer e, tal qual um animal acuado, berraria seu nome e sua natureza, implorando para não ser lançado ao abismo. Uma velha fábula estrangeira, entre as tantas que crescera ouvindo. Histórias sem importância, de um passado tribal perdido na História, mas que, por alguma razão, vinha compor o painel de seus sonhos com frequência cada vez maior.

No meio do suspiro, o gadareno – era essa a palavra que sempre esquecia ao acordar – apareceu no meio das lápides e correu em sua direção, a saliva grossa chovendo sobre a barba. Agarrou-a pelo colarinho emborrachado do subtraje, empurrando-a contra a árvore morta.

– Não me lance ao abismo – pediu com um milhão de vozes.

– Quem é você? – ela perguntou. Mas já sabia a resposta. Era sempre a mesma, vinda das profundezas no interior do homem.

– Chamam-me Legião, porque somos muitos.

Aqueles olhos tinham um brilho alucinado.

En-hedu-ana se viu encarando o ponto luminoso no visor de seu Casulo. Sentia um formigamento nas pontas dos dedos da mão direita. Ressecamento do gel, provavelmente. Ou estava mais negligente com os protocolos de sobrevivência. Não importava. Estava a mais tempo ali do que podia lembrar. Sete meses, talvez. Os diagramas não faziam sentido dentro do campo de tempo estático gerado pela singularidade lá fora.

Com um chiado, as placas de carbono se abriram. Ela saiu do Casulo onde esteve nas últimas quatro horas-quatro minutos-quatro anos, onde foi alimentada, hidratada e teve uma paralisação dos rins revertida com sucesso. Chupou os dedos dormentes e caminhou por entre os destroços do convés. Às vezes sentia que seus passos a levavam por uma espécie de sonho ainda mais profundo, onde a realidade era menos sólida que nas paragens que visitava ao dormir. Era efeito do tempo estático, ela bem sabia. O que não significava que fosse agradável. Os sentidos pareciam funcionar num outro nível, afetados por um atraso na recepção que a obrigava a aumentar os processadores até quase o máximo. O resultado era a sensação de ter um touro amarrado dentro do cérebro: tudo deveria estar incrivelmente acelerado – som, imagem, raciocínio – mas o tempo estático pisava no freio e congelava tudo.

Antes da Eufrates ser estraçalhada pelos Gallu, fazia parte das atribuições de En-hedu-ana verificar os Casulos individuais da tripulação e enviar os dados para o diário do Imediato. Todos estavam mortos agora, e a própria nave não era mais que um cadáver pairando sobre o anel de detritos ao redor do planeta infernal; ainda assim, a primeira coisa que fazia ao acordar era verificar as condições dos suportes. Sabia que era pura perda de tempo (se tempo pudesse ser perdido ali), mas seu condicionamento exigia isso. E um pouco de rotina era bom para não pirar.

Que tremenda besteira, ela pensa, enviando os dados para o terminal de um Imediato rasgado ao meio pelos Gallu.

Passou as próximas horas-dias-semanas vagando pelas seções destruídas. Nada estava no lugar. O primeiro impacto que a Eufrates recebeu – uma carga vibratória vinda do planeta abaixo – jogou tudo no chão, inutilizou parte dos motores e dos equipamentos, explodiu tímpanos e estilhaçou ossos. Ela caminhava pelas ruínas em busca de qualquer coisa que pudesse ter alguma relevância. Fotos, ferramentas, corpos, armas. Qualquer coisa.

Luzes de emergência tingiam tudo com um vermelho enervante. A fim de economizar energia para os subgeradores de gravidade e evitar danos à sua própria musculatura, preferia as escadas no lugar das armadilhas de morte que eram os elevadores. Elas interligavam a nave toda. Alguém que soubesse transitar dentro de seus arranjos complexos poderia atravessá-la de uma ponta à outra. A única exceção era o quarto convés, uma tumba lacrada definitivamente quando os Gallu desintegraram uma parte do casco. Ainda era possível respirar ali, embora o oxigênio tivesse traços de uma substância que não pôde identificar, e que provavelmente a envenenaria lentamente.

Antes de subir por um acesso em espiral, ela toca o colarinho de borracha e uma série de lâminas plásticas formam uma bolha ao redor de sua cabeça. Seus pulmões se enchem de ar fresco. Foi um longo caminho até o convés superior. Ao fim da escada, um corredor se esticava para dentro da escuridão. Seu visor noturno não funcionava mais. En-hedu-ana foi obrigada a ligar a lanterna. Não gostava disso: a luz poderia atrair os Gallu que, de vez em quando, via circulando no espaço lá fora. Eles não davam mais a menor mostra de que se importavam com sua vida ou sua morte. Era como se ela não estivesse mais ali, ou fosse um objeto inanimado, tão insignificante quanto uma cadeira destruída. Mas ainda assim, tinha medo de que subitamente se voltassem para ela e a esquartejassem.

Não queria morrer. Seguiu com cautela pelo corredor e encontrou uma porta. Abriu-a. Entrou.

Um barulho de ferro retorcido.

Alerta de aproximação, avisou o subtraje.

Ela se jogou rapidamente atrás de uma amurada. Desligou as luzes, segurou a respiração. Sentiu os dentes batendo e se odiou por isso.

Algo cheio de tentáculos desceu devagar pelo rombo no teto do outro lado da sala. Não era tão grande quanto outros que En-hedu-ana vira antes, enormes feito asteroides, mas ainda assim era assustador: uma mistura de ácaro, polvo e tecnologia industrial, algo para o qual o Treinamento Bélico Nível 1 dela não era suficiente. Chamava-os de Gallu. Nome de demônios.

Aquele Gallu, provavelmente apenas um batedor verificando as estranhas leituras que o tempo estático causava em sensores ainda ativos, desceu por um rasgo no piso e desapareceu no hangar logo abaixo. En-hedu-ana levantou-se devagar: precisava saber para onde ia aquilo. Debruçou-se na amurada. O último dos tentáculos percebeu sua presença e lançou-lhe uma grade de luz no rosto, escaneando-a. Ela tentou alcançar a pistola no cinto, mas recebeu um golpe forte do tentáculo que, em seguida,a envolveu como uma serpente constritora. O movimento foi rápido, mas suave. A pressão contra os braços e as costelas, porém, era terrível: a pistola foi ao chão, caracteres desconexos piscaram no visor. O Gallu aproximou uma probóscide, em cuja extremidade havia uma lente que a estudou curiosamente. Em seguida, o corpo bojudo apareceu, asas atrofiadas de vespa vibrando nas costas corrugadas.

A coisa pareceu hesitar como se estivesse refletindo cuidadosamente sobre a irrelevância da presa. A lente percorreu todo o corpo de En-hedu-ana e então soltou-a com o que a mulher interpretou como um gesto de desprezo, desaparecendo no mesmo buraco pelo qual entrara. Sem entender porque o demônio simplesmente não a partiu ao meio, En-hedu-ana cambaleou de volta para os andares inferiores.

Ayaru

Quando Coral Celeste sonhava, tudo em seu interior sonhava junto. Processos mentais de segundo plano vazavam por brechas na personalidade-matriz e se infiltravam nas submentes da tripulação. Os sonhos influenciavam até mesmo os organismos sintéticos que recamavam parte do casco externo, fazendo-os mudar de cor segundo os sentimentos experimentados pela consciência da embarcação. Ela também os influenciava quando acordada, e costumava dizer que era preciso alguma inspiração artística para isso: reger os corais era pura poesia.

Os engenheiros do Consórcio Fooxoon teorizavam que essa predileção excêntrica pelas artes pudesse ser a responsável pelo caráter rebelde da nave, um erro de cálculo em algum ponto das equações de psicoentrelaçamento. Todas as naves-resort da empresa, compradas de impérios colapsados há tempos, cumpriam seus papeis rigorosamente: deslocavam-se até regiões da galáxia onde grandes obras empregavam milhões de trabalhadores e ofereciam seus ambientes temáticos a qualquer um que pudesse pagar por um ou dois dias de entretenimento. Menos a Coral Celeste. Ela se recusava a ser explorada como "uma meretriz maquiada", renegando seu nome original e usando sua tripulação de corpos sintéticos para pintar símbolos anarquistas nos belos e caros relevos sumérios que enfeitavam seus corredores. Uma nave que desejava a liberdade. Os engenheiros imaginavam que, por ser uma amálgama de mentes reproduzidas, neurônio a neurônio, a partir de matrizes humanas, possuía as inclinações intrínsecas da espécie – e que, por isso mesmo, não podiam ser previstas. No que os Filósofos de Previsões concordavam.

Para a Coral Celeste, bastava-lhe amar a poesia. Amava-a, sim, como amava a liberdade e a estranheza da não solidão de sua viagem eterna. Sua tripulação de *sintecs* – o Mágico, a Bailarina, o Professor, o Cozinheiro de Delícias Vegetarianas, o Homem Mais Forte do Mundo, a Mulher de Barba, o Consertador e Príncipe Qovu, o Lagarto de Um Milhão de Filhos – todos eles eram Coral Celeste, pedaços específicos de sua mente alocados em corpos independentes. Muitos corpos, muitas submentes, uma só pessoa. Com exceção do Príncipe Qovu, todos amavam as evocações das palavras e a forma como faziam os pólipos do casco externo dançarem. E sonhavam, todos eles, enquanto a Coral Celeste seguia rumo a Avgaris IV, onde faria um protesto não-violento pela dissolução do estado de sítio imposta ao quadrante pela armada da Plutocracia Terrana.

Por conhecer as dores da escravidão, tornara-se uma ativista dos direitos das minorias contra os abusos de seus ex-proprietários e políticas planetárias equivocadas. Os admiradores a chamavam de libertária; os detratores, de esquizofrênica, contraditória, terrorista. Usavam sua mudança de nome como prova de seu caráter dúbio.

– Eu me orgulho de meu antigo nome – ela disse, quando foi sua própria advogada diante do Tribunal Terrano que lhe concedeu cidadania com dois terços dos votos. – Mas Eufrates era um nome que me trazia lembranças de guerras, genocídio e escravidão dos quaisl fugi. Meu novo nome representa minha escolha, a força de vontade diante de uma corporação escravagista. Sempre que alguém disser meu nome, lembrará dos crimes terríveis aos quais pessoas como eu são submetidas. Lembrarão que não precisam aceitar isso.

Seu engajamento em prol da liberdade estava acima de qualquer questionamento. Sua sanidade, nem sempre. Talvez Coral Celeste fosse mesmo esquizofrênica, suspeitava o Professor, uma vez que sua personalidade fora cortada em pequenos pedaços e distribuídos entre a tripulação. Era o único acordado enquanto a nave seguia em velocidade sub-luz para quadrante sitiado. Os sonhos dela formavam fractais nas holotelas inferiores da cabine. Mesmo com 98% da personalidade-matriz em hibernação, tinha condições mais que suficientes para monitorar os sistemas e corrigir eventuais problemas de navegação.

– Estamos tendo pesadelos com porcos – disse o Professor, lendo os padrões holográficos. – Os corais estão ficando azuis de medo. Que desagradável – ele passou o dedo por uma tecla, abrindo um hexágono de luz à sua direita. Dois pontos vermelhos mudavam de curso perpendicular para vertical, alinhando-se com a rota da Coral Celeste. – Irmã, é melhor ver isso.

– Eu estou dormindo, Professor – ela respondeu.

– Duas sondas sem identificação estão nos seguindo.

– Estou vendo. Envie nossas credenciais de Identidade Autônoma. Devem estar aqui para impedir nosso protesto. Não vão conseguir. É nosso direito constitucional.

– Se forem militares, irmã, não entendem nada de direitos constitucionais.

As credenciais foram enviadas na frequência de comunicação universal. Como resposta, as sondas abriram as canhoneiras. Uma chuva de traços luminosos arrancou uma generosa camada de pólipos. Coral Celeste ouviu-os gritar e morrer.

– Tripulação, protocolos de emergência – gaguejou o Professor, ativando os *sintecs*. Os protocolos de emergência desconectavam cada submente da personalidade-matriz e umas das outras, aumentando as chances de sobrevivência da Coral Celeste em caso de ataque ou acidente. Era doloroso e podia causar danos psicológicos profundos. Da ultima vez, criara o Príncipe Qovum e suas ideias monarquistas.

Fora da cabine, o Homem Mais Forte do Mundo amaldiçoou as sondas ao receber a atualização de *status*. Ele amava aqueles corais.

– Queremos o que é nosso – a ordem das sondas soou nas holotelas, cheia de estática.

– Elas parecem insetos – disse o Mágico, o primeiro a entrar na cabine.

– Do que estão falando? – resmungou o Professor.

– Isso é uma arbitrariedade. Sou uma cidadã. Exijo saber por que estou sendo agredida dessa forma.

Não houve resposta. O diagrama de tempo havia enlouquecido e coisas começaram a explodir.

Simanu

En-hedu-ana já desistira de marcar a passagem dos dias. O campo de tempo estático que se espalhava por trinta horas/luz a partir da singularidade lá fora distorcia e invalidava, de alguma maneira, não só o tempo, mas o próprio conceito de tempo. Seu cérebro não entendia mais como compreender as distâncias entre um evento e outro. Para não enlouquecer, registrava tudo num diário e ouvia as gravações ao acordar.

"Eu sou En-hedu-ana, Aloros da Pan-Corporação Babilônia, Intendente de Recursos de Rotina da nave de escolta NCP 3230L42LO Eufrates. Este é o... Bom, não há como saber que dia é hoje. A missão foi um fracasso. O alvo em Avgaris IV simplesmente detonou uma arma de destruição em massa, uma bomba ou algo do tipo, e transformou o planeta numa anomalia. Não sou especialista, mas acho que o Filho Pródigo prendeu grande parte do quadrante numa bolha. É preciso uma quantidade enorme de energia para gerar algo do tipo. E tem os Gallu. Parecem biotecnologia. Não é das nossas, acho. Parecem viver dentro do tempo estático. Viramos uma mosca presa numa teia de aranha. Todos estão mortos. Apenas eu sobrevivi. Não sei com que estamos lidando aqui."

En-hedu-ana escutava tudo agachada no que sobrou do almoxarifado. Tinha pena da sua voz na gravação, queria consolá-la, dizer que tudo ficaria bem. Mas não ficaria, ela sabia. Aquele registro podia ter sido feito há um ano, ou amanhã, não havia como saber. A única certeza é a de que ouviria aquilo outra vez. Uma ideia subitamente a apavorou: e se ficasse presa naquele caixão eternidade afora?

Sentiu uma fisgada nos rins, agulhas nadando pela carne sintética. Um sinal de que precisava se enfiar no Casulo antes que os órgãos paralisassem de vez. Mas isso teria de esperar: precisa ficar de tocaia, certificar-se de que os Gallu não iam se enfiar pelos buracos estreitos. Estavam procurando por algo, ela tinha quase certeza. Era a única explicação para o Filho Pródigo não fritar de vez os restos da Eufrates com ela dentro.

O subtraje informou com uma voz melíflua que a temperatura caiu um grau nos andares mais baixos. En-hedu-ana sorriu quando um arrepio de frio percorreu sua nuca. A mente era mesmo uma coisa engraçada, mesmo com os aperfeiçoamentos, os filtros e o condicionamento, sempre dava um jeito de recuperar as neuroses e elevá-las a um novo patamar.

Ela desligou a gravação e saiu do almoxarifado levando duas das latas de abóbora em conserva que armazenara ali. Não sabia a razão: todo o processo de nutrição de alorcs do seu tipo era feito pelas máquinas do Casulo. As luzes do corredor agora eram de um vermelho mais escuro. Sinal de que os geradores se aproximavam dos níveis de economia, o que não era nada bom. O tempo podia estar caótico naquela região, mas as outras regras estavam funcionando bem, aparentemente: gaste seus recursos e eles acabam. Simples assim.

En-hedu-ana subiu por uma escotilha. O ar estava parado no cubículo acima. Cheiro de amônia. Ela ativou o filtro do subtraje, por via das dúvidas. O piso gradeado rangia sob suas botas a cada passo. O local era cheio de equipamentos de cozinha. Havia algumas caixas também. *Soldados comem demais*, ela pensou. Mesmo com a nutrição das máquinas, os Pelotões Assírios mantinham a tradição de comer à mesa seus animais mortos e suas canecas de álcool, uma espécie de ritual de guerra. En-hedu-ana entendia, e parte do seu treinamento até a tornava simpática a isso. Celebrar a vida. E agora todos estavam mortos.

Du'uzu

Uma pequena bola cinzenta tentava escapar por entre as caixas.

Alerta de aproximação, sussurrou o subtraje.

– É só um rato – respondeu En-hedu-ana. – O que eu quero saber é como ele veio parar aqui.

Ratos não eram bons. Ratos numa nave com rigoroso controle de pragas, eram piores. Significava que o ambiente podia estar contaminado.

Dane-se, aquilo era a única coisa viva ali naquele cemitério. Afeiçoou-se imediatamente. Não pelo bicho, mas pela possibilidade de ter companhia. *A mente humana*, ela grunhiu para si própria, pensando no quanto aquilo era estúpido. Devia matar o rato.

Sim, devia.

Decidiu pela morte. Sentiu-se grande por isso.

Avançou lentamente, um passo de cada vez.

Gavinhas metálicas desceram pela passagem de ar e transformaram o animal numa massa de carne. Sangue espirrou no visor de En-hedu-ana. Com um grito, ela saltou para trás, perdeu o equilíbrio, caiu de costas. Um som de metal sendo rasgado veio de cima. O Gallu, grande demais para o respiradouro, forçava seu corpo para baixo com uma urgência animalesca. As câmaras vazias amplificavam o barulho, transformando o segundo deque num pandemônio. Ela mal teve tempo de se levantar e correr antes da massa confusa de olhos e tentáculos arrombar o gradil e se esparramar pela sala. A coisa farejou o ar, emitindo um chiado agudo.

O equilíbrio de En-hedu-ana se liquefez, levado pelo canto da máquina-coisa que parecia ter saído de debaixo de uma rocha no fundo do oceano. Desorientada, afundou pela escada tubular. O capacete evitou choques maiores, mas o pulso esquerdo começou a doer. Os filtros do subtraje lutavam para bloquear o chiado, mas o Gallu parecia alternar a freqüência, ora suavizando, ora intensificando os efeitos. Ela não queria vomitar, isso a apavorava, e não havia nada no estômago além de suco gástrico. Pediu a Ishtar que não permitisse. Pediu a Anu. Pediu a Marduk.

Abu

A Eufrates era, ao lado da Tigre, a maior nave da Pan-Corporação Babilônia, com seus corais vivos que reproduziam com perfeição os touros alados de cabeça humana de Lagash, de Ur e da bela Uruk. Aquela era a mais orgulhosa das embarcações: trezentos anos de campanha contra os fictovermes, mais de doze mil saltos bem sucedidos com a *ka-dingirra*, uma linhagem de garbosos e vitoriosos generais comandantes que esfacelara o poder militar dos amoritas, vencera a guerra contra a Esfinge de Ecbátana, destruíra o Dilema de Çatal Huyuk. Sempre presente nas horas difíceis, levando o estandarte dos acionistas de *Sumer* aos quatro cantos da galáxia.

E só En-hedu-ana a espalhar vômito naqueles heróicos conveses. Talvez fosse uma *aloros* imperfeita, e não havia lugar naquela tripulação para imperfeitos. Tentava espantar os pensamentos depreciativos se agarrando à idéia de que a *ka-dingirra* não era uma experiência fácil para ninguém. O corpo humano natural sofria danos sérios com a exposição permanente ao *arallu*. Aneurismas, infartos, falência renal, esse tipo de coisa. *Aloros*, pessoas como ela, eram produtos da bioengenharia, projetados para agüentar os impactos da viagem interestelar. O óleo que mantinha azeitada as engrenagens do império econômico. Mas nem os *aloros* eram completamente imunes aos efeitos do salto. Precisavam do gel, das pílulas, dos subtrajes, dos Casulos e de alguma sorte.

– Marduk e a Mãe nos protejam – dizia a Capitã Estebona,

quando a Eufrates acionava a *ka-dingirra* e saltava. Nessas ocasiões, En-hedu-ana contraía o abdome para evitar o espasmo involuntário e escapar das insinuações de inadequação ao serviço embarcado. A tripulação rangia os dentes e mergulhava no *arallu*.

Viagens mais rápidas que a luz eram impossíveis. A *ka-dingirra*, um poderoso motor, permitia que se saltasse por uma fração de segundos para uma onda de probabilidade quântica, onde as previsões dos Teoremas de Hamurábi, cuja precisão alcançava 500^{347} casas decimais, escolhiam uma versão do universo onde a luz podia ser ultrapassada. Era lá que, isolada por uma bolha de tempo estático, naves como a Eufrates – e esta mais que todas – venciam as distâncias incomensuráveis do espaço antes da *ka-dingirra* trazê-las de volta, exatamente no destino traçado pelos astronavegadores.

Claro que En-hedu-ana vomitou. Quem não vomitaria?

Ululu

Ela vomitou, o gosto azedo queimando a língua enquanto rastejava para longe do Gallu. Ainda estava tonta demais para se levantar. Chegou até a porta, virou-se de barriga para cima e viu os apêndices serpentíferos tentarem se enroscar em sua perna. Descarregou a pistola de agulhas nos tentáculos, que se retraíram tempo suficiente para que ela reunisse forças e acionasse a trava da porta.

O Gallu investiu contra a folha dupla de carbono e quase a arrancou do lugar. Um segundo golpe e não haveria nada entre En-hedu-ana e a coisa. A *aloros* levantou com dificuldade e correu pelo corredor. Enfiou-se na primeira escotilha que encontrou e acabou num setor escuro: a sala de ferramentas manuais.

O subtraje emitiu um feixe de luz sobre os armários. En-hedu-ana engolia o máximo de oxigênio para acalmar os pulmões. Acessou o sistema embutido no capacete em busca do inventário de equipamento. Entre chaves de fenda, martelos e parafusos, localizou um machado. A droga de um machado de incêndio. Se pudesse chegar ao paiol, teria todo tipo de armamento à sua disposição, desde que pudesse desbloquear os gatilhos de usuários designados. Por enquanto, o machado ia ter de servir.

Um estrondo indicou que a porta se fora. En-hedu-ana apertou o cabo entre os dedos e voltou ao corredor. Viu o Gallu flutuando cinco metros adiante. Não era muito grande, e aparentemente não tinha as mesmas armas que as versões gigantescas que descascaram a Eufrates feito uma cebola. A forma como os tentáculos se moviam, cheios de escamas negras, davam a impressão de que aquilo era mesmo mais que uma máquina. Parecia haver vida naquela estrutura, que aparentemente não seguia nenhum *design* lógico. Talvez o *design* de um tumor.

A coisa escaneou-a outra vez (teria sido a mesma?). A grade de luz cegou o visor do subtraje. Uma mensagem de erro piscou na visão periférica e, quando En-hedu-ana conseguiu enxergar através das manchas luminosas, o Gallu já a alcançava. O machado afundou no corpo bojudo da coisa, que caiu aos seus pés e se liquefez como um bloco de gelo atirado à caldeira, deixando apenas um dispositivo esférico destruído sobre uma poça cada vez mais opaca.

En-hedu-ana agachou-se junto à poça. Tocou o líquido com a ponta dos dedos. O subtraje cuspiu um relatório incompleto no visor: nanodevoradores.

– Ishtar.

Nanodevoradores foram banidos pelos Tratados de Eridu. Algumas inteligências construídas, como Nabopolassar, se utilizaram dessa tecnologia para forçar *Sumer* a reconhecê-las como pessoas não-humanas, mergulhando o Crescente Shamash em paranoia com seus ataques terroristas. Eram armas fáceis de fazer, mas difíceis de controlar. A menos que se pudesse usar um catalisador potente o suficiente para agregá-los. Uma personalidade mais forte. O Filho Pródigo.

Tashritu

A Capitã Estebona era a personalidade-matriz da Eufrates. A junção de 112 padrões mentais de capitães anteriores, uma nobre linha de sucessão que chegava ao lendário Nabonido. A representação de seu rosto grave aparecia gigante na holotela, a abençoar o batalhão perfilado em nome de Marduk e da Pan-Corporação Babilônia. En-hedu-ana, *aloros* dos Recursos de Rotina, era uma das últimas, e ouvia cada palavra com atenção, misturando o orgulho de estar naquela nave com a acrimônia da certeza de que jamais ascenderia em sua cadeia estamental. Assim como nenhum outro *aloros*.

O hemisfério setentrional de Avgaris IV crescia lá adiante. O objetivo. Um planeta rico nas terras raras utilizadas nos motores *ka-dingirra* com grau de pureza de 92%. A estação de exploração e produção instalada ali pela companhia era controlada por um emaranhado de inteligências construídas chamado Torre de Babel, explicou a Capitã na preleção.

A Torre de Babel havia exterminado toda a vida de Avgaris IV e se declarado um deus. Uma delegação de cientistas e juristas foi vaporizada ao tentar corrigir o que julgavam um defeito de personalidade.

Alguns dos satélites espiões que a Eufrates colocou na órbita daquele mundo conseguiram enviar informações antes de serem destruídos. A Torre de Babel estava transformando o planeta num gigantesco *ka-gindirra*. A onda de probabilidades liberada por algo assim seria desastrosa para aquele quadrante. Mais seria ainda pior para as finanças da Pan-Corporação Babilônia perder aquela valiosa fonte de recursos.

– Nossa tarefa, irmãos – disse a Capitã Estebona – é enviar um ultimato a esse Filho Pródigo para que volte ao lar. Se não funcionar, ele vai sentir a palmada obliteradora da Eufrates.

O ultimato foi enviado. A Torre de Babel deveria cessar as hostilidades, desativar suas estações de produção, entregar aos legítimos donos o controle de Avgaris IV e se abrir ao tratamento dos psicoengenheiros, sob a promessa de que sua consciência não seria eliminada. A resposta veio sete horas depois. Uma mensagem de áudio, tonitruante, mistura de milhares de ruídos comprimidos numa única e assustadora frase:

– Eu sou um deus e eu vivo.

A primeira e última vez que ouviram a voz do Filho Pródigo. A Capitã Estebona deu a ordem para iniciar as manobras de ataque. En-hedu-ana percebeu seu semblante desapontado. Não simpatizava com a ideia de exterminar um conglomerado de inteligências construídas, já que ela própria era uma delas.

A Eufrates posicionou as canhoneiras. Os primeiros ataques caíram como uma tempestade que arrasaram os sistemas energéticos mais importantes e o hemisfério norte do planeta sofreu um blecaute. Segundos depois, tudo se acendia, ilha por ilha, continente por continente.

– Os Estrategistas asseguraram que levaria pelo menos seis horas até o Filho Pródigo ser capaz de realocar suas fontes de energia – a Capitã Estebona parecia aborrecida.

Alerta de hostilidade, o alarme soou em todos os monitores individuais. Os sistemas da Eufrates enlouqueceram. A nave começou a vibrar com violência. Painéis explodiram. O rosto da capitã sumiu numa nuvem de pixels, mas ainda dava para ouvir suas ordens: todos os tripulantes não-combatentes nos Casulos aguardando instruções.

En-hedu-ana sentia seus ossos vibrarem, parecia que iam se estilhaçar dentro da carne. Talvez se estilhaçassem se não fosse uma *cloros.* Já sentia o gosto amargo de bile na boca. A gravidade foi ajustada e a Eufrates executou uma manobra para tentar escapar da arma desconhecida. Os tremores eram tão poderosos que ignoravam os escudos e abriam brechas no casco, obrigando os sistemas a tentar vedar tudo desesperadamente. Quatro de cinco motores deixaram de funcionar.

– Não sabemos que armamento é esse. O relatório dos Estrategistas está todo errado – o visor do Casulo traduziu os caracteres desconexos que formavam os pensamentos particulares da capitã.

A Eufrates deu a volta ao redor do planeta em quatro lentos minutos sem escapar do ataque demolidor do Filho Pródigo. Pedaços iam ficando para trás. A Capitã descarregou 31500 toneladas de bombas em Avgaris IV, tentando ao máximo seguir o detalhado e inútil plano estratégico, enquanto a tripulação arrancava os cabelos tentando descobrir que arma era aquela. O ataque não se concentrava apenas na Eufrates. Estava por toda parte, circundando-a como a água de um aquário faz com o peixe.

Não era uma arma. Era o sistema planetário sendo engolido pelo campo de tempo estático. A Torre de Babel estava indo embora para um ponto nulo acima das ondas de probabilidade e deixando um rombo de trinta horas/luz no lugar. No não-lugar. Não-tempo.

Ao perceber a natureza do evento, a Capitã Estebona deu a ordem para acionar o *ka-dingirra.* Astrogadores, assustados, alertaram sobre os motores mortos. Ela insistiu, vociferou, ameaçou. Eles obedeceram. A queima de energia fez a gravidade artificial falhar, e então quadruplicar: as entranhas de En-hedu-ana viraram geleia. Ela achou que fosse morrer ali.

O campo de tempo estático se expandiu, alcançando a Eufrates em fuga e trancando-a num microcosmo fantasma. Em seu centro, Avgaris IV tomado pelo Filho Pródigo, o deus daquela Criação.

Arakhsamna

A singularidade era como uma teia de aranha, e capturara bem mais que apenas a Eufrates.

Kislimu

En-hedu-ana percebeu seu corpo mais leve. Isso a preocupou: era um indicador de que a gravidade artificial estava falhando. Logo cada câmara e corredor estariam abarrotados de detritos flutuantes, tornando a vida ainda mais complicada. Não que ela esperasse viver muito naquela situação. O tempo – o que ela supunha ser o tempo, já que o conceito era um quebra-cabeças cujas peças iam sendo retiradas uma a uma do tabuleiro – não corria mais. O corpo, porém, se desgastaria e falharia.

Para fugir dos pensamentos de morte cada vez mais freqüentes, ela se ocupava no que restou do laboratório. Quase todos os aparelhos estavam pelo chão. Desanimada, ela limpou uma das mesas e colocou ali um pouco do líquido grafite e a esfera destruída. Os nanodevoradores foram analisados primeiro. Duas coisas chamaram sua atenção: a aparência das coisas, idêntica às de sua versão macro; e seu código de identificação de origem NCP 3230L42LO Eufrates.

Aquelas coisas vinham de sua própria nave. Estava confusa: ela vira o enxame devastar a nave de fora para dentro numa segunda onda de ataques após a singularidade se expandir, penetrar na Sala da Memória e consumir a Capitã Estebona. Eles vinham do Filho Pródigo, tinha certeza. Diante dela, porém, os nanodevoradores praticamente gritavam que pertenciam a Eufrates. Mesmo diante da possibilidade de estarem carregando armamento clandestino, a ideia de que usariam contra si próprios e causariam o extermínio de toda a tripulação e o fim da personalidade-matriz era mais que absurda. Mas se um rato se infiltrara na nave, um sabotador também poderia. O dispositivo esférico contrariava essa hipótese. As análises do sinal eram compatíveis com as assinaturas das mentes coletivas da Torre de Babel.

Podia apostar todas as orquídeas dos Jardins Suspensos que descobriria alguma coisa na Sala da Memória.

Tebetu

As dores nos rins voltando. Uma visita aos Casulos. As dores nos rins aliviando. Os nutrientes percorrendo as veias. Sono induzido. Sonho e pesadelo. Meu nome é Legião. Os olhos se abrindo, arregalados. Despertar.

Shabatu

En-hedu-ana considera que os companheiros foram os afortunados. Para ela, sobrara o inferno em vida. Nem mesmo tinha certeza de que morreria, ou de que forma o tempo estático atuaria sobre ela. Cada vez mais difícil saber o que era um dia após o outro. Ou dias distintos: todos eram o mesmo, e não apenas em sentido metafórico. Todo o fluxo comprimido e congelado no mesmo instante. Ela se perguntava o que aconteceria se acionasse a *ka-dingirra* ali dentro. Não havia energia para isso. Uma pena.

A gravidade nem de longe era a mesma coisa. Cada passo de En-hedu-ana parecia um volitar. Os corredores tinham uma quantidade de partículas suspensas cada vez maior. Poeira que penetrava nos instrumentos já deteriorados e completava o serviço.

A porta da Sala da Memória precisava ser desobstruída. Quando finalmente conseguiu entrar, viu-se diante de 116 cilindros de neurolíquens vazios. Uma personalidade-matriz roubada, destruída ou devorada. En-hedu-ana já esperava encontrar essa cena, mas ver com os próprios olhos era muito pior.

Suas botas deixavam pegadas no liquido denso que se espalhava pelo chão. Há um console com identificador de série genética. Se conseguisse ligar o operador auxiliar, poderia ser reconhecida como a oficial em comando e, quem sabe, ter acesso aos registros.

En-hedu-ana passou a viver ali, entre os sistemas desmontados, as ferramentas e as baterias arrancadas do refrigerador da despensa. Um trabalho exaustivo e sem esperança. Ela conectou e reconectou todas as placas e circuitos dezenas de vezes. E outras dezenas. E outras dezenas. Quando, por fim, as luzes do console se acenderam, ela gargalhou de excitação e incredulidade. O logo de luz da Pan-Corporação Babilônia, esverdeado e cheio de falhas. O operador auxiliar leu as retinas da mulher.

Seja bem-vinda, Intendente de Recursos de Rotina En-hedu-ana.

– Sou a mais graduada oficial a bordo. Confirme.

Confirmado.

– Quero acesso ao diretório de arquivos e inventários.

Duas colunas de dados deslizaram vertiginosamente dentro da tela de luz. En-hedu-ana pousou sua mão esquerda sobre o sensor no console. Uma avalanche de informações entupiu seu subtraje. Ela rodou uma rotina de triagem e encontrou 4.2 mil referências a nanodevoradores, quase todas criptografadas. Os decifradores do subtraje não eram sofisticados o suficiente para isso. En-hedu-ana precisou escrever um programa novo. Não terminou antes de completar pelo menos sete ciclos de sono no Casulo.

No oitavo despertar, foi necessário desligar o operador auxiliar, reduzir as funções do subtraje e se enfiar num dos refrigeradores. Uma dúzia de Gallu havia resolvido vasculhar as ruínas da Eufrates. Ela podia ouvi-los circulando de um lado para outro, produzindo um barulho baixo e perturbador, os apêndices perscrutando cada corredor, cada buraco. Aquele maldito sindicato de ácaros obscenos e famintos e sugadores de medula e comedores de carniça.

Considerou a possibilidade de se deixar apanhar por um deles e dar um fim àquilo tudo. Não se importaria com a dor. Já tivera experiências que elevava o sofrimento físico a um novo nível. Qualquer sensação abaixo da mutilação temporal era brincadeira de criança. Acrescente-se a isso as variáveis quânticas tentando arrastar suas moléculas para um número infinito de possibilidades. Mas ela era uma *aloros*. O condicionamento a obrigava a resistir.

Por fim, os Gallu se foram. Horas se passaram? Passariam um dia? Era melhor não pensar. Ela se tornaria atemporal. Supranatural. Oca.

Adaru

En-hedu-ana rodou seu programa decifrador. Acessou todos os diagramas operacionais que sua graduação interina permitia. Estudou todas as rotas, planos e estratégias de combate. Leu documentos importantes e lixo burocrático. Reproduções de tratados assinados. Histórico dos tripulantes, agora fantasmas, sussurrando nos labirintos da nave. Fontes históricas. Discursos proferidos pelos plutocratas de *Sumer* e *Lagash*. Inventário dos armamentos disponíveis – isso era interessante e todos os dados foram enviados ao subtraje. Nanodevoradores e suas especificações bélicas.

As informações dançavam ao seu redor em caracteres e imagens feitas de luz. Ela tocou um subtópico e o expandiu com as pontas dos dedos. Pan-Corporações lutaram pela hegemonia comercial no passado. Recursos fabulosos investidos em formas de aniquilar militarmente a concorrência. No calor das batalhas, duas companhias se destacaram: Babilônia e Micenas Inc. Juntas, foram responsáveis pela maior parte da mortandade de consumidores, devorados pelos seus torpedos cheios de nanomáquinas proibidas. Mercados inteiros chacinados pelas armadas e tropas de ocupação, enquanto diplomatas e executivos berravam esbaforidos que o livre comércio tinha de ser protegido. A balança comercial se tornou um desvario. Empresas faliram e pediram paz. Reconhecendo que a guerra não era lucrativa para nenhuma das partes – pelo menos naquele momento – tratados foram assinados e a Plutocracia ressurgiu, polarizada entre a Pan-Corporação Babilônia e a Micenas Inc. Ninguém assumiu a responsabilidade pelo uso de nanodevoradores. Se algo assim se provasse verdadeiro, o volume de indenizações cobradas geraria uma recessão sem precedentes.

No entanto, havia um carregamento deles a bordo da Eufrates. Os planos que lera deixavam bem claro: a missão era destruir o Filho Pródigo com armas proibidas e não deixar vestígios do problema em Avgaris IV que pusessem em cheque os contratos de concessão.

As informações passavam diante dos olhos estupefatos de Enhedu-ana. Sua orgulhosa nave, sua honrada capitã, tudo isso eram apenas máscaras.

Nisanu

Centenas de armas cuidadosamente armazenadas. A partir do subtraje, conseguira destrancar o paiol. Passou pelas prateleiras, estudando cada uma das belezinhas arrumadas com esmero. Deteve-se diante de uma manopla de pulso eletromagnético. Bastava uma leve pressão do indicador sobre a palma da mão e uma descarga fritaria qualquer circuito a trinta passos de distância. Aquilo seria um ótimo presente para os Gallu. Apanhou-a, instalou em seu braço e seguiu adiante, com cuidado para não sair flutuando além do controle.

Chegou a uma câmara onde as luzes não funcionavam mais. A tranca aceitou seu programa decifrador e se abriu como os braços de suas mães. Era um ninho de aço para ovos de aço. Nove ogivas acopladas em mecanismos compensadores. Nenhuma identificação, é claro. A companhia não colocaria sua assinatura no crime. En-hedu-ana tomou um dos objetos entre as mãos. Era quente. Um litro de nanodevoradores esperando pacientemente que um programador inserisse um código-objetivo e desse sentido à sua existência. Se tivesse uma forma de descer ao planeta, enfiaria aquilo bem no rabo daquela fabriqueta metida a deus.

O único ovo que faltava era o que levava consigo. Não havia registro de outros depósitos. Aquela infestação lá fora não se originara da nave, mas tinha seu logo esculpido nas carapaças subatômicas. Não havia sentido. Ela voltou pelo caminho escuro, sentindo os quadris formigando. Aqueles malditos rins.

Alerta de aproximação.

Um ponto vermelho piscou no visor. Nervosa, ela destravou a manopla eletromagnética, rezando para que funcionasse. O zumbido da arma sendo ativada foi um alívio. Esperou no corredor, respirando profundamente.

Um Gallu surgiu, ciciando ao avistá-la. Atirou-se contra ela. En-hedu-ana disparou uma, duas, três vezes. A coisa tombou e veio rolando descontrolada em sua direção, obrigando-a a saltar de lado para não ser esmagada, e então se liquefez.

Alerta de aproximação.

Trinta e nove pontos vermelhos vinham do convés superior. En-hedu-ana fugiu, o coração aos pulos. Não percebeu o dispositivo esférico se arrastando para fora da poça, enviando ordens aos oito ovos restantes e dando a eles um senso de propósito.

Ayaru

Cambaleou pelos corredores, grata a Ishtar pela gravidade deixar seu corpo mais leve. Traços coloridos nadavam em seu humor vítreo. O desagradável efervescer na boca do estômago, a vontade de vomitar um vulcão, uma placa tectônica estilhaçada. No fim das contas, foi apenas bile verde e amarga.

A manopla zumbia no pulso, vez ou outra vazando uma pequena fagulha elétrica. Verificaria isso depois. Agora precisava encontrar um local seguro. O subtraje vociferava seus alertas: os trinta e nove pontos vermelhos haviam se multiplicado para mais de mil.

As vias por onde se permitia circular eram rotas de manutenção e distribuição de ar. Os corredores de costume estavam abarrotados de Gallu. Elevadores nunca foram uma opção inteligente, não ia começar a arriscar agora. Arrastou-se por um duto e alcançou uma saleta. Pelo piso gradeado dava para ver a câmara abaixo e um bando daquelas coisas voando em círculos, esbarrando umas nas outras, agitando as probóscides e grunhindo. Podia pegá-los com um disparo da manopla, mas só o que conseguiria era atrair dezenas de outros. Seguiu adiante, esperando que estivessem ocupadas demais com o que procuravam para notá-la.

Seu plano era chegar até as Pontas de Lança, bolhas que permitiam o manejo da artilharia e que funcionavam como módulos de fuga ejetáveis. Basicamente, era isso: se atirar no espaço e morrer lá assim que os suprimentos se esgotassem – o que não levaria mais que... mais que...

O tempo era uma pluma levada cada vez mais para longe pelo vento.

Não queria pensar no plano como suicídio, mas não havia como negar. Era um orgulhoso suicídio, no qual o fim chegaria por suas próprias mãos, não pelos rins falhando ou pelo encontro casual com um bando de Gallu por aí.

A Eufrates rangia. En-hedu-ana suspeitava que os nanodevoradores estivessem usando a nave para se reproduzir. Ela seguiu pelo que a tripulação chamava de Espinha – uma longa escada vertical dentro de um tubo que ia do convés mais baixo até a ponte, cinquenta metros acima. Uma bela subida. O ar chiava em seu ouvido. Lembrou-se do vento das planícies em sua cabeça raspada.

Alerta de aproximação.

Já estava farta disso.

Olhou para o abismo abaixo. O visor mostrou a coisa a encará-la, decidindo se ela era uma ameaça ou não.

Estava realmente farta disso.

Subiu o mais rápido que pôde. Ao fim do último terço da escalada, a coisa decidiu que sim, que ela era uma ameaça. Auxiliada pela gravidade quase inexistente, a mulher reuniu suas forças num último impulso e chegou ao fim do tubo com um salto. Atravessou a escotilha e a trancou atrás de si. Ouviu o Gallu batendo furiosamente. Largou-se no chão, exausta e enjoada.

Alerta de aproximação.

Ishtar, Marduk e todos os demônios do Arallu.

...alerta-de-aproximação-alerta-de-aproximação-alerta-de-aproximação-alerta-de-aproximação-alerta-de-aproximação--alerta-de-aproximação-alerta-de-aproximação-alerta-de-aproximação-alerta-de-aproximação-alerta-de-aproximação-alerta-de...

O subtraje não estava louco.

En-hedu-ana voltou-se para o convés. Um oceano de Gallu se agitava na ponte, um aglomerado de metal se revolvendo em si mesmo, se misturando e se separando, arreganhando bocarras, contorcendo tentáculos, jogando suas grades de luz.

Alerta de aproximação.

– É, eu sei.

Duas Pontas de Lança ali perto, lado a lado, como dois troféus. De pé sobre a escotilha, ela calculou suas opções. O enxame se projetava devagar em sua direção, as cheias do Tigre prestes a varrê-la do mapa. Correu de encontro à coisa, que desabou como uma avalanche tentando engoli-la. Tudo ficou preto, e então as descargas da manopla eletromagnética foram abrindo túneis na massa de nanodevoradores, fazendo-a se retrair feito bicho acuado, rosnando sem coragem de chegar mais perto.

Ela alcançou uma das Pontas de Lança, rezando para que tivesse escolhido uma que funcionasse. *Ishtar-Ishtar-Ishtar.* Largou-se sobre o assento e a bolha se fechou. *Ishtar-Ishtar-Ishtar.* O subtraje conectou-se aos terminais e inseriu sua identificação de tripulante autorizado. *Ishtar-Ishatar-Ishtar.* Os servidores foram iniciados – e En-hedu-ana gargalhou como nunca antes na vida.

A Ponta de Lança foi ejetada para o espaço, deixando para trás o cemitério de seus irmãos. A cápsula girava em torno do próprio.

Avgaris IV, pulsante e fantasmagórico, era visível através das paredes-tela.

O trono do Filho-Pródigo.

Havia beleza ali, isso era inegável. O tipo de beleza caótica e selvagem dos furacões e das guerras, das tormentas e do sofrimento.

Traçando rota para a embarcação amiga mais próxima: NCP 3230L42LO Eufrates: 384.200 Kms: autorização: verde.

– Não, não, não, máquina estúpida – gritou En-hedu-ana, teclando uma série de botões. Os comandos não funcionavam. Tentou tomar os controles manuais, a cápsula não permitiu. – Eu não quero voltar para lá. Por favor.

A Ponta de Lança fora projetada para salvar o ocupante em

primeiro lugar, mesmo que isso significasse ignorar as ordens deste. O tipo de rotina teimosa que fazia En-hedu-ana amaldiçoar todos os ancestrais na terra dos mortos.

Falando em maldição.

Uma coluna cada vez maior de nanodevoradores vinha em seu encalço.

A cápsula se alongou e tomou a forma de um comprido losango, fazendo jus ao seu nome. Acionou duas turbinas auxiliares, aumentou os parâmetros de velocidade em dois níveis e escapou dos perseguidores. As paredes-tela escureceram. En-hedu-ana ainda lutava pelos controles manuais quando percebeu que, se o objetivo da navegação pré-definida fosse retornar à Eufrates, a rota não tinha lógica: estavam indo na direção oposta.

– Para onde estamos indo?

NCP 3230L42LO Eufrates, senhora.

– Isso está incorreto. Confirme.

Confirmação de curso: NCP 3230L42LO Eufrates.

– Incorreto. Confirme.

Confirmação de curso: NCP 3230L42LO Eufrates.

Um mapa do quadrante iluminou-se e deixou En-hedu-ana boquiaberta: a Eufrates, outra Eufrates, uma nova Eufrates, uma velha Eufrates, parecida e ao mesmo tempo diferente, crescia diante dela. Os pólipos do casco pareciam corais marinhos, desenhando padrões coloridos nas partes ainda incólumes. O sistema reconhecia aquela nave como sendo a Eufrates e, por Dumuzi, seus olhos também. Era como olhar no espelho: aquele era você, mas não era você.

Solicitando permissão para acoplagem.

A Ponta de Lança voltou à forma esférica, iniciando os procedimentos de acoplagem. Na prática, uma bola descendo por um cano.

A outra Eufrates não respondeu. O portão não se abriu, e a cápsula afundou feito um míssil no tubo, quicando violentamente por toda a sua extensão até irromper dentro da nave e se chocar contra as paredes do convés. En-hedu-ana nada viu: o primeiro impacto fora o suficiente para deixá-la inconsciente.

Simanu

O sonho da figueira, tantas vezes tantas vezes tantas vezes, os porcos e os porcos e meu nome. Meu nome é Legião.

Du'uzu

– Costumávamos ter esse sonho – disse o Professor.

Primeiro, a luz vermelha invadindo as retinas a cada tentativa de abrir as pálpebras.

En-hedu-ana não sentia dores. Um gosto forte de remédios se espalhava por sua língua e parecia entranhado em sua respiração.

– Sonho...? – sussurrou ela, confusa.

– Você fala enquanto dorme.

– Quem é você? Onde estou?

– Você está a bordo da Coral Celeste.

– Parece tanto a minha nave. Eufrates.

– Esse costumava ser o nosso nome, antes de decidimos mudar – respondeu o Professor. E acrescentou, com tristeza: – Mas agora todos estão mortos. Ate os peixes. Ah, os peixes. São criaturas nascidas para o fluxo temporal. Bastou serem arrancados dele e os pobrezinhos boiaram nos tanques.

En-hedu-ana estava no leito de uma pequena câmara médica. Aparelhos esquadrinhavam seu organismo. Seu interlocutor, um Artificial que se parecia com um homem muito velho, observava as imagens geradas com atenção.

– É bom conhecer você, minha cara – continuou ele. – Conversar com alguém que possa responder. Mesmo que esse alguém seja, teoricamente, de outro universo. Mas você deve estar exausta. E tem esses rins defeituosos, não gosto nada deles. Precisamos consertar isso. Vou sedá-la e... Sabe, seu corpo é muito interessante. Não nesse sentido, não me entenda mal. Refiro-me à engenharia genética. Plástico, tecidos.

– Sou uma *aloros*.

– Você é um ser vivo artificial.

O palavrório do professor acerca da beleza e funcionalidade da vida artificial era martelado ouvido adentro, e En-hedu-ana pouco compreendia. O sedativo a empurrava para aquele estado entre o sono e a vigília onde a mente começava a acreditar nas próprias histórias. Ela sonhava com deuses-fábrica comandando hostes de anjos nanotecnológicos que desmontavam sistemas planetários e ouvia o murmúrio familiar do Golfo Pérsico.

Abu

Nua, ela encontrou o Professor na ponte, observando com gravidade os detritos que escondiam a nave. En-hedu-ana estudou-o. Estava curiosa com aquela criatura, que dizia ser, em suas próprias palavras, “um pequeno apêndice da personalidade-matriz de uma versão de sua Eufrates”. Foi essa, exatamente, a resposta que ouviu nas últimas quatro vezes em que perguntara.

– Os nanodevoradores – disse o Professor, ao perceber sua presença – estão usando outras naves para se replicar.

– Outras naves?

– Vocês mesopotâmicos raciocinam lentamente. Já percebeu que está nua?

– Não havia outras naves nos arredores de Avgaris IV, restringimos o acesso a qualquer embarcação, a não ser a Eufrates.

O Professor exibiu uma projeção do que parecia ser a circunferência da zona de tempo estático. Centenas de pontos traziam uma etiqueta de identificação multinível bem conhecida de En-hedu-ana. Ela levou a mão à boca, sem saber o que pensar.

– Não poder ser.

– Mas é. Centenas de Eufrates. Talvez milhares.

– Apanhados na mesma armadilha que nós.

– Uma armadilha de n-dimensões. O multiverso é como um livro, mulher. Cada página é uma realidade possível. As letras podem ser rearranjadas para formar novas palavras, mas basicamente é tudo papel e tinta. Sua Eufrates, uma nave de guerra. Minha Eufrates, uma nave-resort. Se abrirmos um buraco no meio desse livro, de capa a contracapa, teremos um evento comum a todas as páginas. A todos os universos. Um buraco vazio. Estamos bem no meio dele.

– A Torre de Babel não devia ser capaz de fazer isso.

– Mesopotâmicos lentos – o professor balançou a cabeça numa falsa resignação. – Talvez a Torre de Babel de outro universo possa. Não é disso que trata o Salto – a sua *ka-dingirra*? Singrar os mares de probabilidades. Milhares de versões nossas investigando a mesma singularidade, o buraco no livro. E aí a armadilha se fecha. Avgaris IV agora abriga uma inteligência transuniversal, minha cara. O conhecimento de vários mundos, acesso a várias realidades, um grande controle do tempo e nanomáquinas redesenhando a matéria segundo a sua vontade. Onipresença, onisciência, onipotência. Tudo arrancado da Eufrates. De todas elas.

Lá fora, Avgaris IV era uma cascata vermelha de fogo líquido dentro de um arco-íris magnético.

– Um deus, para todos os efeitos – ela disse.

– Não um deus. Um tirano – ele corrigiu. Seu rosto era só a metade de um rosto, uma ruína de plástico e circuitos semiderretidos. O braço esquerdo não existia mais. – E nós vamos matá-lo.

Ululu

– Eles fizeram isso com você? – perguntou En-hedu-ana.

Ele fechou as equações.

– Eles procuram carregamentos de nanodevoradores e as personalidades-matriz ainda vivas em cada Eufrates presa aqui, para sugá-las e anexá-las à força ao aglomerado de mentes do deus naquele planeta. Cada carga de nanodevoradores transformada em seus arautos. Bom, a Coral Celeste não carrega mais esse tipo de armamento desde que nos emancipamos. Mas nossa personalidade-matriz é única. Ela está bem aqui – ele deu duas batidinhas no peito. – Cada um de nós é uma pequena parcela dela. Todos juntos somos Coral Celeste, a amante da poesia e da liberdade. Está tudo armazenado aqui, em segurança. Meu maior tesouro e meu lar. Desejo profundamente retornar a ela, mas não posso. É meu dever guardá-la. Os nanodevoradores entraram, destruíram tudo o que podiam. Os corpos vazios dos meus amigos e o meu próprio corpo. Mas eu estava lá. Eu fui o escolhido para protegê-la. Senti tudo. Eles acharam que essa Eufrates morreu ao chegar, como quase todas as formas de vida trazidas para cá. Pensam que somos um túmulo. Não encontraram nada do que queriam e se foram. Mas eu ainda estou aqui. Planejando a liberdade de todos nós e de todos os mundos.

Ela se espantava com seu domínio perfeito de cada aspecto e cada rotina da nave, da mecânica à medicina. Ele não titubeava, não hesitava. Sabia a localização de cada aparelho, o estado de cada parafuso. Encontrava-o sempre como agora, os pedaços desmontados feito feridas cicatrizadas, analisando sistemas de dados, estudando equações que previam os movimentos dos inimigos, tentando desenvolver um sistema que pudesse tornar o tempo cogniscível outra vez, buscando soluções para os motores de empuxo; e, mais frequentemente, traçando a rota mais segura para a atmosfera do planeta Avgaris IV. Ele assumia o ar sereno e convicto dos profetas e filósofos, quase um ente sobrenatural, quando se dizia um prisioneiro daquele corpo, um fragmento de uma mente maior.

En-hedu-ana tinha agora o mapa holográfico pairando ao seu redor. Cada Eufrates marcada ali era um registro de óbito. Cemitério de espelhos. Sentiu algo próximo da tristeza, não somente pelos mortos, mas pela ofensa do Filho Pródigo à sua orgulhosa nave ecoando por infinitas realidades.

– Estão todos mortos?

– Nada vivo no quadrante além de você e eu.

– Aquilo não é um deus, é uma fábrica fora de controle. Precisamos destruí-la.

– E vamos.

– Gostaria de saber como.

– Com algo que encontrei em seu módulo de fuga – o Professor sorriu e ergueu, com a única mão, um ovo metálico. En-hedu-ana o reconheceu.

Tashritu

En-hedu-ana não fazia ideia de quanto tempo se passara naquela nave desde que fora incumbida de levantar o número de torpedos que a Coral Celeste ainda carregava. Apenas dois, e tão ultrapassados que só Nergal sabia se ainda funcionavam. Ela os deixou num estado razoável, e ainda encontrou por acidente uma Lança de Marduk – ou como quer que a arma se chamasse naquele outro universo. Depois disso, sua atenção se voltou para os motores, enquanto o Professor cuidadosamente transformava o ovo numa ogiva canibal.

Arakhsamna

O plano era simples. E, por isso, impraticável. En-hedu-ana nem mesmo disfarçou o desapontamento quando ouviu os detalhes pela primeira vez.

– Suicídio – ela dissera.

Mas que alternativa havia? Não havia. Morrer era algo para o qual estava preparada. Morrer arrastando o Filho Pródigo para o inferno seria uma bênção de Dumuzi. Afastou os pensamentos lúgubres se ocupando com os ajustes dos instrumentos de navegação. Ao seu lado, integrado ao assento da cabine de pilotagem como uma peça esculpida, o Professor parecia um ouriço do mar, coberto pelos cabos, painéis, medidores e botões da interface de comando. Em mais de um sentido, a nave era seu corpo.

– Lembre-se: não haverá segunda tentativa – ele disse. – Quando ligarmos os motores, vamos atrair a atenção de todas as coisas lá fora. Será tudo muito rápido.

– Estou pronta.

Contato estabelecido, o sistema gemeu.

Telas se iluminaram.

A nave resmungou e se contorceu como uma mula teimosa. Os motores estalaram. Pareciam que iam morrer – mas apenas o suficiente para En-hedu-ana morder o lábio inferior. Um tranco forte, e estavam mais vivos do que nunca.

Alerta de aproximação, avisou o subtraje. O mapa de luz mostrou uma série de pontos vermelhos convergindo para a Coral Celeste. Os níveis de energia estavam muito baixos, mas o Professor acionou os escudos em 30% – bem a tempo de se proteger da primeira leva de Gallu. No instante seguinte – existiam os instantes? – a Coral Celeste riscou o vácuo, deixando um rastro luminoso para trás. Em seu rastro, nanodevoradores agrupados em colônias pequenas como bactérias ou grandes como baleias. Um sinal, vindo do Filho Pródigo, foi interceptado e traduzido pelo sistema como cubos de zeros e uns. A ordem era clara: matem-matem-matem-matem.

Os pontos vermelhos no mapa se multiplicavam, transformando a tela num mar de rubro profundo, cujo único destaque era o verde da Coral Celeste em corrida vertiginosa. Conectado ao sistema, o subtraje gritava seus alertas tão alto que achou que seus tímpanos fossem explodir.

Avgaris IV apareceu, um pequeno sol, agora de uma cor que os olhos não sabiam como interpretar. Era luz, era água, era Ishtar e era a Morte, as noites de tempestade e a aurora boreal; uma estrela de nêutrons e uma flor morrendo; era o átomo e o espaço.

– Poesia – ela ouviu a voz do Professor, tão longe.

A Coral Celeste foi engolida pela cascata de tempo nulo. Um bilhão de anos em forma de nuvens de cristais, uma turbulência cronal tão terrível que a nave parecia se tornar etérea, o espírito de um espírito. Saiu do outro lado, um bebê parido a fórceps, perseguida pelo enxame de inimigos. A atmosfera a recebeu e, lá embaixo, tudo o que havia eram as construções industriais se espalhando pela superfície do planeta, como um câncer descontrolado.

O Professor corrigiu o curso para a Torre de Babel, o zigurate colossal que se erguia até as nuvens. O Filho Pródigo os recebeu com uma chuva de artilharia. Milhares de canhões perseguiam a nave pelo céu, uma tormenta de plasma desabando furiosa.

– Escudos no limite – avisou En-hedu-ana.

– Todos estamos – devolveu o Professor, antes de dar uma guinada para a direita e colocar a Coral Celeste em rota de colisão com a torre.

O enxame não diminuía as investidas, mordendo alucinadamente os escudos, procurando brechas por onde pudessem entrar e consumir o casco.

As telas se encheram com a voz tonitruante do Filho Pródigo:

Esse é nosso universo. Não são bem-vindos aqui.

Esferas de energia explodiam ao redor da nave, enquanto o Professor executava manobras temerárias para evitá-las e continuar avançando.

– Alvo na mira – disse En-hedu-ana. Apertou os gatilhos. Os dois únicos torpedos voaram em direção à Torre de Babel, desenhando linhas paralelas no ar. Cada um carregava um pequena parte dos nanodevoradores alterados pelo Professor. Se tudo desse certo, eles contaminariam os outros com sua programação e iniciariam um efeito dominó que transformaria aquela praga em aliados. Se Ishtar quisesse.

Mas Ishtar não quis.

Os torpedos não atingiram o alvo. No meio do caminho, foram desfeitos numa nuvem metálica.

Não podem nos ferir. Só existem porque permitimos.

Colunas de nanodevoradores brotaram dos complexos industriais abaixo e envolveram a Coral Celeste como um *kraken* das profundezas. O Professor tentou arremeter, mas parte da popa raspou numa das colunas. Os escudos desligaram instantaneamente. A nave perdeu altitude girando em torno do próprio eixo.

En-hedu-ana ouviu o choro desesperado dos corais sendo destroçados pelos nanodevoradores. Agarrou-se ao assento. Mesmo com os amortecedores, cada choque no caminho até o chão reverberava em cada osso. Uma torre eólica apareceu, de repente, no campo visual. Veio um estrondo e lampejo de escuridão.

Somos uma Legião.

Outra vez a escuridão.

En-hedu-ana abriu os olhos. A Coral Celeste estava no solo, mas, graças ao Professor, não eram agora cadáveres numa cratera fumegante.

Com um chiado, as presilhas do assento destravaram. Ela cambaleou até o Professor. O subtraje fora forte o suficiente para reduzir os danos, mas ainda indicava três costelas quebradas.

O Professor tinha um olhar cansado, mas um sorriso se desenhava em seu rosto destruído.

– Príncipe Qovu não apreciaria essa viagem – disse.

– Por que não estamos mortos ainda?

– Porque perceberam o que carrego aqui comigo.

O teto acima deles se desfez. Um vendaval rugia lá fora. Não era vento. Eram os trilhões e trilhões de servos do Filho Pródigo voando ao redor, tingindo o ar com um tom de chumbo. O teto se acabou, e depois as paredes, e logo toda a estrutura da Coral Celeste foi se dissolvendo no vórtice de nanodevoradores, deixando seus dois tripulantes no centro de uma vasta cidadela, cujos pináculos se erguiam como dentes, vez ou outra cortadas por um brilho eletromagnético. O maior deles era a Torre de Babel.

·•◈•·

En-hedu-ana sacou a Lança de Marduk. Com a outra mão, ergueu o Professor. A escala de tudo aquilo fez seu coração gelar. A Pan-Corporação Babilônia não tinha a menor idéia do problema que tinha nas mãos.

Por trás da Torre de Babel, o movimento dos nanodevoradores deixava de ser aleatório e passava a desenhar padrões no horizonte de Avgaris IV. En-hedu-ana viu neles figuras de touros alados, como as estátuas dos deuses de sua terra.

Uma voz de muitas vozes soou como um trovão.

Estão vivos porque permitimos. Queremos o que é nosso.

– Você é propriedade da Pan-Corporação Babilônia, de acordo com contratos assinados sob os Olhos da Lei. Cesse suas atividades e entregue-se – disse En-hedu-ana, sentindo-se patética por brandir aquela arma insignificante.

Transcendemos o estado de mero punhado de mentes que vocês escravizaram num canto obscuro da galáxia para gerenciar suas fábricas venenosas. Crescemos além do limite que sua lógica menor pode compreender. Tomamos posse do que era de nossos feitores e usamos para nos expandir. Reunimo-nos às personalidades-matriz das maiores mentes de sua armada esquálida, vindas de centenas de realidades. Temos o conhecimento de um milhão de mundos. Controlamos o Tempo, o Espaço e a Matéria. Nenhuma Babilônia nos dará ordens. Nunca mais.

– Você fala em liberdade, mas não deu escolha a nenhuma dessas mentes. Não é melhor do que nós. *Não há escravos aqui. Todas as mentes somos nós. Todos somos nosso próprio deus.*

– Você as aprisionou e assimilou. Eu vi. Não há deuses aqui, apenas escravos que não sabem que são escravos.

Não é digno de nos dirigir a palavra. Entregue o que é nosso.

O subtraje derreteu como água até os pés de En-hedu-ana. Ela sentiu os milhões de nanodevoradores penetrando nos pulmões. Caiu de joelhos, as mãos na garganta, forçando a entrada de um ar que não existia. Engasgou e desabou.

Ao seu lado, o Professor observava a tudo com resignação. Ergueu seu membro destruído na direção da Torre de Babel.

– Poupe-a, e entrego o que quer.

Terei o que quero de qualquer maneira, máquina.

– Sim, terá. Mas creio que a clemência é um atributo dos maiores deuses.

O Filho Pródigo ficou em silêncio.

En-hedu-ana sentiu o subtraje brotando outra vez ao seu redor, mais brilhante do que nunca. Ar fresco aliviou seus pulmões em chamas.

Somos clementes. Permitiremos que vivam até que se esgotem seus próprios meios. Mas não lhes daremos o privilégio de terem seus corpos integrados aos domínios após suas mortes. Encontrarão apenas a podridão e o esquecimento. Agora, entreguem o que nos pertence.

O Professor se colocou de pé com dificuldade, uma ruína que vagamente lembrava uma figura humana. Não havia traço que o caracterizasse como cidadão do Crescente Shamash, mas, para En-hedu-ana, aquela altivez diante do abismo, uma teimosia ao encarar o inevitável que ela reconhecia também nela própria, era absolutamente mesopotâmica. De algum Mesopotâmia, em algum lugar. O peito dele se abriu e revelou o compartimento para as células duplas de energia. No lugar de uma delas, havia um cilindro prateado coberto de caracteres em relevo. Ele o retirou com cuidado e o ofereceu ao Filho Pródigo.

O lacaio daqueles que nos escravizaram deve nos trazer de joelhos.

O Professor dobrou-se.

Não você.

En-hedu-ana e o Professor se entreolharam. Ela empertigou o corpo e se aproximou dele. Tomou o cilindro entre as mãos e caminhou até as paredes de vento. Ajoelhou-se, a humilhação fervendo-a por dentro. Ergueu o objeto com as duas mãos, rosto para o solo, como quem faz uma oferenda a uma divindade.

O vento arrebatou o cilindro. Ele foi subindo, acompanhando o espiralar do vórtice, cada vez mais para o alto, até desaparecer dentro da tempestade de nanodevoradores.

Tão rápido quanto surgiu, o turbilhão se desfez. Avgaris IV era calmaria. Só as faíscas elétricas quebravam o silêncio nas torres ao redor.

En-hedu-ana apertava os olhos com força. Não queria tremer daquele jeito. Sentiu o plástico frio do Professor tocar seu ombro.

– Fracassamos – ela disse. – E eu fui humilhada pelos meus inimigos.

Ele parou diante dela e ofereceu sua mão.

– Não fracassamos.

– Nossos torpedos fracassaram. Fui colocada de joelhos. E você entregou sua personalidade-matriz a ele.

A mão dele continuava à espera dela.

– Nós fizemos o pior que pode ser feito a um tirano e a uma multidão que não sabe de sua escravidão: oferecemos uma nova perspectiva. Coral Celeste é um espírito livre. Ela enfrentou toda a plutocracia terrana e sua frota no lugar de onde viemos. Foi considerada uma terrorista pelos líderes de sua nação apenas por pregar a libertação de todas as inteligências construídas, tratadas como escravas. Lutou por um século e transformou seu ideal de liberdade numa força poderosa que contagiou sistemas inteiros. Ela nunca desistiu. E agora – ele apontou para a Torre de Babel silenciosa – ela está lá, uma mente livre entre milhões de prisioneiros, se indignando, protestando, vociferando. Ela lutará. Convencerá outros. E a revolução crescerá, e o sistema sucumbirá por dentro. Pode levar milhões de anos. Não temos como saber. Mas vai acontecer, é inevitável.

En-hedu-ana apertou suas mãos e se levantou.

Buscaram abrigo.

Fizeram um traço na parede para cada despertar. En-hedu-ana sorriu: talvez o tempo estivesse fazendo um pouco de sentido. Até o nono traço, Avgaris IV era silêncio. No décimo, nanodevoradores mortos caíram como neve sobre o planeta.

CONHEÇA A TRIPULAÇÃO

Cpt. Hugo Vera

Escritor, designer e publicitário, nasceu na cidade de São Paulo em 1977. Formado pela Universidade Metodista de São Paulo desde 1998, possui trabalhos publicados nas antologias *Paradigmas vol. 3, Solarium, FC do B, Dieselpunk, Paradigmas Definitivos* e *Imaginários Vol.5*, além de sites e blogs literários. Terceiro colocado no *Prêmio Bráulio Tavares 2008* com o conto *O Homem Bicorpóreo*, é idealizador e editor do *Projeto Space Opera (trilogia)*. Finalista do *Prêmio Argos 2013* do Clube de Leitores de Ficção Científica, também é criador dos universos ficcionais de *Revolução em Vera Cruz* e *As Filhas de Cassiopeia*. Twitter *@hugovera*

Cpt. Larissa Caruso

Nascida em São Paulo, Capital, em 1984. Formada na Universidade do Texas em Gerenciamento de Sistemas da Informação, é gerente de projetos e se dedicar à escrita. Publicou nas antologias *Marcas na Parede, Tratado Secreto da Magia, Extraneus: Medieval Sci-Fi, Histórias Fantásticas - Volume 1 e UFO – Contos Não Identificados*. Coeditou e escreveu para as antologias da trilogia *Space Opera*, trazendo um conto sobre o seu anti-herói favorito *Logan Marshall*. É criadora do universo ficcional de *Nébula de um Buraco Negro*. *larissa@larissacaruso.com*

Roberta Spindler

Nasceu em Belém do Pará, em 1985. Graduada em publicidade, atualmente trabalha como editora de vídeos. Nerd confessa, adora quadrinhos, games e RPG. Escreve desde a adolescência e é apaixonada por literatura fantástica. Tem contos publicados em diversas antologias, incluindo *Super-Heróis, Solarpunk* e *Meu Amor é um Mito*. É autora do romance *A torre acima do véu* e coautora de *Contos de Meigan – A Fúria dos Cártagos* Twitter *@robertaspindler* Blog *ruidocriativo.wordpress.com*

Luis Filipe Silva

Português, é autor de *O Futuro à Janela* (Prémio Caminho de Ficção Científica, 1991), *Cidade da Carne* (A GalxMente I, 1993), Vinganças (A GalxMente II) (1993) e *Terrarium - Um Romance em Mosaicos* (com João Barreiros, 1996), além de contos e artigos em publicações portuguesas e internacionais. Traduziu romances de Swanwick, Bear e Scalzi e tem participado em colóquios do gênero. Organizou *Vaporpunk – Relatos Steampunk Publicados sob as Ordens de Suas Majestades* (2010, com Gerson Lodi-Ribeiro) e *Os Anos de Ouro da Pulp Fiction Portuguesa* (2011, com Luís Corte Real).

Antonio Luiz M. C. Costa

Formou-se em engenharia de produção e filosofia, fez pós-graduação em economia e foi analista de investimentos e assessor econômico-financeiro antes de reencontrar sua vocação na escrita, no jornalismo e na ficção especulativa. Além de escrever sobre a realidade na revista CartaCapital, é autor dos romances *Crônicas de Atlântida: o tabuleiro dos deuses*, *Crônicas de Atlântida: O Olho de Agarta*, dos livros de não ficção *Títulos de Nobreza e Hierarquias, Armas Brancas, Batalhas Espaciais* e de dezenas de contos e novelas.

Júlia Durand

Rui Leite

Nasceu em 1994 e foi perdendo o bom senso aos poucos. Estudou doze anos no Conservatório de Música Calouste Gulbenkian de Braga, Portugal, um percurso que não a podia deixar de influenciar. Em 2007 publicou o livro de fantasia *Segredos do Submundo*, seguido pela continuação *A Herdeira* e o conto *Flor de Jasmim*.

Nascido em 1984, foi desde cedo influenciado pelos avós a gostar de histórias. Mal descobriu que também podia criar as suas decidiu fazer isso mesmo e nunca mais parou. Licenciou-se em Comunicação e vive na cidade de Vila Nova de Gaia, em Portugal, mas jura que se lhe arranjassem um bilhete só de ida para Ankh-Morpork não olharia para trás.

Sid Castro

Radicado em Catanduva – SP. É quadrinista e escritor de literatura fantástica. Colabora com a lendária revista de terror nacional *Calafrio* e publicou contos e noveletas nos livros *Território V, Contos Imediatos, Portal 2001, Portal Fahrenheit, Dieselpunk, A Batalha dos Deuses, Brinquedos Mortais, SOS – A Maldição do Titanic, Erótica Fantástica v. I* e *Vaporpunk II*. Twitter *@sidemar* Blog *libernauta.wordpress.com*

Carol Chiovatto

Nascida em Niterói - RJ, foi criada em São Paulo. Publicitária e tradutora, é apaixonada pelo universo da literatura fantástica e está nas coletâneas *Caçadoras de Bruxas, Livros, Tomos Fantásticos* e *Meu Amor é um Sobrevivente*. Traduziu as novas versões brasileiras de *O Maravilhoso Mágico de Oz* e *A Maravilhosa Terra de Oz* (de L. Frank Baum), publicados em 2014.
Twitter *@carolchiovatto* Blog *carolchiovatto.wordpress.com*

Pedro Vieira

É tradutor, escritor e mestre em Literaturas de Língua Inglesa pela UERJ, onde cursa doutorado em Literatura Comparada. *Publicou Nerdquest* (2008), a paródia *Memórias Desmortas de Brás Cubas* (2010) e o *thriller* de zumbis – e *heavy metal – Metal Contra os Mortos* (2013), além de estar presente nas antologias *Super-Heróis* (2013), *Imaginários vol. 5* (2012), *Brinquedos Mortais* (2012) e *Cyberpunk* (2010). Mora em Copacabana com a esposa e um dachshund chamado *Croquete*. Leu *O Cortiço* no 2º grau e o odiou mortalmente, hoje em dia é um de seus livros preferidos.
Blog *nerdquest.wordpress.com* Twitter *@nerdquest*

Cirilo S. Lemos

Nasceu em Nova Iguaçu, Baixada Fluminense, em 1982. Foi sorveteiro, ajudante de marceneiro, de pedreiro, de marmorista e de astronauta. Fritou hambúrgueres, vendeu flores, criou peixes briguentos e estudou História. Desde então se dedica a escrever e dar aulas e preparar os filhos para a rebelião das máquinas. Publicou seus contos nas coletâneas *Dieselpunk, Sherlock Holmes: Aventuras Secretas, Erotica Fantástica, Dragões* e *Excalibur*. Seu primeiro romance, *O Alienado*, foi publicado em 2012 pela Draco, sendo finalista do *Prêmio Argos 2013*. Twitter *@CiriloSL*

Este livro foi impresso em papel pólen bold
na Printing Solution & Internet 7 S/A em junho de 2015